那只在风中睡觉的鸟

南翔作品评论集

赵目珍————主编

深圳文学研究文献系列

百花洲文艺出版社

图书在版编目(CIP)数据

那只在风中睡觉的鸟：南翔作品评论集 / 赵目珍主编. -- 南昌：百花洲文艺出版社，2022.1
ISBN 978-7-5500-4111-0

Ⅰ.①那… Ⅱ.①赵… Ⅲ.①南翔–文学评论–文集 Ⅳ.①I206.7-53

中国版本图书馆 CIP 数据核字(2021)第 010282 号

那只在风中睡觉的鸟：南翔作品评论集　　赵目珍　主编
Na zhi zai fengzhong shuijiao de niao: Nanxiang zuopin pinglunji

责任编辑　杨　旭
特约编辑　陈冬杰
特约策划　张立云
装帧设计　潇湘悦读
出 版 者　百花洲文艺出版社
社　　址　南昌市红谷滩新区世贸路 898 号博能中心一期 A 座 20 楼
电　　话　0791-86895108(发行热线)0791-86894717(编辑热线)
邮　　编　330038
经　　销　全国新华书店
印　　刷　长沙市精宏印务有限公司
开　　本　889 毫米×1194 毫米　　1/16
印　　张　20.5
版　　次　2022 年 1 月第 1 版第 1 次印刷
字　　数　330 千字
书　　号　ISBN 978-7-5500-4111-0
定　　价　92.00 元

赣版权登字　05-2021-42

网　　址　http://www.bhzwy.com
图书若有印装错误,影响阅读,可向承印厂联系调换

南翔中短篇小说阅读散记

贺绍俊①

　　由深圳职业技术学院深圳文学研究中心筹划的"深圳文学研究文献系列"中包括了《南翔作品评论集》，这是一件令人欣喜的事情。南翔是一位非常值得研究的当代作家，他同时又是一位十分低调的作家，因此尽管他的创作始终受到评论界的关注，但我们还缺少对南翔进行系统、全面的研究。也许《南翔作品评论集》的出版为南翔研究的突破开了一个好头。

　　南翔从二十世纪八十年代起开始写作。八十年代被称为当代文学的新时期，这是一个强调理想和激情的年代，文学担当着匡正社会的思想责任。这一时代特征也典型地体现在南翔的身上，因此他是一位充满理想也具有社会担当的作家，他的写作生涯至今已有四十年了，这四十年社会发生着巨大变化，南翔的人生也经历了种种变迁，但无论如何变化，南翔身上的理想和社会担当始终没有放弃，这就构成了他在文学上的一贯性。在南翔的人生经历中，九十年代末由江西迁到深圳应该是他的文学创作的一次标志性事件，因为深圳的思想文化氛围更有助于他发展自己在思想上的优势，从而形成自己的鲜明特色。我记得《女人的葵花》这本小说集就是收录了他到深圳后写的九篇中短篇小说，当时我读到这本小说集后，还专门写了一段话："南翔的小说很好看，也很耐读；他可以在不同的时空里展开想象，而最终又都凝聚于思想性和文学性，这得益于他的学院气质、民间情怀和南方立场三者的完美

---

① 贺绍俊，男，1951 年生，湖南长沙人。沈阳师范大学特聘教授，中国当代文学研究会副会长。本文原载《粤港澳大湾区文学评论》2021 年第 1 期。

结合。"现在看来，我这一段话还是抓住了南翔小说的一些基本特征。其一我说他的小说很好看，是因为南翔注重小说的故事性，他很会讲故事，也善于讲故事。但他并不满足于讲故事，或者说讲故事并不是他写小说的目的。他的目的落在思想性和文学性这两点上。他的小说叙述其实就是在做一件事情，努力去挖掘故事里面包含的思想性。而且他所要表达的思想也不是浅陋的、公共化的思想，而是有着一定学术积累的思想。毫无疑问，他的这一突出特点与他身处深圳有着密切关系，一方面深圳的开放和包容更加激活了南翔的思想，另一方面他成为深圳大学的一名教师，浸润于校园丰厚的学术氛围之中。从这个角度说，南翔属于比较典型的学者型作家。所谓学者型作家，不仅在于其小说的思想主题具有明显的学术基础，而且还在于作家的小说叙述会受到学术思维的影响，并在小说写作中会有较明确的理性意识和明确的写作目标。在我看来，南翔所设定的是一种社会政治的目标，他关注社会人生的命运沉浮，他的小说往往在社会政治如何影响和干预了人生命运和人性变异的方面着力，以文学形象表达他对社会问题的见解。南翔在中短篇小说创作上用力最多，中短篇小说也最能体现南翔的独创性。我一直跟踪着阅读南翔的中短篇小说，在这方面也有不少阅读体会。

有意思的是，南翔四十年来始终活跃在当代文学前沿，一直保持着旺盛的创作力，他的中短篇小说几乎在每一个阶段都有佳作引起人们的关注，但我们又很难把南翔归入某一个潮流和类型之中。且以《女人的葵花》中的小说为例，其中有两篇小说《我的秘书生涯》和《辞官记》都是写官场的，但南翔并没有像一般的官场小说或反腐小说那样热衷于揭露官场的复杂性和险恶性。《我的秘书生涯》通过一个优秀秘书如何败在了一个熟谙权力与人情交易秘诀的女人的故事，揭示了官场规则与潜规则之间的微妙关系。而《辞官记》的故事核心则是一个博士竟被一段少年时期饥饿的悲惨记忆阻碍了他的仕途，这个看似荒诞的故事让我们看到了官本位意识在当代社会是如何发酵变异的。显然，无论是在主题的确定上，还是在叙述的诉求上，南翔的这两篇写官场的小说都迥异于我们从大量官场小说中获取的共同性。事实上，南翔对当代文学的现状和趋势非常了解，他不是那种把自己关在屋子里完全书写自我的封闭型作家。他也善于吸收新的讯息，他的小说世界是开放性的，比如他最近在总结自己的创作经历时，曾把自己的创作归纳为三个维度：文革/历史、环保/生态、底层/弱势。这三个维度的确是南翔在创作中重点关注的内容，其实这些内容也是我们社会以及文学界十分关注的内容，比如底层、生态等，也曾经一度成为创作的热点。这也许说明一个问题，南翔作为一名具有强烈社会意识的作家，始终对社会热点充满了敏锐的感知，也必然会在他的小说中体现出来。但他在文学创作中又对同质化和流行化保持警惕，因此即使选取了同一类题材，他非常注意与这类题材中所呈现的共同倾向保持距离和差异。比如底层基本上是南翔小说的出发点，他在小说中多半讲述的是底层小人物的故事，但我注意到批评家们在评述底层小说时几乎很少提到南翔的这些写底层小人物的小说，我想这完全是因为南翔的小说并没有采取当时流行的底层小说的叙述套路，也没有刻意强调底层的主题诉求。生态问题逐渐成为全球性的首要问题，自然也越来越受到作家们的关注。南翔作为一名思想敏锐的作家，也加强了小说中关于生态的分量。比如《哭泣的白鹤》《来自伊尼的告白》《消失的养蜂人》等小说就属于具有明确生态意识的小说，小说涉及物种衰减、环境恶化等突出的生态问题，但这几篇小说又与那些刻意标记为生态小说的小说不一样，那些刻意标记为生态小说的小说往往有一种过度宣传生态的毛病，而忽略了生态问题在人类文明发展中的复杂性。南翔这几篇小说都是将生态问题与社会问题搁置在一起来写，写出了生态问题的复杂性。比如《消失的养蜂人》从构思上说就很特别，是以养蜂的生物学知识来结构小说的。虽然有些地方也看出南翔试图在反思生态问题的思想层面用力，但他并没有在生态话题上过多地展开，而是任由情节的复杂内涵弥散开去。在小说的结尾，养蜂人阿强突然消失，作者给读者留下了一个无解的谜。这个谜提示人们，还有一个"生态"在困扰着人们，这就是不良的社会生态。阿强虽然能成功地把中蜂和意蜂混在一起养，但是他无法克服人和人之间的矛盾，当他发现很可能会卷入矛盾中时，他的一切努力都可能会报废，所以他不得不悄悄离开。当然南翔在这篇小说中并没有揭露这个社会生态到底出了什么问题使得阿强悄悄离开，他实际上是在小说结尾设置了一个谜。他希望读者能依据自己的经验去解答这个谜，我们的社会生态在很多方面都出了问题，其中任何一个小问题都有可能会让处于弱势位置的养蜂人阿强难以承受。

也许应该从学术思想的一贯性来理解南翔的小说创作。南翔的小说写作首先是一种知识分子的写作，这种写作是建立在一贯的思想立场和认知背景上的。他的思想立场和认知背景概要地说，可以归结为具有民间色彩的自由主义思想。我以为，南翔是在以小说这一载体不断地表达他从自由主义思想出发对历史和现实所作出的评判与臧否。因此，南翔所说的三个维度并不是三条互不关联的平行线，而是相互交错、相互补充从而统一于自由主义思想上的一个完整的艺术王国。南翔似乎也将这一写作姿态视为自己作为一名知识分子的应有责任。他有一篇小说《表弟》仿佛就是在表白自己的这一心境。《表弟》的社会容量非常密集，读者能够从这篇作品中看到作者对中国半个多世纪的政治风云变幻的历史把握，作者也揭示和批判了当下社会权力与资本结合的现状。最具反讽意味的是，南翔让"我"做了一个掰手腕的梦，表弟输了以后要再来一次，禄禄却抢白说，你们一家，既有运动员，又有裁判员，还讲我不公平？在小说中，禄禄可以说是权势寻租的形象，"我"则应该是知识分子形象。禄禄固然是一个值得批判的对象，但南翔也不放过作为知识分子形象的"我"，或许从这里可以感觉到南翔的一种难得的自我警策，他显然不满于一些知识分子自视清高而对社会所作的不负责任的批评，在他看来，知识分子不可能摆脱物欲世界的纠缠，你必须把自己摆进去，才能真正担当起知识分子应有的责任。

作为一名具有自由主义思想的知识分子，南翔对于中国百年来的历史进程有着清醒的认识，也就是说，他的历史观是清晰的，他对历史和现实的价值判断保持着一致性。他曾接连写过一批反思历史的小说，这些小说结集为《前尘·民国遗事》《1975年秋天的那片枫叶》，这些小说虽然讲述的是民国、"文革"历史时段的故事，但叙述的锋芒分明剑指现实。正如他所说："对于历史，尤其是发生不远且迄今或深或浅，仍在影响我们的思维与生活的历史事件，可以有不同评价、看法乃至思想交锋，亦可以有不同角度、不同阶段、不同学科、不同方法的研究与呈现。但硬要找出一些恬淡、温馨与优容，来辩说与粉饰一场大灾难，实非我能接受。"因此南翔写历史不是单纯地为了忆旧，而是抱着匡正现实的明确目的。同样的，南翔书写现实时也不是呈现一个平面化的现实图景，而是在面对现实生活中的人物和现象时，都会从历史演进和延续的角度去进行评判。因此他的所有书写现实的小说，都具有深厚的历史感。

且以《老桂家的鱼》为例。这是一个发生在深圳的故事，但这个故事的发生地却是深圳非常边缘的地方——既不是充满现代感的高楼大厦，也不是透着珠光宝气的酒吧咖啡厅，也不是风情万种的沙滩浴场。它是东枝江边的一处尚未开发的荒芜处，这里零零落落住着一些靠打鱼为生的人。也许说他们住在这里并不准确，因为他们没有房子，一条船就是他们的家。如小说的主人公老桂，当年曾是农村最先觉悟者，他摆脱即将崩溃的集体所有制，到水上跑运输，却赶不上社会的突变，竟然再也回不了陆地，只能在一条船上赖以为生。有一个细节读来让人心酸。老桂在他一家生活的船上钉了一张铭牌，上面写着的"大岭山"是他曾经居住的地方，可见他魂牵梦绕般地希望回到家乡，回到陆地上。小说截取了老桂在船上的最后一段经历。虽然拖着衰弱的病体，却仍不得不出去打鱼。回来后一病不起，最终"死在破败的大船上"。南翔在深圳发现了这样一个阳光照射不到的地方，像老桂这样生活在船上的渔民，"在这个城市里，他们没有户口，没有社保，也没有医保。或许可以说，他们的生活，随着潮汐变化而变化。"南翔意识到，东枝江上的那些破败的船不得不说同样是深圳现代化进程中的产物，是现代化带来的问题。为了表现这一现实批判性，南翔在小说中专门设计了一个电视台记者去采访破败渔船的情节，记者们采访的目的不是为了解决老桂们的生活困顿，而是因为旁边的高档住宅里的居民们投诉，这些破败的渔船"严重影响市容和干扰居民生活"。终于政府出面要求这些渔民"限期搬迁"，这些渔民彻底清除后，东枝江边确实发生了变化："堤边新修了绿道，新植了绿柳，江面愈发空阔了。"单独看这几句描写，是一种诗情画意的味道，但在我们读到前面关于老桂一家的艰辛故事以及老桂的死之后，再读到这几句诗情画意的描写，便会产生巨大的反差。但南翔并没有停留在对现实的批判上，也就是说，他并没有简单地把老桂家看成是现代化的代价而问责于现代化，而是从历史层面去探究老桂悲剧的成因。老桂当年也是一名回乡青年，还当过民兵营长。也就是说，他们在上一个时代是可以正常生活甚至很体面地生活的。老桂既不懒惰也不愚笨，为什么改革开放后反而越来越陷入窘困呢？这让我想起了过去我们反复接受的教育：革命是一个阶级推翻另一个阶级的暴力行动。当年以阶级斗争为纲作为治国之本，自然一个阶级的欢笑就是另一个阶级的痛苦。改革开放带来了新的时代，但这并不意味着阶级斗争观完全从今天的社会里消失，因此即使今天社会经济大大发展了，但依然会存在阶层固化、社会不公等问题。《老桂家的鱼》的深刻之处就在于，我们不能在犯历史曾犯过的导致阶级固化的错误，现代化在解决"破败的船"的时候，首先要解决的是如何让船上的"老桂"们从破败中摆脱出来。

南翔的《绿皮车》也是我特别喜欢的一篇小说。这篇小说完全将历史与现实打通了，从情感上说，既有岁月的缅怀，也有对现实中的温情与善良的礼赞。而从理智上说，南翔以历史发展的眼光看待事物的兴衰，强调了任何事物的进步都有得有失，因此在历史进步的喜悦中也要警惕我们是否丢失了有价值的东西，整篇小说充满着历史辩证法。绿皮车是代表计划经济时代的十分典型的"物"，绿皮车行进在祖国的大地上，曾是当年诗人们最爱歌吟的意象，但到了今天，动车，高铁，和谐号，这一系列的高科技和加速度，足以把绿皮车挤出列车的轨道。但南翔的这篇小说并不是为即将被淘汰的绿皮车唱挽歌，而是在提醒人们，在欢呼高速度的"和谐号"取代绿皮车时，不要忘记始终陪伴着绿皮车的老工人们，以及由绿皮车营造出的特定的生活方式。《绿皮车》里的老工人把一生都奉献给了铁路钱，《绿皮车》具有一种绵绵的怀旧情愫，我以为《绿皮车》最出彩的地方，就是通过这种怀旧情愫，缅怀了在绿皮车这一特殊空间所营造出的一种独特的生活方式。哪怕今天社会发展速度再快、经济再繁荣、物质再丰富，但是南翔强调，我们不应该随便改变人们已经习惯了的生活方式。在绿皮车里，人们享受着慢节奏的生活，在慢节奏里人性得以充分展开，人们也自得其乐。但出于经济考虑，我们只想到列车的提速，就把这种慢节奏的生活环境毁掉了，而那些习惯了这种生活环境的人就会无所着落，他们哪怕得到的物质再丰富，可能也不会感到幸福的。

南翔是一位胸怀很博大的作家，他的小说哪怕书写一个普通的小人物，或者讲述一件很平常的物事，总是要透过人物或物事放眼悠远的时间和广袤的空间。他着眼于现实生活，却是对现实中的变化具有特别的敏感，他从现实的细微变化中打探到历史与文明演化的脉搏跳动。2020年发表的《打镰刀》就典型地体现了他的这一特点。这一回，他注意到了乡镇铁铺店里悬挂在屋檐下的锄头和镰刀。这不过是农民最常用的农具，应该是每一户农家必备的物事。但似乎现在它们遭到了冷落，在这个铁铺店里被挂在屋檐下，没有人来光顾。关注锄头和镰刀的除了南翔还有一位美术学院的教授刘寥廓，他慷慨地就将这些锄头和镰刀买了下来。但他买下来并不是要用其作为农业生产工具，而是觉得它们挂在屋檐下极其具有"艺术范儿"，他要把这些农具用在他的装置艺术中。这些作为农业生产工具的铁器给了他艺术灵感，他决定要打一万把镰刀，用这一万把镰刀创作出一件伟大的艺术作品。南翔便是沿着这样一个小小的切入点扩展开来，讲述了一个打镰刀的故事，在这个故事里他把现实中正在悄悄发生的变化凸显了出来，让我们感到了那些悬挂在乡村屋檐下的锄头和镰刀的分量。

我们得承认，中国四十余年的改革开放带来了中国社会的巨大变化，这种变化是与世界性的全球化和现代化同步进行的，它覆盖了政治、经济、文化、日常生活等方方面面。乡村的变化之大也是令我们过去难以想象的。这一切也反映在文学上，我们的乡土叙述完全不是半个多世纪前占据主流的或者田园牧歌式或者荷锄挥镰式或者鸡犬之声式的叙述，因为如今的乡土叙述已经不可能再面对一个封闭自足的乡村风景了，乡村与城市交织在一起，城市化和现代化的触角已经伸向乡村的每一个角落。我们在乡土小说中读到的是进城的农民工，或者是留守的老人和孩子，乡村的这些变化已经成为乡村的常态，因此《打镰刀》中所写的乡村同样也是这样一种情景，如鹰嘴山这个小村子的年轻男女几乎都出去打工了。但南翔要说的还不只是这些，他在大家都很熟知的这些变化之外，发现了还有一种变化，这就是农业生产方式的变化。由此南翔便带大家一起认识了两位小说中的重要人物：两个老铁匠，一个是张铁匠，一个是魏老伯，他们曾是打铁的老搭档，他们手艺好，打出的铁器远近闻名。但是他们打铁的火炉早就封炉熄火了，魏老伯也去照看儿子的果园了。也许这就是铁匠的结局吧，他们的手艺也就从此衰落，失去了传承。南翔从镰刀看到了一个非常严肃的文化问题：随着农业生产方式的变化，带来的是一种文明的衰落。是呵，在现代化高速发展的今天，高科技的工业化流程可以源源不断地制造出最标准的包括镰刀等各种铁器，生炉打铁的小作坊在这种现代化强势的倾轧下甚至连苟延残喘的机会都没有了。其实何止铁匠，整个农业文明逐渐走向衰落，这已是不争的事实。《打镰刀》以一个小场景的故事触碰的是这样一个关乎大文化的坚硬问题。

我很欣赏南翔面对这一文化问题所采取的姿态。农业文明衰落的现象其实是当下文学一个比较热门的书写题材。我也读到过不少写农业文明衰落的作品，作家们面对这一现象时似乎更偏向于做一个文化保守主义者，他们为衰落的文明唱挽歌，却往往无视在一种文明衰落的同时还会有一种新的文明在冉冉升起。而无论是旧文明的衰落还是新文明的升起，都不应该忘记最根本的一点：人类是文明的创造者。因此一个文化保守主义者首先必须是一个人道主义者，这才能保证你对文化的认知不会出现偏差。南翔就是一位严肃的人道主义者，即使面对社会变迁、文明兴衰这些关乎社会学和历史学的重大问题时，他也秉持着一位作家的人道主义立场。在《打镰刀》中，正是人道主义精神给一个涉及文明衰落的沉重故事带来了亮丽的色彩。张铁匠和魏老伯是文明衰落的直接承受者，也许他们会有一种失落感和被遗弃感，但南翔并没有刻意去渲染他们的失落感，相反而是真实客观地写他们能够坦然接受现实，同时，南翔又以非常体恤的心情去小心地叩问他们的内心感受。如写到两位老人重新开炉升火时的兴奋劲，"炉火是一个引信，同时点燃了两个老手艺人遥远又切近的记忆，伴随着叮叮当当的锤打声，两人默契的动作便是昨日的对接和延展，一点点生疏也无，一点点遗忘也无，一点点迟疑也无。全都是熟门熟路，是认真的手艺，也是认真地把玩。那种熟练与利落，像飞瀑一样流畅，完全举重若轻，根本觉察不出这是两个古稀之年的配合。炉火不时映现在两个人的脸上，雕刻出两尊铜像，却富于色彩和线条的变化。"这是充满敬仰的抒情文字，也渗透出一丝对于逝去文明的惋惜。当然，当张铁匠看到一万把精心打造的新镰刀在展览中被全部做成锈迹斑斑的旧镰刀时，他心情特别难受，南翔此时也只能无奈地让刘教授耸耸肩地暗想等以后再慢慢来解释吧。南翔的人道主义精神不仅体现在他对张铁匠和魏老伯的定位和描述上，而且尤其体现在作品的整体构思中。南翔将农业文明衰落的现象与农村年轻男人找对象难的现实串在一起来写，这是一个很好的构思。当然，这两件事情本来就有关联，乡村的凋败自然就导致了大量乡村女性逃离乡村，但南翔并非要探究这一社会问题的根源和解决的办法。他要写的是，即使在这样的困顿现实中，爱情也要寻找到宣泄的渠道。于是我们在小说里看到，在彬彬的召集下，一群年轻男女都来帮张铁匠打铁，打镰刀的现场成了一个村子里少有的热闹现场。在挥汗出力的同时，青年男女们的青春荷尔蒙得到尽情地释放。连张铁匠都说："你们男男女女在一起，这么些日子好好相处，都给我擦出几点火花来。真能结成几个对子，那就比我赚几块辛苦钱更开心。"而年轻人则调侃道："两个老倌子也作兴是老树发芽，枯木逢春咯！"小说就是在收获爱情的惊喜气氛中结束的，彬彬终于捅穿了观念习俗的阻隔，可以理直气壮地与倩倩谈婚论嫁了；而藿香则大胆地追到了与刘教授的爱情。一个乡村大龄胖妞能与离婚的城里教授牵手则是一份令我意想不到的惊喜。尽管这一惊喜在前面的叙述中铺垫得不是很充分，但我完全可以理解南翔的用意：无论世事如何变化，无论文化如何沉浮，爱情却是永恒的。打镰刀打出了爱情火花，也就会让我们能以一种辩证的方式去面对农业文明的衰落，也许打铁今后真的只是一种非物质文化遗产了，但我们的爱情仍然会在新的土壤上绽放得更加鲜艳。

　　以上是我阅读南翔中短篇小说的一些感受，也许只能算是管中窥豹。所幸的是，在这部评论集中，还汇集了数十位评论家的精深见解，有了大家的共同努力，我们也就能够将南翔作品丰富的精神内涵充分展现出来。

目录

第二辑　精神的高地与沉重的反思

第三辑　思想性与文学性的平衡

第四辑　我的亲历，然后文学

附　录

第一辑 ○○○

生存现场的人文地图

在现实和寓言之间

——南翔中短篇小说集《绿皮车》阅读札记

张清华 [①]

　　小说自然要贴近现实，这也算是近些年文学的基本命题了。常见的说法诸如"有现实感""常识性""经验""接地气"等等，有批评家还发明了"物感""物质外壳"等等说法，强调小说的写实属性、现实逻辑。这自然没错，但另一方面，我们也要意识到，小说与现实之间并不是单向且有终结性质的"回到"的关系——换言之，小说不是回到了现实就万事大吉了，从文学史的角度看，这无论如何也难以理解为一个"进步论"的逻辑。事实是，历史上小说多数时候并不是"写实"的结果，相反倒多是"寓言"的产物。如果一个小说家不能将其写真式的故事上升到寓言的高度，那么这种写作的意义便显得可疑。不只是对于现代派而言，即便是中国古代俗到家的世情小说，类似"三言二拍"，也是把小说当作了"警世""喻世""醒世"的"通言""明言""恒言"。可见小说不是"对现实的记录"，而应该是"对现实的发现"，或是"对于人生的启示"。这个发现不只是描摹，而是一个充满了思考和发酵的过程，应该同时是对于现实的提炼与抽象，以及精妙的处理。所以好的小说家必须具有超越现实和总结现实的抽象能力，必须写出人的内心、灵魂、人性与命运，能够从现实走向更深层的世界，写出能够更具有认知与理解深度的真实。

　　[①] 张清华，男，1963 年生。文学博士，北京师范大学文学院教授，博士生导师。主要从事当代文学研究与批评。本文的节录部分曾发表于 2014 年 11 月 2 日《晶报》A12 版，此为全文。

这不免有"缅怀先锋写作"的意思，回头看，甚至会有些许"今不如昔"的感慨。存续十余年的先锋写作自然也有诸多不足，比如形式主义、不接地气等等，但这些同时也可以理解为是充满探求的精神，充满了精神和艺术的难度。想当初，那些叛逆者不过才刚刚二十几岁或三十来岁，但他们的叛逆精神却不是像如今的年轻人，热衷于以市场或撒娇为诉求的商业化、技术化与世俗化的写作，也不是犬儒的媚俗式的抄录现实，而是同样以青春和力比多为支撑，写下了那个时代最具有艺术难度与精神高度的作品。同样是叛逆，但两相对比，孰高孰低，却可以一目了然。

这些话自然一说就多，不如不说。文学的潮流无可阻挡，不是个人好恶所能驱遣和改变，刻舟求剑式的缅怀过去自然没意思。但不管怎么变，好的小说家要有"从现实通向哲学"的能力，却是不能改变的基本特质。无论是艾布拉姆斯所说的"烛照"，还是昆德拉所说的"发现"，其实都不是指一望无余的具象世界，而是指对世界全部秘密的发现。但这个"秘密"不是刮去表面的一层浮土就会自动显现，归根结底这是一个再创造，一个通过哲学的烛照与精神发现去照亮世界的过程。

南翔的小说让人有眼前豁然一亮的感觉。原因是，他或许与眼下写作的流俗拉开了一点距离。因为我从其《绿皮车》中所得到的印象，不只是对现实的记录，而是充满了启示性和时代寓言的意味。表面看，他的素材或领域也不离眼下文学的大环境，也在写底层，写环保，写历史，但他对于历史的书写却不只是叙述故事，也不只是用惨痛或者血腥来震撼我们的神经，而是用了人性寓言的方式，用了哲学探求的方式，揭示了历史深处的人性逻辑，这是令人欣喜的。而且在我看，这部小说集中最具价值的作品或许不是大家都报以赞美的《老桂家的鱼》《绿皮车》诸篇，这些小说写得好，笔法细腻，有强烈的现实感，但或许与其他人的写法并无太大的距离。而另一类写历史尤其是"文革"的作品，却因为更具有处理的深度而显得与众不同，因而也更值得重视。

以《抄家》为例，我以为这篇作品可看作是一个极具哲学意味与人性深度的寓言。因为他对于历史的介入，已不是单纯讲述通常可以想象的暴力本身，而是深入到主体的内心与灵魂之中。我甚至认为，它称得上是一个绝佳的电影剧本，可以由顶级的大师来导演，可以拍出与《朗读者》《辛德勒的名单》一类电影相媲美的杰作。一边是无知无畏、无法无天的抄家的红卫兵，一边是学富五车但又沦为专政对象的老师方家驹，方老师精通音乐、艺术，兼有历史、人文、文学和军事方面的知识，但此刻却只有被强制剥夺一切的命运。而身边的这些学生，只懂得粗暴践踏他人尊严以及空喊"革命口号"的一群暴民，却在随意地侵害着他人的家庭和私有财产。两相对比，一个让人灵魂战栗的场景被勾勒得惟妙惟肖。

小说的绝妙之处在于，这一切是用了戏剧性的对比手法展开的，一边是无知的学生在违背法律底线与基本人伦在抄老师的家，一边则是卑微而虔诚的老师在耐心地给学生讲述无所不在的知识；一边是无知的黑暗与极限，一边则是智慧的集合与化身。但一切价值在这里都被无以复加地毁弃和颠倒。这情景完全可以构成一幅人与兽的对照图。当然，对于这一切，作家不是用了概念去堆砌，而是用了大量的知识与艺术的符号或者信息，将它们极有意思地"嵌入"到荒蛮的历史之中，嵌入到与"无知无畏"的"革命者"对照与对立的情景之中，借以构成一面人性乃至文明的镜子。

作为小说中的一个衔接两端的人物，被昵称"燕子"的徐春燕在其中扮演了很重要的角色，她会拉小提琴，又有不同寻常的美貌，更有过硬的"军干子弟"出身背景，因此在两派抄家者中具有特殊而奇怪的威慑力：她一方面充当了帮凶，另一方面又在不断地接受来自老师方家驹的知识传授；她一方面显示出同样的粗鲁与冒犯，另一方面又暗示着某种人性的闪念以及对于知性的尊崇。即使是在那样酷虐的年代，她身上也还闪现着一丝文明的希冀，但这也如同《朗读者》中所暗示出的人性与文明的悲剧寓言一样，在某些时刻，艺术和文明同样不能挽救历史，也不能救赎人性自身。她告诉我们，即便在如此摧毁一切的年代，历史也从来没有单质化，也仍然葆有自文明史以来最基本的悖论、冲突、戏剧与传奇。

主人公方家驹最后的失踪也是一个很有意味的处理，他成为一个未解之谜，对于小说而言是一个最好的处置。这意味着，历史的悲剧仍然是"没有主体"的一个谜团，受害者依然没有得到安抚，基本的人性正义仍然悬空而没有昭彰。但颇富戏剧意味的是，当年的那个燕子，最后成了一个历史的缅怀者与生命的凭吊者——她变成了一个"六十开外的美籍华人"，在业已拆迁的中学旧址处拍照留念，她的身后则是"跟他们生活的国家和城市越来越趋同的车水马龙"。

可见，戏剧性与寓言化是这个小说最核心的特质，由此它构成了一篇历史或者哲学的寓言，而不只是一篇小说，也不只是对历史的批判，而是对人性与文明的哲学思考。它所生出的历史的荒诞感与文明的悲剧性，以及对其人性渊源的深思，可谓有良多启示。

另一篇《无法告别的父亲》仿佛是另一个人性的寓言，小说借了罹患癌症处于弥留之际住在医院的父亲，来叙述已然沧海桑田的 1970 年代的历史。那时父母亲分别作为警卫与护士，看护一个只有"编号"没有名字的病入膏肓的老人，这个老人其实是与"林彪集团"有瓜葛的"案犯"，但作为病人，那时年轻的父母亲却冒了很大的政治风险，依照基本的医学伦理而给予了他应有的照顾。后来他们都受到了组织的处理或处分，而病人也终于"被终止"了生命。对照现实的医院与医生的职业伦理，这篇小说不禁会令人感慨万端，即便是在号称没有人性的年代，其实人性的闪光依然无处不在，而在如今这样的年代，人们却反过来怀念那时普通人的纯真和善良。另一篇《1978 年发现的借条》，也有近似的历史的戏剧性蕴含其中。革命时代也有讲道理的，李队长借了阿平家的枪与粮，留下一张借条，誓言革命胜利后还债，但并没有兑现——革命的逻辑也不可能给予阿平的先人以兑现的机会，只是在"划定成分"的时候对他家有所照顾。随后这家人贫病交加，想拿这张借条来救命，但始终没有成功讨还，最后不得不将其撕掉。三十年后似乎终于又有了机会，但立借据的人已死，历史也早已查无对证了，恩怨纠结，终有消亡。

再来说说《老桂家的鱼》，这篇广受赞誉的小说在我看来也不像是一个概念化的"底层"叙事，而更像是一个与鲁迅、沈从文等有内在传承的作品。固然它也写了贫病交加的渔家生涯，写了一户渔民（疍民）困顿的日常生活，但更让人流连忘返的是它对于点滴生活场景、对于人情人性的精细而传神的描写，有似沈从文笔下的湘西人家，或是鲁迅笔下鲁镇人的生活景致，人物的音容笑貌，性格情态可谓跃然纸上，极富神韵。这些画面不止弥合了小说对于现实问题——诸如过度捕捞、航运干扰、因病致贫等等社会现象对于叙事本身的意义挟制，同时也使得这些问题永久化了——成为生存甚至一种文化和文明的悲剧。这样的悲剧与现代历史与社会的整体进程息息相关，是自鲁迅、沈从文和许多现代作家以来共同的主题。

当然，至于小说的魅力，也来自它淡淡的伤怀与诗意，由质朴的渔家生活和尚存的伦理风习，由这些民间或底层的人物的命运所带来。他们作为历史的生存，或者作为生存的历史，在这里生发出了久远的时空与漫长的意蕴。不足之处是结尾的仓促，收束稍显突然，对于老桂的死交代稍嫌简单。在尤为有戏、有展开可能的地方较快结束了。

另一篇《绿皮车》的意义庶几近之，与《老桂家的鱼》有异曲同工之妙。它同样着眼于即将消失的人与事物，着眼于一种即将退出历史的生存与伦理，不同的是，它不是住笔于乡下或渔村，而是深情款款地描绘了一列老旧的"绿皮车"的景观，描绘了一个即将退休的绿皮车上的茶炉工的生涯与命运，也同样焕发和激荡出令人百感交集的诗意。这个并无名字的茶炉工，以"接班"身份入职，与绿皮火车同行，经历了曾经新鲜却逐年褪色，曾经满足却愈显卑微，最终彰显出草芥之身的人生，被时间和时代远远地抛下，并且最终还要告别这样一趟本就被历史抛掉的列车。确乎有某种深意存焉。在职业生涯的最后一个班次，即将退休的他，像以前三十五年中每一个班次一样，卑微然而生动地，与底层的芸芸众生摩肩接踵地紧挨在一起的，有嬉笑也有怒骂，有狡狯也有慷慨地，履行了最后一次职责。虽然不无刻意的张扬，或者又显得过分的克制——这或许是这篇小说的妙处所在——画出了一个底层人的酸甜苦辣，彰显了历史或时代的一份淡淡的忧伤。真是妙极了。

因为作为穷人的专利，"绿皮车"是逐渐水落石出、归本复原的一个符号。当年改革开放的初期，这样的火车并没有给人如许的卑贱之感，遥想三十多年前 1979 年王蒙的一篇《春之声》，几乎是掀开了新时代的序幕，然而却是物是人非，相去霄壤。科学家岳之峰乘坐波音喷气飞机从现代化的美国访问回来，再在春节来临之际乘坐"闷罐车"回到贫瘠的乡间探视老母，在拥挤的车厢里，在五味交杂的烟雾与喧嚣中，他似乎听见了施特劳斯《春之声圆舞曲》的旋律，心中荡漾起无限的憧憬。那时谁会想到今天？确实，谁也无法否认历史的发展和进步，但是人的分化与历史的悖论仍然存在，从岳之峰到茶炉工，从回旋着春之声圆舞曲的闷罐车到鸣响着鸡鸭鹅鱼交响曲的绿皮车，相似而又不同的生命处境，在对于历史和文明的更深远的认知中，生发出新的诗意。

这是《绿皮车》中的一段：

绿皮车因了连年的亏损，路局也想停运。如果停运，那么职工通勤，学生上学，还有菜嫂和鱼贩子的日常劳作买卖，将是另一番景观，怎样的景观呢？人生就是这样，一直往前走啊走啊，年轻的时候，从不会去想终点在哪里，结果会怎样？一趟一趟地行走，一趟一趟地折返，似乎永无尽期；猛不丁就到了终点，该下车了。忽然明白了，永远需要你的，其实是你的家，而不是一拨又一拨的乘客，当然也不是单位，不是绿皮车，不是你的煤铲，捅火钩和袅袅冒着热气的茶炉。

他从衣兜里小心掏出一个瘪瘪的烟盒，那里面是一个著名医院血液科主任医生的名字，他拿不准要不要马上去找他；不管找不找，日后有更多时间陪伴生病的老婆，却是无疑的了。

仿佛刻意构成的戏剧性的对比与对话关系，岳之峰幻想中无限美好的未来，变成了茶炉工令人悲伤的过去。"发展"确乎改变了许多人的人生轨迹，改变了陈旧的生活方式，"绿皮车"也沦为了穷人的车，变成了底层子弟们、乡下菜农和鱼贩的车，拉着过去岁月的车，勾连着日益衰败的乡村与不断扩展的城市的车。而今连这车也要因为亏损而退出历史舞台了，你不能说历史没有进步，但历史的进步最终能够解决的，仍然有限，对于茶炉工来说，他不过是延续了无数人——也许是大多数人，从哲学的意义上是所有的人——共同的经验：历史的车轮仍在前行，但他终有一天每个人却都要下车。

南翔的小说所揭示的是另类的历史，是历史背面的东西，这是令人欣悦的，没有哪一个成功的作家是兴冲冲地去写历史的正面的。而对于这背面的书写，也不能只限于表象与问题的描摹，而是要深入进去，去触摸容易让人"触电"的部分，被击中、被震撼、被俘获的敏感的历史之核。

需要赞美的还有细节，南翔的细节描写是过硬的，不止如前所述的民间风情与人物情态的刻画，便是其叙述的文风，也可谓深得人心。假如非要"定性"，据我看来，他是持守了一种兼有"先锋小说"与"写实主义"的文风和文体，因而亲切而又陌生，准确而又洗练。比如在《1978年发现的借条》的开头，是如此有现场感与细节性的一段：

1978年初夏的某个下午，我正在窗前复习一本高三的《代数》下册的内容：若某事件概率为 p，现重复试验 n 次，该事件发生 k 次的概率为 P=C (k，n) ×pˆk× (1-p)ˆ(n-k) .C。这样绕梁三圈还不止的艰深公式，令我这样一个"文革"伊始混过三年初中，即到宣江站当工人已近七年的后生子，不免头大如斗。看着看着便走神。

窗外是无限风景，隔壁阿平种的几蔓丝瓜，从一棵柚子树的不同侧面攀缘而上，再蜿蜒蛇形而下，在我们这排光棍宿舍后屋檐下的电线上热烈地汇合，几百朵雌雄邀约的黄花绽放如五线谱上的旋律，于是蜜蜂来了，蝴蝶来了，蜻蜓也来了。这样缤纷的场面，只有《列宁在一九一八》里的天鹅湖片段可以媲美，"若某事件概率为p"远远不能牢牢吸引一个旷废学业多年后生的目光，尽管他早已厌倦按部就班的生活，对高考恢复之后的另一种可能，无限向往。

我忽然发现，在缤纷之中，有一只小小的寂寞的蜗牛，不知如何克服了险阻，攀上了丝瓜蔓，行走之慢，几乎看不出它的蠕动……

不禁让人想起先锋小说时代的某些情形。语言是思想的直接现实，我相信，这不只是风格的近似或者模仿，它同时也包含着一种观察的态度，一种再现现实的方法，那就是，不只是写真，而更是寓言，不只是反映论意义上的书写，更是发现论意义上的探求。

卑琐与苍凉

——南翔小说中的人生

陈　墨①

　　青年作家南翔，1982 年毕业于江西大学中文系，从助教、讲师、副教授，至去年破格晋升为教授，仅仅经过十年，他的人生境遇可说是很顺当的了。然而他却有着并不寻常的人生阅历：上大学以前有过漫长的漂泊人生，即使在当了大学教师以后也不安于书斋，而不断地走出校门，下乡下厂，四处奔波，甚至利用教学轮空的机会远赴海南找一份临时性的工作，以体验生活，搜集素材。这使他见多识广，能够写出许多视野非常开阔、题材十分广阔的小说：有写内地的，也有写海南的；有写当代生活的，也有写历史风物的；不仅时空辽阔，而且工农商学兵各种人物、各类题材一应俱全。

　　南翔的创作始于 80 年代初，但其真正引人注目却是在这三四年。中篇小说《黑耳鸢》（1988）是南翔小说成熟的标志。此后，一发而不可收，发表了《四个放飞的女人》《白的光》《亮丽两流星》《失落的蟠龙重宝》《空山》，以及《淘洗》《米兰在海南》《道是无情》《不要问我从哪里来》《不要问我到哪里去》《永无旁证》《阳光下的坦白》等系列中篇小说，外加长篇小说《没有终点的轨迹》一部，短篇小说《前尘》等若干篇。其中《失落的蟠龙重宝》《前尘》等在《上海文学》发表后获得好评，而"海南系列"则多次被《小说月报》《中篇小说选刊》选载，且多次获各大刊物奖，引起社会广泛的注目。在谈到"海南系列"这一组小说时，南翔说："海南有种既杂乱又活泼的东西在吸引我，四周的环境能促

陈墨，男，1960 年生，安徽省望江县人。教授，中国传媒大学兼职博士研究生导师，中国电影艺术研究中心研究员。本文原载《文学评论》1993 年第 5 期。

○ ○ ○ 009

使你保持一种机敏的反应和追寻，疲惫也罢，繁杂也罢，恼怒也罢，但却伴随着寻觅的充实"（《永无旁证》）。正是在这种不安分的追索、寻觅的探求中，使南翔有了不寻常的收获。

南翔小说创作获得成功的最重要的原因还不是他见多识广，而是他善解人意、阅透人生，有一双能够"透视人生"的慧眼。古人云"世事洞明皆学问，人情练达即文章"，南翔的长处，正是洞明世事，练达人情——好的小说作家恐多半要这样。在他的眼中，内陆人与海南人，古人与今人，以及工农兵学商等不同职业行当的人，其区别是有限的而且是表面的，他们的个性深层次以及他们的人生命运的深层次的内容，则有着深刻的关联，比如人性的关联、民族文化的关联以及时代的关联等等。

南翔是透破现象看本质，尔后再还原为人物形象。不论是工人农民或商人战士，在这一意义上都是一样：他们都具有同样的物质生活欲求和精神生活欲求，他们都为食、色而劳作、奔波，都为摆脱较低一级的贫困、低贱或尴尬的生活而努力挣扎。他们都生活于一种卑琐烦忧的凡俗之中，并成了这种凡俗卑琐的生活的"风景"之一……在这一点上，南翔的小说显然与近几年风行的"新写实"小说有某种共通之处，说它们受了"新写实"小说的影响也无不可。在南翔的小说中，同样是没有英雄，甚至没有英雄的梦想，没能够像传统的现实主义文学那样企图反映时代、社会的本质及其规律的人物形象与故事情节，有的只是凡俗琐细的生活情景，只是刻骨的真实，只是平庸的、个体的感性生命的挣扎和运动。如《白的光》写一群美术系的研究生、青年教师及本科生、旁听生为了办一个画展而四处筹款的凡俗生活情形，美术家的浪漫和高雅，全然被卑琐的求人，匠人般的劳作，以及家庭、学校、社会的各种世俗人生的压力所吞没。而长篇小说《没有终点的轨迹》则更像一部"新写实"小说作品，它叙述一位女车长、一位主办列车员、一位司炉工共三组平行而又交叉的故事，说是故事更不如说是凡俗的"生活之流"，他们的处境是凡俗而又真实的，他们的追求也是真实而凡俗的。无非是上车下车、上班下班，以及地位的上升下降。而无论是上车工作或下车回家，无论是地位的上升或是下降，都没有、也不能改变他们生活的平庸和烦琐。真实的人生状态都是这样。这使我们想到方方的《风景》、池莉的《烦恼人生》以及刘震云的《一地鸡毛》与《单位》等等。南翔小说中的人物都面临着卑琐人生的命运，无计可避，也无处可逃。进而，这种卑琐已经深入骨髓，变成了灵魂的烙印，使他们在生活中的言行举止都成了"烦恼人生"的独特"风景"。南翔所写，其实不只是人的生活状态以及凡俗人生的状态，而是当今中国人的一种具有普遍性的生存状态。他是这种生存状态的探索者、描绘者，也是它的揭秘者。无论是《空山》中的那位独自放哨于空山的上士班长陈禾根，还是《四个放飞的女人》中的几位不幸的女性，他们都是这种生态的组成部分，即他们都是凭着同一种本能在生活之网中挣扎，与卑琐人生的命运对抗着。

当然，南翔的小说与"新写实"小说又有很大的不同。突出的差异之一，是南翔笔下的人物，几乎全都是"漂泊者"，从而在凡俗人生之中多了一种漂泊感、传奇性和苍凉意味。

南翔小说中的人物多半不是居有定所，而是漂泊在外的：人物的生活环境多半不是固定的。如《黑耳鸢》是写在风景区开会；《白的光》《亮丽两流星》则是写人物出差途中；《没有终点的轨迹》名如其实，是以列车运行为主要生活场景的；《四个放飞的女人》各自离开家乡、离开丈夫与子女而到外地去骗婚；《空山》是写一位上士班长离开部队去独守空山哨所；《前尘》是写抗战时期的逃亡生活；《失落的蟠龙重宝》中亦有一个军人以他乡为故乡……这形成了南翔的小说的一大景观。

这一景观的形成，原因有三。一是作者要扬长避短，故而将人物从固定的环境中提出来。南翔虽见多识广，可以工农兵学商都写，但他终非神仙，当真熟悉各种不同环境的生活。作者之长在于善解人意，而作者之短则是不可能每一种环境都熟悉。如是，就将人物从固定的环境中拉将出来，让他们漂泊在外。这就没有了因不熟悉环境而没法写实的困扰。例如作者并不熟悉农村，就让农妇"放飞"；作者不熟悉军营，则让人物进入"空山"。如此等等。原因之二，是要让人物在漂泊中多一点传奇性或奇遇的可能性，从而让小说多一种传奇的色彩。这正是南翔小说与一般的"新写实"小说的不同之处。南翔让人物离开常处的固定环境，一来可以多一点机会、多一份奇遇；二来可以让人物的心态更为自由、更加宽松，从而更加赤裸裸地表现自我及其本能。如果说一般的"新写实"小说注重的是环境对人的压抑，那么南翔的小说则更注重人物在相对自由的漂泊中的赤裸裸的自我表现。这不仅是两种不同的角度，而且也可以说是两种不同的表现方法。南翔将人生的凡俗与卑琐的生存状态的描绘与漂泊者（在某种意义上又是追求者、寻觅者）在追求与寻觅过程中的传奇机遇的叙述结合在一起，这不仅使小说的表现空间得以拓展，表现角度得以增加，而且也使小说的可读性（因为有了传奇色彩）大大地增强了；不仅使作者的叙述更为自由，而且也使小说的意义更为丰厚。原因之三，是"漂泊人生"的叙述，可以在小说的更深的层次——比如"形而上"的层次上——透示出强烈的苍凉意味。这与"新写实"小说的一味的凡俗卑琐相比，其审美效果自是大不相同。看小说的故事、人物在异地他乡挣扎，自有漂泊之感与苍凉意味，进而上升到一种形而上的层次，更可以说所有的人生都是一种无可奈何的漂泊，因为每一个人都是这一世界上的匆匆过客，这与在家乡或在他乡，有定所与无定所都不相关。也就是说，漂泊及漂泊者，都有一种深刻的象征性。读之思之，当然会倍感苍凉！作者不仅能够了解人、理解人，从而将其笔下的每一个人物的生态与心态都作出透彻的解剖，让他们在小说中赤裸裸地展示他们的灵魂；而且在对每一个人物进行透视和解剖的同时，还包含了更深刻的人生启示，从而使之惠及更多的众生，体现出作者的心善和悲悯。例如小说《四个放飞的女人》，写的是四位有夫的农妇外出骗婚的故事。小说不是站在法律或道德的层次去表现"罪与罚"的主题，而是十分冷峻地站在一旁，叙述她们的生存状态及其卑琐而又悲惨的命运。其中月珍是因丈夫患病，无钱诊治而外出骗婚的，不料她嫁给一位有钱的驼子，此人却有生理或心理的残疾，月珍受性欲本能的控制，只得与驼子的侄儿石画偷情，最后被驼子发现，她又将驼子杀死，从而她不但有骗婚罪还有杀人罪，任何法律与道德都只能将她推向死亡。然而小说并不着眼在"罪与罚"，而只是客观地展示这个人，及其贫穷、蒙昧、愚蠢而又善良、单纯、朴实的种种矛盾的性格特征，她的人生故事中有着极为复杂的含义。小说中的另外三位女性都是自杀身亡的，因为她们用骗婚挣来的钱并没有使自己的生活得到幸福的转机，反而招致丈夫的反目或良心的谴责，她们的结果与动机发生了深刻的错位。钱不等于幸福，钱也不能改变她们的命运。从而，在她们自杀之后，"罪与罚"的问题已经变得不再重要，而人生及其命运的卑琐与苍凉却显得格外的突出，也格外的深刻了。

　　说到人生的苍凉，我们又看到南翔小说的另一个特征，那就是几乎所有人物的追求，其结果总是与动机错位；所有的寻觅，其目标总是与意愿产生漂移。他们想要得到的，几乎都不能得到。而他们所能得到的，却又不是他们追求的目标。一句话，南翔的小说大多是以悲剧结局，其人物的命运也大多是悲剧。

《四个放飞的女人》最终放飞了自己的生命。《黑耳鸢》中的会议终于草草收场。《失落的蟠龙重宝》中的重宝铜钱并未丢失，而三个好朋友之间的友情、信任及其人生最宝贵的信念、道德节操却永远丢失了。《空山》中的陈禾根的人生愿望虽很卑微，只不过想退伍回家找一份好点的工作，获得心上人的许婚，为了这些他想立功，于是进山，于是被山洪卷走，牺牲于空山之中。《没有终点的轨迹》中，女车长甫湘为情人之事向上级求情，却反被情人误解和抛弃！主办列车员迟小林虽当上了车长，却被人打成了重伤；司炉工胡天波一心想发财、娶漂亮老婆、满足男人的自尊与虚荣，不料却被一心想要嫁给他的女人告发，最终身陷囹圄。再看"海南系列"，这些人远离家乡奔赴海南，自是为了各自的梦想。可是，《淘洗》中的罗雪林终于错过了房晓英又错过了凡玲；《米兰在海南》中的米兰本是为逃情而去，想在那儿有所作为，最终是情也失去，却逃不了色欲之网，连一份工作也丢了；《道是无情》中的依丽因为一份善良而不仅失去了工作，而且离开了男友；《不要问我从哪里来》中心经理徐国华为了实现企业家之梦呕心沥血，最终不仅一无所有，甚而险些落入法网；《不要问我到哪里去》中的洪子、方红、马江；《永无旁证》中的敖瑛、《阳光下的坦白》中的杨家龙等都莫不如是，想得到的都没能得到。

这是南翔小说的又一景观。这种景观不能用某一种悲剧观念来概括。命运毕竟不是一种抽象的、单纯的东西，更不是神意的表现。各种不同的悲剧命运的产生，说到底都还是源于人类生活本身。有时代的原因、社会的原因、家庭等等不同环境的原因，更有人物性格和自主选择在起作用。有些貌似悲剧的结局，其实并不是真正的悲剧；正如有些看上去平常甚至"很好"的情形则又饱含了悲剧性。《四个放飞的女人》的主人公之死固然可悲，但真正的悲剧还在于她们的生存环境及其生存方式、生存状态本身。《不要问我到哪里去》中的洪子出走非但不一定是悲剧，相反可能是他的解脱或超越，而对马江与方红而言，则又是一种新的机遇。洪子的悲剧在于他在内地当大型企业的团委副书记的经历，非但没有真正磨炼出他的坚韧的个性和毅力，反而掩盖了他的脆弱和怯懦。《白的光》中的谷琦的困窘的生活处境，反倒坚定了他重扬理想风帆的决心。……南翔小说的相似的结局，包含了不同的人生况味。须得具体、认真地品味，才能觉出其中的复杂和丰富。

南翔的小说起于凡俗的写实而终于传奇式的逆转结局，表面上是人生的卑琐的生态和心态，骨子里则透着深深的苍凉和悲慨，这使南翔的小说在形式上也与众不同。南翔的小说很好看，但却"难说"，难以复述，更难以有"一言以蔽之"的理念把握。读过之后，往往觉得可说的有许多，但真要说起来却又觉得它们"模糊一片"。这是因为作者既不着意于写完整的人生故事，也不着意于写完整的个性形象，其人物没有绝对的"主角"和"配角"之分，而着意于写一个个感性生命实体在生活之流中的不同的表现，写他们的生态与心态，写"生活"即"生存方式"本身。小说中的每一个人物都是小说的"生存风景"的有机的组成部分。我们在《黑耳鸢》这样的小说中寻找主人公是找不到的。"海南系列"中的每一个人都是主人公，或者相反，每一个人都不是绝对的主人公，因为他们都不能绝对地主宰自己，而是生活在人际关系的网络之中。换言之，南翔的小说是在描写着我们这个民族和我们这个时代的整体性的生存风景。贫穷与反抗贫穷，精神追求与精神失落，旧文化价值的解体和新文化价值的重建……正是南翔小说的共同的主题。从而，卑琐或苍凉，就不仅属于小说中的人物及其人生，而同样也属于小说中与小说外的我们的民族和时代。

南翔用不同于巴尔扎克及其现实主义文学的方法和形式，干着与巴尔扎克同样的事，他在当我们这一旧的道德政治文化逐渐解体，而新的法律经济文化价值尚未建成的特殊的民族历史时期的"书记官"。

南翔小说还有一个特点，那就是力求雅俗共赏。这是他的一个心愿，也是他面对新的文化变革和经济冲击时期的一种主动的选择。他在这方面下了不少的功夫，使小说既具有表层的可读性，又具有深刻的内涵，使小说"好看"而又"耐看"。他没有去做探索的先锋派，可也不愿意随波逐流地"从俗"，而是将他的主观的审美理想和趣味，与读者的欣赏和接受的可能性结合在一起。在小说叙事中，南翔把自己的主观情趣隐藏得很深，而是做出"说书人"的姿态，给自己的小说装点些故事线索，添加些传奇色彩，并且最大限度地贴近世俗人生与俗世的人心，把人物的"性感"写得相当的充分却又"乐而不淫"，很注着分寸。只是保持一份"性感"，保持着一份诱惑力与生动性。他的小说的好看，当然也包括了叙事的巧妙和语言的功力深厚。他的小说总保持着合适的节奏，小说的语言则简洁而富有韵味。——限于篇幅，这些只好略而不谈了。

忧郁的人生风景线

——论南翔的创作兼评长篇小说《无处归心》

张德明 [①]

人类在群居时代就有了相对朦胧的"族"的观念。尽管这种观念其时异常模糊难界，但由其延伸的本根意识却是一种长久浸染华夏民众的传统文化的思维方式且最终操纵了人们的基本道德情绪。因此，人们将生命和生活之本视为主体忠诚与崇拜的对象。漫长的岁月里，历史在她既有的辉煌中从未让人动摇过这一信仰。在文学和社会生活内容都发生了巨大变化的今天，这种至高命题却因了外在的无限危机而不得已受到了深深的怀疑，从而在很大程度上将这一文化的回顾作为一种返祖拦腰斩断。与此同时，商品意识形成的各种观念的袭击也在迅速瓦解这一传统的持续。"平常心是道"的无为气质作为一种调和色调中介了中国文化人的求索精神。它伴生的乐感文化也排斥了尖锐与庄严，使我们从现实文化背景来考察人们的生存状态时便显示了自身难以置信的心理艰窘和非常有限的承受力。作家面临如此难为的场面，创作选择无疑具有机敏和胆识两种含义。这也是当代作家南翔所著长篇小说《无处归心》(安徽文艺出版社 1993 年 9 月出版) 给我的一种启示。

南翔是一个早为读者接受的学者型作家。他在当教授带研究生的同时进行他心爱的第二职业——文学创作，并且成就斐然。他每年都要抽出一段时日走出大学去寻找、聚积生活感觉，生存的起初背景帮助他获得了极

① 张德明，男，生于 1963 年 9 月，四川资阳人。现为西南科技大学文学院中文系主任，教授，主要研究方向为中国当代文学批评。本文原载《当代文坛》1995 年第 4 期。

为可贵的创作情感。很多年来他都把创作的背景地集中在南方几个主要开放城市。于是形成了他最突出的特点与贡献，即他越来越多方面多层次地体现和丰富了文学创作的新型选择，实现了文学表现在商品经济社会中的最大可能。这一趋势集中反映在他令人瞩目的"海南系列"作品之中。为此，1994年上半年在京城有关单位曾举办了这一系列小说的研讨会，受到文学界的高度赞誉。

一个成熟作家保持一种长期形成的创作风格容易，但能适机穿插写一些不大同于"自己"的作品却难。这不仅是美学认同、文学素养及创作技能的高下问题，而是得益于作家对自身创造潜力的把握和信心；也不是纯粹的文学表现的问题，更决定于一种恒定的心理素质。

南翔的长篇小说《无处归心》可以视为一个成功尝试。

简单点说，这是一部描写苦难及奋斗的作品，也是一部表现人如何看待苦难的小说，是叙述苦难在人的心灵中激起了什么样的反应的小说。南翔在给我的信中曾这样说："此书是我们这代人历史之一种，从一个小学生（六四年'四清'）始写至现在，是我较满意的一部长篇。"从时态视角看，这部小说属于"过去"和"现在"两种时区合一之作，内容的切割比例大体对等。作家站在时代发展的审美基点上，关注人物的命运，准确触及那些创造着希望同时也蛀蚀着希望令人感动也令人愤懑的复杂现状。借助这种背景，作品揭示了两代人对于命运的反抗和对生命价值追求的差异，透露了作家对生命意识、人格情趣等重要主题的沉重思索。

前面已经谈到，南翔近年以他带着浓厚韵味的文学取材引起了文学界和读者的强烈兴趣，那些作品是他创作成熟、进入巨大成功的标志。说来也怪，南翔没有使自己陷入常人习惯，顺着成功的趋势再做努力（或许以后会的），却把审美视点转移到新的生活领域进行开掘。早在他以前关注海南生活的时候，长篇小说《没有终点的轨迹》就透露了这种追求，只是当时显得并不突出。

《无处归心》中，从叙述指向而言，作品有两条前后相继的脉线：60年代初，小镇会计杨志清懦弱而又情感旁溢，在"四清"中因贪污被黜，继而因涉嫌井水投毒被抓而放放而抓最后被判入狱，服刑于一个煤矿，家庭生活失去平衡；在如此环境中长大的杨的儿子杨家龙，自尊而又自卑，外表平实守拙和内心委屈强愤交相增长。从故事延伸的审美状态而论，杨志清的经历显得波澜不惊，在那特殊的背景下似乎不会太使人感到意外；儿子杨家龙的人格发展却让小说牢牢地抓住了读者的阅读渴望。70年代，杨志清由于家庭生活困难和怕儿子学坏的种种考虑，得到劳改队长和占有了杨家龙姐姐的高文书的恩准，让家龙到了他服刑的煤矿帮小工。很长时间后，作为"可以教育好的子女"，家龙成了最后一届工农兵学员。师范院校外语系毕业后回家庭所在的城市教中学，承蒙当军分区头儿的岳父的荫兹和妻子郦水惠的斡旋，他当上了地区报社的记者。夫妻之间太多的差异及由此形成的不协调使他急于摆脱这一现状，远赴海南，寻找生活的另一契机。

人为理想而活（尽管很多人不少时候只是把它视为幻想甚至是很卑琐的假想），为了一种期待去奋斗，这一丝希望的消失也就意味着人的生命价值的丧失。杨志清还在小镇上做会计时，他不仅仅是为了养家糊口的生存需要和道义法则而努力的，也为了小镇里有一个让他放心不下的播音员小江阿姨。这自然给他嘴碎的老婆带来了攻击他的口实，但不可否认，也给他异常沉寂的生活提供了某种念想依托。如果这段似有似无的情感转移最先是出于他尚存的意识自觉的话，那么，在他遭遇了一连串的沉重痛击之后这一自觉也随之消失了。他习惯把一切都当作自然，老婆责怪，儿女所受的牵连，自身的命运，在他看来都是注定的，即使小江和他的情感呈现为转眼消去的沉重一笔也是可以接受的。他只有叫儿子听话不许捣蛋。偶尔在回首往事时又不大甘心，处于一种矛盾的自我剥离之中。他的一切人生价值体系都不存在了，他的希望甚至喜怒哀乐等精神火花本该激励他用自己的人格标准去追求、去征服、去找寻比现实更可贵的东西，但他早已没有了这种锐气。作品除了揭示他的价值索求的卑微外还昭示了他的愚钝不化。数十年风雨飘零的人生岁月，他为此付出了十分沉重的代价却未能找到自我实现的机会。他一生的悲剧性命运，虽然作品没有给涂上更多的忧伤色彩，但那如泣如诉的笔调却使人感到了某种苦涩和压抑。作家在人物身上表现了明显的忧思，一方面深感人物自身文化意识和行为模式的简单和荒唐，同时对特殊的背景文化表示了深沉的批判。在人物身上我们无法找到消遣人物生活底色的廉价的乐观和浪漫情调，杨志清精神上的忧伤失落和价值念想的贫乏无不形成了他一生的悲剧氛围。作家似乎想把杨志清作为疗治某些精神上的愚昧麻木的象征，人物本身体现的那种虚无个体生存实际从创作内涵而论，恐怕是一种希望人生向上精神再现的理性寄托。杨志清的矛盾心态是他前后两种生活境遇相比照时发生的正常心理反应。它既包含过去生活对他的因袭负重，也表现了他对某些新的生活形态的较慢的适应情绪，作品在规定的审美限度内张扬了生活的可盼性。虽然人生的尴尬处境遍布每个角落，甚至心灵深处的孤独感随时可能泛生，但困惑与期望也是并存的，问题是人们是否已意识到改变自己内在品性的不易和重要。

杨志清对生活甚至对痛苦的接受是以自然法则方式进行的。或许，他把这种生活形式客观上当成了生命终结的符号。杨家龙似乎就多了一层不安和躁动，也多了一份难以逾越的心理障碍。父辈的经历曾使他长期处于谨小慎微之中，并伴有报复欲强烈的复杂心态。幼小的生活阅历养成他近乎变态的自尊意识，这种意识又时常受到内心精神创伤的一再嘲弄。结婚后，妻子对他的任何关心都被他视为在炫耀她优裕的家境，妻子事实上的优越感在反复撕揭他内心不断沉泛的心理疤痕，使他的挣脱欲与日俱增。和妻子的结合使他有一种揩油的感觉，总认为己不如人可又不愿落后于人。他的婚外恋者颖芯年轻热情，善解人意，他们情投意合却又痛感思想性格的深层不吻。卑微的家境和多重精神负担的压力使他的占有欲念逐渐培养起来，他和颖芯互道柔情，但这种自私情怀往往又使他不甘心处于两个女人事实上的配角地位，无法甩开的恩人情结加重了他对妻子的恐惧。婚后的他显得过于平凡，"变得越来越通脱或越来越消沉了，似乎对什么都无所谓"。他不能顺妻子的意有所出息，自己联系工作调动不成反被报社两个老头转移到全市最边远的桐木乡做了乡长助理——似乎一离开妻子他便一无所成。因此，妻子的优越和缺乏柔顺都使他生厌。在单位上他可以随遇而安偏偏不肯在家里援例通用，妻子的倾心相助反倒成了他对她仇视的一个诱因。他有意与妻较劲，有意给个人生活包括家庭造成灾难。

我们可以这样理解，在杨志清父子生存的各不相同背景状态中，那种不同的选择及价值格局都定然产生。否则你怎么解释杨志清贪污两百元公款的行为心理？又如何看待杨家龙对妻子的抗拒内涵？杨家龙内心那种非理性甚至悲剧性的个人生活形态显出的残忍的美学效果又怎么解释？他与颖芯的婚外恋情除了因她年轻几乎填补了水惠性情中缺陷的一面之外，杨家龙表面的轻松、逍遥的情调背后蕴藏的思辨意义又作何体现？问题的关键还在于，杨氏父子思考的生活意义到底是什么？在这点上，小江、颖芯大概比杨氏父子都分外冷静些或聪敏些。小江草草嫁人，颖芯在得不到杨家龙迅速结合的准确信息后便毅然随了摄影爱好者高洁。作家对生活哲理本身的思考自然要比他揭示的故事丰富、深邃得多，对人生、命运、存在的形而上的思虑本身使作品意蕴具有多义性。杨家龙的种种烦忧，固然与同时代的人们有其相同的地方，然而，涉其家庭，他的不安、烦恼、痛楚，仍然与自身生活经历的伤痕有关。家庭生活演绎的悲剧情结在苦苦折磨他的灵魂，这段生活情景已结束了很久，但他依然在生命意识的旧有形态下无所适从。质而言之，他是一个被自我抛弃的人。作家揭示了他那种无可无不可的慵懒心态和又想在平静的生活中弄点"波澜"的非自我追求，使小说描述有了意在言外的效果。在这里，人物具有的文化意识及作家的文学情绪达到了基本的感应默契，创造了一种相通的精神氛围。于是，作品对人物自我秉性的反刍内容和格调，便始终与悲凉的忧郁，苦痛的反省，深沉的孤独相伴随，形成了小说描绘的基本品格。

为了求得自我心理和虚荣心的平衡，杨家龙决定远赴海南。这与其说是他人生的一大转折，不如说是他逃避现实又放逐自我的一场冒险，其结局也就不难预料。妻子希望他从海南回来不要像从乡下回来那样狼狈，他却颇有自得之气："如果狼狈，我越发不会回来，要么蹈海而死。"在海南，他作了张得胜手下的翔龙公司经理，实在只不过是一具木偶。为了实现自我价值，他曾背着张同香港富明公司邱经理合做一笔收益巨大的烟胶片生意，眼看成功可待，却被张移花接木，抽了底火，大把的钞票装进了人家口袋。他不过是张得胜的代理人（哪怕是被张玩腻了的情人——他眼中的圣母欲翔也不过是他渴望到手的张的下脚料），他只是一个"资本家三个指头下的一枚棋子"，"不过是坐在白领位置上的高级蓝领而已"。既往的生活轨迹在他心里不断冲刷出难以摆脱的漩涡，不甘心的奋争行为常常划出畸变的孤独感受，放纵身心的后果是更为沉重的负累，孤注一掷的代价是情感、家庭、事业无可追挽的败落。这就是杨家龙急于改变生活程序的海南生存剪影。这一点，杨氏父子又是何其相似！小说如此增强了人生故事的荒诞感和生活逻辑的无理性含义。

人对现实的发展逻辑是遵循与适应，如同埃舍尔笔下的怪圈，虽然微观上我们是拾级而上的，但奔走过程中人们发现又不知不觉到了原地。一定意义上说，杨家龙是一个什么样的人并不重要，重要的是他对自我人格的认识程度。他没能按不能置换的生活链条生活，自小养成的自卑意识和高度敏感的自尊使他急于反抗，但这一意识一旦唤醒，又让他自觉到必须恢复到旧有秩序中去，于是总有被人剥夺一切的幻觉而使他厌倦。遗憾的是，他没能找到抗衡和克服这种痛苦的支撑点或者根本就不愿主动去找。其行迈迈，其心忡忡，惶惶之中半生失去归属之叹。他常常用一种自我辩护、自我证明、自我美化、自我欺骗的办法来解释人格的残缺。

《无处归心》有节制的叙述使审美更有余味。作品中人物孤傲偏狭，感伤自卑的两极人生趣味形成的中间状态使读者伤感地徘徊在低沉的情境之中。心无所系又悲怆盈怀的主人公所推演的个人及两代家庭的意味绵长的故事，透过景深丰饶的历史，从小说的一种状不惊人的叙述中反映出外射力极强的人生。小说的情节叙述策略不再仅仅体现为一种手段，它本身就具有目的性，凸出的就是小说形式背后的哲理。作家希望营造的审美氛围在结构形态的创作张力拥戴下被接受和阐释，使人生哲学的体认和审美情趣互为因果。在对杨氏父子的描述中，作家是以一种冷静观察与对比的视角来感受并发现生活转变时存在的某种不祥兆头和严重后果的。只是作家不想让你一开始就知道这种用心，他愿意摒弃笼罩在生活之上的虚光色泽而还原一种真实。

这，就是我对南翔的一段认识。

生存现场的人文地图

——南翔小说阅读札记

陈 墨 [①]

南翔的小说好看，但不好说。若是不加深究，往往会浅尝辄止，或者以偏概全，甚至会全面地误读误解。

不好说的原因之一，是南翔小说视野开阔，题材广泛，写到了机关学校、工厂铁路、城镇乡村、特区内地乃至从东半球写到西半球，时间上从现在写到民国，让人疲于跟踪。例如近几年发表的一些中篇小说，《博士后》写大学象牙塔尖，《我的秘书生涯》和《辞官记》写官场，《铁壳船》写渔夫，《东半球，西半球》写新移民在特区及加拿大的生活与变异，《陷落》则是写一个发生在民国时期的陈年往事。他的长篇小说，往简单说，《南方的爱》写深圳的情场和商场，《大学轶事》则是写大学里的商场、情场和官场。

原因之二，是南翔的小说有不同的笔法笔调。风格上有的空灵飘逸，有的凝重厚实，有的汪洋恣肆，有的欲说还休。南翔小说形象生动，却又变化多端，写民国时期的小说精雕细琢犹如寓言，写内地生活情节生动如同传奇，写特区生活的细节铺陈如现场纪实，写大学生活则有纪实、有传奇更有寓言。譬之绘画，也有不同的画法，写民国时期的小说如文人写意；写当代内地的小说如同工笔素描；写特区商场如同鲜艳水彩。进而，在同一部作品之中也还有笔法、视角的不断变化。南翔最近的几部长篇小说，实际上都可以分解成中篇阅读。《大学轶事》中的博士点、硕士点、本科生、专科生、成

① 陈墨，男，1960 年生，安徽省望江县人。教授，中国传媒大学兼职博士研究生导师，中国电影艺术研究中心研究员。本文原载《山花》2006 年第 9 期。

人班和校长们各有主人公，而且有的写人，有的写事，有的写情，有的写史，有的传奇，有的悬案推理，小说的真正主体其实是这个 G 师范大学。

原因之三，是南翔小说打破了传统的意识形态观念，改变了概念演绎的小说创作方法，彰显了米兰·昆德拉所重视的"小说家的智慧"，表现出了普鲁斯特所强调的"真印象"。在南翔的小说中，"生活其实永远不会尽如人意，浮现的五颜六色和真实的感受之间总是相间着距离……对与错都姑且不要轻下结论，沉重和轻松之间并没有万丈沟壑，圣洁高雅与滚滚红尘之间未必就势不两立。"（《大学轶事·博士点》）如是，在对与错、沉重和轻松、高雅和尘俗之间，南翔娓娓道来，像是汤汤流水汩汩滔滔却并无定形，甚至无法定性。你只有在小说家的感性描述之中，随时捕捉其灵感飞絮，穿透小说的幻境而思索人间真相。

原因之四，是南翔继承了中国古典小说的优秀传统，突出的特点是乐而不淫，哀而不伤，温柔敦厚内容入世随俗，故事通俗易懂，叙述深入浅出。不可忽视的是，南翔实际上精研了现代小说创作技巧，并对中国古典小说的传统模式进行了独特的改造。南翔的小说近乎"三言二拍"，但却并不追求"警世"和"醒世"的教化功能，只保留一份"喻世"的情怀，在类似《拍案惊奇》的形式之中，贯注着《世说新语》式"知人论世"的良好兴致。无论是怎样的笔调画法，南翔小说都很注重含蓄，注重留白，随处有曲径通幽。南翔小说始终保持表层的可读性——因此也容易被人误解，甚至被人看"扁"——只是一些读者评家往往忽略了南翔小说其实在不断追求、拓展和营建小说故事情节背后的深层艺术想象空间。用他自己的话说，就是"隐喻和象征，其实就在娓娓道来的生活情境之中，这是中国优秀古典小说的不传之秘。"（《大学轶事·后记》）

一

南翔小说通俗。这不仅是说他的小说叙事形式上通俗易懂，而且是说他的小说具有一种通透流动的尘俗气。我这样说，并不是贬低南翔小说的品位价值，恰恰相反，通俗，正是南翔小说的一大特色和贡献。最好的旁证，当然是当代文学研究者对张爱玲描写俗世人生的小说杰作的重新解读和评价。

对于通俗之"俗"，我们一直有一种根深蒂固的误解，由于传统意识形态的概念化造成了雅俗之分的绝对化，进而造成了对世俗的轻视和无知。寻根文学热潮之所以雷声大雨点小最后无疾而终，真正的原因就在于作家理论家对文化与民俗的根本茫然无知，只是在概念的意识形态圈子之内碰壁。很少有人真正了解，寻根着眼的民风民俗，不仅是一种文化现象，更是一种生命现象。而生命现象的本质，实际上是其特定的生存环境中的人性风景。所以，人性才是文化与文学的根本所在。而这一生命与人性的根本，不在思想观念里，而在尘俗生活中，在活生生的欲望情感及其人文精神之中。

由于传统道德天理对人性的长久压抑，尤其是近世的阶级斗争理论对人性观念的排斥，中国人，尤其是当代中国人可能是世界上对人性最为无知的群体。西方贤哲"认识自己，是人类最大的智慧"的伟大箴言，和中国古人所说的"世事洞明皆学问，人情练达即文章"的智慧启示，全都被无知而傲慢的当代中国人扫进了"历史的垃圾堆"。对我们而言，人性只是一种可怕的概念，个体的人性欲望本能及其内在情感精神结构，更是一片可怕的雾水。俗世中人固然因长期愁于不得温饱而活得感性，更活得精刁俗气而高贵雅致的文化人则因长期的螺丝钉精神教育而活得麻木，更活得萎缩苟且。当代文学艺术中的人，不过是千篇一律的抽象概念符号，或形式上稍有特色的精神木偶。虽然文学理论中也曾强调生活是艺术的源泉，但文学艺术中的生活只不过是政治思想的演绎材料。

在新时期中国文学创作中，我相信南翔是对文化的人性之根和俗世生存的文学之源感知较早，体悟较深的当代小说作家之一。证据是早在20年前，他就发表了一篇让人拍案惊奇耳目一新的小说，名为《黑耳鸢》，写的是一群大学哲学教师在"二十世纪西方哲学讨论会"下的一些凡俗小事，小说的开头写的就是哲学家们吃饭的尴尬：筷欲伸而意自敛，饭未饱而盘已空。小说的最后，则是买票难，因为缺少经费而又昧于世故，哲学家们行路难。纸风筝黑耳鸢俗名叫作"送饭的"，高高飘扬的风景离不开一个系于尘俗大地的命运绳索。哲学家也是人，所以未能免俗，更不能真正脱俗，换一种角度看哲学和哲学家，这样的尴尬洋相中其实包含了生命本能的重要维度。

南翔小说的通俗，其实是沟通尘俗生活与文学创作的泉源渠道，找到了人性生长发育的现场，承继了中国古典小说的人文精神，并重建了现代人性自我认知的基础平台。在南翔的文学视野之中，新时期改革开放的真正成果，是人的欲望情感本能的松绑或解放。而南翔的小说则成了新时期中国人欲望和情感本能松绑解放及其挣扎冲突的风俗画卷。而南翔本人，之所以始终追赶着这股解放的潮流，从江西到海南，从海南到深圳，最后从走访特区到落户深圳，正是为了更方便地进行自己的人文地图的现场勘测。

南翔小说的通俗，是直通俗世人生的生存现场。无论是官场、商场、市场、情场还是战场（南翔有一个中篇小说《1937年12月的南京》就是写战场），都是人生的生存现场。也就是说，无论是写海南还是写深圳，无论是写民国还是写现在，无论是写泥泞路还是写象牙塔，都是从尘俗人生的角度去探索并呈现作者对人性的"真印象"。

南翔小说的通俗，在于其叙事起点永远是尘俗中的个人，而其叙事的目标则仍在个人的尘俗生活。例如《大学轶事》外加后来发表的中篇《博士后》中的大学师生，如同前面提及的《黑耳鸢》中哲学老师那样，人人都是一身人间烟火气。不同的是，后面的创作更加关注具体个人，例如《博士点》中的郝建设博士，《硕士点》中的赵代达教授，《本科生》中的应届毕业生杨晓河，《专科生》中的谢小辉，《成人班》中的刘毓海，《校长们》中的副校长柯孝兵，以及中篇小说《博士后》中的博士后鲁斌，这些人各有很好的专业成绩，却无不被俗世生活的难题所困扰。更典型的例子也许是中篇小说《陷落》，让人想起张爱玲的《倾城之恋》，这次并没有城池的陷落成就一对恋人的故事，而是一场寓言式的洪水陷落了男主人公陈秘书麻木的人格尊严和蒙昧的人生梦想。

对个人尘俗生活的讲述，使得南翔小说具有非常突出的感性特征。作者总是直接将读者带到具体的生活情境之中，让你看到无处不在的欲望风景，感受到南方经济特区的黏湿空气或内地生活的凝滞与燥热。即使是故意拉开时空距离的民国题材作品，感性讲述也是一个毫不动摇的原则，这类小说中使用得最多的还是传统的白描手法，这不仅使得小说的可读性大大增加，同时也使得小说的韵味，这韵味也同样是感性的。若说南翔在自己的小说创作中有何忌讳，那就是对概念思想的有意规避。

对感性的追求，使南翔的小说如同将尘俗生活的感性画面直接撕下来剪贴在自己的小说之中，当然，其中经过了作者的想象和再造。在南翔的小说中，你甚至看不到其中的理性构架，更看不到任何概念的逻辑演绎。所以，他写海南或深圳，重点不在对海南或深圳的理性宏观，而是要表现对这两个新兴经济特区的感性体验。所以，他的长篇小说，常常是一系列的尘俗生活场景散点的整体性拼合。他写大学，写同一所大学，不仅没有对大学应该怎样的理念设计，甚至也没有大学是怎样的逻辑构思，其中只有一些具体的人物和生活场景，留下的大量空白需要读者自己去填充。南翔小说的通俗体验和通俗陈述，一向是别有洞天。

<h1 style="text-align:center">二</h1>

南翔小说虽然题材不同，笔法各异，但却始终有一个关注的核心焦点，那就是个人的热切关怀。南翔小说的题材和主题，始终围绕个人生活故事和命运遭遇，感性生命的冲动与挣扎，和道德良知的守望与追寻。纵观南翔的小说，我们能够看到一幅广阔的当代中国生存现场的人文地图。

可以说，个人情感欲望的自我挣扎及其个人意志与环境命运的冲突，是南翔小说中不变的风景。从早期的中篇小说《命运的螺旋》到后来的《无处归心》和《没有终点的轨迹》这两部长篇小说等书名之中，就能看到作者对尘世人生情感生命冲突和挣扎的实录和探索。南翔小说中的生存现场及其人文景观，大多都是这样漫长的"没有终点的轨迹"之中，一个个鲜活的生命"无处归心"的故事。在南翔的笔下，无论是当代还是民国，特区还是内地，官场还是商场，学府还是乡村，甚至东半球与西半球，到处都是情场，到处都是情感的冲突和挣扎，到处都有可叹可吊的伤情与情殇。

南翔的民国题材小说自成一体，其内核仍是情殇故事。多年前发表的民国题材中篇小说《失去的蟠龙重宝》，两枚小小的铜钱，就将人性的弱点暴露无遗，主人公万鹤鸣从军再从医，订婚又退婚，在家想出家，总也找不到心灵的妥置处，原因不在环境，而在没有真正的个性目标。小说《陷落》的主人公则干脆成了自己欲望的牺牲品，玩弄别人，也是别人的玩物，最终走投无路。

当年的读书人是如此，当代的读书人还是如此。小说《大学轶事》中的本科毕业生杨晓河的脆弱发疯，和 MBA 成人班学生刘毓海的撞车昏迷，真正的原因当然还是个性与尊严受损，从而无法走出道德的困境。《我的秘书生涯》中春风得意雄心勃勃的市长秘书史偶然，不把学法律然而却熟读《资治通鉴》的老父叮嘱放在心上。个人欲望的小小失控却成了良知煎熬心灵不安的直接成因，等到他发现自己这个古代文学硕士竟完全不适应当代官场的潜规则的时候，只好认输溃逃弃官下海，投奔深圳，到特区去寻找自己的心安乐处。

在《南方的爱》之中，一位女主人公黄子屏干脆说：到深圳的男人和女人都在寻找也都在逃避，女人在逃避中寻找，男人在寻找中逃避。在主人公梅德宝的经历和见闻中，南方的爱，无非是情场上鲜血淋漓的旧伤新创。几乎所有的已婚人物，不是已经离异，就是正在离异，或是将要离异。金钱常常成为不变的风景，诚挚的情感追求，很可能是"生命中的一个错误"。最可怕的一幕场景，当是张小兵和许小妹夫妇共同经营的富友投资公司真正富有之后，丈夫拈花惹草，妻子釜底抽薪，儿子甚至唆使他人打伤自己的父亲。

南翔所面对的，是一个社会改革人性开放的时代，也是一个个人欲望膨胀的时代，又是一个摸着石头过河的时代，也是一个道德溃损礼崩乐坏的时代。作为小说家，南翔虽未必具有古人张载那样的"为天地立心，为生民立命，为往圣继绝学，为万世开太平"的雄心壮志，实际上他自己也不得不随时代变化而不断调整自己的目标、身姿、观念和心态，但无论怎样都始终坚守着道德良知并且持续不断地寻找人类精神的安置处。

大部分南翔小说的主人公不仅是作者表现的对象，还担任时代人文地理的导游，同时实际上还有第三种身份，那就是作者有意树立的一种新时代的道德标杆。《南方的爱》中的梅德宝，《大学轶事》中的博士生郝建设、硕士导师赵代达，《博士后》中的鲁斌，《我的秘书生涯》中的史偶然，《东半球，西半球》中的裘彬彬……无不如是。这些人并非当代英雄，也不是道德楷模，而只是一些在生存的挣扎中始终保持自己的尊严、原则和同情心的人。无论身处何种境地，他们都保持自己的道德底线，从而成为当代生活中的一种可贵的标尺。

当然，在这一切的背后，还有作家南翔锐利好奇的人性目光和温润宽厚的人道情怀。无论卑微或高贵，在众生平等的南翔小说中都能够找到自己的一席之地。甚至《陷落》的主人公那样的自甘堕落者，也能得到作家宽容的凝视和悲悯的理解。小说《铁壳船》中将近七旬的老渔夫嫖娼的奇闻背后，是作者对主人公欲望冲动与道德困境的展示，老伴死了、河水臭了、安身立命的铁壳船成了需要清理的废物，老人也就成了时代的殉葬品。刚发表的小说《火车头上的倒立》中火车司机罗大车的凡俗本能欲望冲动、道德情感困境的挣扎、告别青春往昔的怅惘，也因为作者不动声色然而却深切到位的人道关怀而牵动人心。

三

南翔小说的感性叙事之中,留白多多,含蓄深沉。但却绝不仅仅是一个个情感传奇故事而已。这些小说不露经营痕迹,却并非不加经营。作者将自己的思考和体验含蓄在作品的生活叙述流程之中,而并非当真不思想。实际上,教授兼小说家南翔从未停止过对人性的观测体验和对环境与命运的思考探索。

只不过,南翔小说的意义和价值,蕴含在小说的场景叙述之中,在小说叙事的字里行间,甚至在小说的文本之外。若善读其书,就可在雪泥鸿爪之中读出更多内涵,就会发现在个人欲望情感膨胀扩张和道德精神守望坚持之外,更有社会学、人类学、心理学、历史和文化观念与现实的生动显现。不管作者是否自觉,他实际上已经成了我们时代的书记,他的小说也像巴尔扎克小说那样,成了我们所处的时代和社会变迁的一份可靠的记录或证词。

小说《南方的爱》,也可以作如是观。例如主人公的好友秦始明轻描淡写的一句话,即"我们现在走的道,跟你爷爷当年走的道,异曲同工。"足可以颠覆我们沾沾自喜的历史发展观。而其中喜欢说真话的流浪记者鲍萌说"萨依德认为中国传统的知识分子是宫廷的知识分子,也就是对有权势的人发言的知识分子,这样一来,他们自己也成了有权势的人……萨依德不相信一个人即是他所定义的那种知识分子,同时又有一官半职。"则同样发人深思。主人公梅德宝所见所思的特区和内地同工异曲的"权力寻租",更让人大开眼界。

在《大学轶事》中,作者的忧思更多也更深。我一直相信,这部小说就是当代中国的《儒林外史》。作者在小说的后记中说:"大学远不是那么神圣也远不是那么卑微,远不是那么崇高也远不是那么渺小,远不是那么贵族气也远不是那么陌生化,远不是那么学而优则仕也远不是那么百无一用是书生……"这样的话看起来不像《儒林外史》那样充满愤慨和讥讽,但作者对当代中国大学 G 师大正在进行时的讲述,却处处有更加深广的沉痛忧思。在这里,大学不再是培育英才的象牙塔,而成了一个专炼钢渣的"大跃进"炼铁场;不再是一个探求真理与光明的尊严学府,而成了一所自欺欺人的从事合法文凭交易的大市场。

例如，在《博士点》中说："那一阵子，各系各专业让母鸡下蛋的热情很高，数理化生物商业会计美术……诸专业都大张旗鼓地报博士点，搞得像'大跃进'时候全民吃大食堂大炼钢铁似的。"又："小锋揽了不少外面的活儿，其中有被［为］企业家捉刀写本科或硕士学位论文，范围广得很，不仅有工厂的，还有农、林、水的，还有海关的，法律的，最近接的一个活是一篇医学论文，主题限制谈皮肤病。"又："小锋说，一个地区的人事局局长，想拿一个博士学位，他希望一切都由我来运作，越简单越好。"于是主人公"逐渐感受到了博士点的潜在价值，绝不止于学问，他作为学问的塔尖，更多的是一种象征，它作为身份的标识，却可以兑取力量、权力与利益。"这就是教育学博士点的现状和教育学博士的教育观念。

大学不仅成了市场，而且显然贬值。所以在《硕士点》中硕士导师李小兵的夫人说："现在买材料都可以按质论价，总归给你的报酬比你吃粉笔灰高一到两倍，值不？"而社会评价则是："学术，学术，你以为学术好了不起，你们那些文章，放在厕所板板边，屙屎都不帮忙……"这就难怪《专科生》中秦浩说："想得多，是苦难的一半原因，什么都不想，从不搞自我设计，没有期望，也就没有落空，没有落空，也就无所谓痛苦。"如此，《成人班》的学生就难免这样的尴尬："学校这两年扩招，吃、住、教室、设备、吃水、洗澡……全面遭遇紧张。成人班想办一张借书证，至今未果。"所有这些，我们都司空见惯，而外人或后人则必定视为天方夜谭。

将《陷落》和《我的秘书生涯》及《辞官记》几篇小说做比较研究，就可以得到中国官场规则和潜规则的大量信息，其中不仅有官场人生的怪诞风俗画，更可以得到官场历史诡异的曲线图。而小说《东半球，西半球》讲述的重点当然并不是主人公裴彬彬与妻子小莲、情人小阙之间的情感纠葛，甚至也不是他创建和维持美嘉学校的困苦艰辛，重要的是他的"醉眼看花"即东西方文化的观察和比较。主人公发表的《温哥华的华人》《教育是一种美丽的建设》《在松鼠的乐园里》《在加拿大做纳税人》《残疾人的幸运》《做个新移民是不容易的》等系列文章，不仅比较了东西方不同的人文风景，扩张了南翔小说的人文地图，更含藏了作者对中国人、中国社会、中国文化的深刻洞察和沉重忧思。

流淌着人文气韵的写作

——读南翔小说集《绿皮车》

白　烨①

　　近些年来，作为小说作家的南翔，越来越让人对他报以深深的敬意。他不仅置身于喧闹的都市社会丝毫不改乡土的情怀，而且把人文学者与小说作者的两重角色作了很好的化合。这样的一种特别的情怀与卓异的造诣，使得他在小说创作中，始终保持了一种稳步前行的进取姿态，而且每每写作，都有新获，每部新作，都有亮色。眼下的这部小说集《绿皮车》(花城出版社 2014 年 3 月版)，就是一个最为有力的文本证明。

　　收有两个中篇、七个短篇的小说集《绿皮车》，汇集了南翔近年来的中短篇小说创作的主要成果。这些小说新作，题材丰富多样，写法不尽相同，但都具有一种或显或隐的共同特色，那就是在直面当下现实的文学审视与小说写作中，都以社情中的人情把脉，世态中的人性触摸，葆有一种人文关怀的深沉底蕴。很显然，南翔把他人文学者的本色，有意无意地化作了小说写作的底色。

　　南翔书写过往的历史，故事的要件往往只是一个道具，道具背后的人的遭际与命运，才是他要进而叙说的意蕴所在。如《1978 年发现的借条》，那于县大队长李大队长于 1948 年 9 月从阿平家拿走两支枪，600 发子弹。还有若干稻谷、茶油和一头黄牛后打的一张纸条，说是"打下江山一并偿还"。但新中国成立之后不仅没有"偿还"，而且在阿平父亲"文革"遭到

---

① 白烨，男，1952 年生，陕西黄陵人。现为中国社会科学院文学研究所研究员，中国当代文学研究会会长。本文原载 2014 年 3 月 31 日《光明日报》第 13 版。

抄家，阿平救人受伤需要加以疗治的两个关节点上，这张言之凿凿的纸条却没有派上任何用场，反倒一拿出来，谁都怀疑其真实性，阿平父亲还不得不四处找人，以证明这张借条确是真的，并非假造。一张纸条，留下的是带给当事人的无尽麻烦，还有就是承诺与诚信随着时间的悄然流逝。本来清晰分明的历史旧账，就这样弄得模糊不清，不了了之了。还如《抄家》，方家驹为了避免"文革"的大抄家，想先找来自己的红卫兵学生来个小抄家，以便蒙混过关，不料两个学生分属不同的战斗队，抄起家来相互攀比和较劲，结果把母亲藏在鞋底的金戒指，自己借人未还的线装《金瓶梅》等，都一一抄了出来，使事情越闹越大，不可收拾，始料未及的方家驹先是万分失意，后又完全失踪。这两篇小说，写的都是有关历史的两件小事体，事体本身比较个人化，但历史中人的遭际与命运，以及误判造成的意外悲情等人文意蕴，更为萦绕萦怀，令人挥之不去。

我个人更为欣赏的，读来也意味格外浓厚的，是集子中的另外两个短篇：《绿皮车》和《老桂家的鱼》。短篇小说的营构与写作，如何做到短而厚，淡而浓，这两篇作品可谓是个中翘楚。

《绿皮车》由一个茶炉工的视角，描述他当值最后一个班次绿皮车的种种感受：他熟悉常坐这趟慢车的学生们，与他们打趣谈笑甚为融洽，而闲聊中得知一个女学生因交不起一百元的学费忧心忡忡时，先是一个女小贩向女孩书包上贴了50元，他也跟着向女孩书包里塞了50元。行将退场的绿皮车，就这样暗中传递着人与人之间的彼此关怀与茫茫人海的人情关爱，让人觉着如沐春风，格外温暖。绿皮车在快节奏的当下就要淘汰了，那么，这种发生于底层陌生人之间的温情故事，还会以什么样的方式延续呢？这不免让人若有所思，又若有所失。

如果说《绿皮车》像一杯上好的龙井，看似清淡，实则浓醇的话，那么，《老桂家的鱼》则是在小的篇幅里，容纳了大的意味，真正做到了尺幅万里，既"短"且"厚"。这篇小说里的主角老桂，一直漂在水上，专以打鱼为生，也即被日益发展的都市化边缘化到没落程度的"疍民"。在"疍民"生涯行将结束的时候，老桂特别希望能打到最为金贵的翘嘴巴鱼，既让一向关心自己的潘家婶婶为之舒心惬意，也满足一下自己虽廉颇老矣，但尚能饭否的虚荣心。但有病在身又超常劳作的老桂，终于在三网贫瘠的收获之后，打到了一条大号的翘嘴巴鱼，却因憋尿太久、心力交瘁，最后昏死在了厕所里。疍民老桂想讨好一下潘家婶婶，多打一条翘嘴巴鱼，这都是平常得不能再平常的普通愿望，但他却总是难以实现，甚至为之付出了宝贵的生命。这里看起来好像是老桂个人的原因，其实未必。这里有他全凭个人的能力与运气去自讨生活的内因，更有疍民这种生活方式被都市化肆意挤压，使得他的生存更为艰难和逼仄的外因。从某种意义上说，他的消失与疍民的消亡，在这个时代和他所处的具体环境，都具有相当的必然性。在这篇作品里，作者确实是以沉郁的调子，为老桂这样的疍民吟唱了一曲挽歌，但在这挽歌的背后，显然还有反思与诘问：像老桂这样的单打独斗的疍民，能不能尊重其意愿，给他们留下一席之地，让他们按照自己的习惯和方式去生活和生存？我们在都市化的急切进程中，能不能不搞一律化，一统性，一刀切，一窝蜂？当下的社会生活在流行快节奏的时尚风的同时，能不能也宽容一些慢节奏的老传统？这些问题，都与老桂的个人境遇一并连缀着，让人们在为老桂的遭际唏嘘不已的同时，陷入深深的思忖。

小说是以故事为主线，人物为主干的，由一定的故事和人物，来极摹人情世态，备写悲欢离合。南翔不仅深谙小说创作之内在奥秘，而且一直葆有自己特异的审美取向与独到的艺术特色，那就是心系人伦写历史，怀揣人文写现实，在敏感而细致的人性触摸中，时见忧深思远的忧国忧民之心。因而，他的小说从艺术的成色与情调上说，多为忧愤之作，常以挽歌居多。但南翔笔下的挽歌，不只是哀丝豪竹，让人伤时感事，而是时有金石掷地，令人振聋发聩。在我看来，以形式的短而厚，负载内蕴的悲而愤，让人读来总如芒刺在背，刿目铢心，正是南翔小说的内力与魅力之所在，也是南翔文学写作的意义与价值之所在。

无处归心的异乡人

——评南翔中篇小说《洛杉矶的蓝花楹》

陈劲松 [①]

    自大学时代开始发表作品至今，南翔从事小说创作 40 年。作为一位知识分子作家，南翔始终"不媚俗，不媚雅，追求一种烛照良心的、内视的、内省的写作"。正因如此，他的小说多能做到雅俗共赏，在看似活泼的表层底下，蕴涵着深刻的思想维度。近年来，南翔的创作势头越来越好，作品内容大多围绕历史、底层及生态三个维度展开。与此同时，南翔还在小说艺术上孜孜追索着多维旨趣，力求题材广泛、视野开阔，异域题材的中篇新作《洛杉矶的蓝花楹》即是如此。

    小说讲述了来自中国深圳大学的女教授向老师，独自带着幼子不远万里赴美国洛杉矶南加州大学做访问学者，机缘巧合中，邂逅了一位美国货车司机洛斯尔。同为离异的两人，因一次汽车擦碰事故相识，进而在频密的交往中擦碰出爱情火花，最终演绎了一场令人唏嘘的洛杉矶之恋。在南翔看来，"文学需要表现不同地理意义与文化意义上的人的面貌与个性"，"让不同的人文、情感乃至思想碰撞、交流与对望"，既是这部小说的创作初衷，也是其价值所在。为了让作品更好看也更深邃，南翔选择了以两性的情感以及养育儿女的情感差异来洞察和呈现。所谓成也萧何败也萧何，正因此种差异性，向老师和洛斯尔从相互爱慕、相互依恋，再到相互隔膜、相互争吵，继而渐行渐远。小说故事丰饶，情节跌宕，哀而不伤，细而不

---

    ① 陈劲松，文学博士，现任教于南方科技大学，主要学术方向为中国现当代文学研究，兼及中国当代文学批评和文化研究。本文原载 2018 年 11 月 14 日《中国艺术报》。

腻，读之令人扼腕。

　　表面上看，向老师和洛斯尔的爱情悲剧源于两人的身份差异，究其实际，是横亘于两人间的文化差异导致了两人的分道扬镳。尽管洛斯尔能讲中文、有一半中国血统，但生活及其教育背景的迥异所带来的强大的文化差异，令他与纯正的向老师之间有着一道无法逾越的鸿沟，这道鸿沟与生俱来，难以消弭。这种差异性甚至无处不在：譬如，关于饮食，中餐讲究中饭吃饱，美国家庭却多半集中在晚餐较显丰盛；关于职业选择，在美国，从事自己喜欢的职业十分正常，在中国，"万般皆下品，唯有读书高"；关于婚姻，美国家庭如洛斯尔即使已经离异，和前妻却没有反目，在孩子面前既不会掩饰婚姻失败的结局，也不会掩饰另觅新欢的事实，中国家庭如向老师即使离婚了，也要在孩子面前百般遮掩，甚至离婚不离家，美其名曰"为了孩子"，如果恰巧又碰到了她中意的男人，要么拒绝，要么偷偷摸摸；关于孩子的教育，美国孩子都很自立，而且自立得比中国孩子早，中国人则都望子成龙，"孩子在中国读书又苦又累，就想到美国来，带孩子到美国来，可是，中国妈妈还是望子成龙"，视孩子为一切，直接成了向老师和洛斯尔感情破裂的导火索：当儿子在学校参加体育活动时受了伤，一贯和颜悦色的向老师就一直怀疑是陷害，并在事件处理过程中因为洛斯尔好心设计的道歉信与赔偿变得怒不可遏、面目狰狞，将洛斯尔看成加勒比海盗，骂他们父女俩狼狈为奸、沆瀣一气、无恶不作，以至于洛斯尔不得不感叹，"你们太强调差异性了……"歇斯底里的向老师接下来的举动更是超出了洛斯尔的想象与接受范围，她不但抢走他的手机，还将他们之间的通话删除干净，然后将它扔到床底。就在那一瞬间，洛斯尔此前对向老师的了解、信任和寄托都被击得粉碎。于是，这个细致而温情的中年男人"毅然转身，跑步消失在林荫道的尽头"。

　　与《老兵》《绿皮车》《哭泣的白鹤》等作品选取历史、底层或生态视角不同的是，《洛杉矶的蓝花楹》另辟蹊径，将关注目光聚焦于一对异国他乡的恋人。对于这一异域题材，亦可视为"异乡人"视角。在日本作家村上春树看来，"无论置身何处，我们的某一部分都是异乡（strangers）"。事实上，或许是从江西移民到深圳这一地域变化的缘故，同样作为异乡人的南翔，对异乡人的书写贯穿于其整个小说创作生涯。在学者陈墨看来，"南翔的小说起于凡俗的写实而终于传奇式的逆转结局，表面上是人生的卑琐的生态和心态，骨子里则透着深深的苍凉和悲慨"，这种卑琐或苍凉，不仅属于小说中的人物及其人生，"而同样也属于小说中与小说外的我们的民族和时代。"无论是《东半球·西半球》中的裴彬彬们，抑或是《洛杉矶的蓝花楹》中的向老师们，其人生无一不有着令人担虑的生态与心态，其命运无一不透着深深的苍凉和悲慨，而隐藏其间的，则是一个民族和时代的忧伤表情。加缪的《局外人》如是说："人生在世，永远也不该演戏作假。"然而在《洛杉矶的蓝花楹》里的向老师那儿，这么多年，一个早已分崩离析的家庭，为了孩子克制、忍耐、负重，戴着假面跳舞。向老师的教授职称在学校文科组评审，尽管她的工作量、论文数量及发表的刊物档次，包括论著与获奖，都把小她三岁的同事甩了三条街，却因少一个国家级课题而以一票之差惜败……凡此种种，无不折射出令人玩味的民族与时代之殇。

异乡人的生存状态是漂泊的，精神状态是孤独的。女主人公向老师的性格就像小说结尾扑面而来的蓝花楹，庄严而又轻佻、明亮而又暧昧、坚硬而又柔软，然而，孤独却如影随形。于是，当自信、天真的洛斯尔宛如一根火柴，点燃了她对缠绵与丰富生活的憧憬时，一脉潜流在她的"灵与肉之间涌动、滋蔓与充盈"。不过，"这令她欣喜，也令她惶惑"。一方面，她很享受洛斯尔带给她爱的滋养，不后悔情感与身体的轻易沦陷；另一方面，她内心更多的是深深的自省："怎么就没有把持住，怎么就那样了呢！"自省的背后，是异乡人的无处归心。对此，向老师将其归结为太久的独处所致，我以为这即是异乡人无处归心的症结所在。

毛姆在《人性的枷锁》中为我们敲响了警钟：理想与现实，到底哪个来得更加实在，更加重要。对向老师而言，无疑是前者。然而，作为一个理想主义者，向老师固然有着很多关于生活的美好设想，但面对现实中个人与家庭、身体与心灵的进退失据时，她又表现出无比的焦虑与彷徨。所以，身为异乡人的她，有时候活得很虚假，很矫情，其实也很缺乏尊严。据说，蓝花楹的花语为"在绝望中等待爱情"，洛斯尔在离开向老师后说，"心灵的距离往往比空间的距离更加遥远"，那么，待到洛杉矶的蓝花楹开得浪漫而热烈的时候，独在异乡为异客的向老师，将要魂归何处又究竟能否得到心灵的归属答案在风中飘荡。

时代风云的文学书写

——评南翔的《前尘·民国遗事》

陈南先 [①]

南翔，深圳大学文学院教授，一级作家，两岸三地作家协会理事长，深圳市作协顾问。他已出版长篇小说、中短篇小说和散文集十余部；在《人民文学》等杂志上发表中短篇小说百余篇。其作品在京、沪、穗等地获得庄重文学奖、上海文学奖、鲁迅文艺奖等 20 余个。其短篇小说《绿皮车》《老桂家的鱼》《特工》《檀香插》分别登上 2012 年、2013 年、2015 年和 2017 年"中国小说排行榜"。《老桂家的鱼》《回乡》分别入选第六届（2010—2013）和第七届（2014—2017）鲁迅文学奖提名作品。1990 年前后，南翔发表了八篇以民国为题材的中短篇小说，后来以《前尘·民国遗事》为名结集出版。为民国人物、民国物事和民国情调立传，是他的一大夙愿。近 20 年来，我国掀起了一股"民国热"，南翔是"民国热"题材写作的最早实践者之一。"人们关注民国，乃是因为民国给当下的中国提供了可资借鉴的地方，民国热的地方，寄托了人们的当下情怀。观察这 20 年的民国热，人们习惯从知识分子研究、口述史与回忆录、学术史回顾、教育史研究、抗战史研究、民国文人的婚恋与情爱等角度来关注民国。" [②] 笔者认为这部小说至少从四个方面体现了南翔这位作家的思想情怀或美学追求。

[①] 陈南先，男，江西泰和人。文学博士，广东技术师范大学文学与传媒学院教授、硕士研究生导师，主要从事中国当代文学和文体学研究。本文原载《肇庆学院学报》2019 年第 6 期，收录时有修改。

[②] 林建刚.民国类图书为何这么热.中国图书评论，2017（5）.

一、为人物作传的小说主题

南翔在这部小说里塑造了许多栩栩如生的人物形象。有大户人家的侍女，有乡村中学的老师，有十里洋场里的画家和演艺明星，有悬壶济世的医师，有跟随学校西迁的大学老师，有皈依佛门的出家人，更有叱咤风云的军政大佬……

《失落的蟠龙重宝》中有三位主要人物：医术高明、救死扶伤的万鹤鸣；敢作敢为、九死一生的军人周幼安；没爹没娘、形单影只的凤梧。万鹤鸣和凤梧是小学同学，万鹤鸣和周游安是保定军校的同学。三人感情甚笃，不是兄弟，胜似兄弟。《方家三侍女》魏妈是方家忠实的女佣，她的独生子华荣在中药铺做店员。她希望儿子与侍女水秀结合，水秀也很中意华荣，但华荣却爱上了另一个女孩珍子。魏妈觉得瘦小的珍子就是生孩子也会不如水秀的。魏妈认为做女人比当男人好。"男人生成的命，是富贵跑不掉，是贫贱躲不开；女人就不同了，嫁富得富，嫁穷得穷，那是可以变的。"这位大字不识一个的女佣对世界的看法，源自她自己几十年的人生体验。《红颜》中漂亮知性的吴彬彬，是师范学校毕业的浙江女子，因为不愿做一个富家大公子的二房，离家出走，后来远嫁赣南一个瘸腿而容貌猥琐的米店老板。当她发现遇人不淑时，又毅然离婚。她和校长贡子佩朝夕相见，彼此相爱，但是贡校长是有家室的人了，他们没有肌肤之亲，两人只能做红颜知己。吴彬彬贫病交加，临终前把女儿托孤给了贡校长。为了振兴乡村教育事业，这位异乡人永远地留在江西那块土地上。在《1937年12月的南京》里，南翔刻画了我、敌、友三方的几位重要人物。我方，主要有国民政府军委会执行部主任、一级陆军上将、南京卫戍司令长官唐生智。12月12日凌晨三点，唐生智在南京司令官邸召开的将军参谋联席会议，语调悲愤而低沉地宣布，前线已经失守，城门破在旦夕，委员长下达了撤退令。其誓言"没有委员长的撤退命令，当与首都共存亡"言犹在耳。敌方，写到了日本侵略军中的高级指挥官。如到前线督战的天皇裕仁的亲叔叔朝香宫鸠彦亲王。有"中国通"之谓的日军在华中战场的最高统帅，陆军上将松井石根。这个杀人魔王1948年12月22日，在东京谷高地的日本旧陆军军部礼堂，被远东国际军事法庭处以绞刑。至于友方，小说塑造了国际友人拉贝（1882-1950），他是德国西门子洋行的代理人。在南京最恐怖的日子里，他担当了南京安全区国际委员会主席，他用自己果敢和无畏的行动，荣膺了后人口碑载道的"中国的辛德勒"的称谓。拉贝去世后，其后人提交的《拉贝日记》成为日军屠城的一个最有力的佐证。小说还成功塑造了另一位赫赫有名的美国籍国际友人魏特琳（1886-1941）这个奇女子的形象。她在日军对南京屠城时，屡屡冒着生命危险救出成千上万中国女性。魏特琳既是教授，也是金陵女子文理学院教育系主任，代理校长。与敌我友三方都有联系的三十出头的慧敏，中日英三种语言俱佳，从1935年到1937年，被特琳特聘到金陵女子大学教中文、英文和佛学三门课程。她是张晖、池岗的共同朋友，两位男士都深爱着她。慧敏在金陵女子大学帮忙救助难民的时候，遭到了日本兵的亵渎凌辱，后来人们在清理她的遗体时，发现在她血污的颈项下，竟然狠狠地斜插入了一枚小指粗的铁钉。这位柔弱的出家女子，显得非常刚烈。

南翔小说中的系列人物大都具有真实性、典型性、生动性。比如《1937年12月的南京》，毕业于日本士官学校，又进日本陆军大学镀过金的76师师长张晖。他军事才能出众，具有视死如归的英雄气概。他没有撤离南京，而是潜伏下来了。在慧敏的葬礼上他与池岗相见了。池岗念及同学之情劝他迅速离开，甚至安排人悄悄护送，但张晖游说池岗配合他去谋刺松井石根等日军高官，这简直是与虎谋皮，说明张晖比较单纯幼稚。池岗斥责他说，这是痴心妄想！张晖后来被日军射杀。他没有死在与日寇厮杀的战场上，而是死在与日军的所谓交涉之中。恩格斯在《自然辩证法·导言》中说过，"这是一个需要巨人而且产生了巨人的时代。"民国时期，在各行各业，涌现出来了许多杰出的人物，即使是普通民众也打上那个时代的独特印记。南翔说，"为带着气韵、率真性情、不畏流言、从容淡定的人，从不同角度立此存照，是《前尘》的主题。有气韵、品味及性情的人，相信一直会成为我们人生之旅的不可或缺。"在他眼中，"气韵是性情，也是格调；是迂阔，也是散淡；是教养，也是细节。"①《前尘·民国遗事》中的各色人物都给读者留下了深刻的印象，南翔对小说人物的刻画是比较成功的。

① 南翔.腹有气韵品自高——《前尘》自序.前尘·民国遗事.广州：花城出版社，2007.

二、凭妙笔编织的故事情节

为了表现人物，南翔在小说中编织和设计了大量完整和曲折的故事情节。

《失落的蟠龙重宝》中，万家有一箱祖传下来的很有收藏价值的明清两代铸造的铜钱。尤其是两枚蟠龙重宝，有一个错铸的地方，显得很珍贵。家里一次遭劫，看家的凤梧被严重破相。由于两枚蟠龙重宝突然失落，导致三人感情产生裂痕，凤梧和周幼安都对万鹤鸣说："永远，我们不必见面了"。《方家三侍女》中，舒云聪明善良，富有主见；丽珠心机太重，精明过人；水秀朴实能干，吃苦耐劳。二少爷方卫征是个多情的种子，他在丽珠和舒云之间，难以取舍。丽珠主动与二少爷有过一次床笫之欢，但方卫征还是更喜欢舒云。二少爷希望舒云和他私奔，去上海或北京。说完这话的第四天，二少爷说父亲安排他送大嫂和侄儿去上海，她母子从上海去日本探亲。舒云明白方卫征到底还是怕他爹的。这很像巴金《家》中的三弟觉慧和丫头鸣凤无疾而终的恋爱故事。方老爷执意要娶舒云做小妾。在要么嫁给老爷做二房，要么回家种地的两难选择中，舒云毅然选择了回家。人穷志不穷，这位姑娘还是很有尊严的。南翔在大学读书期间就开始了小说创作，他对西方现代小说的技法有很深入的研究，同时，他也继承了中国古典小说的优秀传统，其小说表现的"突出特点是乐而不淫，哀而不伤，温柔敦厚；内容入世随俗，故事通俗易懂，叙事深入浅出。"[①]《亮丽的两流星》中，聂枫不嫁洋行的小开，而嫁给了老虎团的军官张通宝。婚后不久就离婚嫁给了画家景浩。聂枫性情潇洒，善于交际，富有才情，她好玩而不知节制。她先后又与环亚实业公司的边涛、租界赛马场的邹荣棠有过婚外情。得知聂枫出轨以后，景浩也容忍。不久景浩患病死亡。聂枫借钱赌马，赌博失败后，一夜之间债台高筑，第三天她就在家上吊自杀了。本来可以在事业上有所作为的两位年轻人，就像两颗亮丽的流星一样稍纵即逝，令人唏嘘。《陷落》中，陈早为议长柯厚凡先生做了十年秘书。他居然跟女主人柯太太欧阳淑英有染，尽管是女方主动投怀送抱的。他同时又与戏班子的剑香同居。陈秘书的感情在两个女性之间漂移不定，在剑香面前，他就是俨然的丈夫；在柯太太面前，他又是一个时时需

---

① 陈墨.生存现场的人文地图——南翔小说阅读杂记.山花，2006（9）.

要关爱的孩子。柯议长卸任前将陈秘书解雇，一个夜晚陈早想用匕首行刺，结果反而被柯先生用手枪打死。由此可见，"个人情感欲望的自我挣扎及其个人意志与环境命运的冲突，是南翔小说中不变的风景。"而"南翔的民国题材小说自成一体，其内核仍是情殇故事。"《方家三侍女》中的方家二少爷在东吴大学读法科，因苦恋一女同学未果，失魂落魄，结果书也读不下去，肄业而返。富家公子，如此痴情，实属难得。"情殇"，确实是南翔小说故事中的普遍现象。《1937年12月的南京》这篇小说，血雨腥风，为了缓解人们阅读时的紧张情绪，南翔用了讲故事的"闲笔"手法。小说中插叙了十年前，张晖在日本陆军士官学校念书，认识了来自中国江西省会南昌的，在比邻的大学读财务预科的老乡慧敏。在中国同学会结识之后，彼此用乡音交谈，感情甚是融洽。但是张晖与女性打交道缺乏勇气与经验，他竟然拉上了同班同学池岗作陪，这就导致了一个大家都不愿看到的后果。慧敏后来学业未完，就因故归国出家了，张晖、池岗互相争宠，给了她一个两难的结果。小说叙事中所谓的"闲笔"，是指"叙事文学作品人物和事件主要线索外穿插进去的部分，它的主要功能是调整叙事节奏，扩大叙事空间，延伸叙事事件，丰富叙事内容，不但可以加强叙事的情趣，而且可以增强叙事的真实感和诗意感。"① 因此，人们常说"闲笔不闲"。《偶然遭遇》写的是西医罗雨方和中医朱凤高之间发生的故事。他们两人感情很复杂，既有佩服、欣赏，又有轻觑、提防。小说开头，大学教授、文化名人的"我"，因为机场大雾弥漫，飞机延迟了几个小时起飞。在候机的过程中，"我"与年轻女子桐木拳功的推广者罗小青相遇相识，而罗雨方就是罗小青的祖父。这篇小说的结构很特别，一段写历史，另一段写现实。现实与历史相交织，当下与过往相交融。整篇小说的结构很像1979年茹志鹃的全国获奖小说《剪辑错了的故事》。这篇小说故事情节很有内蕴张力，它既显历史沧桑，又具现实讽喻。

南翔小说中的故事情节是用心经营的，这些情节符合生活的逻辑，它们既出人意料，又在情理之中。《失落的蟠龙重宝》中，万医生的妻子后来在夹墙的角落里发现了那两枚失落的蟠龙重宝，可是一切都没法挽回，万医生一夜之间似乎老了十岁。《两个亮丽的流星》中，景浩与聂枫的相识非常偶然和意外。一个春夜，景浩和他的朋友天平，在大光明电影院观看《荒江怨》，影

---

① 王先霈，王耀辉.文学欣赏导引.北京：高等教育出版社，2005:156.

片中主人公的扮演者聂枫和她的伙伴们也来电影院观影，而且与他们的座位相邻。这次相遇就拉开了故事的帷幕。景浩的校友张倩很爱他，他恩师蔡先生的女儿也非常爱他，但他却不为情所动。景浩执着地认为只有聂枫能给他生命的激情和艺术创作的激情。流水有情，落花无意，这是没法强求的事情。南翔小说故事情节，如《前尘》《红颜》等很有明清白话小说中才子佳人情义缠绵的韵味。

三、替时代留影的历史记录

民国，全称"中华民国"，在中国大陆的历史并不长，1911 年爆发了辛亥革命，1912 年元旦中华民国宣告成立。从 1912 年到 1949 年，它前后只有38 个年头。这期间经历了众多惊心动魄的事件，在历史上留下了浓墨重彩的一笔。

《红颜》中，赣南某县没有中学，学生读初中都要去赣州。在出身蒙古族的齐县长的大力支持下，贡子佩等办起了一所中学。办学条件非常简陋，但也比较有地方特色。只见"校长室紧挨山坡，避潮防虫，取凌空式，缘木板梯曲折而上，大树当头，启后牖，浓翠可掬。整套房子，梯为木，地为木，壁为木，顶仍为木，进得来，有一股酸涩的生木气息。"看到此情此景，吴彬彬席地一坐，大叫："这才是返璞归真呢！好个享福的校长哇。"他们因陋就简，苦中作乐。齐县长有一个未了的心愿，他想建一座小水电站，让本县百姓用上电灯，但是那年冬天他却被暗枪所害。这位励精图治，有所作为的基层官员让笔者联想到蒋经国先生，20 世纪 40 年代，他主政赣南 6 年，致力于整肃治安、发展经济、改善民生、兴办教育、倡导新风。蒋经国先生的"赣南新政"，不仅推动了赣南经济社会建设，也为后来主政台湾进行了预演，积累了经验。《前尘》中的苏子和家境殷实，娶妻生子当了大学教师，生活安逸，衣食无忧，但是抗战爆发了，平静的生活就是这样给打破了。于是他和妻儿及一男佣千里辗转，到达黔南的一个小县城。后来学校又继续南迁广西，与另一分校合并。子和的学校连着几个月欠薪，人心浮动，已陆续走了几个老师。这让人想到西南联大教授们艰难生活的情景。苏子和很欣赏玉珠，玉珠对子和也很有好感，但是他们"发乎于情，止乎于礼"，尽管那个时候妻妾成群并非个别现象。《红颜》中贡校长的妻子曾美珍和婆婆鼓励他娶纳女佣秀秀做小妾，她怕丈夫与吴彬彬走得太近。后来丈夫果然迎娶了秀秀。《亮丽的两流星》中景浩贫病交加，医治无效，撒手归西。他的追悼会，也同时办成了他的遗墨展览。他的师友原拟将景浩的遗作推到北平参加第三届全国美展。但是，1937年"七七事变"，全面抗战爆发了，他们的愿望被现实击得粉碎。《1937年12月的南京》中，唐生智接到委员长撤退的命令，十万余人的大部队成功撤退。但也有部分人来不及转移，就做了俘虏。所有的俘虏都异常听话地接受搜身与双手反绑。这种缺乏血性，没有拼死抵抗的情形，让日军非常看不起。日军将14777名俘虏押送到山丘西边时，他们用机枪疯狂扫射。清尸的时候，十几桶煤油浇上去，点燃。后来这些日本军人就把这么多尸体扔到江里去。这种血流成河的场景，让人窒息不已。按照惯例，两军作战，不杀来使，不杀俘虏，日本军人的暴行罄竹难书！

狄更斯在他的小说《双城记》开头写道："这是最好的时代，这是最坏的时代，这是智慧的时代，这是愚蠢的时代；这是信仰的时期，这是怀疑的时期；这是光明的季节，这是黑暗的季节；这是希望之春，这是失望之冬……"笔者认为，用这段话来形容民国时期的环境是很合适的。民国时期，军阀混战，战乱频繁，但那个时期又有许多亮丽的成就。比如那时的大学，不管是公立、私立，还是教会高校，都是教授治校，培养出了许多杰出人才。那个时候涌现了一批著名的学者、作家、翻译家、艺术家，现在还有许多人心向往之。南翔认为，小说"相比散文传记，它失去的部分真实性，需要用更广阔的视界、更深邃的思想、更绵密的情感和更深入肌理的文字理想来追索、填充。"南翔在其小说中，通过对环境的艺术描写，为我们了解民国的时代背景，打开了一扇窗口。他小说中真实深刻地展示了那个特定的时代环境，因而人物性格的真实性和故事情节的合理性也就有了实实在在的着落了。

四、展教授作家的书卷气息

南翔是教授作家、学者作家，他的各类小说，如校园小说（《博士点》）、历史小说（《抄家》）、生态小说（《哭泣的白鹳》），甚至这几年写的非物质文化遗产系列非虚构散文（《木匠文叔》）都散发出浓浓的书卷气息。

《失去的蟠龙重宝》，南翔对明清时代的钱币铸造、称谓变化及其钱币收藏等知识做了很好的介绍。明代为了避朱元璋的"元"字讳,一律称通宝,而且直读,就是说"通宝"二字在右、左方;到了清代,钱文仍以直读通宝为主。直至咸丰年间发行大钱时又恢复了元宝和重宝之称。海慧法师得知凤梧捕捉了穿山甲和斑鸠,违反了寺庙戒律以后,要他离开寺庙时,说了一番话:"我其实早看出你俗心不死,向佛意薄,身在山门,念在尘中,但怜你性敏机智,在寺院总是胜人一筹……小事姑息,以为慧根不浅者,总能自我悟识,何须大责,不期你终于滑落到这一步……也怪我平日教诲不严,愧对佛祖啊!"这番话既表明了法师的态度,又显示出了高僧的学问和品位。《红颜》中,贡子佩和吴彬彬在赣州八镜台附近的一个茶庄品茶,他们你一言我一语,朗诵出了唐朝诗人元稹所创作的一首一字至七字的杂言诗《茶》:"茶/香叶/嫩芽/慕诗客/爱僧家/碾雕白玉/罗织红纱/铫煎黄蕊色/碗转曲尘花/夜后邀陪明月/晨前独对朝霞/洗尽古今人不倦/将知醉后岂堪夸。"这种诗俗称宝塔诗,在中国古代诗中并不多见。文人雅集,品位不俗。真是"谈笑有鸿儒,往来无白丁"。在《前尘》中,当大学老师苏子和得知17岁的女佣玉珠祖籍江西樟树时,就跟她聊了江西籍的大明才子解缙写诗作对的逸闻趣事。苏子和的故里已经沦陷,他连去两封电报,家里也没有任何回音。他在闲极无事,又心急如焚之际,削了五十根竹签,用《易经》算卦。《陷落》中,柯议长等发起一次书法等义卖活动,筹集款项以救济灾民。柯议长本人诗、书、画俱佳。他的老同学尹春生还是留欧学人。柯先生拿出一方端砚,一方青色的蛙形砚。据说此砚台曾属苏东坡,砚身还雕有他的一首词《醉落魄》。铁路局长准备出三百大洋将它买下来。《1937年12月的南京》中,日本老太太、池岗的奶奶,说她皈依的是曹洞宗,她这一辈子就想到中国去朝拜曹洞宗的发祥地。据学者研究,佛教的中国化与江西密切相关。晚唐时期,禅宗发展为"五家七宗",其中沩仰宗、曹洞宗、临济宗、杨歧宗、黄龙宗等五宗在江西发源、发展、定型并向海内外传扬。古代文人墨客之间的文牍书信都是很有文化品位的。五四白话文运动兴起以后,在文化人之间,如鲁迅、蔡元培、胡适、叶圣陶等,其书信往来,仍常用半文半白或文白相间的应用文体传情达意。池岗大佐用蝇头小楷,给他的同窗好友张晖写了一封劝降信。意思是说,同窗之谊,不曾叙旧,暌违数载,念兹在兹。皇军素悯生灵,覆盆焉有完卵。望中国军人体察危急之现状,放弃一切不符实际之幻想。只有放下武器,缴械投降,才可饶一生路。张晖师长则用流利的日文,给池岗写了回信，他希望转告松井石根，中日两国同文同种，理应兄弟手足，无由干戈相见。请看在中日文化根脉渊源深厚的份上，彼此及早偃旗息鼓，铸剑为犁，相逢一笑，握手言和，庶几保存中华文化精粹于兵燹之外，搭救芸芸众生万象于普度之舟。已皈依佛门的慧敏也给池岗写了信，她强烈要求战争不伤妇孺，不辱佛门，对栖霞寺，安全区等地提出不进一兵一卒的要求。她在信的末尾提到池岗的奶奶，久疏问候，不知她老人家风湿可好，腿脚是否还能出门上山。这些所谓的来往信函，都是南翔根据人物身份和具体情境撰写的，他的语言驾驭能力很强。汪曾祺说：“写小说就是写语言”。语言不只是工具，语言本身就是艺术。“平常而独到的语言，来自长期的观察、思索、琢磨。”①这部小说的语言老道圆熟，不少段落半文半白，文白相间，深得明清文言小说语言的精髓。评论家李云龙先生对南翔这部小说中的语言艺术赞不绝口。他认为南翔小说的语言“相当圆熟，古味盎然，亦庄亦谐，洗练典雅。”②这部小说的书卷气息比较浓郁，这不愧是教授作家的文学作品。

五、结语

“腹有气韵品自高”。《前尘·民国遗事》一书，笔者反复阅读，品味再三，甚为喜爱。笔者认为，南翔的这部小说充分做到了以下几点：深入细致的人物刻画、完整复杂的情节叙述、具体充分的环境描写、扑面而来的书卷气息。其小说的思想内涵比较丰富，很有嚼头，值得反复品读③。著名作家、评论家韩少功、格非、毕飞宇、李敬泽等对这部小说集进行了高度的评价。评论家陈墨先生在小说《前尘·民国遗事》的封底上写下几句话：“南翔笔下的民国历史故事，其实都是他精心重构的人文艺术现场，生动洗练的语言文字可堪玩味，奇趣张扬的人性发人深思，怅惘的挽歌情调让人怦然心动。”笔者认为，这个评价是比较中肯和恰当的。

① 汪曾祺.说说唱唱.北京：作家出版社，2016：254.
② 李云龙.灯关了，耳朵还一直亮着.创作评谭，2007（4）.
③ 陈南先.试论南翔小说的思想内涵.肇庆学院学报，2016（6）.

"灯关了，耳朵还一直亮着"

——读南翔《前尘·民国遗事》

李云龙①

　　读完南翔新近结集出版的小说《前尘·民国遗事》，一段已然尘封却不该被忽略淡忘的历史，打马而至，神情凄楚，面容生动，每一顾盼犹有遗恨，宛在眼前。这幅历史长卷激活的是一段沉睡的记忆和一种别样的情绪。

　　与此同时，南翔流畅优美的小说文字催生的愉悦，一种如鸿鹄之鸣而入寥廓的阅读感觉，也伴随着这样的诗句在心里油然涌出："灯关了，耳朵还一直亮着"……一个牧羊人整天苦寻丢失的羊未果，睡觉时，心里还一直念念不忘他的羊。这是诗歌的一种绝妙表达。南翔则以小说的方式，作着诗歌一样的深情表达，让人不由得"亮着"耳朵倾听余温犹在的民国。

　　《前尘·民国遗事》，写的是涉及民国工商士农医兵在内的各色人等，串接起当时官场、职场、情场、战场等社会历史生态，囊括欲说还休的民国风物，"为带着气韵、率见性情、不畏流言、从容淡定的人，从不同角度立存照"（南翔《前尘》自序），艺术地再现了一个古风盈怀兼且西风吹襟的逝去的时代。

　　忧伤中潜藏美丽，追怀中蕴涵前瞻，沉郁中沁出昂扬——是这部穿越历史风云、采撷底层传奇、成功捕捉各型人物特征的小说，出彩的所在。

　　民国的雨点，下在了旧日的江河湖泊里，疏一阵密一阵，携着尘埃，沉入涡流之中，音调凄凉。但南翔的小说，却没有将眼光仅仅投注于此，而

---

　　① 李云龙，男，1955 年生于江西省吉安市。现为深圳市南山区作协理事、副主席。本文原载《创作评谭》2007 年第 7 期。

是冷静客观地检视历史残片：有兄弟阋于墙，更有遗世独立的人文情怀；有烽烟四起，更有芳香永存。

《前尘·民国遗事》共收入八个作品。每个作品，都追求共同的叙事格调，老老实实地讲故事，而且讲出了不同的艺术品质，讲得各具气象。《方家三侍女》《红颜》《亮丽两流星》《陷落》等数部小说，性与爱的频度甚高，但绝无不妥。《红颜》营造的是情甚于性的精神氛围。《亮丽两流星》里的爱与性都绝对地"率见性情"，相互缠绕。《陷落》也写了主角偷情出镜，但其爱与性，有着更为复杂的成分。总体说，这部小说集所涉，远比爱与性丰富厚实。它是民国历史、民国物事的小说版。《偶然遭遇》《1937 年 12 月的南京》，直接把笔触伸入到民族生存的根系最深处。《前尘》则是一个篇幅虽然不长，容量却颇大的短篇。它典型地体现了整部小说的美学特质：清新儒雅，纯净蕴蓄。

《前尘·民国遗事》描画的人物群像神采各异，摹写的人性如沦如漾，展示的美学追求锋芒内敛却高贵积极，创造的小说意境广阔深邃，打造的话语系统自成格调。它鲜有吞天沃日、群星追月的张扬笔法，但小说对历史的回眸，对前尘往事的思考，对旧时今日承继与断层的价值评判，却令人低回不已。

《方家三侍女》中的人物关系纠结交错，可见出南翔的沉着把握，细密用笔。舒云、丽珠、水秀——这三位侍女有着不同的角色位置。水秀没有心机，却胖圆了还贪嘴，又正处在青春萌动期，闹得精细的方太太格外留心她的日常动作，并不无忧虑地对方先生转述魏老婆子神经兮兮的几句说辞——"怕水秀肚子出问题了，腰腹滚滚圆，一对胸脯子像气球吹起的一般大"，惹得方先生直蹙眉头。水秀在舒云、丽珠之间，起的是一种改变力量对比或推动故事演进的作用。比如丽珠赞舒云心眼灵巧"真是难得"时，水秀"赶紧咽了满嘴的豆瓣"，冷不丁地迸出一句"要不怎么会让二少爷看得入迷呢"，使对二少爷抱着企图、有所期待的丽珠感到愠怒，却又无由发作。而睡觉时，水秀对舒云说的"男阳女阴，互相采采就好了"之类的闺中私房话，则既牵出了魏老婆子的粗鄙饶舌，又为小姐妹之间的人物着色，添加了趣味横生的一笔。舒云与丽珠的角色设置，是整篇小说的关键节点，是故事建构和解构的基础。用方先生的话来说，三个丫头里面，丽珠聪明，水秀能干。……尤其舒云……舒云这姑娘，温文尔雅，娇而不媚，甜且不俗，虽然出身小户人家，那份秀慧的资质，却是可以同大家闺秀相匹配的……

南翔在对舒云的人物处理上，也即是以此为据——举止沉静，分寸合宜，清亮无尘。也正是她的这一特点，使方家二少爷为之心生倾慕。而又正是因为少爷方卫征对她青眼有加，使得另一位同为侍女的丽珠免不了醋海兴波，生出许多枝节来。而且，最让人意想不到的，是身为新生活运动指导委员的方老爷，在明明知道儿子方卫征喜欢舒云的情况下，竟然于败鼓残钲的年龄，也出手争夺，向舒云婉曲示爱，甚至背地里授意魏老婆子从中说合。

方家对舒云（当然也包括对另两位侍女）所持的态度，字里行间有颇值得玩味的超卓笔意。其中透出了方家浮于面上的开明氛围，揭开了方老爷绅士其表、俗气其内的那种骨子里的假道学，抵近了方太太的内心挣扎——几个花朵一样的年少侍女，其欢声笑语与不断成熟的身体，还有她们吸引人的一切，尤其是舒云的气质，成为丈夫与儿子的致命诱惑，这令作为妻子与母亲的她，情何以堪。

作家如此勾勒，寓入了静水深流的人世惋叹。舒云虽聪慧，但最后却难敌方老爷的淫威。这是一曲底层人的悲歌。丽珠血液里有着不安分的基因。想尽一切办法钓金龟婿的丽珠，年纪不大，却工于心计，心眼活泛。作家通过舒云的诸多慨叹，活画出丽珠形象。写丽珠行事，是小说用力甚勤的地方：多长心眼偷听主人与魏老婆子的谈话，与二少爷的床笫之欢，与二少爷在戏里戏外……可称曲径通幽。

至于写舒云因为喝了丽珠把缸里的水，丽珠竟然发出"下贱"的恶骂，故意亮明自己与二少爷男女间偷嘴，看戏看斋醮后表面委婉却带着预谋告诉舒云"她与方卫征已经做成了一段事"，以绝舒云的念想，写方卫征对丽珠的诟病，写丽珠在舒云病中只来过一次，眼里现出了怨毒的目光……小说如此轻拢慢捻抹复挑，直叫余音绕梁。

打量《前尘·民国遗事》里的丽珠，让人眼光一直无法离开这个有着"温沃腰身"的复杂的多面女人，当读到她是在将女孩的贞洁当作登上富贵台阶的赌注，是在进行一场人生博弈时，胸间又有了窒碍。

南翔的小说，其吸引力来自他从不轻慢自己笔下的人物，来自他殚精竭虑的打磨，来自他周到而绝不诡异的情节安排。

方卫征虚与委蛇，丽珠魅惑响应。以心理蓄势而言，两人之间，只是在进行一场不对称的欲望与情感的战争。不对称的身份，不对称的社会地位，这些都注定了丽珠想要改变自己人物角色的企图，最终必然破灭。

小说家南翔笔下绘就的方家三侍女的人物丹青，就像一组微缩胶片，把方家这一特定大户甚至民国这个特定时代拢到了一个叫作《方家三侍女》的篇章里。真实的历史早已作古，时移势易，诗人怅惘吟诵的"旧时王谢堂前燕"，落得个至今归得野人家；"南朝四百八十寺，多少楼台烟雨中"，又何尝没有携着千年之远的寂寥与衰颓？几个石头磨过，多少山岭崩坏，而文学之树常青。三个并未想播弄世风的方家侍女，却搅动了尘俗欲界的漫天花雨。让文学在丰神俊朗之外，又获得了沧桑翻覆的纵深感。

《前尘·民国遗事》对人性的观照，值得注意。

《失落的蟠龙重宝》是一曲人性的挽歌。这部小说，让人难以释怀处，是本为有着过命交情的三个异姓兄弟，因了蟠龙古钱的异动，而导致手足猜忌、分道扬镳，让人不胜唏嘘。其人物、情节特别是人性，既参差错落又相当谐和，既悖于常理又圆润无痕。一箱箧款式相异、各存佳妙的白铜钱，两枚蟠龙重宝，竟然与人物的身形、去向、浮沉、命运、社会、世道相关联，出人意表。尤其蟠龙古钱的蹊跷形迹——因箱箧不好置放而改了包装，人又忙中出错，落在夹墙角落误为被窃，使鹤鸣、佑安、凤梧数人之间，堪称铁三角的信任关系，出现了严重危机，显得礁丛暗布。而人性的明暗美丑，则由此得到彰显。庙会当日，万氏医家被贼人搜掠的白昼惊魂，是这个故事的转折点。读到这，我们才能真正明白小说家此前所展现的人性，原来是这样脆弱，简直是不堪一击。祸事临头，还仅是贼人搜掠，即已将生死相约的友情、亲情、爱情砸得粉碎，使一座曾经无限繁华的人性城堡，瞬时失守，并转而变得荒芜。

南翔是用小说细节来对人性弱点做深入解剖的，他锐利地审视着人性的方方面面。原本温厚的鹤鸣，在对待凤梧是否盗去了两枚蟠龙重宝的问题上，一直坚信凤梧绝非强人眼线的鹤鸣，可是到最后也还是架不住怀疑到了凤梧头上，并且旁敲侧击，把虽非亲兄弟、却胜过亲兄弟的凤梧，把因为寇盗伤害而在身体上和心里都留下疤痕和阴影的凤梧，再次逼回了礼佛的庙堂，并对鹤鸣、佑安甚至人世，都生出彻底的绝望。佑安则以赳赳武夫的身板，扫荡着一切有损于鹤鸣医术、家业、人生幸福的阻碍。当然，他也把简单粗豪的人性表现到了极致，也扫荡了自己的挚友、至爱，扫荡了人性的缤纷四季。使原本暖意融融的人性，陡然之间，变得寒冷彻骨。蟠龙重宝以尖利的锋芒，刺穿了人性的尊严。

这样的人性毁损，其美学意义和哲学启迪是多方面的。它宣告着：人性的美，总是建基于善良、温情、和谐之上的；人性的丑恶，时常与勇毅、忠诚、刚烈等正面品质相伴生，甚至这些正面品质本身，就可能催生出人性的恶之花，而且最费踌躇，难以即时看清的，便是正直、果断、不屈即罪恶——南翔对人性的这种近乎暴力侵害的形象解析，有着相当的美学、社会学乃至哲学价值。

《前尘·民国遗事》中的其他篇什，一样对人性做了多元化探求。

《方家三侍女》中的方先生，其人性又该用怎样的语言去形容呢？正？邪？似乎都不是，又似乎都是。这种写法，既见出人性的复杂，也见出南翔对人性描画的高超技巧。这是南翔的创造，是手绘，每一针每一线，都曲尽其妙。这是南翔的典藏，是瑰奇，每一格每一屉，都琳琅满目。

齐县长、贡子佩、吴彬彬、曹清长——《红颜》里的一干人物迤逦而来。真心愿为当地百姓办好事、蒙古族出身且惧内的齐县长，当着友人的面，并不隐讳自己对异性的喜爱，自己常说荤话，每到公干之余，还必瞒着夫人"到花柳暗巷寻一个宣泄处"。此外，他甚至还要为贡子佩张罗娶新人，要撮合贡、吴的一桩姻缘。不过，他直率的人性，却成了他最终被射杀的祸端。吴彬彬清纯，勇敢、有担当，但她最终只能听任心底浃骨沦髓的爱情被恣意揉成碎片，然后任其消逝并幻化成生命的绝唱。

《亮丽两流星》中展示了由出轨到结合，而由结合再到出轨，在出轨中始终旧情难忘的人物故事。其主人公景浩与聂枫的人性，非常另类。"我的……都来自你……"，景浩临终前留给聂枫的这句遗言，带着无限爱意，从心底泣血而出。他们爱得轰轰烈烈、凄清惨淡；爱得死去活来、五味杂陈；爱得高贵，又爱得苟且，还爱得分而合、合而分；爱得信誓旦旦、红杏出墙；爱得即使出现了裂痕最终仍因了聂枫的无法割舍，爱出了古往今来所未有的特质和景象。这是景、聂以爱恋与背叛奇异交融为主题的人性。

还有陈早、柯议长和欧阳淑英，他们的人性《陷落》，是在血腥气息中完成的。这是南翔小说中难得一见的带有暴力成分的人性冲突。

也无法忽略《偶然遭遇》中由"我"与罗小青带出的民国记忆。罗雨方、朱凤高、陈秀美以及"偶然相遇"的一对有肌肤之亲的现代男女，都只是这部小说中人性链条中的某一环节。人性顺流而下，乘坐时间之舟至于现代，又自当下回眸，这种沉沦激荡，让人生出一种似曾相识又暌违日久的奇怪感觉，并触动人性的前瞻和思考。

但是，写人心之险，人性之恶，概难出《1937年12月的南京》之右。不为别的，就为这部小说，背景即为南京大屠杀——这是时时考验中国人血性的赤红的烙铁。日本侵略军展现了嗜血的人性——不，是兽性！这种兽性，是一个民族最卑劣最阴暗最见不得阳光最无耻最肮脏的部分。而遭到侵略的中国，展现的是宁为玉碎不为瓦全的人性。拉贝和魏特琳们目睹了来自东洋且武装到牙齿的野兽的暴行，他们拼尽全力，以保护这场大屠杀的受害者。他们的人性，是人类内心最温暖的部分。惠敏，这位女出家人，在作出最剧烈抵抗无果时，玉碎于日本禽兽的蹂躏之下，眼神睥睨而邈远，她一直看着赶来施救却为时已晚的池冈身后蓝天上"一团圣洁如白云的灯火"，逐渐暗淡……颈项上，狠狠斜插入了一枚铁钉。这是中国女子的人性——可杀不可侮。这种人性，是一个民族其品格最高贵最坚硬的部分。

马克思说："……我们应该遵循的主要指针是人类的幸福和我们自身的完美。不应认为，这两种利益是敌对的，互相冲突的，一种利益必须消灭另一种利益的。人类的天性本来就是这样的：人们只有为同时代人的完美、为他们的幸福而工作，才能使自己也达到完美。"

南翔小说所昭示的，正是各个民族这样一种共同的人性思考。

在南翔的压卷之作《前尘》当中，苏子和、如静、玉珠之间缓释出来，误会在前，却包容于后的那种人性，点点滴滴，尽入心头。这是美丽的人性，是滤去杂质之后的人性。

《前尘·民国遗事》所达到的成就是多方面的，它较为集中地展现了南翔的美学理想和追求，而《前尘》则是此一方面最突出的篇章。

爱因斯坦有一句话说得非常好："每个人都有一定的理想。这种理想决定着他的努力和判断的方向。"南翔的美学理想和追求是高远的，作品中没有暴露性恶趣的内容，即使涉及男女情爱，也是相当干净、含蓄的。

可以读一读《前尘》：苏子和与玉珠之间，有着心理相容的情爱基础，但到结末，除了因玉珠儿子出现在苏家而造成一丝紧张与悬念之外，没有任何暧昧故事发生，人物和情节，都是如梨花带雨一样的净洁美好，不染恶俗、不纳污浊。这是其臭如兰的美学理想和追求。

南翔小说所表达的美学理想，是尊重人性、宽厚、温暖的美学理想。

《前尘·民国遗事》所达到的成就还表现在语言运用上。其语言，相当圆熟、古味盎然，亦庄亦谐，洗练典雅。

首先，这部小说结集的语言，具有深厚的生活底蕴。《方家三侍女》里，水秀说："一日三餐，你的饭也不知吃到哪去了，瘦得那张脸！也难为你，你是馆子里的筷子，天天吃鱼肉，就是长不胖。"这是从民间成长起来的原生态的、湿漉漉的语言。

其次，这部小说结集的语言，体现出南翔深厚的古典文学修养。还是举《方家三侍女》中的一个片段："那一刻很安静，落日把余晖收尽了，院子里依然敞亮。小佛堂里多日未燃香火，佛龛前一对半残的红烛无语凝噎。"像这样的表达，在南翔的所有小说中，可以说俯拾皆是。

南翔的小说，写景的笔墨不多，但寥寥数笔，非常传神："窗外，秋风飒然，灯笼柿呢呢喃喃。"

值得一提的，还有小说中追求油画效果的意象构建：门面光洁的琼筵饭馆，新漆鲜亮的栖霞宫；隔墙飞来的凝然不动的乌鸦停在飞翘的檐角上；阳光灿烂的石子路窄街……

兢兢业业，绝无敷衍——这就是《前尘·民国遗事》。

南翔在努力实践他自己的文学主张：小说当起于生活结束的地方。他始终如一地在将流失的美丽人性，存留于他的"叙事美学"（格非语）当中，将"支配着人类行为的暧昧复杂的逻辑"（李敬泽语），揳入他小说的字里行间，并不遗余力地传递着芳馥宜人"相当好闻"的"书卷气"（毕飞宇语）。

自然，如同所有艺术品一样，《前尘·民国遗事》也还有若干缺憾。比如方先生开导舒云一节，读来像是婚姻专家的现代版用语，写南京大屠杀，略显图解痕迹。

不过，较之于整部小说的成就，这种缺憾，只是白璧微瑕。它所叩问的时代亮度、人性高度，必将激起久远的回响。

南翔写小说，有二十多个年头。但他真正的爆发期，当是今后的二十年、四十年甚至更长时间。我对这位为整个民族追踪历史迷局的小说家，充满敬意，也充满期待。真好，"灯关了，耳朵还一直亮着"。

手艺人:人类文化的厚重记忆

——评《手上春秋——中国手艺人》

方心田 [①]

我对手艺人有一种天生的尊崇。这源于小时候家里生活贫困,温饱无着,乡民们大都挣扎在饿死的边缘;而有一技之长的手艺人,靠着走村串户,辛苦卖艺,却能挨过那些漫长的饥寒交迫的冬天。

在南翔老师的新著《手上春秋——中国手艺人》(江西教育出版社,2019年)出版后,我便及时地网购了一册,并迫不及待地翻阅。南翔老师,我是熟识的,我们有着多年编辑和作者的情缘;但在他离开南昌大学赴深圳大学任教之后,我们联系就很少了。这次看到他温热的文字以及文字里瘦削的身影,我犹如老友重逢,内心有说不出的喜悦。

南翔老师在本书自序——《折得一枝香在手》里说:"我从小就佩服动手能力强的人,其中就包括各种匠人。"可谓与我类同,心有戚戚焉。匠人,也即手艺人,指以手工技能或其他技艺为业的人,包括陶工、瓦工、铁匠、裁缝、织工、木匠、篾匠、厨子、剃头匠、捏面人、吹糖人、弹花匠等等。只要娴于一技,都可以称之为"手艺人",哪怕擅长的是开方抓药、土木工程或信息产业,七十二行,都能纳入"手艺人"之列。卖油郎、解牛庖丁、米开朗琪罗、罗丹、郎朗、理查德·克莱德曼都是古今中外手艺人的典范。美国学者理查德·桑内特在其著作《手艺人》中说,外科手术、吹玻璃或把乐器演奏出一个调来,都需要有"手艺"。当然,这里说的是宽泛意义上的"手艺"。

---

① 方心田,男,1968 年生,籍贯江西万年。作家、编辑,现供职于江西教育期刊社。本文原载《创作评谭》2019 年第 5 期。

一

在《手上春秋——中国手艺人》里，南翔老师写了15位当今中国的手艺人：木匠文叔、药师黄文鸿、制茶师杨胜伟、壮族女红传人李彩兰、捞纸工周东红、铁板浮雕师郭海博、夏布绣传人张小红、棉花画传人郭美瑜、八宝印泥传人杨锡伟、成都漆艺传人尹利萍、蜀绣传人孟德芝、蜀锦传人胡光俊、锡伯族弓箭传人伊春光、平乐郭氏正骨传人陈海如、钢构建造师陆建新。随着城市化、现代化、全球化的滚滚浪潮冲天而来，这些手艺有的濒临绝迹，有的趋于式微，大都处于将亡未亡之际。面对这种社会现象，南翔老师一方面感喟中华民族优秀传统文化的悄然流逝，心心念念，依依难舍；一方面大力呼吁政府部门和民间力量要珍惜、珍爱、珍重，加强评选各级非物质文化遗产予以保护，努力筹建各种形式的博物馆，尊重并善待各级非遗项目的传人，进一步传播工匠义化，弘扬工匠精神。

南翔老师记录的15位杰出手艺人，个个经历不凡，吃苦耐劳，意志坚毅，皆成正果。管中窥豹，以点带面，他们不愧是中华民族博大精深的工匠文化的优秀代表和传承人。在捧书研读的过程中，我倍感世界之大、器物之繁、心思之密、手工之巧，千年文明，筚路蓝缕，文化传承，代代不绝；也对木匠文叔、药师黄文鸿、制茶师杨胜伟、捞纸工周东红、夏布绣传人张小红、成都漆艺传人尹利萍、蜀锦传人胡光俊、锡伯族弓箭传人伊春光等人的人生轨迹、求艺历程印象深刻。文叔那简陋无比、藏品丰富的木器农具铁皮屋"博物馆"；耄耋药师黄文鸿精于炮制，绝不造假，仁者医人；农家子弟杨胜伟走出恩施，求艺浙江，又回到恩施，报效故里；周东红一路坎坷，兜兜转转，终于成为"大国工匠"——宣纸捞纸工；张小红单枪匹马外出学艺，走投无路下海办厂，终于创建独树一帜的夏布绣博物馆；天资聪颖的尹利萍能做、能讲、能写，成就一位著述丰厚的学者型漆艺传人；胡光俊身世飘零，锲而不舍，敢于创新，将蜀锦艺术传承光大；锡伯族汉子伊春光一辈子只做一件事——制作弓箭，一辈子只爱一个人——失明妻子……南翔老师通过叙述他们平凡而又不凡的个人经历，以及每个行当颇为高深复杂的功能技巧，一则凸显大时代的风云变幻和匠人们的创新进取精神，一则表达对这些非遗项目的传承之艰、保护之难，无不令人感叹。

二

在阅读本书的过程中，"工匠精神"这个概念时时萦绕脑际，久久挥之不去。

工匠精神，是指工匠对自己产品精雕细琢、精益求精的精神理念，是工匠在生产实践中凝聚形成的务实严谨、专注专一的可贵品质。2016年3月5日，李克强总理在做政府工作报告时提到："鼓励企业开展个性化定制、柔性化生产，培育精益求精的工匠精神，增品种、提品质、创品牌。"这是"工匠精神"首次出现在政府工作报告中。在生产方式和生产关系处于急剧转型期的当今中国，不少人追求"短、平、快"（投资少、周期短、见效快）带来的即时利益，往往忽略产品的品质与灵魂，导致粗制滥造甚至假冒伪劣横行，败坏社会风气，污染世道人心，也愧对"工匠精神"。而那些坚持"工匠精神"不放松的企业和个人，依靠信念信仰和历史传承，推动产品不断改进、不断完善，最终通过高标准、严要求的审查检验，走向市场后得到众多用户的喜爱。他们享受整个产品制作、创造的过程。这种精神快乐，难以与外人道也。

在南翔老师的笔下，木匠文叔独享制作、搜集、储藏各种木器农具的快乐；比如他亲自制作一架鸡公车，专给孩子们推、坐、玩耍；八十高龄的制茶师杨胜伟为了制作货真价实的"恩施玉露"，"含胸拔背，心神贯注，形同打太极，双手揉搓间，叶片翩翩如舞"，教人似乎看到了如诗如画、似真似幻的练功神境；夏布绣传人张小红天津拜师，可谓程门立雪，夏布改造，苦研精进，技法日臻成熟，作品巧夺天工，她那透底针、通透乱针、芝麻针、层叠针、浅雕针、一绒两色绣法……艺无止境，学无止境，工匠精神，可见一斑。

坦率地讲，中国历史上从来不缺好的工匠，现在也不缺好的手艺人，但社会现实却似乎普遍缺乏一种尊重工匠精神的文化氛围。

所幸的是，如今政府部门普遍重视非物质文化遗产的保护和弘扬，对工艺人才也积极给予奖励表彰，尤其自上而下高度重视职业教育的推广发展。因为，职业教育首先培养的就是一线技术工人，"世界工厂"需要高素质的技术工人，新时期的工匠精神唯有靠现代技术工人传承和光大。

南翔老师在本书中寄托的寓意也在于此，我以为。

三

在我的阅读印象中，南翔老师是以小说、随笔创作为主的，也兼顾新闻报道、纪实文学。《手上春秋——中国手艺人》不是新闻报道，也不是纪实文学。它比新闻多一点，又比文学少一点，介于二者之间，文学界的一些人称之为"非虚构写作"。

南翔老师认为，非虚构写作的寻找、选题及采集，比虚构写作更难。非虚构写作除了构思布局、书面表达，还必须有田野调查，掌握第一手真实且详备的素材，它容不得半点虚构，真实是它的生命。所以，非虚构写作的作品中，有相当多的作品通常都是以第一人称去叙事的。暨南大学教授洪治纲认为，非虚构写作分为两种：一种是通过重新挖掘和分析史料，揭示其中真相，反思某些历史事件或历史人物；另一种是置身现实生活之中，直面现实，关注某些社会现象。无论是哪种形式，非虚构写作都强调叙事的现场感和写作的真实性，因此这类作品有不少是以第一人称来展开叙事，作品中作者的身影无处不在，通过自己的细致观察、亲身感受和分析思考，让写作内容尽可能贴近真实。

在本书中，作者亲临实地，去寻找、接触、采访一个个手艺人，口述实录，查证资料，殊为不易。在如实的记录中，还原生活场景，再现历史过程，展示主人公的性格特点、内在品质和思想情操。从我个人的阅读兴趣来说，青少年时期爱读虚构类作品，因它易满足于想象的无限性和无限的可能性；但进入中年以后，阅历渐丰，崇尚实在，对人性、国家、社会等有浓厚的探求欲，就喜看纪实、真实的作品了，如散文随笔、历史传记、社会调查一类。

前《ZAKER》总编、《南方周末》特稿记者叶伟民认为：非虚构写作有着更普世、更现代的叙事精神，强调作者对历史和现实的再现和见证，遵循"真实"这一至高无上的铁律，并用独特的视角、文学的技法，展示或寻常、或沉重、或无常、或戏剧、或荒诞、或残酷的烟火人间，通过一个个细节、一个个场景、一个个动作、一句句对话，探索并逼近人生的真相。在社会现实急遽变化、人们普遍焦虑浮躁，一些文艺家拘泥于象牙塔的今天，南翔老师身为大学教授、学院派作家，还能走出书斋，走向田野，重视调查采集，并躬行记录，以此弘扬优秀传统文化，为全社会全人类留住一丝"真迹"，挽住几缕"乡愁"，这不仅为他的学生们做出了示范，也为我等广大读者做了一个表率。

秋日的忧伤与温婉的笔致

——评南翔的短篇小说《绿皮车》

孟繁华 ①

当下小说多有"戾气",这或与我们这个时代环境有关。只要到网上看看,贪官污吏、谋财害命、见死不救、半夜强拆、飙车撞人比比皆是。作家不能改变这一切,但焦虑和忧患也是他们真实的心理状态。因此说"底层写作"只是反映了作家关注的书写对象也未必尽然。但小说终还是小说,"文学性"还是第一要义。如果是这样的话,那么指认南翔的短篇小说《绿皮车》(原载《人民文学》2012第2期,《中华文学选刊》《新华文摘》转载)是一篇"底层写作"小说、怀旧小说抑或是感伤小说都已不重要。重要的是《绿皮车》深深地打动了我们。

依然燠热的秋末的一天,茶炉工上了自己最后的一个班次,这趟列车是M5511。茶炉工像往常一样忙碌,我们看不到他的异样,他照例烧水售货。车厢里有他熟悉的面孔:进城的菜农,读书的毛伢子,跑通勤的铁路职工,这些人占去了乘客的大半,有了这些人,就有了"绿皮车"的故事。这些人是不能再寻常的百姓,他们演绎的是我们久违的人间故事:读书的"毛伢子"们追打嬉闹,鱼贩子和"菜嫂"隐秘的私情,那个乞讨的"不图风光图松弛"的矮子等,让一列最慢的列车充满了人间情趣。但是,在这些表面欢快的景象背后,隐含的仍是人间的悲苦。鱼贩子与菜嫂因儿女的

① 孟繁华,北京大学文学博士,沈阳师范大学特聘教授、中国文化与文学研究所所长;中国社会科学院、中国人民大学、吉林大学博士生导师,北京文艺评论家协会主席,中国当代文学研究会副会长。本文原载2012年6月5日《深圳特区报》。

障碍，只能过着"地下工作者"式的情感生活；快乐的孩子里面，还有因大人分手而欠着学费的女孩。但是，面对这些困难或问题，人间的温婉弥漫在绿皮车里。茶炉工对鱼贩子和菜嫂的同情，菜嫂对来初潮女孩的照顾等，都让人感到，穷苦的生活并不可怕，那些关切的目光和互助的行为会让一切都成为过去。当大家知晓了女孩的身世和困难后：菜嫂在背后帮她整理的时候，悄悄塞了一张50的钞票在书包一侧。

茶炉工觑得真切，心里迅速盘算着菜嫂一天的进项。人啊就是这样，有时候会斤斤计较得自己都不认识自己，有时候又会掏心窝子待人处世，全看是不是触动了心肺旮旯里的那一角柔软。

他过去抹一把茶几，也无声地贴了一张50的钞票在她书包里。

读到这里，我的眼睛湿润了，我很久没有读到这样温暖的文字和情节。菜嫂的艰辛和茶炉工售货的艰难，小说多有讲述。但此时此刻，金钱在他们那里，真的成了身外之物。这就是普通百姓的温婉，这温婉的力量无须豪言来做比方。还有那个茶炉工，这是他最后的一个班次，然后他就要离开"绿皮车"退休，他可以有更多的时间陪伴他病中的老婆了。茶炉工离开时的情形，让我想起了加缪《沉默的人》中的伊瓦尔。他们的忧伤不是写在脸上而是烙在心里。

还颇值一说的是《绿皮车》的笔致。小说纯净的白描、讲究的语言和氛围的营造，显示了南翔练达的文学和文字功力。当下小说粗糙的语言是粗糙的文学感受力的外部表达，对语言失去耐心于小说来说是非常危险的。《绿皮车》在这方面的警觉或自觉，让我们对小说语言重新建立起了信心，因此也看到了新的希望。

第二辑 ○○○

精神的高地与沉重的反思

"梦中才得见的生态"

——南翔抗疫小说《果蝠》论析

程国君 [1]

南翔《果蝠》是一篇很有影响的短篇抗疫小说 [2]。在抗疫文学中，该小说的特点在于，它不以叙述灾难、讲述撕心裂肺的故事与探究人性见长，而是以讲述应对灾难的态度、方法以及揭示科技时代的时代精神而取胜。其思想内容相当丰厚。即它以深圳大学教师肖小静和刘传鑫出于拯救果蝠的动机而奔赴华南深圳乡下别拐村的一次拯救行为为主体，以相当缜密的逻辑演绎了抗疫时代生态平衡与人类的生活之间的内在联系，弘扬了疫情时代科学精神、科学态度的重要性，因而具有敏锐而深刻的思想魅力。

小说发表后反响很大。2020年《北京文学》第8期发表后，《小说月报》第9期、《中华文学选刊》第9期、《新华文摘》（半月刊）第20期、《长江文艺》第10期先后转摘。一些极有影响力的融媒体"深圳+ZAKER"、"网易新闻"凤凰网在内的公众号转发。最近又被收入2020年度《中国当代文学经典必读·短篇卷》。事实上，小说并非因为书写敏感疫情而引起轰动，也不仅仅因为书写了一个多么感人的情爱故事而引人注目，而是由于它揭示了我们时代的敏感、重大而丰富复杂的思想：（1）关于生态平衡与"道"的思

---

① 程国君，甘肃武威人，文学博士，陕西师大文学院教授，博士生导师。本文原载《百家评论》2021年第1期，发表时有改动。

② "疫情文学"出自胡平《一篇关于蝙蝠的小说》，原语为"一场来势凶猛的新冠肺炎疫情震动了世界，改变了许多世人对于世界的印象，当然，也引起世界各地作家的深入思考。可以想见，在不远的未来，疫情文学将成为文学创作的重要类型"（《北京文学》，2020年第8期，第19页）。本文根据其表现的内容及其精神将其命名为"抗疫文学"。

想，（2）关于城乡融合的国家现代化科学发展观思想，（3）关于生态科学及其科学精神，（4）关于疫情时代的愚昧，关于人对于灾难的态度的书写，等等。这些是我们的"时代主旋律"思想，这篇小说深刻而形象地有所触及，因而发人深思。而且，小说关于两性关系的个人化感受的书写，关于蝙蝠等大自然生灵习性的书写，也幽微而不失分寸，显示了文学对于时代敏感问题反映的及时和深度。它虽是一篇通常所谓的"问题小说"，但却以深刻的思想性和艺术性超越同类小说的局限，而有了颇多创新。

一、"梦中才得见的生态"

评论家胡平在《北京文学》2020 年第 8 期以《一篇关于蝙蝠的小说》为题介绍了南翔《果蝠》这篇小说。认为该小说是"抗疫文学"的先声："在中国，南翔的《果蝠》应该是最早涉及新疫情现象的文学作品之一，尽管它只是短篇小说，但已显示了作者切入当下现实的极其敏感，敏感到当众多作家还在回味之中时，他已经进入创作"①。事实上，《果蝠》不仅是"抗疫文学"的先声，它还以其反映敏感的时代宏大主题：2020 年世界如何应对全球新冠大瘟疫的主题而在文学思想史占有了重要位置。因为新冠疫情这个搅动天下生命、生灵，尤其是危害全世界人类生命的大瘟疫事件，一开始是从市场传播开的，于是，人们简单地把它归于人类吃食了野生动物的行为，仿佛原罪就在野生动物，于是就产生了捕杀这些野生动物的行为，而一些相当形式主义的人们又把这个行为政治化，其结果可能是极端可怕的——那就是对于生态平衡破坏的毁灭性结果。南翔急其所急，以其明确的"问题意识"而构思了这部小说。这实际上是该小说的第一叙事动机——即作品通过虚构和塑造刘传鑫、肖小静、缪嘉欣这些颇有我们时代特征的人物，由他们来演绎生态平衡及其科学、科学发展观和时代人生姿态的相关时代思想，显示了"抗疫文学"独特的思想的力量。

小说是以挽救嘉欣果园的行动和以颇有日常生活情景的嘉欣果园的水果为何好吃来开始叙事，从而一层层来表现了这些思想。比如，来自天坑溶洞附近的水果为什么好吃，小说首先是从分析原因来叙述的。这里的水

---

① 胡平.一篇关于蝙蝠的小说.北京文学，2020（8）.

果好吃，是因为山水好，空气好，日照时间长，早晚温差大。接着，引出嘉欣养殖场的鸡肉好吃，从而分析、探讨原因——因为他们吃到的是无抗鸡，其不施用有机化肥，做到了良性循环，因而香味充溢，不像肖小静城市闺蜜女友不孕，那是吃多了化肥等无机物养育的食品的结果。第三，引出小说的主要动物蝙蝠，再围绕蝙蝠来做大文章——关于生态平衡与嘉欣果园的内在联系：其吃苍蝇蚊虫，还吃花蜜，其吃花蜜却又自然地完成了授粉繁衍的任务，其授粉、排泄粪便成为有机肥便与嘉欣果园与养殖场有了联系。这是一个完整的生态链，因为意识到了这个生态链的存在，意识到了这个生态链对于人类的重要性——嘉欣果园水果好吃的"特异性和差异性"，于是，小说便把这种关于生态平衡的思想自然而然地、水到渠成的表现了出来。

在小说里，这些思想是以高校教师——文学院的肖小静和生命科学院的刘传鑫老师的对话交代了出来的："那一回，快到深圳了，他才兜底答案：我相信，嘉欣那儿的水果好吃，跟果蝠授粉有很大关系。

她惊问，你是说蝙蝠也会像蜜蜂、蝴蝶那样传授花粉？

他道，是啊，非洲有许多地方的果树也包括芒果树，靠的就是蝙蝠授粉。嘉欣果园交通不便，十多年都没上去过蜂农，他自己养的几十箱蜜蜂根本采不过来。况且溶洞里上十万只蝙蝠吃什么？你以为有那么多昆虫给它们果腹吗？大量聚集的果蝠寄宿在溶洞里，吸食花蜜和花粉的时候传授了花粉，主观利己，客观利他；嘉欣则坐收果实的丰收和甜美。这几乎是一种梦中才得见的生态啊"①。

小说对于这一思想的表现又是相当有层次的。比如对于蝙蝠这一生灵习性的考察、分析与研究。其中最为精彩的一段是肖小静、刘传鑫第一回从深圳出发掉队到天坑溶洞的那一次：

小静听得头顶"嘶嘶"的叫声，似鸟非鸟。

小静猝然看清是什么了。蝙蝠，成千上万的蝙蝠，倒挂在溶洞上，俄而有几只盘旋飞舞，又牢牢钉上了石壁。

嘉欣的电筒没当心倏忽划过岩壁，顿时搅动了千年沉寂，世界末日般

---

① 南翔.果蝠.北京文学，2020（8）.

的黑色翔舞，瞬时拉开了一张厚重的黑色帐幔，从洞内急速盘桓着拉向洞外，原本敞亮的洞口瞬间关闭，聒耳的啸聚排山倒海，随着巨大的黑色布阵急速在空气中涌流。黑色的帐幔转瞬变成了黑色的瀑布，奔腾而下，啸聚而上。

小静惊呆了，一声尖叫倒在刘老师怀中。

蝙蝠却始终只在洞口往复，最后全部飞回洞内岩壁——钉牢在各自的位置。……大约过了一分钟，五分钟，抑或更长时间，洞口豁然，万窍无声。小静双手一推，站起来道，我刚才真是吓到了，毫无准备，从没见过，这么大的，这么大的阵仗。

嘉欣道，是我的手电光惊到了它们。

这一段文字写来惊心动魄，也相当精妙地传达了蝙蝠之生活习性以及与人类之间的内在关系。果蝠只是以自身的方式存在着，它们只是"牢牢钉上了石壁"。理想的状态就是人类不要去惊扰它们。如果去围剿果蝠，不但破坏生态，还只怕将更多地病毒释放出来，使得病毒寻找新的宿主，完成从动物向人的迁移。这种生态平衡的思想，在小说前半部分是以回忆的方式交代的，到后半部分则与科学发展观思想结合作了集中表现。

其实，关于蝙蝠，我们人类又了解些什么呢？在我们文化中，它就被赋于其许多意义，就往往将其神秘化，比如以它的习性去窥测命功，把它作为不祥或吉祥的象征，而现代人又盲目自信，认为蝙蝠带来病毒，消灭了蝙蝠，就消灭了病毒。对于这种毫无现代科学观念，也没有和谐生态的自然观认知，小说《果蝠》既从科学的角度，又从文化的角度做了多方面的否定。如肖小静那两个关于蝙蝠的故事，就颇有反讽意味：

刘老师道，听听文科老师从审美的角度讲讲动物，也是需要的。小静道，我可以讲故事，明代的文学家冯梦龙写了一本《笑府》，里面有一则蝙蝠的故事，凤凰过生日，所有的鸟都前来祝贺。只有蝙蝠没有来。凤凰责备它："你屈居于我之下，怎么能如此骄傲呢？"蝙蝠说："我有脚，属于兽类，为什么要祝贺你呢？"之后，麒麟过生日，蝙蝠还是没有来。麒麟也责问它不来的原因。蝙蝠说："我有翅膀，属于飞禽，凭什么向你祝贺？"不久，麒麟和凤凰见了面，说到蝙蝠，相互感叹说："现在这世界风气恶劣，偏偏有一个这样不禽不兽的家伙，真拿它没办法呀！"

听完，刘老师和嘉欣都乐了，嘉欣道，你若是在会上讲了这个故事，大家都要说，蝙蝠可杀了！

小静道，可是我也会说，中国自古以蝙蝠为吉祥之物，这种吉祥文化在中国各地的建筑雕刻和绘画中都能看得到。代表福、禄、寿的三样是蝙蝠、梅花鹿、寿桃，福寿双全则是蝙蝠和寿桃的组合，多子多福呢，不用讲是石榴与蝙蝠的并置。

刘老师叫好道，下次就请你专门讲一次，中国的吉祥文化，从蝙蝠开始……

小静幽幽道，好啊，但愿有下一次，我一定好好准备一下。

蝙蝠有独特习性，中国文化对其作了许多神秘描述，之所以如此，我们文化中那些虚妄的部分就需要重新认真反思。就是说，蝙蝠各自以自己的生活习性存在，与人类其实相安无事，许多它的传说，只是人类的有意想象。肖小静这里的"笑府"与吉祥文化——"审美论"，其实是从反面阐述了小说要表现的生态平衡论思想。这类思想，古今中外的文学文本中有非常广泛的反映。如当代诗人西川的《夕光中的蝙蝠》，就是其中想象的一端："它们的铁石心肠从未使我动心/直到有一个黄昏/我路过旧居时看到一群玩耍的孩子/看到更多地蝙蝠在他们头顶翻飞//夕光在胡同里布下了阴影/也为那些蝙蝠镀上了金衣/它们翻飞在那油漆剥落的街门外/对于命运却沉默不语//在古老的事物中，一只蝙蝠/正是一种怀念。它们闲暇的姿态/挽留了我，使我久久停留/在那片城区，在我长大的胡同里。"[①]

西川的这首诗认为，作为一种生灵的蝙蝠，它和作为高级生灵的人类之间一直就存在一种天启般的关系：它们翻飞在孩子们的头顶，翻飞在他长大的街门外，翻飞在镀金的黄昏，与人类相安自处。这是一幅美丽的、和谐的、原生态的原乡图景："它们闲暇的姿态/挽留了我，使我久久停留/在那片城区，在我长大的胡同里"。这是宇宙万物相处的最佳途径，也即所谓天人合一的境界，一种真正的"道"。所以，科学家刘传鑫认为，这是一

---

① 西川.夕照中的蝙蝠.乔以钢.现代中国文学作品选评（1918-2003）B卷.天津：南开大学出版社，2004：323.

种"梦中才得见的生态",而作者南翔认为它就是"道",而且"天道"与"人道"相通,其抗疫小说《果蝠》,首先就形象生动地传达了这种思想,这种"道"。这是小说极富于思想魅力之所在。

二、科技时代:一种发展观和生命观

《果蝠》是一篇相当有正能量的短篇小说。除了弘扬这种生态平衡和"道"的思想外,它还表现了我们时代的科学发展观思想,比如它对于我们时代城乡融合的现代化发展道路这一时代脉细的把握就相当精准。其缪嘉欣形象的塑造就是对我们时代重大议题——当代中国城乡融合发展的重大时代议题的反映。缪嘉欣从农村出来,进城打工,又返回乡村建设,成了 S 县里享誉省内外的果园老板——果王,知名养殖户。他是由乡到城到由城返乡的新一代青年创业者的代表。作品对于这个形象的塑造,反映出作者对于时代命脉的把握——对在举国上下正在践行的新的城乡融合发展道路的中国现代化实践给予了充分肯定。当然,作品最有建构性意义的地方,还在于由作品主要情节"动作"呈现的关于科学家在抗疫中如何为、怎样为以及对于科学发展观等深刻的社会性议题和人生性议题的思考。当疫情肆虐,人们想当然地把疫情与蝙蝠联系起来,要消灭蝙蝠,从而危及嘉欣果园命运的时候,果王缪嘉欣求救于人文学者肖小静,肖小静和生命科学家刘传鑫果断应对,尤其是科学家刘传鑫对正在发生的新冠抗疫盲动者——对于大规模地、运动式的形式主义的"乱作为"的消灭果蝠者的科学启蒙,就是这种思考的反映。就是说,抗疫小说《果蝠》的主要"动作"不是叙述灾难本身,而是叙述抗疫中人们的行为、态度——当灾难发生,在疫情肆虐全球的人人自危的时代,在科学时代,科学家该有什么样的担当?普通人应该以怎样的科学态度和人生态度来应对?有鉴于此,小说以生动的故事,阐释了我们大时代的科学发展观思想以及个体当有的一种人生姿态、一种生活观,给我们提供丰富的启示。

首先,小说把生态及其科学作为关键词来表现。比如,小说前半部分对于溶洞天然生态的描述和刘传鑫关于"这几乎是一种梦中才得见的生态啊"的感叹,结尾部分对于蝙蝠夜月授粉图的象征性书写,正文中多处关于生态平衡知识的追问,都把生态作为关键词来呈现;又比如,小说将大学的科学学科，就不经意的提到了20多种：生命科学学科、动物学、植物学、微生物学、生理学、遗传学、高倍显微镜、地理学、建筑、土木、信息科学、城规、景观、文化、动植物分类学、地质学、中医学、数学概率学、病毒学、传染病科学等。这几乎就是对于大学现代科学学科的全景展现，因而有效地渲染了我们这个时代的时代氛围。这种展现，一方面显示了科技时代的科学景观，另一方面却也是主题表现的需要。生态本身就是各种学科交汇、交叉的综合学科问题。其庞大而复杂。之所以如此，一般大众才有种种不顾科学的盲动行为，以为消灭了蝙蝠，就消灭了病毒。所以，这里的学科例举，既是一种呈现生态的需要，也是表现的需要——以此象征科学的重要性与科学的复杂综合性。

其次，形象地普及生态平衡的科学思想及其精神。这在小说文本里，主要体现于三个方面：一是如前述，通过嘉欣果园水果的好吃，对于其中原因的探讨，就很好地普及了生态科学及其平衡的常识：水果好吃是因为水好、空气好、昼夜温差大，而深层原因是种子好，肥料好，还有就是蝙蝠的采花、授粉和排粪；二是小说中关于中医的讨论，以及中医在治病与生态之间的选择的讨论就颇有意味。肖小静和刘传鑫讨论的那首托名辛弃疾的词，有20多种中药，其展开讨论，就既普及了科学常识，又深化了中国医学科学治愈新冠疫情的可能性，给人无限的联想；三是该不该消灭蝙蝠的讨论，以解决缪嘉欣求救的问题。这是小说的重心，通过这一重心，小说很好地普及了生态科学常识与科学精神。这又主要是通过科学家刘传鑫形象的塑造来实现的。因为小说不长，仅仅是17000字的短篇小说，但关于刘传鑫普及常识的书写就有5处。第一处是通过回忆肖小静和刘传鑫第一次下溶洞的经历，展现了"梦中才得见的生态"——理想生态平衡的思想。第二次是再次与嘉欣会面时的詹局惊叹的刘教授关于不能消灭蝙蝠的有说服力的理由的一段："刘老师道，现在先要找到问题的要害，除掉果蝠的理由是什么？因为它们身带病毒。可是携带病毒的远非蝙蝠一类啊！苍蝇、蚊子、蟑螂、臭虫……证据确凿携带各种各样的病毒，你消灭得了吗？如果说这一类名副其实的害虫太多了，消灭不尽，那么鸟类也是一个病毒的传播源，这一二十年来，不时出现的禽流感，有不少也是禽鸟传播的，莫非也要将鸟类根除干净，以杜绝传播传染？又比如流感病毒的自然宿主是鸟，却也有寄居在猪体内的，我们既经历过几次禽流感，也经历过几次猪流感，我们能从此不吃猪肉了吗?"刘传鑫这一段反问性回答，极富于科学性，精彩极了，所以，林业局詹局长才认为其极有说服力。

第三、四、五次是刘传鑫在 S 县的演讲与答问。其中最后一次的回答，是最好的生态科学思想的传达，也给消灭蝙蝠的盲动者上了极有力的一课："刘老师沉吟道，果蝠是否在嘉欣果园传递花粉，没有图例，且让它存疑。这甚至不是最重要的——当然，对嘉欣果园未必不重要。自然界多次给过我们惨痛的教训：任何一种平衡不要轻易去打破，因为我们不知道会带来怎样的后遗症。惊扰蝙蝠，包括它们的肉身和栖息地，不完全是蝙蝠会采蜜授粉，灭绝了蝙蝠，担心没了好吃的果子，更怕适得其反，将更多的病毒释放出来。动物世界，人不扰它，它就不会扰人，我们何苦要去赶尽杀绝呢！病毒的一大特点就是寻找新的宿主，原本它待在野生动物身上，彼此相安无事，一旦你侵占了动物地盘，病毒很快就会完成从动物向人的迁移，这就是所谓'人畜共患病'。这类的例子很多……"是这一段话，说服了县长，给予与会者生物链存在的科学理性教育。事实上，这 5 段才是整个小说的核心部分，也是作者叙述的重心所在。小说也正是通过科学家刘传鑫的这种科学普及，传达了小说主旨，既普及了关于蝙蝠的科学常识，关于对待新冠疫情的科学态度，也通过刘传鑫这一人物的塑造，展示了科技时代的丰富景观，一个科学家的担当精神。毫无疑问，这是《果蝠》广受欢迎的内在秘密，它也在这一意义上成了一篇精美的现代科学启蒙小说。

第三，小说主要通过肖小静和刘传鑫的形象塑造，表达了科技时代知识分子的一种人生姿态以及生活观。肖小静是大学人文知识分子，文学院教师，为了晋升，为了"稻粱谋"，必须从事课题研究。刘传鑫作为生命科学家，也是如此："真不该申报这些别人不爱看，自己做完也不想再看的课题！刘老师道，是啊，红尘中人，看破不易，都有一样的苦恼。小静道，也有看破的。我们文学院有两个教师，临到退休了，守住的就是一个讲师职称，二三十年以来从不申请任何课题，也不发表论文，更不用讲上什么SCI 之类了。

刘老师赞曰，我欣赏这类的，尽管目前暂时做不到。小静附和道，我也是，虽不能至，心向往之。"小说里这类对话不多，却相当有代表性。肖小静、刘传鑫的这种生存悖论，恰切地传达了现代知识分子的一种人生姿态、科研焦虑以及名利观。所以，小说里的回应缪嘉欣，是他们从事科研的目的所在，而路途所谈，又是他们人生姿态和态度的心声表露。其实，小说塑造这两个人物形象，如同设计缪嘉欣这个一代果王，返乡创业者一样，是有明确的叙述旨趣的。因为如前所述，如果说塑造缪嘉欣这一形象是为了表现时代的城乡融合发展观及其历史趋向的话，那么，塑造肖小静和刘传鑫形象当然更有深意。这至少表现在以下三个层面：一是既然他们有上一次去蝙蝠溶洞的情感经历，那么，此次去回应缪嘉欣求救就相当合理了，不然的话，一个文学院教师，一个生命科学院教师怎么如此自然地合伙上路？二是通过大学教师的生活、名利与科研悖论以及向往，能够准确地揭示出现代知识分子的生存处境以及他们对于科学生活观、生命观的期许。第三，也是更重要的，是为了表现主题，即科学与人文如何在一个文明层面上应对疫情，不是去"像当年破四旧那样，上上下下来一次除蝙蝠"运动，而是应该尊重科学，理性应对。

三、"no zuo no die"：对"乱作为者"的批判与嘲讽

　　《果蝠》自始至终包含着对于比新冠肺炎更可怕的"乱作为"者的批判。这实际上是小说最具思想分量的地方。所以，胡平认为《果蝠》的看点之一，就是动用笔墨勾勒出这类人的存在，文字虽不多，却关乎一种新的文学类型"："但也许正是这些什么都吃、对野生动物毫无怜惜之意的人们中的一些人，在新情境下，又转向另一极端。作品里写道，'有一波人'盯住了该县玉笋山天坑溶洞里的蝙蝠，说是要对蝙蝠斩草除根，才能杜绝病毒卷土重来。这波人不仅制造起舆论声势，还真要动身下天坑去寻找。我们的许多事，都坏在这种愚昧无知又不乏愤懑之情的人的手里，什么形势下，都有他们搅浑水的余地"。某种意义上，是胡平发现了《果蝠》的这一文本内在价值。

　　为什么这样讲？因为这是有阅读经验的读者都会体会出来的文本叙事意图。如前所述，如果说作品塑造肖小静、刘传鑫是为了充分地表现生态平衡的思想、强调科学发展的重要性，那么，塑造这种类型的文学形象则最主要是为了思考一个更为重要的时代命题，对于现代社会生活中的"形式主义"的批判。这类形式主义者就是文本中一再提及的"一拨人""偷偷给上面打小报告的"人，詹局组织的县长参加了的会议上的那个"自报

家门是学水利的""一个年轻的男子"和"一个穿花格衫的女子"们。这类人有什么特点呢？一是善于制造舆论，造谣惑众；二是愚昧无知但又不乏愤懑之情，善于把一肚子坏水掩盖在"愤懑"中；三是"搅混水"，钻营和"会打小报告"。作品中专门把这类文学形象称为"他们"，其实明显有将其指称为我们正常社会"他者"的意味。这类人对于正常社会危害极大。所以作品对于这类人做了重点刻画。同时还与非常年代的"胡作非为"作了类比："那又怎样呢？莫非要像当年除四害那样，上上下下来一次除蝙蝠（运动）？"

进一步说，《果蝠》的内在价值即在对于现代社会这种文学类型的刻画，通过这种刻画，力透纸背地揭示了这种比新冠肺炎病毒更为可怕的社会性毒瘤存在的危害，并对于这种危害作了高明的批判。换句话说，小说的高明就在于其以人物设置与故事情节的"张力"充分表现，甚至是以通篇小说的氛围设置表现。如整篇小说的主要情节就是围绕消灭蝙蝠与拯救蝙蝠的行动设计的——从开头缪嘉欣半夜三更的求救电话到结尾的"那一波人"为防止"疫情很可能出现反复，为防止灾祸，从源头切断，宁可错杀一千，不可放走一个。迅速组织队伍，将凤梨天坑溶洞里的蝙蝠及时全部扑灭"的行动构成了小说完整的故事，其故事的寓意就是深入批判这类形式主义者。对他们的批判，小说还以县长铿锵有力的会议发言"作结"："轮到县长作总结了，他倒是快人快语道，今天听到刘教授的演讲和解答，我不想恭维，"听君一席话胜读十年书"，但是却听明白了，归总一句话，no zuo no die，不作死就不会死！我们的玉笋山，正在一步步申报国家级自然保护区，那么多动物植物，都要保护起来，不要去乱动，不管是什么动植物，不管是什么等级，一个是不要乱砍，一个是不要乱吃。北方人讲我们广东人，天上飞的除了飞机，什么都吃；四条腿的除了桌子不吃，什么都吃。要彻底改变这个陋习！一切从我做起，大家讲做不做得到？座下群起响应，做得到！之后是一片热烈的掌声。"经过缪嘉欣、肖小静和刘传鑫等人的努力，詹局长组织了有县长参加的会议，会议使得刘传鑫的科普成了县长制止消灭蝙蝠的有力依据，县长也发出了制止消灭蝙蝠的命令，并声称"不作死就不会死"。

但是，小说的批判却并没有停留在这一层面，而是深入到了对于这一社会毒瘤的清除无力的思考上了。因为刘传鑫们为自己的拯救"行动"得到满意结果的时候，缪嘉欣、肖小静和刘传鑫们最终还是听到了"将凤梨天坑溶洞里的蝙蝠及时全部扑灭"的行动。为什么会这样？是詹局、县长、刘传鑫们的问题？是"县长"的话无人听？政府无力？小说实际上对此有深入的发掘：因为局长、县长之上还有"上面"，"我虽然是林业局的一把手，可也只是一个传令官，上传下达而已，执行不力，头上的乌纱帽登时就会被人摘了去"。况且，局长、县长原本很有抱负，"职场待久了，也疲沓了""上面"是小说中一个颇富张力的语汇。它包含县长之上，市长之上，省长之上，也可能指代一种制度，一种体制，一个领导，一种文化，一种国民性。有这种种的"上面"制约，再加上形式主义者的舆论，"乱作为者"的鼓噪与"愤懑"，"凤梨天坑溶洞里的蝙蝠及时全部扑灭"的行动就必然发生。这大概是一个善于观察社会现象的知识分子最深刻的日常生活经验，《果蝠》极其含蓄地传达了这种现代中国社会的日常生活经验，所以，它才有了"通约性"，有了典型意义。这也许是感动胡平等一代知识分子的最主要原因吧。然而，小说的结尾却颇有意味，它表明，大自然是不会毁在一些无知者的手里的，就连一个小小的蝙蝠，它也似乎通灵，在完成了它们的采花授粉、留下粪便及"一地破碎的金色"之后，就消失得无影无踪了。《果蝠》的反讽艺术也体现在这里。而且，它的反讽显然不属于技巧，而属于主题层面。

四、情爱书写与"抗疫文学"的艺术

"这是人们会说起的一年，/这是人们说起就沉默的一年。/2019 年的深冬，2020 年的初春。/一部断代史，由病毒肆意炮制"[1]。2020 年全球新冠大瘟疫流行，病毒肆虐炮制，改变了世界格局，也改变了人们的人生观、世界观。"工厂停了/学校闭了/博物馆餐厅娱乐关了/实体店艰难/航班大减/球赛没了/音乐会取消/香奈儿停产/美股空前几次/大熔断/付不起按揭的房子/在出售/大小城池空荡荡/……/人类世界的/多米诺骨牌/正在倒塌"（水央《新冠大瘟疫》）。2020 年，新冠肺炎疫情风行、肆虐世界，"抗疫文学"也由此诞生。众所周知，这类文学的主要形式，是伴随疫情发展出现的纪实

---

① 秦风.武汉之殇帖.新大陆诗刊，2020（180）：14.

性的日记、诗歌和大量散文。这类文学生产最快的也是日记，接着就是诗歌、散文。粗略统计，短篇小说、长篇小说也已经大量出现，仅仅一年，海量的文学作品已经产生，而且，获奖作品无数（见红网抗疫作品获奖名单）①。不说坊间流行的各类纪实性日记，比如仅仅从《新大陆》这个域外华文期刊来看，2020 年的 180 期 1 期，就登载了 7 首有关疫情的精彩诗歌，如秋原的散文诗《无可辨识的世界》、陈铭华的《新冠状洗脑法》、向明的《互害》、水央的《新冠大瘟疫》、秦风的《春雪与樱花帖》、《武汉之殇帖》、于中的《防疫》等，都极有艺术上的代表性，它们分别展示了疫情流行时的世界状貌以及疫情中人类的多样化反应。然而，就文体来说，就思想性和艺术性来说，就当代文学思想史的"断代"意义来讲，南翔的抗疫小说《果蝠》，则是"最早涉及新疫情现象的文学作品之一"，是 2020 年"疫情文学"或如"抗疫文学"中最有代表性的小说。诚如以上所述，它的独特性在于，不是叙述灾难本身，而是讲述人类应对灾难的科学态度，不是叙述病毒如何伤害人类，而是人类如何以生态平衡思想及其科学发展观、科学人生观面对一切，如何生生不息，包括爱情。所以，就其小说表现的别开生面的思想内涵而言，就足以为"抗疫文学"树立了标高了，它以对于我们这个时代神经的敏感的把握，以新颖而又创见的思想性而触动了无数人心灵，成了当今疫情流行肆虐时代最发人深思的作品。

《果蝠》这篇抗疫小说叙事的独特还在于，它没有把它的人物塑造成一个个英雄人物，而只是书写了一个个日常创业者以及普通知识分子在疫情时代的所作所为，即它以目前很时尚的个性化的日常生活化的叙事模式叙述了一个敏感的宏大的时代命题，为"抗疫文学"艺术也树立了另一个标高。某种程度上讲，"抗疫小说"《果蝠》小说又是一部温馨的情感小说，小说对于现代知识分子情感心灵作了细腻描述，作了见微知著的刻画。因为如果说缪嘉欣求救肖小静和刘传鑫是小说的主要"动作"，是第一线索，那么，

---

① 有关抗疫的文学作品散见于各类期刊、杂志、自媒体和网络平台，数量巨大，文体多样。仅红网小说（https://bbs.rednet.cn/thread-48369944-1-1.html）获评的有关抗疫文学作品就有 64 部。其中，一等奖 6 名，小说散文随笔类 2 名，纪实报道类 2 名，诗词报道类 2 名；二等奖 9 名，小说散文随笔类 3 名，纪实报道类 3 名，诗词报道类 3 名；三等奖 22 名，小说散文类 5 名，纪实报道类 5 名，诗词报道类 12 名；优秀奖 20 名；荣誉奖 7 名。除此之外，还有大量有关抗疫文学的作品散见于各类媒体和网络平台。

情感线索就是重要的辅线了。我们说该小说是以惯常的日常化叙事讲述了一个宏大的灾难叙述的时代大问题，而显然，日常化的叙事才是小说别有情致。即小说的这一线索，对情爱、人生的理解，对于现代男女心灵体验及其感受的书写，是其极有魅力的所在。如小说暗示性的结尾——那首托名辛弃疾的《静夜思》"一钩藤上月，寻常山夜，梦宿沙场。早已轻粉黛，独活空房。欲续断弦未得，乌头白，最苦参商。当归也，茱萸熟，地老菊花荒"，就意味深长。这是一份情书，也是求爱信，小说以此结尾，显示了小说叙事的旨趣和思想的丰富性。又比如它关于知识分子情感成长的书写，就有深刻的体验与思考在内："一个男人对一个女人的喜悦，往往在见面的刹那间便可形塑；一个女人对一个男人的好感，则往往需要通过一两次乃至更多次切近的接触才可搭建。对于小静这样已然错过择偶之韶华的女子，矫情有几分，自失有几分，唯有精神与趣味的不可将就，难以逆转"。而关于男女两性气味、声音、趣味相投的书写，则增加了情爱的理性感性思辨的韵味，也颇有哲理气质："在这个场合似乎也有吸引力，她感觉到了一圈儿听讲人的神情专注。通常说女性对异性的气味敏感，对小静而言，同样敏感的还有男性的声音。刘老师演讲之时的音质，较之平时散谈，更厚实而富有磁性。

伴随着他半小时左右的讲话结束之后的谢谢，座下响起了一片由衷的掌声。这掌声中，自然也有小静的参与，四目相接之时，她相信他感受到了自己的赞许。"实际上，正是由于这些书写，《果蝠》的日常叙述的魅力才显示了出来，也较好的表现了抗疫时代最为宏大的时代主题。

进一步说，作为"抗疫文学"的代表性文本，《果蝠》在艺术表现上有非常令人称道的地方。而且，正是由于其独特的艺术表现，它才极好的传达了它要传达的思想，如生态平衡的思想，科学发展观的思想，科学地对待愚昧的思想。《果蝠》内容和形式完美结合，成了"抗疫文学"最早出现的经典意义的作品。其艺术上的特色至少包括：（1）结构精巧，布局精心。总体而言，小说结构极其自然，先写肖小静、刘传鑫奔赴嘉欣果园的所感所想与回忆，次写与会参与讨论的讨论对答，结尾写盲动者"坚决"和"无果"。小说结构元素齐备、完整，而以现代小说现代进行式的方式叙述了一个完整"动作"的现场感也历历在目。小说的结构创新在于，把肖小静、科学家刘传鑫认识果王缪嘉欣和下溶洞的经历放在去 S 县救蝙蝠路上穿插叙述，而把重心放在科学家刘传鑫讲述生态平衡和对待蝙蝠的科学态度上，重心突出，现代进行式与过去的回忆"动作"（第一次下溶洞经历）的安置极为巧妙，显示了作者构思和结构的高超技术。从文本结构论来讲，《果蝠》的结尾还颇可回味：蝙蝠月夜采花授粉，留了一地的蝙蝠粪，"余下一地破碎的金色"，只剩"万籁俱寂"的自然时空了吗？肖小静怎么可能捉摸不透刘传鑫的《静夜思》的意思呢？文学院才女捉摸不透一份爱的表露？那些抗疫盲动者怎么可能实现他们"疫情可能反复出现，为防止灾祸，从源头切断，宁可错杀一千，不可放走一个。迅速组织队伍，将凤梨天坑溶洞里的蝙蝠及时全部消灭"的荒谬行为呢？所以，蝙蝠夜月采花授粉、留下粪便，也"余下一地破碎的金色"，似乎是对于愚蠢的人们的嘲弄。不仅如此，结尾刘传鑫那首《静夜思》和肖小静的"琢磨"还暗示，情感会延续，生命会继续。而且，这个结尾也巧妙地暗示出许多未能言语的无限内涵，包括人对于大自然的无限感慨："人有病，天知否，天有病，人知否"？小说在充分地传达了它的思想——生态、科学和科学精神的思想后，以巧妙的暗示结尾了其所要表达的思想。暗示，是诗最妙的结尾，但这里被小说家出神入化的运用在小说结尾了。这正是南翔的小说"诗学"艺术。（2）主副线叙述结合，叙述节奏把控极为自然。小说以叙述肖小静和刘传鑫的情感线来配合拯救蝙蝠的科学行为，又以个人化的日常叙述模式来叙述对待全球新冠大瘟疫这样的宏大叙事，这样，既有温馨的日常世俗情感，又有科学的严谨的生态科学讲述，既有汹汹消灭蝙蝠盲动者的白描补白，又有科学家的严谨应对，两条线索交叉叙述，节奏把控极为自然。事实上，小说的叙述辅线在小说中是极为重要的。它在小说中既起了"结构"小说的意义，又起了丰富小说"内涵"的作用。"她"在小说里面代表"人文"，与小说里刘传鑫代表的"科学"相互并置，共同完成小说表达的"人文"与"科学"科学融合发展的主题思想。况且，如果没有这条副线，也就完不成小说以日常叙事模式传达宏大叙事主旨的审美目标。（3）反复、悬疑、设疑技巧的灵活表现方法，增加了小说的可读性。如关于蝙蝠与生态问题的反复叙述，就强化了表现内容，凸显了小说重心；如关于水果好吃原因探讨，既增加了小说可读性，又极为自然地表达了生态平衡的主题思想，尤其是肖小静关于水果好吃的追问，就极好地讲述了生态平衡、生物链相关的科学知识。再者，小说里的主要"动作"——去阻止消灭蝙蝠的行为本身，"结果如何"本身就是最大"悬疑"，是有充分地引导读者去阅读全文的心理期待作用的。所以，小说里那种俗文学利用"悬疑"手法表现主题的手法运用是不落痕迹的。巧妙而自然。（4）语言质朴精练，暗示性强。比如胡平所说的通篇的"道"的运用，就暗示了小说探求规律与"道"的主题，如天坑溶洞里蝙蝠翔舞的惊心动魄场面的描述，动作画面感就极强，肖小静由此才惊魂未定，吓倒在刘传鑫怀里，战战兢兢地、结结巴巴地说"我刚才真是吓倒了，毫无准备，从没见过，这么大的，这么大的阵仗。"而通篇人物对话的简练，整篇文字的素朴自然等，都是极有艺术个性，极富于审美的力量的。而且，该小说的现在进行时的叙述时间的设计，也与表现正在发生的大事件的内容吻合，极好地表现了"抗疫文学"的"时艰"与"警世"主题。事实上，上述结构、叙述、表现技巧和语言个性，正是一部短篇作为精品、经典的标配和核心因素，《果蝠》正是以上述审美的创新成为现代短篇的又一个典范，一部足可代表"抗疫文学"思想和艺术的一个范本。这也是我以愉悦的心情书写本文的重要原因。

《南方的爱》：
写出社会生活关键性、枢纽性的精神变化

于爱成①

如果说《老桂家的鱼》阳春白雪，是纯小说的代表，那么南翔出版于2000年初的《南方的爱》②则是另外一种类型，通俗的、轻松的、言情的、世相的、好像没有太多负载的，可以名之为《深圳爱情》的轻小说的。但这样的感觉对吗？

《南方的爱》有两条线：一条线是写主人公梅德宝的商海生涯，另一条线是写他以及他身边的人形形色色的爱情婚姻两性关系。两条线互相缠绕，爱或不爱或错爱或乱爱的故事，因此就在深圳、在商战、在生意场上展开。说到底，城市的风月和生意场的角逐，究竟是背景，是语境，是底色，主题还是人物的感情，城市人的感情，深圳人的感情，生意场上的人的感情。

作品简介中说："这是一部以特区生活为背景的都市风情小说。主人公德宝从内地到深圳下海经商，遭遇种种困厄与尴尬，却不失宽正仁厚的君子本色；他在求学、婚恋、交友、尊师、猎情、待物等方面的择取，充满着小人物的平易、愚鲁和幽默，透发出的却是一种超然的人生智慧。作品中，杂乱浮嚣的商战、五色斑驳的恋情和坚守的人性相互交织，展示出特区生活的纷攘、活力和时代的精神走向。小说的众多人物在特区与市场经济中的性情表现，也具有令人耳目一新的解读价值。小说叙述亦庄亦谐，张弛适宜，语

---

① 于爱成，男，1970年10月生，山东高密人。文学博士，研究员。广东省作协文学评论委员会副主任，深圳市作协副主席兼评协副主席。

② 南翔.南方的爱.北京：人民文学出版社.2000.

言饱满而富有弹性，结构散逸而收放得宜，在文人语境的洁净与小说话本的不羁中寻找到较佳的契合点。"

这种极富才情和思辨力的高度概括，显然出自教授作家或者说学者作家南翔之手。是南翔对这部书的一个判断，也最接近作者创作的初衷。

作品主人公德宝，乍看之下，有点钱钟书《围城》中方鸿渐的影子。德宝跟三个女主人公前妻春芬、助手子屏、朋友鼙鼙的关系，也似乎有点《围城》当中苏文纨、唐晓芙、孙柔嘉的痕迹，包括作品开头不久出现的陪酒女吴小姐，也可以做鲍小姐的替代性想象。这样一个男人和三个（或者四个女人）的故事，符合了小说通俗化、可读性的屡试不爽的三角恋原型，如同张爱玲感叹的，太阳底下没有新鲜事，这种情感纠纷是很多作家愿意极力渲染描写的，而且很容易写成通俗言情、艳情小说，这是这部作品貌似通俗小说的基本面貌。

但三角恋的模型、类型，不能不说这是作者的诡计，一如钱钟书先生《围城》流浪汉小说加三角恋小说的诡计，读者也许不小心中计入彀。但就范之后，却会发现没有如此这么简单。

作品主人公梅德宝这名字就透着喜气、厚道。确实也是这样。德宝性情温和，不温不火，很少动怒，天塌下来，也岿然不动的样子。德宝处事冷静，稳妥理性，三思而行，不感情用事，业务上的棘手事，能大事化小，情感上的进退得失，能把住尺寸。德宝重情重义，厚道稳妥，传统意义上的好人，又是和事佬，总处于灭火状态，与人为善，为人着想，有时宁愿代人受过，但总能得道多助。德宝生性达观幽默，看得开，受得了委屈，能屈能伸，具有知识分子所具备的儒雅和睿智。德宝经商有眼光，有判断力，也熟悉规则，不乏十八般武艺，甚至不乏江湖气。这都是优点。但优点缺点相辅相成，比如温和背后的多情、懦弱，冷静背后的优柔寡断，理智背后的情感脆弱，其实也管不住下半身，重情重义背后的拖泥带水，儒雅背后的好面子、无谓斗气。总之，这是一个极其复杂的人物形象，其复杂性，远非方鸿渐可比。

这是中国当代文学人物画廊中，刻画出的典型性的一个下海的知识分子形象。

作品起笔从德宝回乡探亲写起，而不是如同其他深圳题材，从踏上深圳的土地写起。这样一种反弹琵琶的逆向叙述，一下子通过倒叙、预叙，在开头的第一个章节，就勾连、铺展开系列关于德宝的经历，也交代了他在深圳的状态。作品得以快速进入情节，进入人物历史，并以德宝与机场偶遇无名姑娘的搭讪、与陪酒女吴小姐的艳遇，交代德宝的惜香怜玉但色而不淫的本性；对德宝大学期间对小倩单相思初恋的回溯，交代了德宝从护路工到读大学到毕业到学校当教师的经历；对与妻子黎春芬离婚经过及谈判场面的介绍，交代了德宝婚姻家庭的历史，而对为了帮吴小姐找工作而与公司上司秦总的情人刘灿的交道，则展现了深圳商界普遍性的感情错位。如此繁复、多头、满地鸡毛一般的情感碎片，是以这种互相镶嵌式的晶体结构方式加以展现出来，作者具备这样调动自如、化腐朽为神奇的本领。

关于德宝来深圳之前的经历，作品简单带过，没有过多展开。我们知道德宝属60年底出生，挨过饿，做过护路工人，83年从工人考上了师范大学，大学毕业后分配到教育学院教书，娶了个护士黎春芬做太太，因出轨不被太太原谅离了婚，离婚后南下深圳闯世界。离开深圳前，因文字功夫好，也曾被电视台匡台长看中拟调他到电视台。但为德宝婉拒。匡台长说他是"逃避"，德宝承认："总得有人逃吧，有人逃了，就省得打持久战，伤一个比伤两个好，省得鲜血淋漓的。""逃避""疗伤"，确是德宝南下深圳的原因。到了深圳，德宝应聘做过中学老师，做过公司策划，然后是进入秦始明的大公司，担任下属子公司的头，从做厕所设计建筑的业务做起来，直至成立属于自己的红树林文化公司。算是文化产业的早期寻路者，他的业务也从大客户和大公司竞争者嘴里分得一杯羹，到后来发展到会展、书画经纪、开民办学校等多元化经营，越做越大，成为一个相对成功的中小企业家，最终完成了成长——从知识分子，到企业家的成长，也或者说完成从文化人到文化商人的蜕变。

德宝的经验有一定普遍性。20世纪八九十年代，文人经商、教授下海，蔚然成风。东西南北中，发财到广东，深圳也因此吸纳了全国无数的文化人才，前来闯荡，淘金，实现金钱梦、发家致富梦、过富裕生活梦，进而实现人生价值梦。所谓人生价值，在那个时代，随着文化的价值全面贬值，随着文人学者成为无用和被取笑的对象，随着严重脑体倒挂的社会现实，百无一用的书生们，前赴后继闯进了深圳，投入了商海，在深圳重新来过，浴火再生。这其中经历了怎样的落地生根的磨难，怎样的转型的痛苦，怎样的不适应，怎样的思想的烦恼，怎样的价值的挑战和道德的质疑？严格来讲，整个当代新时期以来的文学，这样的知识分子形象是乏善可陈的。德宝这样的身份，这样的遭遇，怎样经历了灵与肉的分裂，写起来不难，谭甫成、梁大平笔下的人物都有一定这样的痕迹。但如果采用长篇小说体裁，如同巴尔扎克、左拉，把人在社会中的命运，结合社会生活的变迁、商场博弈的过程、市场行为的凶险变幻、资本市场的波谲云诡，生意谈判的运筹帷幄、竞争对决的层层设套写出来，商界社会的复杂性和人物的多样性写出来，写得真实，非有非凡的混迹商界或光脚商界朋友的经验，无法承担。包括整个世界文学史，左拉的《金钱》、谢尔顿的《大饭店》、茅盾的《子夜》、周而复的《上海的早晨》等这类熟悉城市、资本和人性关系的作品，无论中西，总是屈指可数。遑论当代文学四十年？从这个意义上讲，南翔的阅历、经历、知识积累、商海熏染等确实了得！这绝不是有了好笔头、好文字、好想象力就能胜任这类作品的写作。

恩格斯称赞巴尔扎克的《人间喜剧》写出了贵族阶级的没落衰败和资产阶级的上升发展，提供了社会各个领域无比丰富的生动细节和形象化的历史材料，"甚至在经济的细节方面（如革命以后动产和不动产的重新分配），我学到的东西也要比从当时所有职业历史学家、经济学院和统计学家那里学到的全部东西还要多"①。

在精确展现深圳商业运作和由经济、金钱直接驱动的人性发展这一点上，南翔《南方的爱》以其小说结构的匠心独运，以其集中概括与精确描摹的相结合，以及以精细入微、生动逼真的环境人物描写对时代风貌的再现等方面，都显示出扎实的巴尔扎克式现实主义的底子。有了这样的底子，才以现代主义的眼光和现代小说的技法，写出了社会生活中关键性的、枢纽性的精神变化。

从从容容，朴朴素素，洗尽铅华，自然本色，是南翔这个作品的语言特点。轻重缓急、起承转合上面的节制，恰到分寸的掌控，和文气之中流露出来的苦涩和沧桑，是这个作品在节奏上面的独有魅力。

像作品写到德宝大学时期的失恋感受：

德宝就是在这样的场景里，从小倩没有情感涟漪的眸子里，感觉到失爱的惆怅。小倩怜悯地说，做一个老大哥，挺好的，到处受人尊重。德宝把一

---

① 〔英〕恩格斯.恩格斯致玛·哈克奈斯.中共中央马克思恩格斯列宁斯大林著作编译局编.马克思恩格斯选集（第4卷）.北京：人民出版社，1972.

句"操他妈的尊重"咽在咽喉里，文质彬彬地说，尊重就是距离。小倩说，距离才产生美感。德宝说，可是，美感怎么不产生性感？小倩挥手驱蚊，喷喷，养路工的语言出来了不是？看你四年陶冶，也去不了养路工的语言。德宝说，你错，养路工的语言比这样的直抵本质得多。想不想我原样照搬？片刻的犹豫，小倩拒绝了。德宝心里有大悲哀，修公路的时候，伙计们不把他看成同类，总说他文气如秀才；上大学了，自以为找到了吾辈同侪，同学们，尤其是小倩这样令人日有所思夜有所梦的姑娘，却把他依旧归到公路上去。

颇有钱钟书《围城》中的语言修辞风格，寓庄于谐，或说寓谐于庄，嬉笑怒骂，诙谐有趣，有知性之美，也有婉约之致。人物对话，不仅是这一段引用，全书来看都是如此，符合各人身份，让人读来熨帖舒服，不疾不徐，不拖泥带水的清爽。

德宝这个人物，作品写出了他的复杂性、多面性。除了文人气、呆气、情义为重、善解人意、厚道大度之外，还写出了他身上置身商场，所被浸染或者说后天学习的疯癫和装痞的一面，也可能是他的本性里面所具有被后天的知识文化所压抑的一面。

像书中写到德宝与吴小姐同处一屋，却无冲动。经不起吴小姐对他身体有毛病的猜疑和没有能力的挖苦，就"一怒之下，德宝掏出了自身的物件。那物件骄傲地昂起自己的头颅"，可看出德宝也并非柳下惠，非洁身自好的君子，他有他的痞性。这痞性也表现在德宝对着吴小姐直骂"傻×"等等。尤其再跟鼙鼙比赛爬山那段，文中写道：

她当面脱得只剩短裤胸罩，然后迅速穿上一身哈青色的意大利进口运动装。她流畅的腰身，一看就运动有素。他说，据说现在乳房的美容最贵，我估计深圳的女人一般不敢再拿乳房试刀了；况且，你的乳房足够健美，前提是它的外包装没有欺骗我。

她活动肢体时说，如果欺骗了，你是否要到消协去告我？

他把她的衣服与自己换下的衣服装在一个袋子里，说，到山顶我就检验得出来。至于是否去消协，要看商家对"洒家"的态度如何。

不正经，充满痞味。与对吴小姐的做派如出一辙，只是更喜欢对等智力之间的耍嘴皮子。这种与鼙鼙之间的斗嘴、贫嘴，也符合德宝的脾性，好色而不淫，有哀伤在心却并不悲痛。符合他的总体上来讲做人做事的中庸之道。此外，德宝可能有点迂，但也有他的江湖气。无非因为他的精神气质，有种骨子里的慵懒、提不起劲，或多或少有点厌世。这种厌世，其实是掩藏极深的。如德宝跟鼙鼙解说家史之后，做出的自我解读："现在想来，离婚并不是促使我离开南昌的主要原因。叔叔的来而复去，静悄悄的，像一个谜，那么神秘又那么有力量。……我觉得，我爷爷，我叔，还有我，三代人一脉相承，外表很快乐，骨子里却有一种很深的宿命感。"这段夫子自道，颇能说出德宝骨子里的永恒的漂泊感、宿命感。德宝继续说道的"必须去南边，我喜欢一年四季都有阳光的地方"这话，倒也又有点抑郁症患者的症候了。喜欢阳光的人，不喜欢阴冷或寒冷之地的人，大抵总有点忧郁气质的。

但德宝却又不安分、不甘心，不甘清贫和寂寞，要活得精彩、出色、酒色财气具足的理想好日子。所以终于不安于教职，也不愿被人所限制，无论是商业伙伴，还是帮他打理公司一心想着嫁给他的子屏，都无法得到他的心，因为他珍爱他的来之不易的自由，自由就是他的生命。在对子屏的态度上，德宝表现得丝毫也不中庸，也不温吞，也不柔性，甚至他很强硬，很生硬，在鼙鼙看来甚至有点不近人情——为什么？德宝有他的硬气，他的底线，他的视为生命的尊严，如果受到了践踏，过分地冒犯，他也会毫不手软地刺向对方。无论是生意上的对手，像桂朝阳；还是曾经的红颜知己，同居过一段时间的生意合伙人子屏。都是如此。士可杀不可辱的底线，在他的意识中，仍然坚韧的存在。

南翔的优点是作品内容上结实、丰实，沉甸甸，全是来自社会直接阅历和听闻经验的积累，他的兴奋点太多，有烟花气十足之处，所以就知识层面来讲，对于社会生活的方方面面，由百科全书式作家的近乎无所不想知、无所不想通的渊博。经济行为、商业运作、资本市场、职场规则、对手斗法、个人算计，几近无所不精。这源自他的好奇、入世，他的烟花气而非清高自许，他的广交朋友、广泛涉猎、广大视界而非学者喜欢的画地为牢。南翔几乎可称为半个经济学家，他对杨小凯、周其仁、茅于轼、吴敬琏等的经济理论如数家珍，非常熟悉，他对资本市场的运作也处处明白，而且在自己的家庭理财中，南翔也参与过几家公司的投资和谋划工作，对公司运营、市场热点、工厂管理，他具有一定实战经验，了然于心。拥有这样的知识背景和市场经验，他的作品写到商场商战，就绝不露怯，绝不外行，有时候还显现出经济学家对经济形势大势研判的精准。像书中老贾跟德宝谈开公司做生意怎样选取方向，说"现在汽车厂都是买方市场，可以跟大汽车厂联系，他们出汽车，我们出货源，搞运输托拉斯，抢占滩头"，又说"中国人均面积其实少得可怜。房地产在深圳和内地都大有做头，问题是怎么做"，云云，显示了作者的经济眼光和惊人预见性，物流、房地产业的发展，千禧年之前后，其实是不成气候的，甚至是不景气的，20世纪末最后一年，作品写作之时做出的预言，于今纷纷得到实现。

作品中写到的子屏前夫凌峰，为了达到升迁目的，并顺承局长打压不安分的副局长的目的，与局长合谋，通过卖掉绿色化肥厂，进行所谓股份制改造，换取民营企业家大楚的利益输送，拿来取悦主管项副市长，同时也满足局长附庸风雅出精品书法集的念想。一个利益链，环环相扣，可谓深谙官场之道、攀龙之术。

喜欢魏晋"南派"书法的风雅局长说的和凌峰想的，貌似平常，却句句话里有话，袖里乾坤，极尽曲妙之能事。

为了并不算大的私利，局长和凌峰联手，就把国有化肥厂想尽办法，程序完全"公正"，而且还"合情合理合法""正确"地贱卖给了唯利是图的大楚。其间怎样做得堂而皇之，怎样做局、怎样明白教唆大楚合理榨取工人血汗，等等，甚是精彩。也是20世纪90年代后开始持续到21世纪初，国家怎样纵容将国企卖光、国有资产怎样大量流失的真相的写照。我们在后面，还进一步看到了这种行政命令、个人意志、无法无天的卖光造成了怎样的一代人的悲惨命运，国企职工遭遇了怎样的灭顶之灾！——德宝姐姐和姐夫的遭遇，承担了作品忧愤深广的这个批判功能。

国企改革有其不得不改的原因，改革的意志也很强大，很坚决，改革的主要措施是改变企业性质，甩掉国企职工这个"包袱"，但由于采取了非法强制工人买断工龄或分流自谋职业的铁腕手段，造成的后果就是国有资产大量流失，官与商无偿或象征性代价获得巨额财富，两极分化从此越来越严重。央企独大，利益集团分享巨大的社会财富，而民众只有喝粥或者喝西北风的份。有若干的文章指出，无论是将工人终身依靠的企业低价出卖给个人，还是破产，抑或改制，都直接产生了大规模的工人下岗，保守估计不少于4000万人。长期依赖国企而无生存自救能力的数百万中年工人，一下子被逼到城市的边缘；青工则被迫沦为新的私营业主打工仔，变成了社会的不安定因素；为国家作出巨大贡献，创造了大量财富的工程师技术员，待遇与地位一落千丈。《南方的爱》对处于国企改制风暴眼中的德宝姐姐、姐夫一家遭际做了描述，从被侮辱被损害者的角度，做了真相揭露。

书中的姐姐、姐夫生活困顿，苟且偷生，姐夫脾气暴躁，性格乖戾，尽管有个性、教育、家族遗传原因，更多拜生活所赐。作品借姐姐之口，陈述了她一家遭遇了怎样的困境：

姐姐说，我们橡胶厂一下子讲要卖掉，一下子讲要凑股份，搞得人心惶惶的；他的酒厂每天要去上班，工资也只有两百三百。祥子读自费的重点高中，一次就交了五千多，还有各种各样的费用要交，我们哪里交得起！不是你的支援，祥子还想读自费重点呀……

贫穷夫妻百事哀。德宝见满屋的过时家具，扔在沙发上的姐夫的内裤以及姐姐的胸罩都是洗掉了本色的，不由愣住了。

内地国企或面临改制的国企的凋敝和工人生活的艰难，如斯刻画出来。与前面凌峰、局长做局的改制形成了呼应。这就是一个时代一个群体的命运，是牺牲品，是集权强力意志的祭品。

我们知道作者南翔其实是个自由主义者。有自己坚定的经济、政治、学术和文化上的自由理念和一以贯之的倡导，从来对强权、威权和集权表达疑虑，他也从来不愿成为一个犬儒主义者，成为乡愿。从作者的自由主义的理念和立场，我们按逻辑推理，可以了解南翔对国企改制的并不反对的态度。所以，作为一个作家，尽管可以有立场，但人性的立场永远是他最终的最坚固的立场。南翔在他的作品中，所做的，也就只是站在底层的立场和利益，对被侮辱被损害被抛弃者投以深刻的悲悯。其实在他所有的作品中，这样的批判、悲悯所在皆是。他的作品没有一部是吟风弄月的闲适之作，无可无不可的无病呻吟之作，而是都有立场，都有坚持，都饱含爱与悲悯，饱蘸痛感与愤激。

批判性，是南翔所有作品暗含或明白呈现的主体意识。无论对历史的反省，对"文革"的否定，还是对时下人心坏掉道德的沦陷的忧虑，无论是对当今物质主义的警惕，还是对往昔曾有的美好人性的追挽，无论对快速城市化带来的弊病的抵抗，还是对残存的人性之光的珍视，都有涉及，都有触及，都有感而发而有的放矢，越是晚近写作越是如此。《南方的爱》中，我们看到，对社会病、文明病、人心病，影射之处，在在刺眼。除了前述对官场、对国企改制的批判，作品中，还以德宝回母校系庆被迫捐款的情节，写到大学教育的势利和庸俗。系庆之名，同学系友聚会，对系方，无非是"欢迎各年级系友捐助，百元起捐，多捐不限。捐助的系友将依照不同款额给予勒名记功，记盛"。但系方又有系方的难处和不得已如此斯文扫地的难堪，按系主任的说法，他们"太需要一笔科研奖励基金了。许多老师花一两年工夫甚至更长时间写的科研论文或者论著，还要自己给钱出版面费。学报发表要版面费，出版社出书就更不得了，拿一年的工资去出一本书，勉勉强强"。想想20世纪八九十年代到21世纪初教育的困难、教师包括大学教师待遇的微薄、大学人才的流失等状况，南翔在这里是为两个难堪存照——人心的和教育的。这些，作品都指向了市场经济对教育的冲击，如小情说的，现在老师的思想，都被市场经济冲击得七零八落的。——而严格意义上讲，是失序失衡失策失效的市场导向，对教育的戕害。而放宽历史的边界，中国的教授文人，何曾过一天好日子？

书中塑造了一位名叫柳是今教授的人物形象。这位"先秦文学讲得极好"才高八斗学富五车，热爱教育和学问，上课"一脸生动，绘影绘声，满堂屏息"的才子教授，"史无前例"中被"追补右派"，受了无妄之灾，"落实政策"后已然四五十岁，孑然一身，"又瘦又老"，"除了一屋从地上堆到天花板的书，别无长物，尤其没有钱"。精神如此绚烂繁华、锦胸绣口、又对生活没有失去烂漫幻想的一代才子，最后的下场可悲可叹。年纪大，没有钱，只能娶了个俗不可耐的残疾女子，而且更悲剧的是，该女子并不能满足柳教授希望有个孩子的唯一的期望（子宫连卵巢一起卸掉了）；该女子的霸道和庸俗，不仅让刘教授的散漫自由的文人习惯被迫做出妥协，还打乱了柳教授的阅读和研究，管住了柳教授的工资收入，让柳教授买本像模像样的书都捉襟见肘，狼狈不堪。以至于也只能抽几毛一包的劣质烟滕王阁——柳教授自嘲的所谓"这个牌子好"，"他抽的是文化"，直至"抽了多少廉价的文化，如今要他付出生命的代价"。历史和婚姻加载在他身上的枷锁之外，还有大学教师待遇的不堪，以柳教授之副教授身份，"不能进高干病房，医药费超支很多"，"人之将死，连好的医药也伺候不起"。作品中德宝一句话，万般感慨无奈，透着机锋，"如果柳老师不是受一些无妄之灾，弄得五六十岁还当童男子，他怎么会是过这样生活的人。想象得到他年轻时候的风流倜傥与卓越才华。"今不如昔。今不如昔。

作品中的回乡记，无论德宝回乡，还是陈老板回乡，揭示的都是内地的困局。德宝组织记者团跟随陈老板的回乡炫富显摆，见证他的荣归故里，看到的却是经济的凋敝、人心的荒芜、基层政权为了换取政绩，怎样的焦虑、浮躁、无奈而在老板面前做孙子，自然也甘愿引进沿海地区的污染企业。老贾的下乡，看到的是乡村治理的无序、伦理失序和两性道德的错乱；三十年后的回乡市场大潮起来，乡村"物非人是"，该破败的在破败，该朽坏的在朽坏。历经历次政治运动的摧毁，人心的荒芜，已经如此，现在尤甚，变化不大。以前"对立"已不值一提，被迅速忘记，"一心一意奔经济去了"。

这哪里是部谈风月的爱情小说？无非是借了爱情小说的通俗类型，借类型化的酒杯，浇自己胸中之块垒罢了！文人小说、学者小说的"阴险"或者摆脱不掉的"知识的包袱""思想的烦恼"就在这里。闲笔总是不闲，趣味总是别有机关，搞笑总是无法单纯油滑而总汇入含泪的幽默。

回乡记，展现的是广阔的中国背景和现实，作者的引入自然只是作为深圳的对照。回到深圳。

德宝南下深圳，自从翠岗中学跳槽加盟秦始明的联利化工，承揽渡边路桥公司开始，便开始了文人下海的历程。公司从搞点小项目，小打小闹开始，至以承建城市厕所工程打开缺口，再到由联利化工挂名托管形式，成立红树林文化传播公司，德宝因为交上了秦总和小兵这种朋友和靠山，经商之路走得还算平稳，小兵小妹夫妇牵线的国际质量认证教学带碟淘到第一桶金，算是有个好的开端。接下去，承接给佳兴公司的 CI（品牌形象设计和宣传推出老板），领教了同行对手新世纪音像公司桂朝阳背后的拆台和算计，差点闹到法庭，饶是德宝琢磨透了桂朝阳的底细和底牌，软硬兼施，总算多少拿回了一点策划费。接下来两年，生意不咸不淡，勉强维持，像德宝跟老贾交底，"公司运转很困难，再没有合适的项目，就要考虑裁员了"。接着又雪上加霜，公司收到律师电话，限期还清去年所借五十万短期贷款，否则银行要对公司房产提出诉讼保全。可见下海经商，并不容易。能够维持开办运转，已属不易。关键时刻，又是秦始明施以援手，给予五六十万银行抵押担保，缓解了还款压力。公司举办的秋季艺术品展销会获得成功，尽管被阿冬卷走 100 万潜逃，但尚有盈余。鼙鼙具体张罗、利用联利公司旧址成立的股份制民办全英文英彩学校，尽管历经波折，也有声有色开办起来了，开始产生经济效益和社会效益。公司接下来的计划还有准备与联利联手，办水厂、搞短途运输队、办全国乃至亚洲的网球公开赛等，都预示着德宝已经摸着了门道，成了文人下海的成功者。

全书的主干线索大抵围绕德宝商海浮沉进行框架编织，显然并不复杂。作家的本意和兴趣也不在此，只是提供了一个框架，一个线索，一个语境，意在对附着于其上的人、人心、人性描写和展开。正是在上述情节推进过程中，在德宝发生交集的人、事之上，我们看到了特区权力寻租的种种表现（官场和商场怎样靠深厚的关系背景来打通、来摆平），看到了形形色色深圳爱情的破灭和深圳男女之间的无法沟通理解，看到了金钱怎样刻骨地使夫妻反目（如小妹和小兵）、父子成仇（小兵和儿子）、朋友寡情（老贾和德宝）、单纯之人变成势利之人（如黄子屏）、内地小官僚下海后使出下三烂手段瞒骗构陷（如岳小鹏）、无良公司设套做局骗占其他公司的资产（如特立达购买京房的股权，骗占京房亿万资产）等等。

自然，作品以《南方的爱》命名，处处落笔都离不开情爱故事、男女关系。社会生活商场职场的树干之上，密密麻麻生长着的都是饮食男女，人情人性，物欲性欲、理想现实。如此才构成枝繁叶茂的故事树。

约略数来，作品设计了起码十五对男女关系（夫妻和情人），德宝-春芬、德宝-子屏、德宝-鼙鼙、德宝-吴小姐、萧海-春芬、子屏-凌峰、鼙鼙-博士、鼙鼙-杰、小兵-小妹、秦始明-黄爱珍、秦始明-刘灿、小兵-小妹、老贾-小詹、姐姐-姐夫、柳教授-拄杖女子等等，这十五对关系都有相对完整的情节。这还不算秦始明与张小姐、小兵与要好女人、德宝与小倩、小吴与阿冬与海德曼的现代三角、老贾下乡所在地几对乡村三角，以及老贾本人与乡村相好的情事，这些都是比较次要的男女关系。就十五对展开的男女关系而言，除了姐姐-姐夫和柳教授-拄杖女子的关系之外，其余十二对之间的情感状况，都构成了与深圳这座城市的因果关系。或者因为婚姻失败，逃避到深圳；或者因为无法理解和体认，在深圳有始无终或有心无力或黯然分手或反目成仇；或者因为在深圳受到物质的刺激，由两情相悦反而心生嫌隙。作品对深圳爱情基本持悲观态度。除了对当局者关系的描述展现，还体现在书中多处溢出的对深圳及深圳男女特点的议论之中。

这也是深圳作家写深圳时的通例，总免不了会对这座城市、城市中的人做些评议，做些把握，做些概括，以企图分辨出这个城市和城市中的人的特质。南翔也不例外。其中，这种种言论，自然更多着眼于深圳男女关系，两性之间充满着极大地隔膜。爱情在深圳是一种奢侈。唯一可望修成正果，担当得起城市爱情的，到作品的最后一节，作品才暗示德宝和鞶鞶历尽波折，或会走到一起。书中写道，鞶鞶报名参加市里组织的助教扶贫团，即将前往贵州，一年或者两年后回来。德宝向她正式求爱，说"一年或这两年，我都等你""此心依旧"，并说外面响起的电子鞭炮声，是"为你饯行，也是为我们的未来祝福呢"。

全书的结尾，这样写：

天早已黑了。德宝与鞶鞶上了车，无尽的车流立刻将他们的车托向没有边际的城市深处。

城市在这里，像是一个没有边际的海洋，欲海无边或者也可以说苦海无边的象征。德宝和鞶鞶像是坐在了诺亚方舟之上，以他们的惺惺相惜、心气相通、互相理解和包容的爱的力量，而获得了拯救。是的，作者终于敢在最后承认，爱是有力量的，也是宁愿相信爱情的。但爱情是宗教吗？爱情能一劳永逸解决灵魂问题吗？爱是永恒的吗？无论德宝还是鞶鞶，因为这份爱并有了承诺，并可能结合，会因此解决作为知识分子的思想的烦恼、灵魂的烦恼吗？作品显然无法暗示更多。起码，无论德宝还是鞶鞶，都从对方身上获得了确认，获得了类似于宗教教义中爱的感受——"爱是恒久忍耐，又有恩慈；爱是不嫉妒，爱是不自夸，不张狂，不做害羞的事，不求自己的益处，不轻易发怒，不计算人的恶，不喜欢不义，只喜欢真理；凡事包容，凡事相信，凡事盼望，凡事忍耐。爱是永不止息。"这应该正是作品的对爱的真谛理解。

作品的结局，讲两性之爱升华为理想的神性愿景。然后，戛然而止。

这个作品始于情爱终于情爱，而不止于情爱；他为爱所伤，但仍相信爱情；他博爱，尽量爱一切人，用爱来包容，来忍耐，来化解各类矛盾、冲突，最终他也得到了真爱。实际上写出了一个社会转型期投身商海的知识分子的典型形象，有缺点，有困惑，但更多是一种情义的力量，道义的高度，不轻易放低知识者的尊严和自由理想。无论是经济行为，还是人际交往，无论对人对事，还是对待爱情。这是当代城市文学人物画廊、深圳人物画廊一个全新的人物形象。

作品不长，但富有极为宏阔的社会景深，和思想力度的深广，人情人性的精准深刻描摹。从情爱的小角度切入，也体现四两拨千斤之妙构。作品的结构、叙事也择取精当，得心应手，找到了近乎完美的技法，不能不说作者作为一个杰出小说家的成熟。

在叙事上，作品全篇使用第三人称有限视角，人物对话全篇使用自由间接引语。显示了独到的匠心，尤其是体现作家叙事技巧的高度成熟，已经对现代小说手法运用得游刃有余。这样的择取，是作者对福楼拜《包法利夫人》和乔伊斯《尤利西斯》《都柏林人》等现代小说技法精心研究和选择的结果，相较其他技法，自由间接引语叙事策略，更能促成南翔《南方的爱》叙事风格的实现。上来第一句，"德宝一直怀疑自己跑特区来是不是生命中的一个错误。"这样的开头，"怀疑自己"所反映的绝非叙事者所言，而应是德宝自己的话语，是他自己在说"我一直怀疑自己跑特区来是不是生命中的一个错误"。如此看来，开篇用的是德宝的视角，尽管表面上看起来是客观第三人称叙述，但却点染上了他个人的色彩。人物自身的特性在行文中凸显，引用的痕迹被抹去，这就是自由间接引语的优点。

"自由间接引语"概念最初是由德国学者洛克提出。① 瑞士语言学家查理·巴利认为："在这种文体形式中，叙述者尽管整体上保留了叙述者的语气，不采用戏剧性的讲话方式，但是，在表达一个人物的话语和思想时，却将自己置于人物的经历之中，在时间和位置上接受了人物的视角。"② 施皮策（L.Spitzer）进而将它定义为模仿与被模仿，即叙述者对人物的模仿。究其实质，自由间接引语就是大量运用人物自己的语言，并借重人物当下的视角，即现场目击的或目击指点式的词汇和短语。在整个叙述过程中，不出现引用的痕迹，没有引述句的闯入，而且叙述时态是一成不变的，也不会出现从第三人称代词向第一人称代词的转换，自由间接引语就是对这一目

① Katie Wales, A Dictionary of Stylistics（Harlow, Essex；New York：Longman, 2001）134.

② 胡亚敏.论自由间接引语.外国文学研究，1989（1）.

标的契合。

在新时期以来中国当代小说创作中，自由间接引语这种叙事风格得到了比较广泛地运用，南翔是其中的行家里手。间接引语的运用是为了更加真实地表现人物的心理，绝非着眼于文本风格的考量。运用自由间接引语，可以让人物的声音瞬间接管叙述的声音，作品叙事过程中，作者或叙事者跟作品人物如影随形，这就"迫使读者精细地关注行文，核查各种单纯、偏见、自我欺骗或者坏的信念等痕迹"，而语境可以为"在无拘无束的形式中表现的人物话语提供清晰的线索"，帮助读者"观察伴随人物的行为动词，如觉知、思考、写、说等，确认行文中的人物话语"①。

《南方的爱》中，南翔运用自由间接引语，使得作品中的人物植根在个人经验的特殊性中，并把每一个人物悬置在敞开的小说话语逻辑中。在作品中，我们读到的信息通常是以德宝的视点作为中心意识给出的内容，而这些内容是作者南翔赋予的。南翔把他成熟的表达技能加在德宝的生活经验上，确立了材料自身完全的主观性。南翔给读者提供的是三重视角，既是主人公的，也是作者的，还是作者把主人公塑造成为的叙事者的。南翔既允许我们从德宝的视角看事件，并把德宝的人生遭际真切生动呈现出来，又剥去了人物话语中暗含的道德权威，把所有的言论置于暗含的双重引用中，使我们意识到的都是被疏远、被反讽和被塑造的事例。因为自由间接引语允许叙事从人物的直接陈述滑向让文本权威化的更为全知的知解力，这样就很难识别到底是谁在讲述故事。这就形成了作家与文本至少在表面看来两不相涉的内在间距，而形式又能和谐地托显内容，并使主人公德宝的意识过程得到全面具体的揭示，这是南翔采取这种叙事方式所达到的出色效果所在。

文绉绉是南翔有时候回流露出来的一种偏好。自觉不自觉的风格追求。像《南方的爱》中，这样写景："山上乍晴还阴，流岚奔驰若白马。"写黄爱珍拿出旧照片给德宝和岳小鹏看，说是："说着从柜子里拿出一个大相簿来，一泻之下，足有百十张之多的旧照堆在床上。"这个"泻"字就用得奇。等等，其他，叙事过程中，还出现有类似"端赖""折冲樽俎"等，貌似作

---

① Laurence M.Porter, The Art of Characterisationin Flaubert's Fiction, in Timothy Unwin, ed. The Cambridge Companionto Flaubert （Cambridge：Cambridge Press, 2004）125.

者对自己的文本有点失去控制之嫌，正如刘易斯挖苦乔伊斯在《死者》作品中使用"赶赴"之类文雅过分的词汇一样①。其实，南翔的修辞偏好，并不是出于谨小慎微，"惟陈言之务去"，以避免陷入陈词滥调的泥淖，他在用词上避熟就生，只是为了与人物个性特征相熨帖。文雅之词的使用，打上了德宝的印记：他的知识分子身份，让他谈吐高雅。

在结构上，作品采取了流浪汉小说为主，进行加减的复合结构，是流浪汉小说和网状结构现代小说的混合体。

无论是广义的流浪汉小说还是狭义流浪汉小说，其最大的共通点都是由主人公作为线索贯穿全书。主人公通常是为生存而付出很大的精神代价的人，由其冒险生涯中的每一次经验教训描绘人情世态的繁复，从而揭示其现实主义的哲学意义。小说中的主人公不必充当情节的推动者，却必须成为情节的组织者，其作用是能够展现广阔的生活画面。《南方的爱》中，如同《围城》，作者对流浪汉小说的第一人称叙事视角改造成了第三人称视角，保留了流浪汉小说常用的冒险经历模式和插曲式结构。这种"积累式""货运式"的缀段式叙事结构，串缀主人公的若干个生活插曲，展现了五光十色的社会生活画卷，加大了小说的社会生活容量，增加了小说的批判性与社会价值。这种结构范式形成了一个多故事、多情节、多人物、多场景的相互交织的丰满的场景网络，达到了独有的艺术效果。就《南方的爱》行文修辞的真实、丰富、幽默、深刻而言，也具有流浪汉小说或者说《围城》为标志的中国式流浪汉小说的幽默传统，时而诙谐，时而讽刺，时而挖苦，时而批判，即让人忍俊不禁，又让人咬牙切齿。

更重要的，作品内涵深刻，意义深远，在反映德宝各个阶段的生活的同时，其实不仅写出了他的肉体的流浪，还写出了他的精神的流浪，乃至作为一个群体的知识者的流浪，探寻出的是形而上的"精深而幽眇的人生真谛"。

从这个意义上讲，这个作品的超越性因此得到了呈现。

---

① Katherine Mullin: "James Joyce and the Language of Modernism", in Morag Shiach, ed. ,The Cambridge Companion to the Modernist Novel (Cambridge: The Cambridge Companion to The Modernist Novel, 2007) 103.

慈悲与反思

——评南翔基于"纯生活"的几个中短篇

丁　力[①]

因为酷爱读书，并且因为机缘巧合，于初中毕业前读了一个小小图书馆的缘故，才使我在2001年公司退市之际"突然"想起来写小说，并很快成为作家。可惜，从事职业写作后，我的阅读兴趣反而不如之前了，大概是因为太了解创作过程而失去对作品的神秘感了吧，抑或是写得太多而产生审美疲劳。但是，最近偶然阅读南翔的几个中短篇，却让我眼前一亮，仿佛找回了当初那种阅读的快感，并从中汲取了丰富的营养。

所谓"偶然"，是因为参加南山区作协举办的一个文学沙龙。期间，南翔送我一本书，就是所谓"深圳当代短小说8大家"之一的作品集《1975年秋天的那片枫叶》。说实话，我对"8大家"并不感冒，尤其是把王十月、盛可以列入其中，更让我感到汗颜，仿佛深圳文坛是个势利的父母，早年嫌儿子女儿生得不漂亮或身体虚弱，狠心地抛弃掉，等其中的两位成名了，又大张旗鼓对外宣布他们是自己的亲生儿女一样，只是因为我自己不在"8大家"之中，所以不便批评，否则难逃嫉妒之嫌。尽管如此，同为深圳市作协副主席，既然南翔已经正儿八经地赠书了，我就不能一个字不读。毕竟，我还是个懂得基本人情世故的人。谁知，一读进去，竟让我大吃一惊。当即感觉南翔被低估了。被中国文坛低估了，被深圳低估了，被他自己低

[①] 丁力，1958年生，安徽人。国家一级作家，深圳作协副主席，吉首大学特聘教授。本文曾以《一个不可低估的当代作家：评南翔小说集<1975年秋天的那片枫叶>》为题发表于《书屋》2012年第6期。

估了，也被我低估了。凭我作为一名于成年之前阅读过一个小小图书馆的读者，作为一名正式出版了几十部长篇小说的作者，我感觉，南翔的中短篇水准，并不逊色于中国当代文坛任何一位文学大家。

我首先看了第一篇。

这是我的习惯。无论杂志还是作品集，我一般都先看头条。假如第一篇都不能吸引我，后面的就不打算浪费时间了。

第一篇《前尘》是南翔多年之前的作品，但今天读起来，仍然没过时。大概是作品宣扬了人类普世价值的缘故吧。小说开局以南京大屠杀做背景，因而使作品与重大历史事件产生了联系。女佣玉珠"先是大户而后没落人家的女儿"，识文断字并且很有主见，屈嫁给男仆秉奎，当然不是出于爱，假如硬要说是"爱"，那也是玉珠对男主人子和的爱，而不是她对男仆秉奎的爱。玉珠突然决定嫁给秉奎，合理的解释是为了留在子和的身边。喜欢读《红楼梦》和《西厢记》的年轻女佣，或许一直心仪男主人子和，这点，从"骑了很远，子和发现她还默立在那里"，以及写信让子和为儿子起名字这些细节就能看出。不过，玉珠暗恋子和，并不是贪图富贵，而是喜欢主人作为谦谦君子的温文尔雅和渊博学识。这让我联想到时下的许多官员附庸风雅，倒觉得也比完全不附庸好。况且，玉珠很守本分，虽然喜欢子和，却并未动鸠占鹊巢之心。当战争结束，子和携全家返回南昌之后，玉珠仍然坚守妇道，并未离开与她不般配的秉奎追随子和而去。但抗战胜利甚至新中国成立，对社会的底层百姓来说，未必人人"翻天覆地"，事实上，底层仍然是底层，即使作为革命圣地的陕甘宁边区老百姓，在新中国成立之后的相当长时间内，物质生活并未比解放前好多少，何况玉珠和秉奎这样生活在贵州的底层百姓。玉珠和秉奎的生活状况"底层"到什么程度，作者并未描述，但从他们的儿子承汝在新中国成立十年之后的1960年突然找到子和，"狼吞虎咽，然后打着饱嗝说好久没吃到这么香的饭了，"不难看出端倪。承汝还说，"前年父亲给公家砌食堂摔死，母亲一身病却也经拖。"可以想象一家人的艰辛。这也是作者的高明之处，最想表达的东西，往往一字不说，任由读者自己猜想。文字的表达是有限的，而读者的猜想是无限的。《前尘》的出彩在结尾。结尾，当承汝公然声称自己是子和私生子的时候，子和虽然怒不可遏，"当即给了承汝响亮一巴掌"，但是，当他带着兴师问罪的怒气去了趟贵州，在明明获悉是玉珠动了心计存心讹他之后，回到南昌，竟然疲惫而平静地对妻子如静说："权当我们曾经生过这个孩子吧。"这其中，玉珠沦落到了什么样一种状况，小说同样并未描述，作者同样任由读者根据自己经验去想象，但子和那种以德报怨的情怀，却把中国知识分子的慈悲之心推向了极致。倘若作家自己没有这种情怀，是断然写不出这种境界的。所以，我十分推崇俄罗斯契诃夫文学奖的评判标准："获奖作家必须具有慈悲之心。"更相信，一个没有慈悲心怀的人，很难成为一名伟大的作家，也很难写出传世之作。凭我自己对南翔的了解，感觉小说中的子和，基本上就是生活中的南翔。

受第一篇的鼓舞，接下来，我看了《1975年秋天的那片枫叶》。因为，作品集就用了这篇小说的名字。结果，令我更加震撼。最直接的感觉是，如果写成长篇，南翔的《枫叶》应该比高行健的《灵山》更好。

二者都是以"文革"为背景，高行健的《灵山》以情欲做作料，以政治表达为目标，而南翔的《枫叶》，则含蓄许多，《枫叶》主要写人的命运、人的情感和人际关系，写了人与人之间的友情与爱情，以及这两种感情的交织与冲突，甚至写了人性在这二者之间的抉择和你死我活。这才是"纯文学"啊。而政治，在《枫叶》中只是一幕淡淡的背影，或许，只有在你掩书合页之后，才陡然想起背影上那忽隐忽现的画面，让你明白友情与爱情背后的隐喻。我因此感悟，对小说来说，含蓄和隐喻也是一种力量，而且是比直白和坚硬更强大的力量。这，大概就是我从南翔的小说中汲取的最直接的营养吧。

《枫叶》中，立志对珍珍的爱让我动容。爱情，当然是精神的，但在许多情况下，也表现在物质上。裘山山的小说《我在天国等你》，首长对麾下某位女兵的爱，可以凝聚在一小块干牛肉上，南翔的小说《枫叶》中，立志对珍珍的爱也不仅仅体现在那枚"品相端正、黄里透红"的枫叶书签上，还包含在两盒高粱饴和一碗水煮面条中。立志替珍珍到水利工地上抬片石的情景，于我脑海中形成了画面，至今挥之不去。那活，我干过。那种想好好表现的心情，我理解。当立志为了拯救珍珍的父亲而不得不求大卫的时候，我就预感到要发生什么。但是，我没料到作者采用了如此强烈的画面对比。一边，是立志为了给珍珍腾出时间去照顾大卫住院的高干父亲，而他自己骑车赶往几十里之外的水利工地上"挑了最累的活干"；另一边，珍珍为达到目的，已经把自己从未交给过立志的身子完整地交给了大卫。两边强烈的反差，将我的心撕裂了。我不禁联想到雨果在《巴黎圣母院》中那种美与丑、善与恶的对比。我甚至认为南翔的对比比雨果的对比更到位。不仅仅是因为南翔离我很近，而雨果离我遥远，更因为南翔的对比涉及人性最传统因此也是最本质的敏感神经。所以，当我读到立志与珍珍同床而眠却保持距离的时候，我能想象那种渴望与克制，能想象那种真爱与善良，我感觉到一种钻心的疼痛，而读《巴黎圣母院》的时候，我没有这种感觉。

小说中的大卫似乎很仗义，或许在第一眼看到珍珍的时候他就动了歪心思了，但仍然把"第一次"的机会留给了立志，"如果珍珍曾经是你的，兄弟我不会上手，朋友妻不可欺嘛，可你硬是把机会给了我……"大卫的做法似乎很有"底线"。而珍珍虽然背叛了真挚的爱情，见利忘义，向权贵投怀送抱，为正义和忠贞所不齿，却也并非那么可恨。为什么？因为故事的背后有一个淡淡却不可抗拒的巨大背影，在那个大背影下，珍珍为了拯救自己的父亲，背信立志投入大卫的怀抱似乎是唯一的选择，况且"老爸也喜欢她"，为了尽孝，背叛忠贞，似乎可以得到原谅。自古忠孝两难全。"忠"可以是对国家，也可以是对爱情，而"孝"，则专对父母，包括珍珍自己的父亲和大卫那个有能力救珍珍父亲于水深火热的"老爸"。直到此时，读者才陡然想起了那个不堪回首的年代！以及那个年代折射出的巨大"背影"，由此，小说《枫叶》放射出虽然没有《灵山》强烈却比《灵山》更具穿透力的隐喻光芒。

当下的中国，有一种思潮，怀念"毛时代"，甚至想回到那个时代，而南翔《枫叶》，可以让抱有此幻想的人回归真实的世界。

文集中的另一篇小说《老兵》，更是将作者的这种思想推向了极致。

《老兵》是另一部《白毛女》。《白毛女》写了旧社会如何把一个女人从人变成了鬼，而《老兵》写了新社会某个荒唐年月如何把一个男人的心从天使变成了魔鬼。

小说中的"我"显然是位善良正直的青年，"我"与老兵之间的友情，不带任何功利色彩，是且仅仅只是"我"对老兵作为抗战时期中国远征军的一员悲壮经历的尊重和因"历史问题"遭受不公正待遇的同情。矿石收音机不仅烘托了鲜明的时代背景，也承载了两个忘年交的共同品质，聪明、好学、积极、乐观，在"一大群叫花子一般穿着的装卸工"当中，两颗相对高贵的心发生志同道合的碰撞非常自然，而诗刊《原上草》的横空出世，更将两代男人之间的友谊推向高潮，也使这种友谊盛极而衰。

　　大约是篇幅比较长的缘故，与《枫叶》不同的是，《老兵》能容得下两个背影。一幕是"文革"，另一幕是抗战。

　　老兵是真正的"老兵"，"上高会战、长沙会战、昆仑关大捷以及滇缅野人山……"如何公正地对待那一代"老兵"，一直拷问着我们民族的灵魂。小说一开局就设置了悬念。在云南的腾冲，当地老乡耕作时，只要刨出战死者的遗骸，就能辨认出是日本人还是中国人。准确率百分之百。凭什么？难道是中国人的骨骼比日本人高大？未必，中国人当中也有小个子，日本人当中也有高大个，凭此判断，显然不能保证百分之百。直到小说结尾，作者才给出谜底："日军尸体的脚上有皮鞋，国民党士兵却光着脚丫子！"读到这里，我同样感到一阵心疼。是那种超越意识形态的扎根民族之心的痛。因此刻骨铭心，疼痛至今。仿佛那些光着脚的国民党阵亡士兵中就有我的亲人，倘若是现在，我一定倾其所有为他们买双合脚的登山鞋。

　　我父亲就是抗日老战士。一生中最值得欣慰的事情是一枪击毙了日本鬼子机枪手。抗战胜利后，父亲任职国民政府南京卫戍师令部，解放军过江后，因为是"我党的地下工作者"，立刻被新政权委以重任。直到临终，父亲才告诉我：根本不是地下党，只是老乡观念重，多次释放或协助解救皖南共产党罢了。我一直想写出父亲的这段历史，却担心出版不了而未能动笔。南翔的《老兵》，部分完成了我的心愿。

　　至于《老兵》的另一大背影"文革"，则是悲剧发生的罪魁祸首。也只有在那个荒唐的年月，才能发生把天使变成魔鬼这种荒唐事。

　　"我"通过女朋友小燕结识了住在行署大院的常思远，因此也就结识了除老兵之外另一拨志同道合者，并有幸走进那个年月十分神秘和狭小的文学圈子，参与草创了民间诗社"原上草"。文学让人感到神圣。"我像打了吗啡一样亢奋，工作之余，除了跟小燕逛马路，就是去常思远那儿刻钢板。不知怎的，总感觉自己像《红岩》里的地下党，而诗刊《原上草》则像是《挺进报》。"

　　当"我"怀着喜悦和炫耀的心情把《原上草》展示在忘年交老兵面前的时候，老兵完全没有"我"想象中的惊喜，相反，非常勉强地接了，"用一只巴掌按在封面上，沉沉道，我也年轻过，我晓得阻止不了你们。但愿，我的担心是多余的。"

可惜，老兵的担心并非多余。很快，"我"就被关了起来。真正的主谋常思远，因为身份特殊，总有办法脱身，最后顶罪的，只能是"我"这样的小人物。

"是夜，我眼睁睁到天亮，满脑子都是小燕。我得交代，不然，不仅失去小燕，更会失去一份得之不易的工作。"可是，这不是"交代"的事，必须像"我"顶替常思远那样找一个"替死鬼"来顶替"我"。找谁呢？"我"已经是最底层了，再往下，还能找谁呢？就是找出来，也得有人信啊。最后，在办案人员反复"启发"下，加上有小燕传来的皱巴巴的纸条，"我"终于"开窍"，昧着良心把一切责任推到老兵的头上。因为，老兵是"历史反革命"，并且，早在几十年之前，也就是他参加远征军之前，就在这个叫宣江的小城组织过"原上草"诗社。把老兵"交代"成"幕后黑手"，不仅符合办案人员的期望，也似乎合情合理。果然，当"我"做出这一"重要交代"并反戈一击后，立刻得到释放，恢复了工作，重新见到了小燕，又受到重用，负责车站的批判稿。作为肉体的"我"，是"重新做人"了，可是，"我"的"心"，却已经从天使变成了魔鬼。"我"不知道从此之后，"我"还是不是原来那个善良、聪明、积极、乐观的"我"。这是"我"的造化，还是时代的造化？

读到这里，我无语，只是扪心自问：假如我就是《老兵》中的那个"我"，在那种情况下，我会昧着良心把责任推到其实与此事毫无干系并且曾经是自己良师益友的老兵身上吗？还是抗争到底，据理力争，宁可失去爱人、失去工作、失去自由？说实话，我不敢肯定，因为，我们不能用今天的背景考量当时的情景，不能用正常的思维解释荒唐年月的荒唐事情，而小说，我说的是高超的小说，恰恰能表达这种用常理无法表达的意境。

我的阅读欲望被南翔调动起来。接着，又找来他最近发表的其他小说。包括《绿皮车》和《1978年发现的借条》。

文如其人。南翔虽然是具有一定先锋意识的学者型作家，但他的创作如他的人一样，基本上都是"老老实实"的。没有过分的跌宕起伏，没有"人造高潮"，更没有"穿越"，也没有卖弄"创新"写法，而是老老实实地叙事，仿佛一位兄长，在娓娓道来他所经历的生活和他对生活的感悟，不知不觉间，自然流淌着作家的慈悲情怀和对某个时代的深刻反思。与许多作家追求"宏大"和"深刻"不同，南翔的小说主要讲述小地方发生的

"小事"。他的许多作品与铁路有关，因为他确实当过铁路工人，那段难忘的经历深深扎根于他的骨髓之中，这也是南翔"老实"的体现——写自己最真实最熟悉的生活——因为——任何想象都不如"纯生活"可靠。

那么，什么是"纯生活"呢？我以为，在打算写作之前经历的生活就是"纯生活"，而成为作家之后，为了写作，去刻意"留意"甚至是"体验"的生活则不"纯"了。就我自己而言，2001 年之前从来没想过当作家，而之前的十年，全部在商海打拼，所以，我的写作题材主要与在深圳的商业活动有关。南翔在铁路上工作期间，估计并没有想到将来当作家，彼时，他是以一个"普通人"的心态去生活，估计，当时他想得最多的就是早日离开那个地方，或被推荐上大学，或被提干，哪怕是"以工代干"，而他成为作家之后的生活，虽然不"纯"，却也有，并且，也是真实的生活。比如《博士点》《铁壳船》等，就是以离开铁路之后的真实生活为背景。同样好读，同样是佳作，但相对于《老兵》《枫叶》《借条》来说，我更喜欢后者。说实话，当初我读《博士点》《铁壳船》的时候，虽然也认为很好，但作品给我的冲击远远比不上最近阅读的《老兵》《枫叶》《借条》。所以，当初我也写了评论，却并没有说南翔"不比当代中国任何一位文学大家逊色"这样的话，而今天，在我读完《老兵》《枫叶》《借条》之后，我则非常肯定地这样说了。为什么？我曾经反复拷问自己。怀疑是自己和南翔个人的感情深了，因此带有偏爱；也怀疑是自己更喜欢隔着一段时间看历史，让自己的偏爱影响了判断。但是最终，我终于想明白，因为《老兵》等小说是南翔根据"纯生活"写的，所以更加"纯文学"。至于这些小说中折射出的慈悲情怀和深刻反思，我想，除了作者的主动性之外，更多的是那段"纯生活"本身的魅力吧。我一直坚信，生活本身比小说更深刻。

令人堪忧博士点

——南翔《大学轶事》读后

周平远 ①

　　南翔给我的印象，不仅"文如其人"，而且"文如其名"——他的思绪，总是在南方飞翔。他的南方气质、南方意识、南方情结是如此之"不可救药"，以至于在写完了长篇小说《南方的爱》后，他干脆卷起铺盖去了南方。

　　其实，南翔的"南方系列"，靠的是他有限的南方体验与积累。他真正的生活之源，是大学，中部省份的大学。自1978年以来，先是读书，后是教书，由助教而讲师而副教授、教授、硕导，他从未停止过写作，他从未离开过大学。因此，当我在《中国作家》今年第8期读到他的《博士点》时，不由得眼前一亮。作为一位学者型作家，南翔写大学，写学位点，写博士硕士、博导硕导，自有其得天独厚之处。何况，大学也是一座富矿。梁凤仪曾一度风靡大陆，靠的是什么？不就是她的财经小说么？南翔为什么不能凭借着自身的优势，创出自己的"学者小说"——不但是学者写的，而且是写学者的——品牌呢?!《博士点》，莫非是南翔由"南方系列"转向"学者系列"或"学院系列"的一个信号，一道序幕？

　　读了长篇小说《大学轶事》（花城出版社2001年8月，以下简称《大学》），我更深刻地理解了南翔。不过，尽管南翔对于这部小说的结构颇费思量，并且他打通中篇与长篇界限的尝试或实验也是成功的；一部相当完整的中篇小说《博士点》，原来只是《大学》中的一个断面，一个单元；不同的单元

　　① 周平远，1950年生，男，江西新干人，教授，博士生导师，从事文学理论研究。本文原载《创作评谭》2001年第6期。

组合起来，则构成了一部有关当下大学生活不同侧面的广阔图景。这种以一所大学为背景，从教学层次的角度切入，对博士点、硕士点、本科生、专科生、成人班进行全方位的扫描，主要人物轮番上场，次要人物贯穿始终，而前面的主要人物在后面则又充当起次要人物，从而使得由主要人物的命运与故事所构成的相对独立的中篇，通过场景的整合、次要人物的勾连，以及主要/次要人物的置换位移，缀合融铸成为一部有机统一的长篇，给人以天衣无缝之感。这种小说既可以单章阅读，也可以一气读完，甚至还可以任取一章随意阅读而毫无障碍，从而极大地方便了阅读也增加了阅读的趣味与快感。

但我更看重的，是南翔在作品中所传达所隐含的对于当下中国高等教育，尤其是作为知识塔尖的博士研究生教育的反思意识、焦虑意识、忧患意识。这种反思、焦虑与忧患是深层的、深度的、深刻的。如果不是长期生活在这个圈子里的个中人、局内人，并毅然挣脱了投鼠忌器家丑不可外扬之窠臼，要写得这么游刃有余准确到位，如此鞭辟入里深刻犀利，是难以想象的。

中国的高等教育，仍属于精英教育。按照国际通用的标准：毛入学率（指在校学生占适龄青年的比例）15%以下为精英高等教育，15%至50%为大众高等教育，50%以上为普及高等教育。一个国家的现代化，要求毛入学率在15%以上。资料显示，1998年世界适龄青年的毛入学率为18.8%，发达国家为40.2%，发展中国家为14.1%，其中美国，1995年已达81%；韩国、菲律宾、泰国，也分别达到了52%、27.4%、20.1%。而中国呢？虽经连年扩招，但直到2000年，毛入学率也只有11%左右。显然，中国的高等教育，离现代化要求尚有一段距离。而博士、硕士研究生教育，自然是精英教育中的精英教育了。

不过，社会流行的却是："学士不如狗，硕士满街走，只有博士还能抖一抖。"中国，似乎不但走过了高等教育的精英阶段，而且跳过了大众阶段已经进入普及阶段，甚至已经是人才过剩人满为患了。这实在是一个误区。问题的严重性，还不仅在因高级人才的稀缺而"注水"而一哄而上所导致的"过剩"泡沫和因泡沫所掩盖的实际的"稀缺"，甚至也不在于因质量滑坡所导致的博士、硕士、学士学位的知识含量与学术水准应该顺次递减一个层次或数量级，而在于作为掌握知识权力代表知识经济方向及民族前途命运的知识英雄知识精英，在当下所呈现的精神层面的断裂与整体滑落。这种断裂与滑落，隐含着巨大而深刻的危机。对此，《大学》表现得可谓振聋发聩动魄惊心。

中部省份的一所大学，自成功地申报了一个博士点后，全校上下像注射了吗啡一样突然亢奋起来，各系各专业都大张旗鼓地申报博士点，"搞得像大跃进时候全民吃大食堂大炼钢铁似的"。然而，唯一的博士点现状如何呢？功夫在学外的博导范教授靠着在省府当秘书长的弟子刘博士活得有滋有味八面来风；而潜心学术思无旁骛深居简出的博导郁教授，却连开个会的钱也得到处去"讨"，以至于弟子郝博士为报答恩师而不得不"以身殉会"同意留校。博士与博导，从一开始就存在一种相互利用相互算计的利害关系：读博找名师，是因为"名望往往就是社会关系"；而导师挑学生，则是因为"高徒出名师"，可"帮衬老师"。已经毕业的正厅级干部刘秘书长刘博士，官运亨通权力金钱美女一样都不放过，怎么看怎么不像博士。像什么？"像秘书长。"老奸巨猾的郑总倒是说了一句大白话。在读的博士生尹小锋，又何尝像博士？他的钻营算计，比商人还精明。为了钱，到处揽活捉刀代笔帮人写学士硕士论文，论题范围之广，令人咋舌；同时还为厅长局长们策划运作硕士博士学位。高智商的他以读博为营业，不但算计了现在而且也算计了未来。他对师兄郝博士的留校忠告，说得入情入理却让人听得心惊肉跳："博士点，现在和以后若干年，还是一个卖方市场，而且不允许有民营介入。……这是一座富矿，你要好好发掘一下它的含金量。"其实，此时的郝博士早已今非昔比无师自通了。他不但深知博士点的潜在价值绝不止于学问，因为它可以在社会上十分顺利地"兑取力量、权力与利益"；而且还深谙同样的一种知识权力，由谁来运用和怎样运用，其结果是"大为不同"的。如果说当初的焦虑集中在博士点后继无人，那么，现在呢？已经透支了自身学位价值的郝博士，在完成了副教授、教授、博导三部曲后的不远的将来，是否会透支又将怎样透支甚至榨取博士点的潜在价值呢？

堪称西方文化史第一圣哲的苏格拉底，始终坚持知识与德行不可分割的联系。在他看来，知识是德行的基础，因为只有首先认识到善，才可能扬善行善；只有认识到恶，才可能避恶除恶。因此，认识、知识，不是个纯粹理性问题，而是个实践理性问题，即所谓"是指建立在对生活中真正有价值的东西的极其深刻的洞察和实现之上的一种不可动摇的信念"（策勒尔《古希腊哲学史纲》，山东人民出版社，1996，109页）。知识与道德，认识论与伦理学，通过苏格拉底的毕生努力从此牢不可破地联结在一起。最有知识的博士，自然应该是最有道德的人。然而，曾几何时，"渴望堕落"，竟然成为扫描当下中国知识分子精神状态的醒目标题，令人触目惊心。

有意思的是，陈世旭发表于同期《中国作家》的《世纪神话》，里面也有个拥有博士学位头衔的"半是学者，半是恶棍"的商界名流杨总。是巧合，还是某种深刻的内在关联？

可怕的，不仅在于作为知识精英的道德滑坡、沉沦与堕落，而且更在于作为生产这些知识精英的知识生产体制与机制的失衡、失范与堕落。为了创收，根本不具备办"MBA"的条件却强行登陆（《成人班》）；为了利益，校长办公会居然为一位省委副部长弄个博士学位而合谋，甚至不惜动用关系到兄弟院校去借一个博士的指标（《校长们》）。作为校方荣耀的省府秘书长刘博士口出狂言语惊四座："像我这样的人都能轻取博士，可见博士又是一个什么东西！"——岂止斯文扫地有辱学门?! 缘何斯文扫地自辱学门?!

世风日下，人心不古，何处桃源？当然，《大学》远不是仅止于揭露学界腐败之作，因为其中不仅刻画了不少兢兢业业尽心尽力的学者与大学管理者，如博导郁教授、硕导赵教授、研究生处长金博士及副校长等等，即使是有些玩世不恭的博导范教授，写得也很有分寸感。书画展结束之时，他主动提出将办展所剩余的一两万元款项，全部用于资助郁教授的学术会议，并要求经办者不要声张。似乎不经意间的闲来之笔，令人怦然心动。有些灰暗的色调，顿时显现出一种暖融融的亮色。但是，学界之腐败，的确又是当下学人所关切的重大话题。因为学界的腐败之所以更令人堪忧，就因为这种腐败不但是精英的腐败深层的腐败，而且这种腐败在戕害了现在的同时也扼杀了未来。

救救孩子？

救救精英！

孩子，因精英而获救。精英呢？精英，只有靠自救才可能获救。毕竟，上帝只拯救那些自我拯救的人。

这，正是《大学》所特有的思想力量和美学价值，也是南翔由"南方系列"转向"学院系列"之意义所在。

工匠精神

——谈南翔的非虚构写作

谭 莉[①]

    当代文坛上，不少作家将目光聚焦在底层，描写普通百姓的平凡生活，由此折射出人生常态，作家于其间表达对生活的洞见和人类的关怀，南翔当属其中之一。南翔的创作来源于自己宝贵的生活经验——他将自己提出的"三个打通"理念（即现实和历史打通、虚构和非虚构打通、自己的经历和父兄辈的经历打通）贯穿于整个创作过程。而且南翔总是能够以平等的视角去与作品中的人物对话、发生关系，从而实现艺术真实与生活真实之间的完美契合。

    南翔在非虚构作品的创作过程中，贯彻着一种求真求实的精神，能够深入人物切身经历去揣摩其情感，以艺术的笔法真实勾勒人物的精神面貌和生活形态。《老桂家的鱼》就是南翔以十多年前结识的惠州西枝江疍民一家为原型创作的。疍民是以船为生的人，不难想象他们的生活有多么拮据。小说主人公老桂身患尿毒症却无力医治，只能依靠坚韧的精神去与疾病抗争，而且生活的重担使得他即便是身患重病也得继续工作，不得喘息，最终还是走向了死亡。通篇下来老桂未发一言，仅仅通过其神情、动作来表达情感，一个隐忍而不善言辞的底层劳动者形象跃然纸上。而对于老桂的老伴描写得稍显复杂些，一方面对于自己的丈夫重病需要就医，她内心也是焦躁不已的；但另一方面考虑到子女长远的生活问题以及家庭收入实在过于微薄，她不得不

---

    ① 谭莉，现为暨南大学文学院中国现当代文学专业硕士研究生。本文原载《作品》2020年第 8 期。

任由丈夫的生命一点点逝去。南翔在书写这些底层人物的生存困境的同时也表达了对于这类无依无靠的群体深沉的哀痛以及无限的同情。

评论家付如初形象地称南翔的创作"把书桌搬到了田野上",诚然田野调查不是实在地去田野写作,而是深入基层,深入人物生活去感受,这种创作方式在当代文坛依然不算多见。南翔的非虚构小说代表作《手上春秋——中国手艺人》就是他历时两年亲自去走访的成果。南翔从小就佩服动手能力强的人,受盐野米松《留住手艺》的影响,他认为中国优秀的传统文化不仅仅存在于背诵诗文中,更包含于传统手工艺的代代传承中,故而他将视角转向那些默默无闻地传承手工艺的匠人们,通过采访了解他们的亲身经历,记录他们与手工艺之间丝丝缕缕的联系。

南翔在采集手艺人时倾向于两类,一类是与日常生活如衣食住行相关的技艺,因为这些技艺如盐如水般融入历史的洪流,于其间发挥了不可言喻的作用;另一类则是年长一些的手艺人,因为他们的经历更加丰富,对于技艺的感受更深,能够将个人经验与时代沧桑融入技艺,由此刻画出一个行当与时代的线条。如果说,手工艺者以手上的功夫来为传统技艺的传承献力,那么南翔希望自己能够做好一位文字记录者,为当代各个年龄阶段的读者展现中国传统手工艺的魅力。他记录的不仅仅只是手工艺者的人生,更是传统手工艺在历史中尚未被湮没的形态,这些记录将成为给予后世的馈赠。

《手上春秋——中国手艺人》中描写了十五位手艺人,他们大多数出身贫寒,处于社会底层,或历经了饥荒的岁月,或受到"文革"的影响,抑或是兴趣使然,他们选择靠着一门谋生的手艺过活,这一坚守就是大半辈子甚至一辈子,哪怕是明知行业不景气也未曾离开。不同的是每个人经历的岁月沧桑,相同的是他们对于手工艺的坚守如初。南翔秉持求实的态度采写,在侧重表现他们技艺的同时也关注到了手艺人背后的苦痛伤悲与甜蜜欢喜。他关注的核心是手艺人,这也使得人文精神始终徜徉在作品中,给予读者以慰藉。

南翔在《手上春秋——中国手艺人》自序中提到"知识性和趣味性,也是本书要彰显的另外两个维度",一如书名亦雅亦俗,"手上春秋"即传人们的技艺在手上,经历映春秋。加上副标题则使"双手"并置,折射手艺人的功夫之深。可以说,亦雅亦俗即是南翔小说别于他者的独特之处,因为他任职于大学,其文字中多少带有校园生活环境的影响,呈现出一种书卷气息,而非虚构小说的特性又使其语言真实接地气，二者熔铸在小说中便达到雅俗共赏的效果。

南翔在讲述每位手艺人的故事时都会对其高超的技艺进行细致描绘，在真实的口语之中不乏书面语的表述，书中多次出现古诗文与内容交相辉映，也可见南翔深厚的古典文学素养。如《药师黄文鸿》一文中，南翔先是以贾岛的诗作《寻隐者不遇》引出寻访老药师的强烈愿望，由此展开对手艺人经历和药材制作过程的描写，他将黄药师的制药经过像"火制法"等以书面语的形式记录下来，一方面不损害其方法的专业性，另一方面，亦能保留说明性文字的艺术性。

全书采访了十五个不同行当的手艺人，涉及的面相当广泛，且每一行当的专业知识大相径庭，所以南翔在写作的背后必然下足了功夫，包括查阅古书典籍的相关记录、涉猎专业的背景知识等。更甚的是，他能将这些知识性的东西加入对人物的采写中，与内容贴合得浑然一体。如《制茶师杨胜伟》一文中，"我"问"杨老师对茶叶的感情如何培养起来的?"杨老师出身贫穷，无法消受品茗，然茶可作为土方子缓解母亲头疼，虽谈不上兴趣，但杨老师选择了茶叶系进行专业学习。那么茶叶的魅力该如何表现?南翔巧妙地引入"茶圣"陆羽的著作《茶经》，继而追溯恩施玉露茶源远流长的历史。本来中国就是茶的故乡，茶文化不仅由来已久而且扬名世界，茶对于传播中华文化的重要性是不言而喻的。如果南翔在小说中只是单纯地描写杨老师制茶的过程，那么不免有种沦为工具书的可能，而当这种普通的制茶技艺与传统文化牵连时，这种技艺不再普通，因为茶艺代表的是一种文化的流传，而制茶者身上也打上文化的印记，成为在时代中发光发热的传承者。

尽管南翔在对手艺人进行走访之后，撰写的文章有人物专访的客观、真实，但是也不免有抒情的表述。如《壮族女红俩传人》中讲述了黄美松老人热衷于做女红，并义务地将自己的手艺传给后辈，而她的先生麦浪是美术老师，乐此不疲地替她做的女红画底稿，这种琴瑟和鸣、惺惺相惜的爱情不禁令人动容，故而南翔感慨道："鹣鲽情深中的默契、互助与分享，焉能不是一种既朴实又深刻的人生?"当然，南翔的学者气质不仅只是体现在讲述人物经历时抒发的真挚情感中，还表现在他以文字声援手艺人的实际行动中。木匠文叔收藏了很多即将失传的农具却无处堆放，希望在屋后的宅基地盖一座房子来作为存放、修复农具的地方，南翔则立马写成文章为其吁请，他认为农具记录了活生生的过往，是值得留存的。

《手上春秋——中国手艺人》中，《壮族女红俩传人》一文描写了壮族女红传人黄美松年过七旬，仍保持着对于这分技艺的赤诚之心，时刻恪守习俗的约定，不让任何人试戴为孩子做的虎帽，南翔以一句"谁能说心灵与传承之间的约定，轻过一纸契约？"作为此文的结尾；《成都漆艺传人尹利萍》一文中对于"卤漆"的解释尚无定论，像是未解之谜，故结尾称"先人手中的物事，深隐着谜一样的过往。谜，也是美丽的一部分啊！"余音绕梁，言尽而意无穷。

南翔的非虚构作品中有着鲜明的"最后一个"的特点，他聚焦于当代生活中正在消逝的一些事物，唱响了一曲挽歌。如果说沈从文笔下的《边城》呈现的是充满牧歌情调的自然生活在瓦解，那么南翔想要传达的就是快节奏的城市化生活对于一些传统技艺的冲击，面对我国城市化开始晚但进程快的现状，他希望能够"慢一点"，将这些曾在历史中存在的传统技艺传承下去，故而他将忧患意识渗透在作品中，创作了一系列具有警示寓意的作品。

《老桂家的鱼》写的是最后一户疍民老桂家的生活。老桂一生都在船上度过，他靠打鱼这门技艺为生，但是随着时代的发展，他的手艺非但没能使他一家过上好日子，反而因为机械化时代的来临导致他们一家陷入无法挣脱的生存困境。南翔将主人公老桂的命运与文中独特的意象"翘嘴巴鱼"相连，通过翘嘴巴鱼被捕、逃走、被风干的命运暗示了以老桂为代表的老疍民的生命轨迹——他们终究被生活的大网所缚，而后被榨干生命。而现实恰是老桂最终因重病不治而亡之后，全家被限期搬离赖以为生的船只，疍民将不复存在。那么这些靠船为生的人来到岸上的生活将会面临什么也是难以想象的。对于国家来说只是少了疍民这一群体性名称，但是对于疍民来说，他们失去了家，失去了生活来源。即使他们的技艺无法迎合时代需求，但是他们的生存问题亟待解决。正如作家方方说的："检验一个国家的文明尺度，不是看你军队多威武，不是看你科技多发达，而是你对弱势人群的态度。"

面对城市化进程加快，传统手工艺日渐式微的局面，南翔的小说《手上春秋——中国手艺人》用文字和影像打造了一个个手艺人的博物馆。他力图通过采访木匠、药师、制茶师、女红、捞纸工等十五位手艺传承人的独门绝技并结合人物自身经历来发出手艺传承困难，传统技艺正在消逝的喟叹。他们虽然不一定确是某一技艺的"最后一个"，但是他们都是从事该技艺的稀有人员，面临着技艺难以传承下去的困境。机械化生产时代，能够耗费大量时间精力去手工制作事物已经是难能可贵了，所以很多工艺制作都是靠国家政策的扶持在艰难前行。南翔希望这些曾在传统文化中发光发热的技艺能够得到足够的关注并流芳百世。

故而南翔在作品中或隐或显地表露了他的忧虑，如借用古人的话"朝云横度，辘辘车声如水去"来警醒后世的人，不要让现代化的进程蒙蔽双眼，将老祖先传承下来的技艺弃之如敝屣；又如在采访完制茶师杨胜伟之后，握别之时猛然意识到杨老师已年过八旬，进与退、传与承、昂与藏，都给杨老师和其他年迈的手艺人提供了巨大考验，与其说这是南翔个人的忧虑，不如说这是他对于大众的明示。传统技艺在衰退是大势所趋，但是正是这些技艺伴随中国走过了无数风雨沧桑，在这些手艺中记录着中国来时的路，倘若这些技艺在当代遗失，那么我们将如何向后辈阐述我们的来历，我们又将归向何处？

尽管传统技艺传承形势不容乐观，南翔还是在忧虑中有所希冀。因为在手艺传承困难的背后，坚守着的正是手艺人不变的初心，是他们对于几千年文明成果不断传承的珍惜、珍爱与珍重。捞纸工周东红自觉担负起使命，日日亲临工厂指导，为造宣纸技艺培养接班人；锡伯族弓箭传人伊春光在腿脚不利索、疾病缠身的境况下仍关注弓箭事业的发展与传承，他坚持一辈子只做一件事；夏布绣传人张小红在传承的基础上不断创新，将古朴典雅、返璞归真作为艺术追求，争取融入时代与时俱进……世界之大，技艺之多，又岂是《手上春秋——中国手艺人》一本书所能述尽的？此书虽列举了大江南北的十五项技艺，但散落民间的传统技艺灿若繁星，仍需要我辈乃至后辈的协助，将文明无限传承下去。这本书带领着读者关注到技艺传承的领域并且探索传统技艺的奥秘，未尝不是一个好的开始。

无处可还乡

——南翔《回乡》还乡模式与叙事策略

陈佳佳 [①]

现代文学进程中，"还乡"是一个重要主题，创作者与其笔下的形象在多重映照的想象中一次次回到原乡。潜藏在中国传统"诗骚"文化中的乡土情怀和心理蕴结不时悄然拂动"王孙"的离情，春草已绿，归期无定；而近现代社会的剧烈变动、历史革新的多重变奏则痛击在每一个敏感者的心灵，远行是载满希望的舟楫，故乡却在渐行渐远的波影里迷离，遥望就成了现代人荒原里站立的姿势。原乡故土的魅力，不仅在于家族血缘的内在生命体验的追认，也渗透了一种成长空间的记忆与想象。"一个传统的中国人看见自己的祖先、自己、自己的子孙在流动，就有生命之流的一环，他就不再是孤独的，而是有家……"作为生命起点的故乡，于两千多年的流转中有不断衍化和延伸的实践表达方式，"报本归源""复归田园"依然是因战乱徭役、仕学商贾等多重因素而游历他乡的世代"王孙"们念兹在兹的心中郁结。故土家国的心理图式与集体记忆在现代依然有着幽深的感召力，而现代中国的波澜动荡也不断波扰着这根敏感脆弱的神经。

一、另一种还乡

鲁迅"回乡"系列小说，以家乡绍兴为素材，描绘了一幅悖论式图景：

---

① 陈佳佳，现为暨南大学文学院中国现当代文学专业博士研究生。本文原载《作品》2020 年第 8 期。

心理的故乡温馨抒情，天真的闰土、质朴的阿长、水路上的罗汉豆，田园牧歌的想象安放着漂泊的沧桑；现实的故乡苦难悲哀，孤独的吕绍甫重复着颓唐的命运，闰土更是深陷于凄惶的生活，冷酷沉重的黑暗催促着远去的脚步。自此，精神还乡与现实还乡的张力交织成为作家笔下反复渲染、咏叹故土的形式。沈从文的湘西、师陀的果园城、许钦文的浙东小镇、艾芜的西南秘地等，都以各自的抒情方式呈现了对原乡故地的多重印象与情感。生于安徽滁州的南翔，《回乡》中去到的并非自小成长的淮左旧地，而是母亲的家乡——湘东北之汨罗。以陪伴母亲回老家与境外归来的大舅相聚的独特身份与视角，来回望母亲的故乡、大舅的故乡、我的故乡。

> 故国的泥土，伸手可及
> 但我抓回来的仍是一掌冷雾

"不如归"的反复嗟叹，隐含着世事徙迁、风云流变下个体生命的需求焦虑与精神期待。而在现代中国独特的社会语境中，这种认同寻求的危机愈益紧张与深沉，也随时代而延伸出更为浓稠暧昧的乡情。故乡之"乡"是生命出发之"乡"，也是与都市相对的乡村之"乡"，与异域文化相对之本土文化之"乡"。乡情的版图上从来不乏当代作家以迥异的书写或隐或现地回溯"乡"的故事。苏童的小说在枫杨树乡和香椿树街的记忆里流转，格非"江南三部曲"以江南的旧事追溯家族与原乡的传奇，莫言念兹在兹的高密东北乡是其记忆与想象的起点，刘震云则以《头人》《故乡天下黄花》《故乡相处流传》《故乡面和花朵》反复将探寻的目光投向故乡，迟子建则深情地沉溺于温情而诗性的北国之乡，"波佩的面纱"有着恒久的神秘魅力，以低垂的头和缓慢的脚步诱引着作家们多样的目光。学院派作家南翔视野宽广，有以《失落的蟠龙重宝》为代表的追溯前尘的民国系列，以《抄家》为代表的反思历史往事的"文革"系列，以《哭泣的白鹳》为代表的生态系列，更为人关注的是其以《绿皮车》和《老桂家的鱼》为代表的社会问题系列，其创作具有深厚的现实关切，于小人物平凡卑琐的境遇中发掘隐藏在生活深处的本质，其笔下的故乡也蕴蓄深广。《回乡》是一次故乡的回望，以三个还乡者的视角来透视这个蕴含着多重乡情的湘东北之汨罗的故事。1949 年前后，国民党战败迁台，二百余万大陆新民入台，直到 1988 年大舅才有机会回到别离三十八年的故乡。南翔隐去战事中深入骨髓的创伤，将其作为故事的背景轻轻提及，但历史的阵痛化作了幽微的情感。大舅的"失根症"和"还乡病"，不只是"少小离家老大回"的感慨，不是"哀其不幸，怒其不争"的悲愤，不是"自然的美好，人事的丑陋"，而是一种蕴含了对血亲的思念、对原乡故地的缅怀、对青春的追忆以及"他给青春时的家庭带来的无尽遗憾"的复杂隐幽的情绪。第一个还乡者的目光来自大舅，也是最易捕捉的镜头。"大舅第一次返乡前后的心情"从"台湾诗人洛夫送我的一本《我的兽》中可以窥见大概"。当"扩大数十倍的乡愁"真正遇见"距离调整到令人心跳的程度"的故乡时，"把我撞成了严重的内伤"。临近生于兹长于兹的故地，"我"却冷热不适，无法触及"故国的泥土"。多重身份的大舅在踏上故土的那一刻，被遮蔽的多重情感也一同被唤醒。作为一个战士，"抗战是永难忘怀的国难，其为经验，强烈而且惨痛"，这种苦难的回忆，渲染了对故国与家园的怀念，也强化了自身与整个民族命运和情感的联系。远离家乡、到别处工作生活的人，大都怀着对原乡的歉疚之情，进而以自己的方式来偿还。作为一个新婚即别离妻子的丈夫，"生当复来归，死当长相思"的古老爱誓被一湾海峡阻断，只余一荒坟冢对着俩花甲老人。作为一个从未眼见亲生儿子，更未尽过养教之责的父亲，该是"念此失次第，肝肠日忧煎"。与鲁迅的知识分子启蒙式哀与怒不同，大舅的回乡中更多的是一种自我身份与文化的寻根，以及沉重的负罪情结。

血缘是一种神秘的力量，不只承载了中国传统观念中念兹在兹的家族伦理，同时也是一种自我身份与社会认同的追认。"人的意义的建立、身份认同和价值确认总是在与他者的对话中完成的。"大舅十九岁时离开家乡，自此完全脱离了与原乡的关系，几十年的亲情被一个大大的"无"字遮蔽。回到故乡，大舅"高大伟岸，脸部两条括弧坚韧有力"，"那种一脉相承的血缘特征，昂然于镜头之外"。从游离在外的孤独处境中回到亲近的关系中，大舅"喋喋不休地谈讲"，为"彻夜不散"的乡亲讲述着一个又一个故事。在宗亲的关系中，大舅遮蔽的亲情被敞开，原乡不知何所为的自我也找到了放置的空间。"归宁父母"之后，对故乡的歉疚也从萦绕心头的情结变成现实的负担。生养的父母、经济不敷的家庭、留了一脉骨血的原配，都是大舅十九岁离家的无尽遗憾。《回乡》最令人动容之处是写出了大舅真诚地对年少遗憾的反思与偿赎。面对黄灯木椅的老屋、倨傲的小舅、刻薄任性的广福，大舅几起提前回台的意思，却一次次在种种隐秘的幽情中继续探寻早年的遗憾与愧疚，并最终决绝地以台北家庭的"裂伤"作为置换与弥补。大舅漂离的乡情在意外的极端后果中得到些许的慰藉。

母亲的聚焦是第二个还乡者的目光。"归宁安居""报本追源"的传统观念在母亲这里几乎是一种悖论，母亲仿佛是一个理想的现代女性。"近乎私奔地跟随一个外乡人"离开汨罗的母亲与她的爱情有一种古典的意味。"中春之月，奔者不禁"以来，私奔是一个古老而传统的形式，在礼教严苛的时代影响家族声誉甚至有性命之忧。现代以来，随着子君与娜拉的不断涌现，传统婚姻观念中礼教因素的影响也日趋减弱。在远离了尘封历史的当下，母亲依然以决绝的态度与家庭决裂，直至花甲之年因为大哥的远归才回到当初背弃的故乡。母亲的情感深处有一种传统与现代融合的情愫，或曰明知不可为而为之的内在狂狷与通权达变的传统智慧悄然汇聚。与人私奔的母亲对汨罗家庭的情感复杂暧昧，为个人爱情而逃离，为血缘亲情而赎罪、返乡，尽管未曾进入小说，但母亲在浙赣线上四等小站的日日夜夜，也曾对故乡有过无数的幻想。但几十年后，母亲来到这片生命成长的故土，并未表现更多的情绪，以时过境迁的超然与故乡重逢，与大舅"彼此点点头"。文中关于母亲的笔墨甚少，大都以概括性的回忆出现，相关的话语一是对广福身世与年少经历的追溯；二是以姐姐的身份安慰愤然不平的弟弟，此外几乎不被提及。南翔对母亲的经历轻描淡写，除了至亲的不宜轻言之外，也有意无意突显了母亲原生家庭的传统观念之深，大舅的归心、母亲的宽仁也有了来源。南翔是一个很有传统韵味与民间意识的作家，关注普通的社会人生，笔触深入民间小人物的生活状态，善于挖掘其心理深度与情感方式。南翔怀着深情将最理想的目光给予母亲，背离家庭的现代女性，以多种方式默默偿还"不返乡"的歉疚，宽慰胸怀悭吝的小舅、理解刻薄无礼的广福，南翔笔下的母亲更像是一个饱经风霜的智者，淡然而悲悯地审视着一幕幕人间戏剧。

"我"是故事的叙述者，也是大舅与母亲之外的另一个还乡者。现代知识分子还乡有几种模式，知青还乡的温情、理想的失落、另建一片"葡萄园"，还乡理想与现实的悖论是知识分子反复吟咏的哀歌。南翔的《回乡》则在传统模式之外另辟蹊径，以对原乡的人事的理解来演绎对故土的深情。汨罗的"禾苗绿，天空蓝"，樟树下的浓荫，对"我"而言远不及"那个浙赣线上的四等小站"亲切。或许正是因为辗转的生活经历让南翔并不了解真正的乡村景象，也无法对想象的古老的原乡投射深层的理解与温情，转而将传统与美好的光芒洒落在具体的人物言行上。南翔的《回乡》中看不到"萧索的村庄"，也不见"枯草的断茎当风抖着"，只眼见"脸部两条括弧坚韧有力"的大舅、佝偻倨傲的小舅、嘴角有"一条银亮的疤痕"的广福，以及括弧越发深刻、双目浑浊的大舅的反思与歉疚、小舅"庄重道"的真诚、广福的刻薄与害羞和一二十年后的自责，唯一的作为象征的物——老樟树与广福的新宅子，不过是越发显出"风烛残年的衰老"和"颓相"。故事的前段，"我"的情感似乎如同母亲一样淡薄而节制。但在一次纪念洛夫诗歌创作的讲话中，"只说了一句""便哽咽了"。视野中的世界与想象中的世界在这里融为一体，顺着南翔目光的触须、情感的流动、思想的褶子，我们看到的是完全不同的还乡情境。"真实地写出一段人生，并为一种朴素的人格加冕，是文学能够感动人的核心品质；而在一种生活背后，看到那条长长的灵魂的阴影，咀嚼它的幸福和悲伤，并思索它的来路和去处，是文学得以重获心灵深度的重要通道。"南翔以三种不同经历与身份的视线来审视这个古老的村庄，在一湾海峡的对照中思索着"生命之流""亲情之流""伤痛之流"。

二、叙事策略

南翔的许多小说，都采用了相同的叙事方式：第一人称"我"。南翔小说中的"我"与同是内视角的苏童小说中作为注视中心的"我"不同，与莫言情感迸发的"我"不同，与迟子建的温情诗意不同，南翔以一种扎根"田野"的现实主义手法和真诚质朴的散文式情感为小说注入灵魂。作为小说中的人物，"我"固然是现实生活之外虚构的叙述者，是经过改造的文本中故事的参与者或见证者。但南翔小说中的"我"带有太多作者本人情感与经历成分，"甚至带有某种自传色彩，是一个纪实性的叙述者形象"。《回乡》由真实的故事改编，现实生活中的大舅1940年代末去台湾，1980年年末回来省亲。"我"也是一个"当年在铁路工作过七年"的人，父亲是"铁路小单位的财务主任"，与南翔铁路之家的出身以及上大学前当过七年铁路工人的经历吻合，"讲文学或者新闻写作"也与深圳大学文学院教授的经历符合。其他几处细节也与其现实生活一一对应。作为学院派作家的南翔，在小说中有意无意渗透如此浓厚的自我形象，在文本叙事中也必然带有内在于知识分子的或隐或显的思考者与反省者的成分。"我"一方面作为文本的参与者构成故事的完整性，另一方面作为事件的审视者与评论者。《回乡》中"我"贯穿了小说始末，以恰好在湘西采风，"得知表哥广福病重"，便以看望白血病的表哥而回忆起了大舅回乡的旧事为始，以在深圳纪念洛夫诗歌创作上的"哽咽"为末。以大舅真实事件改编，南翔没有陷入情感滥觞的迷障，以洗练的文字和轻重分明的笔墨完整地呈现故事。"我"作为第一人称的叙述者，以大舅回乡省亲为主要叙事线索，其间穿插了母亲随父亲私奔的故事，"文革"中"境外关系"特殊的时代背景，小舅年轻时母亲以在风雪天气挣来的"辛苦钱"给予宽厚的援助，大舅离开老家时曾留下的新婚妻子与其一脉骨血的往事。"我"作为还乡者之一，和母亲一起亲历了大舅的回乡之旅，以多重视野打开大舅返乡之后的传奇，将整个故事蕴藉精练地呈现。

作为审视者与反思者的"我"，又时时跳出叙述者的角色，以局外人的身份对故事进行补充，甚至是说书式的评论。"我"的身上有鲜明的个人情感与知识分子的反思意识。"直到二三十年幡然过往，母亲都没有再回去，我这才知晓，一个人对家庭的决绝与背弃，原来可以撕裂到不再愈合的深度！"南翔抛弃叙述者的冷漠态度，直接在文中用抒情性的语言表达了对母亲与家庭之间几十年无可愈合的伤痕的万千感慨。听得大舅的爽朗聊天之时，我又抽身而出，以文字工作者的身份不无遗憾地叹息未曾抓住"难得的机会"，"给大舅做一部口述史"，再次从小说的情绪中跳出来，以作者的现实心态对小说中的自己进行一番审视。补充母亲年轻时对小舅的帮助时，亦将美好的传统品德赋予双亲，以母亲的长寿反证父亲的仁慈与博大。枷凳事件中，眼见了大舅妈对气急神伤的大舅的细心照料，以及遭受委屈的广福的胡言乱语，南翔又一次深情感慨，"在台湾颠沛流离的岁月，若不是大舅妈的照拂，大舅能否挺过来，还真是天数。广福自己吃了苦头，便断言生父在那边过的神仙日子，不是眼浅就是无知"。从文本背景看，读者完全可以自己的阅读体验认识到小舅行为的不合时宜，而作者却总是有意无意地游离出故事，以旁观者的态度对故事中人物的言行情感进行审视，在其后发表直接的看法。叙事的间离性在当代小说中显而易见，池莉《惊世之作》美钞案件中插入的夫妻矛盾与官司、阎连科《大校》中叙事者的解构等皆可见其间离性的存在。而南翔在本篇小说中设置的间离效果也流利自然，不时的现实反思与情感注视让我们从小说的情绪中暂时解脱，以更为理性的态度从事"意思的追寻"。讲述故事，回望故事，在这场亲历的回乡之旅中，南翔欲以零度的情感冷静地关照湘东北之汨罗的旧事，文本中自由插入主体之外的枝蔓，是传统说书艺术的延续，更是作者神秘的内心深处潜藏的本能的装饰性的声音。

"小说语言在两种形式中交替变换，一是向我们展示发生的事情，一是向我们叙述发生的事情。纯粹的展示是直接引用人物的话语。人物的话语准确反映事件，因为这里的事件便是一种语言行为。纯粹的叙述是作者的概述。作者准确抽象的语言抹杀了人物和行为的个性特征。"概述凝结了作者的语言、态度与情感，展示则令读者自己深入事件，以在场的形式审视故事，从文本中人物的语言达到与作者的交流或共鸣。文学写作教授出身的南翔强调"两条腿"走路，创作实践与理论相辅相成，兼通翻译，才有望出大成绩。《回乡》中重要人物的特性均主要通过两种话语的转换来塑造，而南翔骨子里锋利、儒雅的文风与民间借来的洗练、生动的语言把著者话语和人物话语温润地觥筹交错。大舅是南翔用力最深的一个角色，全文只有三处展示大舅的话语。第一处是"我"误解大舅久居台湾受日剧文化影响迷信日本汉药，大舅摇摇头："外甥仔，中成药原产中国没错，中成药我们却没得人家日本人做得精致，人家的销售到世界各地，我们还只能卖一些原料。当然卖出去都是好的，人家检验严格，乱来不行的。"客居台湾三十八年的生活经验在大舅的语言中留下了痕迹，但对中药与祖国的态度却诚恳而真挚，让我一时对大舅的误解羞愧不已。第二处是广福打枊凳受委屈，终于在生父面前"号啕大哭"，大舅递给广福"一方蓝印花手帕"，"男子汉，该担当的就要担当，该放弃的就要放弃，又不是细伢子，有脸哭吗？"目睹了儿子的一幕幕委屈，身为军人的大舅以父亲的角色教以儿子男子汉的风范，也以一生的经历为这句"男子汉"做了现实的注解。第三处是祭祖时，大舅"叫着小舅的名字庄重道，要趁势把父亲母亲的坟好好修一修，重新定制一块墓碑，烧起二老的瓷板像，一道装起。先人墓地道德风水，还是要常来打理，祭拜，才能荫庇后人"。道，本是传统文化的最高追求，"重道"是儒家文化中的重要传统，此刻与小舅圆滑精明的形象重叠，不能武断地认为南翔这里直接隐喻儒家文化在乡土中国的异化，却也从大舅的视角审视了当下大陆乡间传统文化的遮蔽；修葺坟地与"荫庇后人"的愿望似乎是祭祖时司空见惯的话语。但正是这种习焉不察的民间方式将大舅对父母的深情以及祖先崇拜的传统情结以原话引述的方式"展示"出来。南翔对往事用情过深的概述，与直接展示的大舅的语言一起构成了完整的大舅形象——有担当，明得失，重传统，不忘本的男子汉。只是大舅回到了令其感到"迫压与畏怯"的家乡，希望偿还年少离家欠下的情债，见到了"禾苗绿，天空蓝"、空气好的老家，却并不能在这里养肺心病，安度晚年。这是还乡者的必然，"流离飘荡在地上"是人的基本处境，大舅的省亲也不过是一次身体和精神的双重还乡。

如果大舅的离乡是一次为民族命运而征战的勇闯天涯，母亲的为情私奔则是对迂腐传统的逃离，再次回乡也只是"没有拗过亲情"的召唤，再次置身湘东北旧地，母亲沉默而冷静。唯一的发声是在大舅原配的坟前，对抱怨广福的小舅说："哥哥得知老大一直没得照顾，心里有几多亏欠，如今回来多给广福一些钱，也是一方弥补。哥哥十八九岁就出远门，吃几多的苦头！口袋里又有几多钱攒哟！"南翔用笔极为简练，三两句话将母亲的仁慈、隐忍、善良展示出来。"百善孝为先"，私奔出逃、未尽孝养之职的母亲自知位卑言轻，只在自己还略微有所照顾的小舅出言不当时，才以大舅的不容易来慰劝心胸不宽的弟弟。大舅妈的设置更像是大舅台湾三十八年客居异乡的镜子，映照出南翔并未讲述的大舅漂泊无根的艰辛。大舅妈两次的行动，都是大舅气急发病，脸色发白甚至口吐白沫，正是大舅妈及时而熟练地应对才让大舅转危为安。大舅妈文中的寥寥数言也是为大舅辩护，再者即是大舅被气倒后一次又一次地扬言早回台北。"台北有台北的不好，家乡有家乡的难处"，南翔将这句话以大舅妈的身份道出，不论是大舅妈替大舅不能彻底回归故土所做的托词，或者是大舅妈回来后实在的感受，都能为人理解。"我"的母亲是逃离了这个古老而神秘的原乡的先行者，将来也会有无数的乡邻远离故土走向远方，"故乡"本是自带离情的意象。

王德威曾用"想象的乡愁"概括中国现代作家的乡土叙事，但事实上"乡愁"自《诗经》时代起，就不是一种抽象空洞的虚拟想象，而是在切实的生活经验之中积累的对于故乡人事风物的记忆，"故乡"真实地存在于乡愁者的生活与精神中。鲁迅的"百草园"和"三味书屋"不只是作为一种象征符号的精神家园，更是一种实在的成长经验和情感记忆。而大舅的乡愁指向重点不是成长的经验，而是错过的青春。文中很少有对故乡风物的描写，一处是祭祖的时候写到了外公外婆的墓地——"一簇茅草簇拥的山边地头"，一处是广福宅子前的樟树，以及"青砖墁到梁下"的一座两层楼房，从"像是逢春的田头地脚，陆续有了绿意"到"好似一个矮子里的高个，被抛进了 NBA 球员的行列，立马现出颓相来了"。南翔缺少农村生活经验，以流离者的身份进入时，入目的风景也带有更多的符号特征。"茅草簇拥"的墓地和前后对照鲜明的樟树与广福的房子，很大程度上映射着大舅对父母的亏欠以及广福的心理变化。但南翔将大部分笔墨放在小舅和广福的"对话"上，似乎大舅的返乡实质上是小舅与广福关于"一碗水"的讨论，以及讨论过后的大家更为关心的现实问题。枷凳事件——小舅的不依不饶、广福的哭与以呛表达的委屈，祭祖事件——小舅的反问与广福的泼皮，敏锐的读者可能已经知晓让大舅受"严重的内伤"的原因。事情远比想象的复杂。故事如果只逗留于乡人的愚昧与贪婪这一层，那么小舅的"真诚"显得多余，广福的白血病也无从来由。南翔对乡民境遇的观察使用了多重角度，寓言的批判或是人情的式微的解读都显得苍白无力。他只是一个真诚的书写者，对民间生存状态与历史有着强烈的兴趣。广福说话厉害，"一身蛮力"，不是呛到了大舅，就是给小舅泼泥巴，南翔却为他设置了一个娇弱的符号——白血病，在鲜明对照的张力与悖论中，广福质朴纯真的农人性格也以极端的形式得以展示。广福反复粉刷的房子，苍老的哭声，默默承载着对生父的悼念、对自我的谴责，以及对只见过一次面的二妈的惭愧，无一不是广福暧昧情感的脚注。每个人都有自己的地狱，当未曾深入理解特定历史情境之下的民间生存状态时，盲目的批评显得狭隘无知。广福未被讲述出来的苦难经历与他跛脚女人的脚痛一样，渗透在每一个呼吸的瞬间。民间伦理总是以独特的方式表现出野蛮生长的生命力，真实地生活于民间社会关系中的个体在众人的目光夹缝之中艰难地生存。

南翔是一个善于书写世道人心、人情之美的传统作家，于凡俗、琐细的生活中透视生命与存在的本质。以内在的传统精神与自觉的审美距离关照具体生活情境中的乡间个体，在亲近与克制的双重矛盾中叙说古老的乡村情感。但过强的介入意识，让其文本不免带有浓厚的"说书"艺术。南翔化身全知全能的上帝，审视着故事情节的发展和人物的命运，还不时跳将出来，补充故事的时代背景，又以当下知识分子的思维方式评价故事中的自己，以传统道德为准绳褒贬是非、展望古今，指引着列位"看官"深入故事。陈墨认为南翔与巴尔扎克干着同样的事情，用自己的目光扮演着时代特殊时期的"书记官"，倾力于一个个具体的、感性的流动于历史之流中的生命样态。"小说之描写人物，当如镜中取影，妍媸好丑，令观者自知，最忌搀入作者论断。或如一段戏剧中一角色出场，横加一段定场白，预言某某若何之善，某某若何之劣，而其人之实事，未必尽肖其言；即先后绝不矛盾，已觉叠床架屋，毫无余味。故小说虽小道，亦不容着一我之见。"清末民初已有学者不太赞同"说书人"式对笔下的人物的评头论足，"作者已死"与"零度写作"的西方文艺理论也提倡以更为理性的态度，有距离地从事写作，南翔深情诚恳的心理呈现与褒贬议论，似乎背弃了现代主义小说的发展路径，以回溯的方式接续了中国传统小说的叙事手法。事实上，作为写作理论教师的南翔，深谙当代小说创作中的间离之道。在完整的叙事中插入枝蔓或者"废话"，情感的植入以及先锋式的自我解构，在舒缓小说的节奏之时，也能通过间离的空间再度深入小说。"小说是用密码写就的现实"，南翔以自己的符码创造一个多元的原乡世界，让人在曲折幽微的生活深处，品察真实暧昧的人性，思索它的心理序列，弹拨着我们无限的乡情。

从事创作数十载的南翔，从大三《最后一个小站》伊始，就怀着一颗温热之心关照现实。海南女人们的琐细艰难，对历史灾难中方家驹和音乐教授们所受身体与精神磨难的反思与叩问，回溯民国前尘的逸事与嘉善，与污河为伴破船为壁的疍民艰难生活，生态环境恶化下的个人和自然的生存处境与出处，都成为其笔下的物与象。南翔介入现实生活的热忱使其紧追变动的世界，《手上春秋——中国手艺人》是其非虚构小说的代表作。亲临实地，采访老人，在切实的记录中还原生活现场，深入民间手艺人的心理与精神深处，探索传统技艺之美与工匠精神的现代意义。自 2010 年，非虚构写作日渐突显，重建"现实感"，走入真实的人生与经验的写作更为人关注，梁鸿《中国在梁庄》和慕容雪村《中国，少了一味药》让我们看到了另一种叙述的节奏。南翔始终贴近现实，2016 年发表于《作品》的《回乡》为其一贯的现实之作，而前后相继的格非《望春风》、缪俊杰《望穿秋水》、宗璞《北归记》、王安忆《向西向东向南》、莫言《故乡人事》、贺雪峰《最后一公里村庄》、阿来《云中记》等，皆以回忆故乡或回望故土的方式来结构文本，共同构成当下作家对故乡的多重想象。江南古村的风云与消逝、客家的古老传说、雅正的爱情、童年切肤之痛的经验、废墟之后的乡村等，过往的历史与记忆阵阵袭来。作家们的目光投向少时的故乡，故乡的农村也以古旧的神态呈现了现代城市对比之下的衰朽，回望的温情与现今的破败形成绵纠的张力，渗入读者思考的经纬，成为关照现实农村出路的方式之一。历史是现实的镜子，作家一再回去的故土承载了初始的成长与情感，于现实关怀之外，更是无数文人反复吟咏的精神家园，是寻找自我、反观内心的介质与符号。正是在这种"离去—归来"或"离去—归来—离去"的反复审视与思索之中，我们不断寻求着身份的确认、精神的确认、价值的确认，从而在现代社会复杂逼仄的时代氛围中寻觅安置理想的可能。

南翔创作的中国文学精神

廖令鹏[①]

中国文学与中国文学传统是分不开的。只要是中国人，生活在中国，用汉语写作，那么他的文学作品中，就有中国文化的基因和中国文学传统的影子。2017年，上海举办了一次以"寻脉造山"为主题的大型美术展览，引起热烈反响。策展人从容认为："'寻脉'是回探东方之精神。'脉'指属性，人的元气、天地之本，非实体的先天气象规律。'造'是艺术者吸收、消化、整理、转换、重组艺术的支柱，严格来说没有'造'就没有艺术！'造山'则以传统造化再生为旨意。……'东方性'绝不是一种狭隘的地域性、民族主义。在全球的未来，人与人、民族与民族的利益斗争可能更多让位于人类共同生存的考验，而缓解斗争后将迎来人与人平和相处的风尚。"[②]这一番话，简要地把当下中国艺术传统的问题点出来了。这实际上也是如何看待当下中国文学传统的问题。一直以来，中国文学传统受到西方文学的强烈冲击，很多作家试图摆脱、颠覆或者改造中国文学传统，怀着浓厚的"中国文学传统焦虑"。然而，即使是在深度全球化和文学生态剧变的今天，中国文学传统在文学创作中激发出来的正大气象，越来越受到人们的重视。那些生发于中国文化传统与中国文学经典的文学精神、文学语言、叙事伦理与叙事艺术，仍然在当代文学

[①] 廖令鹏，生于1981年，江西石城人，中国文艺评论家协会会员，现就职于国家高端智库中国（深圳）综合开发研究院，业余从事城市文化和城市文学研究。本文原载《创作评谭》2020年第3期。

[②] 从容.寻脉造山.内部出版，2018（1）.

创作中熠熠生辉，为我们这个时代的文学构筑起"四梁八柱"。在作家南翔的创作中，无论是小说还是非虚构，无论是回望历史人文还是关注社会现实，也无论是写弱势底层还是写贤达显贵，都闪耀着中国文学传统的光芒。

一、文学不可以不弘毅

中国传统文化普遍推崇"士"的精神。"士不可以不弘毅，任重而道远"，历史使命感、忧患意识、批判意识和问题意识是"士"文化精神的集中体现。南翔的文学创作与中国传统文化之间有着密切的关系，他经历了20世纪六七十年代的社会动乱，少年时便在火车站当装卸工，遍尝辛酸苦辣；他的作品紧紧地贴近现实社会，深度聚焦社会问题、历史人文和生态环保。从事教育工作后，他仍体恤民生，不断为底层和弱势群体奔走呼吁；积极参与公共生活，十几年如一日地扮演市民文化的"传薪者"，热心非遗文化保护与传承，为民间手艺人鼓与呼……这些与中国传统的士文化精神是吻合的。在这一文化精神的内化和支撑下，南翔佳作频出，风格鲜明，反响热烈，在中国当代文学版图中的形象日益凸显。自80年代以来，他著有长篇小说《没有终点的轨迹》《无处归心》《南方的爱》《大学轶事》，中短篇小说集《前尘：民国遗事》《绿皮车》《1975年秋天的那片枫叶》《女人的葵花》《抄家》，非虚构作品《叛逆与飞翔》《手上春秋——中国手艺人》等。近些年更有大量作品发表在各大文学刊物上，并被广泛转载，多次收入小说年度选本，四度登上中国小说排行榜，陆续获得庄重文学奖、江西省"五个一工程"奖、上海文学奖、北京文学奖、广东省鲁迅文艺奖等，并提名第六届、第七届鲁迅文学奖短篇小说奖。

南翔的文学创作与他的生活经历密切相关。20世纪70年代初，在"学工学农学军"的大潮中，初中毕业不到17岁的他成为南昌铁路局宜春火车站机务段的一名装卸工，成天跟煤炭、矿石、水泥、大米等打交道，从事又脏又累的体力活儿，在那里度过了令他毕生难忘的七年。这一独特的经历和磨炼成为他人生的宝贵财富，不仅写进了他第一篇小说《在一个小站》（1981年发表于《福建文学》），而且成为《1975年秋天的那片枫叶》《抄家》两部小说集的主要故事背景。1978年恢复高考后，他考进江西大学中文系，命运从此发生转折。四年的学习生涯，他凭着超常的记忆力和理解力，饱览群书，求知问道，积淀了深厚的人文素养。1982年毕业后留校任教，一直到1992年南下深圳。这期间除了教书育人，他还深入社会调查，走近普通老百姓，书写"人间正道"，创作的《一个城市的生命底座》《人民的好警察邱娥国》等报告文学曾产生广泛的社会影响，"好警察邱娥国"成为家喻户晓的先进典型形象。

到深圳之后，南翔仍然不忘"我的亲历，然后文学"①的理念，1993—1994年间，他从事记者职业，深入工厂、企业、工地等采访调查，了解民情，传递民声，褒贬时事，丰富生活阅历，同时积累了文学素材。1998年调入深圳大学文学院任教，身兼教授和作家双重身份，为其探索新的文学创作之路创造了条件。深圳是改革开放的前沿阵地，也是一座年轻的现代化都市。热烈、丰富、多元和变幻的现代都市生活，不仅使南翔获得与内地迥然不同的生活体验，而且为他的创作提供了无穷的素材，极大地拓宽了文学的维度。他以一种既传统又现代的人文视角和创作方式，深广地观察和思考社会，以历史与人文、底层与弱势群体、生态与环保这三个维度为重点，关注现代城市问题，关切人、历史和未来的命题。他的创作由此迎来新的高潮，形成四个大的系列：大学系列，如《大学轶事》《博士点》《博士后》；历史系列，如《前尘:民国遗事》《抄家》；社会问题系列，如《人质》《绿皮车》《檀香插》《洛杉矶的蓝花楹》《曹铁匠的小尖刀》；生态系列，如《哭泣的白鹳》《铁壳船》《沉默的袁江》《老桂家的鱼》《珊瑚裸尾鼠》，等等，彰显出浓厚的社会问题意识、历史人文意识和生态环保意识。

好的作家并非只是苦难的旁观者与书写者，现实主义文学也不能仅仅停留在文本表面，一个真正的作家，必须与人民同呼吸，共命运，想方设法打通文学与社会之间的屏障，让作品中的人物与作家血肉相连。《老桂家的鱼》的创作历程就是典型。故事原型来自南翔带领学生去广东惠州一户疍民的家里"实习"。这户疍民几代人都在渔船上生活，风餐露宿，充满艰辛和迷茫，这让南翔深感忧虑。当时他写了一篇散文《最后的疍民》发表在《惠州日报》，想给他一些呼吁，却没有多少人关注他。后来他们成为朋友，南翔每年会带学生去看望这一家子，捐点钱物。2014年这位疍民老友病重，南翔立即赶赴探望，还托同学找到惠州电视台进行报道，影响仍然有限。直到这位疍民去世前，他才决定写一篇关于疍民的小说，《老桂家的鱼》由此而来。这篇小说原载于《上海文学》2013年第8期，一经发表便受到广泛关注，《新华文摘》《小说选

---

① 南翔.我的亲历，然后文学——写在小说集《抄家》边上.抄家.广州: 花城出版社，2015: 1.

刊》《小说月报》先后转载，入选 2013、2014 年度中国小说排行榜，获得第十届上海文学奖。

近几年来，退休后的南翔有了更多的时间和精力，非物质文化遗产成为他新的创作题材。他跋山涉水，走乡串户，展开非遗传承人以及民间手艺人的田野调查及整理工作。有时在偏远的少数民族地区，有时在鲜有人问津的穷乡僻壤，有时在商业气息浓厚的特色小镇，也有时在大都市一幢破旧的老屋中。他亲身丈量非物质文化遗产的历史人文厚度和深度，把非遗工艺的传习与时代变化、民族沧桑、人生经历贯通起来，创作出《手上春秋——中国手艺人》这部有血有肉，时代气息浓厚，彰显中国传统文化精神的非虚构精品。此外，南翔还是一位公共学者和主持人，他策划并主持深圳公共文化品牌活动"深圳晚八点·周五书友会"长达近十年，邀请了大量国内文艺界的知名专家学者来做讲座，每年四五十期，每期现场听众少则六七十人，多则一两百人。如今这个活动已经成为深圳具有代表性的公共文化平台。与嘉宾的对话交流、争鸣碰撞，使得视野本就宽阔的他，领略了更多独特的人文风景，反哺他的文学创作。他平易近人、谈吐优雅，加之学养深厚广博，人文掌故如数家珍，深受听众喜爱，人们称他为深圳市民文化的"传薪者"。

二、普世文化尺度中的文学价值

文学的最高价值，一定是打通了历史、当下与未来的价值。如果说文学是人学，那么，文学的最高价值，是书写"共同的人"，从"人"而来，为"人"而生。即使是社会问题小说，也应该有这个最高价值的追求。南翔的小说所到之处，最后的落脚点都在普世文化尺度及其背后的人——人的悲悯、人的情感、人的处境、人的矛盾、人的疑问等，这样就避免了重蹈文学史上随风转向、紧跟任务、图解政治的覆辙，具备了文学经典化的潜质。

《绿皮车》就是一个很好的例子。小说细致地刻画了一列往来于城乡的绿皮车上的学生、鱼贩子、残疾人、茶炉工、乘客们的言谈举止，以淡淡的感伤叙述乡下那些鸡毛蒜皮的日常杂事，一桩成或不成的小买卖，一声由衷的感叹，一次发自内心的怜悯，共同绘成一幅"礼存于野"的乡村文化景象。绿皮车是一种隐喻，不仅是一种时代印记，更是一种社会憧憬、一份超越了时空的感情"熔炉"，把乡村的衰败、弱势与底层的艰辛，以及人们内心深处的善、社会的普世价值，熔铸在这列即将退出历史舞台的"绿皮车"之中，展现了"慢"的乡村图景、扶老携幼的文化传统、荣辱与共的人性光辉。

另一篇极具代表性的作品是《老桂家的鱼》。主人公老桂为了改变贫困命运和摆脱体制束缚，离开乡村从农民变成蜑民。随着城市化的加速、陆地交通的完善和自然环境的恶化，他先后从事的水上运输业和捕渔业，都没能解决他一家人的温饱问题而危悬于生存的边缘；加上身患尿毒症，更让老桂一家雪上加霜。也曾身患绝症、退休之后在一块荒地上以种菜为乐的邻居潘家婶婶，平时又是送菜、送药，又是帮忙干活，经常到船上看望老桂，嘘寒问暖。最终，肾功能衰竭的老桂因无钱医治，过早地结束了生命，死在破败的大船中。这个故事固然凄冷，但南翔笔下的老桂既没有怨天尤人，也没有自我放弃，而是顽强地面对生活的挑战，以自己的真诚与坚忍维护个体生命的尊严；小说中也能看到像潘家婶婶这样乐善好施的好心人，对老桂一家投以深切的关怀。《老桂家的鱼》揭示了现代社会底层人民的现实境遇与艰难人生，深刻地体察了这一阶层的艰难与尊严，进而传递出情感的温度、人性的关怀以及强烈的生命意识。再比如《曹铁匠的小尖刀》，主人公曹木根继承父业成为一名铁匠，凭着自己的悟性和刻苦，练就了非凡手艺，然而他几次错失外出发展的机会，最后选择了留守家乡，开了一间铁匠铺子，过着清苦的生活。他的同学吴天放却早早到南方闯荡，从打工一族跻身老板一族。后来吴天放每次回老家，都会以不同方式"援助"这位固执好强的老同学，对他那种留守乡村、坚守手艺、守住清贫的人生选择给予最大的理解和尊重。"曹铁匠的小尖刀"仍然可以作为一种隐喻，那就是沉淀理想、志趣和传承的一门手艺或职业，不管"小尖刀"在曹铁匠那里还是在吴天放那里，都不能脱离"寻常生活"，成为"杀人"的凶器，成为整个社会良序运转的障碍。相反，它最好能成为弥合城乡裂缝的黏合剂，成为城乡之间的一座桥梁。正如南翔在一次访谈中说道："诺贝尔文学奖就是奖励给人美好理想憧憬的东西。生活中有很多的辛酸、无奈、悲苦、惆怅，更需要文学来纾解，因为文学不管是人物，故事，或主题，都集中于在现实和未来之间打通了一个通道，给读者一种憧憬、一种想象、一种假定。文学作品欲唤醒人们的自觉意识，唤醒人与人之间的情感，尤其是家庭情感和夫妻之情的关爱，这些是我最想表述的。"①

---

① 南翔.十年收获——老桂家的鱼.深圳商报，2014-1-16.

可见，唤醒自觉，唤醒情感，唤醒悲悯之心，是南翔小说的魅力所在。即使他写生态小说，也念兹在兹。比如《哭泣的白鹳》《铁壳船》《沉默的袁江》《消失的养蜂人》等，不仅是"悲天"，也更是"悯人"。当生态保护成为一个紧迫的社会问题之时，南翔创作了小说《哭泣的白鹳》。鄱阳湖自然生态日趋恶化，一些犯罪团伙却想方设法猎杀和贩卖湖区的大雁、天鹅、丹顶鹤、白鹳等珍稀鸟类。小说中"鹅头"是湖区看护员，人单力薄，面对不法行径，他既愤懑，又无奈。他的同学、邻居"飞天拐"家境贫困，为了糊口，也参与到猎杀和贩卖的行列当中。"鹅头"企图阻止却遭遇报复，最后惨遭不法分子毒手，不幸罹难。如果将这篇小说与陆川的电影《可可西里》联系起来，就更加意味深长。《可可西里》中剥羊皮的马占林，他说自己是所有人里头剥羊皮剥得最快最好的，剥一张皮五块钱。他以前是放牛放羊的，草原变成了荒漠，人都没有吃的了，只好把牛羊全卖了，去帮盗猎团伙剥羊皮。他们被藏羚羊保护站反盗猎小队抓住后，本来要枪毙，但最后巡山队长日泰还是放了他们。怎么放？就是《可可西里》的艺术最高价值——暴风雪快要来临，日泰经过复杂的内心斗争，最后决定让他们自己走，实际上就是让老天来决定他们的生死！最后，日泰队长在继续搜寻途中与盗猎团伙直面相遇，惨遭他们的报复。盗猎团伙头目用枪打死日泰队长时，站在边上的马占林犹豫了很久，心里五味杂陈，最终转身而去——现实处境与心灵处境的交织、善与恶的较量、生与死的抉择，高度汇聚在马占林的那个艰难的转身之中，构成巨大的张力。在《哭泣的白鹳》中，也有一个"马占林"和巡山队长"日泰"，那就是"飞天拐"和"鹅头"：他们既是同乡，更是邻居；一个是正义维护者，一个是正义违背者；一方面"飞天拐"一家要生存，另一方面这种生存的代价是生态环境的破坏；一边是人的生命，一边也是"白鹳"的生命。这些自然生态、社会生态和人性生态的矛盾与冲突，成为"飞天拐"和"鹅头"两个人内心当中都无法消除的"复杂性"，而文学的魅力正源于此。

《铁壳船》中，南翔同样以铁壳船为载体，解剖了人的精神与道德困境之间的关系。城市开发建设带来了环境污染，铁壳船成了需要清理的废品。小说中老人却无比怀念河清鱼欢的年代和凄美动人的岁月，但怀念不能阻止城市化进程的步伐，不能抵消现实中利益的诱惑，于是老人最终成了一个时代的殉葬品。南翔在叙述老人的日常生活和言行时，赋予的是宽容的凝视和悲悯的理解。他无意对社会阴暗和人性弱点进行臧否式评判，也未做人伦道德上的价值追问，而是平静地审视这一切，冷静地看待这一切，由一个日常生活事件，生发出对一种生命状态的诘问。他只是故事的叙述者与小说的关注者，关注着时代社会的流变播迁与世俗人生的起伏跌宕，关注着日常生活的酸甜苦辣与生命状态的喜怒哀乐，关注着审美理想的高下与情感状态的炎凉以及由此形成的社会问题与心理深度，我们不难窥见他那开阔的人文视野与深广的悲悯情怀。①

三、中国文学精神的历史写作

历史乃中国精神世界之根基。历史写作本质上是一种政治。政治语言与历史语言会短暂耦合、风云际会，但通常也会掣肘摩擦、刀兵相向。所以对于一个怀抱历史意识与历史担当的作家而言，如何处理文学精神与历史写作的关系，既格外迷人，又困境重重。中国文化精神当中，"为天地立心，为生民立命，为往圣继绝学，为万世开太平"，历来是仁人志士推崇的崇高境界，文学精神说到底，也趋于这种境界。孔子的"春秋笔法"或"微言大义"，司马迁的"实录精神"，鲁迅的"国民性批判"，都是我国文学精神的一种体现。"微而显，志而晦，婉而成章，尽而不污，惩恶而劝善"的春秋笔法，说的就是文学精神在历史写作中的策略与旨归。

南翔的历史写作，弘扬了中国文学的正大精神。他对历史题材进行重新凝视与深度挖掘，力图找到历史的吊诡之处与迷人之处。小说集《前尘：民国遗事》，聚焦民国时局动荡、文人交往、商贾较量、人生变幻、情感变迁等颇有传奇色彩的故事。从其创作历程来看，《前尘：民国遗事》为后续的历史写作吹响了前奏，提供了一种备存。或许他在构思"民国遗事"的时候，一个更深远、更宏大、更壮阔的创作计划，已悄悄开始酝酿了。这就是南翔反映20世纪六七十年代的"文革"系列小说，结集为《抄家》。从"民国"到20世纪六七十年代，是历史时间的延续，也是一种文化的参照。这个系列小说，是政治语言与历史语言的角斗场，是文学精神的试验场。在这个角斗场与试验场中，南翔仍没有忘记普世文化尺度下的人，没有缺失对于普通人的悲悯；

---

① 陈劲松.寻常一样窗前月，才有梅花便不同——南翔小说的叙事策略及其审美品性.罗湖文艺，2011（1-2）.

对时代之痛不是粗暴地批判，而是文学式地反思。

《抄家》这本小说集共包含 10 篇小说。在《我的亲历,然后文学》这篇自序里，南翔对着手历史叙事的缘起、历史遮蔽的遗憾、时代符号性表现以及历史叙事的意义，一一作了说明。这篇序言是 10 篇小说的统领，是叙事的基调，对于更好地理解南翔的历史叙事有很大的帮助。南翔虽然直面"文革"对个体命运的沉重打击，但他在追寻历史真相的过程中，更着重历史人物的反思、宽恕和忏悔。正如批评家张清华所言："南翔的小说所揭示的是另类的历史，是历史背面的东西，这是令人欣悦的，因为没有哪一个成功的作家是兴冲冲地去写历史的正面的。而对于这背面的书写，也不能只限于表象与问题的描摹，而是要深入进去，去触摸容易让人'触电'的部分，被击中、被震撼、被俘获的敏感的历史之核。"① 我们在《1975 年秋天的那片枫叶》《特工》《伯父的遗愿》《老兵》《无法告别的父亲》等小说中，都可以窥见这种"被击中、被震撼、被俘获的敏感的历史之核"。

同名小说《抄家》在"文革"题材当中，算得上是扛鼎之作。小说极具艺术高度与人性深度，对历史的介入与时代文化的挖掘，已经深入到个体的内心与灵魂之中。从国外留学归来的中学老师方家驹，请自己的学生抄自己的家。学生们分成两队进行抄家比赛，待到实在没什么东西可抄，他们把方家驹已故母亲的衣服、布鞋、头饰以及好看的相片，一一钉在墙上，形成一个旧影绰约的衣冠形象。为寻找一对金戒指，他们轮流去搜索"母亲"的衣袖、胸、脚。方家驹跪倒在母亲的形象面前，心如刀绞，学生们却"凯歌高唱，战果累累"，这是多么巨大的讽刺！老师请学生抄家这一开场，既荒诞又合理，把读者的视角引入了一个黑色幽默当中；抄家过程中的师生交流与碰撞，既是在"崇恶"的环境中"弘善"，又在"善"中反衬"恶"；抄出母亲旧物与衣冠，等于抄出"礼孝"，抄出中华五千年的传统道德；红小兵集体狂欢地对"礼孝"肆无忌惮的施辱，既是对一个人精神的迫害，更是对民族文化的迫害；方家驹的失踪，也隐喻了精神文化的一种悬置或者迷失。这恐怕是南翔"文革"叙事最精准、最有力量、最耐人寻味的一笔。

相对于《抄家》，《回乡》这篇小说是南翔"文革"叙事中最令人动容的一篇。这种动容，既是一种高亢的悲情，又是一种柔软的同情。小说讲述了从

---

① 张清华.另类的历史，历史的背面：评南翔《绿皮车》.晶报，2014–11–5.

我国台湾回乡省亲的大舅与"我"的表哥广福之间的瓜葛与冲突。作为大舅当年遗留的骨血，穷苦的广福对大舅"海外关系"及金钱上的期待、索取，以及失望之余的怨恨、内心扭曲，现实生活的底层似乎隐藏着家庭和亲情的脆弱、传统文化的异变。小说最后，在台湾也并不宽裕的大舅，倾尽半生积蓄为广福盖起一座新房，以现实家庭的决裂为代价试图弥补当年的遗憾。广福却并未因此过上好生活，愧疚与自责交织，无从寄托，竟一遍遍粉刷着卧室的墙壁，最终因过量使用劣质油漆而患上了白血病。小说让人动容之处，也是升华之处，就在故事的结尾，南翔宕开一笔，由大舅的"回乡"余音，激起了另一种"回乡"的哀歌：

2015年，一头雪白、原籍台湾的老诗人洛夫在深圳大学城举办他诗歌创作70周年活动，指名要我出场讲话。在温哥华洛夫老的新居，我不止一次吃过他太太做的小馅饼和自酿的果酒，而且我觉得确实有满腹之言要说。

可是我只说了一句：洛夫先生的太太和我的大舅妈都是台湾金门人……便哽咽了。

拭干眼睛，我朗诵的是他1979年6月3日的旧作《边界望乡——赠余光中》……朗诵声中，我看见大舅坐在轮椅上，朝我走来，推车的是大舅妈。后面是台北的车水马龙，前面是汨罗的绿色田野，中间横亘着时间之流，亲情之流，伤痛之流。①

这样两种"回乡"的哀歌，瞬间交汇了时空，化为"和歌"，以虚实相间的艺术手法，张开了更大的精神怀抱，回荡着中华民族血浓于水的文化乐章。

南翔的历史写作中，其实还应包括《手上春秋——中国手艺人》这部关于"非遗"传承与保护的非虚构作品。手艺与器物无言，却承载了几千年的文明，汩汩如流。虽然从"虚构"到"非虚构"，从"历史"到"手艺"，从"人"到"物"，南翔的关注方向有了变化，但支撑《手上春秋——中国手艺人》创作的文化精神却依然未变。木匠、药师、制茶师、女红传人、蜀绣传人、锡伯族弓箭传人、钢构建造师等一批中国手艺人，一写个人经历，二写

---

① 节选自南翔《回乡》，小说原载《作品》2016年第7期，陆续为《中华文学选刊》《小说月报》《新华文摘》《深圳商报》转载。

行当技艺，三写传承难点，南翔熔合历史、人文、造物于一炉，既深入挖掘了物作的历史内涵和意义，又把人和历史的微妙关系通过"手艺"及手艺精神很好地展现出来。他在书中写道："虽然一些技艺逐渐退出当下生活，却如盐入水，融入了我们的历史与思想，成为我们精神血肉的一部分。……一般来说，年长者的人生经历要丰富一些，他们对技艺的感受要深入一些，对传承转合的痛感也会更强烈一些。平心而论，我想以鲜活的个体沧桑，刻画出一个行当与时代的线条。""一段七旬深圳原住民的过往，虽未必惊心动魄，却也折射了一个民族沧桑的背影。"①总的说来，如果说《抄家》回望了一个在建构中破坏的世界，那么《手上春秋——中国手艺人》展现了一个在破坏中建构的世界。历史长河中，"中国手艺"的伟大，恐怕就在于中国文化精神浸染与传承下人类通过强大的精神意志对历史时间的追求与超越。

四、以中国文学精神构建文学价值的标高

小说如何表征一个时代，取决于那个时代如何存活于小说当中，而关键的问题是对在滚滚的时间洪流中，人与社会、历史、自然环境等的相互关系的处理。作家展现这种关系的时候，总会显现出某种立场与情怀，这便构成小说原初的叙事伦理。南翔在小说中建立自己的价值标高、构筑独特的叙事艺术，总括起来，主要体现为六点。

首先是南翔的创作具有历史意识与问题意识。文学之所以要面向历史，面向人类共同的集体记忆，重述过去，追问存在，不仅因为人都是历史和文化存在的一部分，还因为文学本身作为人类重要的精神产物，同样承担了人类文化的建构功能，承担了对人类精神史和心灵史的重铸功能。从某种意义上说，文学就是通过各种理想人生的创造，解除人们内心深处的现实焦虑，寻找生存苦难的拯救勇气，踏上充满希望的未来之途。②南翔拒绝书写历史的虚无主义，以"我的亲历，然后文学"的在场姿态，以强烈的责任感和使命感去还原历史，填补个人记忆和集体记忆以及它们之间的空白，书写人类永恒的情感与精神。他在追寻历史真相的同时，更多地书写历史人物的反思、

---

① 南翔.手上春秋——中国手艺人.南昌：江西教育出版社，2019：3.
② 洪治纲.文学：记忆的邀约与重构.文艺争鸣，2010（1）.

宽恕和忏悔。这在同类题材的创作中，显得弥足珍贵。

其次是社会问题意识。南翔直面种种社会矛盾和问题，如生态恶化、学术腐败、家庭伦理、城乡差距，以及全球化中的文化碰撞等问题；同时他更注重"问题"中的"人"，"历史"中的"人"，力图通过小说的创作成为"人的发现者"。南翔的作品为什么独具一格？一个很重要的原因就是他投身于广阔的社会当中，持续关注社会问题，及时捕捉"问题的复杂性"。比如从《沉默的袁江》（2008年）到《哭泣的白鹳》（2012年）、《最后一条蝠鲼》（2013年），再到《珊瑚裸尾鼠》（2019年），南翔与这个题材"较劲"了十多年。从一条江一片湖的生态恶化到全球气温上升带来全人类的危机，从非法盗猎珍稀动物到大量物种灭绝，从环境保护的困难到底层生存的无奈，从中国的一个城市到澳洲的一个岛礁……南翔不断用小说揭示"黄钟大吕轰然响起，绝大多数人却毫无察觉"的生态现实问题以及交织于其中的各种"复杂性"。

第三，南翔的创作饱含"温情唤醒"的人文关怀。如果以一个关键词来概括南翔小说叙述伦理的话，"温情唤醒"最为妥帖。"唤醒"既有距离，又有温度；既有"我者"的独立姿态，又能激发"他者"强大的主体性力量。著名歌唱家龚琳娜在谈论演唱《静夜思》这首诗时说，中国古典文学作品的伟大在于它字里行间传递的情感；而文字或歌声，则是在"传递"中"唤醒"这种情感。南翔小说的"唤醒"，建立在他对中国文化精神的深刻理解的基础上，他采取一种颇为中国化方式，介入心灵，介入现实，不激不厉，很好地体现了深沉含蓄、和合温良、反求诸己的中国传统文化精神。

第四，在创作层面，南翔的小说语言整体是真切的、温良的、平和的、丰腴的，特别是细节的温度和力量，分外饱满，这与中国传统文学语言是一脉相承的。他刻画人物，总能在起承转合中顺势而为，写出深深的感情和悲情，而且没有任何隔阂与断裂。南翔的写作有着理论上的自觉性，胸中有丘壑，也有气象，从容而且平和，展现出自然、谦和、豁达的气派，展现出着眼大时空的气度。

第五，南翔的"三个信息量"与"三个打通"。他主张文学创作要有生活信息量、审美信息量与思想信息量。也就是说，一部好的文学作品，应该具有生活的广度，尽力搜寻和表现人物、情感、历史及其生活细节，使之充满生活气息；应该具有审美的高度，叙述不同的人物和故事，使之蕴含美学质地；应该具有思想的深度，通过小说人物和故事传导出深邃、理智而清明的思考，使之富有哲学韵味。《1975年秋天的那片枫叶》借助"生活信息量"勾勒出了七十年代的物质及文化轮廓；《手上春秋——中国手艺人》更是把这"三个信息量"发挥到极致。此外，南翔的文学创作也体现了中国文化传统中"通"的特质。中国文化传统历来注重"通"，比如神通、会通、圆通、通达等，甘阳就提出对历史文明承继融会的"通三统"①。南翔提出文学要"三个打通"：一是历史和社会现实的打通，二是自己的经历和父兄辈的经历打通，三是虚构和非虚构的打通。他的作品之所以立意高远、视野宽阔、题材丰富，与这"三个打通"是分不开的，他善于把工人、记者、教授、作家等的经历与他人的经历（通过新闻、阅读及与他人交流获得）相互"打通"，塑造新的人物形象。

最后一点，也是最重要的一点，南翔的写作是"尊灵魂写作"。评论家谢有顺认为，"经过一段时间的模仿、借鉴之后，如何才能讲述真正的中国经验，让中国人的生活洋溢出本土的味道，并找到能接续传统资源的中国话语，这一度成了当代作家普遍的焦虑。或许是为这种焦虑所驱使，不少作家近年都有一种回退到中国传统中寻找新的叙事资源的冲动，他们书写中国的世道人心、人情之美，并吸收中国的文章之道、民间语言、古白话小说语言的精髓，以求创造出既传统又现代的文体意识和语言风格。这种后退式的叙事转向，同样可以看作是现代性的事件"②。南翔的叙事取向就是后退式的叙事，但他并不是转向，而是一开始就如此，一开始就"尊灵魂写作"，"以自己独有的路径，孤绝地理解生命，塑造灵魂，呈现心灵世界，为个体的存在作证，并通过一种语言探索不断地建构起新的叙事地图和叙事伦理"③。

南翔的文学创作，律动着现实社会的脉搏，连通着历史精神与中国传统文学精神的源泉，他的文学叙事，一如"寻脉造山"，以中国文学精神之根脉，探寻、审视历史文化的"断层"与现代社会的"问题"，重塑文化精神，或者为这种文化精神提供一种可靠的基准，从而成为中国传统文学的现代表达，成为有价值的创作。

---

① 甘阳.通三统.北京：生活·读书·新知三联书店，2007：6.

② 谢有顺.小说叙事的伦理问题.小说评论，2012（5）.

③ 谢有顺.小说中的心事.北京：作家出版社，2016：22.

试论南翔小说的思想内涵

陈南先①

南翔，本名相南翔，深圳大学文学院教授，一级作家，两岸三地作家协会理事长，深圳市作协副主席。自 2000 年以来，他已在人民文学出版社等出版长篇小说、中短篇小说和散文集《南方的爱》《大学轶事》《前尘：民国遗事》《女人的葵花》《叛逆与飞翔》《绿皮车》《抄家》等十余部；在《人民文学》《上海文学》《北京文学》等刊发表中短篇小说等百余篇。其作品在北京、上海、广东、江西、安徽等地获鲁迅文学奖提名作品、上海文学奖、鲁迅文艺奖等。南翔是一位学者型作家，其小说作品反思历史、关注生态、体恤弱者，富有文化品味。他的小说作品具有鲜明的个性特点。

一、对历史事件的深刻反思

南翔是一位很有历史感的作家。他的《前尘：民国遗事》写才子佳人，写家庭变故，写世态炎凉，加上语言唯美婉约，颇有晚清文言小说的遗韵。

笔者非常欣赏他在 2015 年出版的小说集《抄家》。因为它涉及了"文革"这个时代背景。

集子里《抄家》这篇小说具有黑色幽默的味道。市第五中学的老师方家

---

① 陈南先，男，江西泰和人。文学博士，广东技术师范大学文学与传媒学院教授、硕士研究生导师，主要从事中国当代文学和文体学研究。本文原载《肇庆学院学报》2016年第 6 期，收录时有修改。

驹出身于钟鸣鼎食之家，家庭环境优渥，他多才多艺，学富五车。考虑到自己被抄家是在劫难逃的了，为了少受到一些羞辱和皮肉之苦，他居然想出了一个"好主意"：请自己比较熟悉的学生来抄家。

《伯父的遗愿》中，罹患绝症的伯父退休前官拜社科院副院长。临终前他有两个愿望：一是为周巍巍立碑铭；二是写一部回忆录。伯父在当经济所所长的时候，收留了颇有才华的大学经济系高才生周巍巍，周氏 1958 年在校期间补划右派。国家调整时期的 1962 年，伯父设法把周氏调入经济所，才华横溢的周氏在两三年间写下了一部经济学专著和十几篇论文。"文革"中，周巍巍被打断三根肋骨。为了活命，他逃到边境深圳，准备偷渡到香港。被抓回去以后，经济所十余人对他是否执行死刑，投票表决。投票只是形式，周氏的悲剧已成定局。周氏遇难后，伯父心存愧疚，始终放不下这件事。在侄子等后辈的大力协助下，周巍巍的衣冠冢很快建好了，并立了一块碑。伯父忍着病痛写下了一份深情款款的墓志铭。伯父这种忏悔和反思很能打动人心，也是难能可贵的。

《1978 年发现的借条》中，一张在解放战争期间留下来的借条把祖孙三代的悲惨命运串联起来了。《甜蜜的盯梢》中，这种看似常见的盯梢行为，也把祖孙三代的命运联系起来了！这两篇小说在构思上有异曲同工之妙。

《特工》中，大舅熊海云清华毕业以后，到苏联学习，回国后他做过多年的特工。他被日本宪兵抓过，受过不少皮肉之苦；他也坐过国民党的监狱，经过了残酷的审讯，但都死里逃生，化险为夷。但这个"老狐狸"在"文革"中受到了军管会、造反派残酷迫害。出狱后，腿也跛了，还出现了严重的幻听。他 18 岁那年考入清华大学，时任物理系主任是泰斗级人物叶企孙教授。他的南昌老乡及同班同学熊大缜与舅舅是相见恨晚，惺惺相惜。后来这位地雷战的幕后英雄、"江西才子"熊大缜没有死在抗日前线，而是倒在自己人的石块之下，年仅 26 岁！直到改革开放以后，熊大缜的冤案才获得平反。这篇小说不仅写到了"文革"，还追溯到了抗战这段历史。小说中大舅个人命运令人唏嘘，因为"跌宕沧桑，烛照出大时代的变迁，也状写了个性生存的艰窘与怪诞。"他"不仅经历丰富，性格同样摇曳多姿，集智慧、理想、坚强、勇敢与自诩、狡黠、享乐乃至好色于一身。可谓历史与现实的交融，记忆与反思的并峙，思考与审美的偕行，具有很大的文本阐释空间。"

《老兵》中的平振飞，在卢沟桥事变爆发不久，当时还是一名高中生的他毅然加入了国军队伍，奔赴抗战前线，他经历过上高会战、长沙会战、昆仑关大捷以及滇缅边境之战。20世纪60年代初，这位九死一生的老兵，偷越中缅边境潜回赣西老家。在老同学的暗中帮助下，他在宣江火车小站觅得一份吊机班的工作。他有思想，有文化，有知识，擅长组装收音机，在工作中改装了吊装机械工艺。他的忘年交南南等工友，是文学爱好者，他们办的一份油印刊物《原上草》上刊登了叶芝的诗歌《伟大的节日》。老兵凭经验预感到他们办的刊物会出大事的。不出所料，后来这几位文学爱好者被诬陷说是在办地下反动刊物，他们个个因此锒铛入狱。为了营救南南等青年朋友，老兵让他们把一切往他一个人身上推。几个年轻工友很快被释放了，老兵从此生死不明，杳无音讯。这篇小说，很有历史厚重感，因为它同样写到了抗战和"文革"双重的历史背景。

南翔前不久发表的那篇小说《远去的寄生》也是"文革"题材。表哥胡寄生1965年初中毕业后应征入伍。在部队搞卫生，失手打坏了宝像，做提前退伍处理，这已经是部队帮了他的忙了。1976年姑父家唯一的儿子胡寄生就在袁河失踪了，留给家人无限的伤痛。姑父去世以后，大家猛然发现：姑父在地下室塑造了大量的宝像！

王蒙在谈及"中国为什么会发生'文革'"时说："谁能解释与进一步从政治上从学理上总结1966年开始的十年'文革'？中国人应该干这个活。中国共产党应该干这个活。中国学者应该干这个活。这是中国人的历史与国际责任。中国责无旁贷。正确地毫不含糊地总结'文革'的方方面面，这也是中国对人类历史的贡献。"[1] 南翔的这些小说，对我们反思历史提供了很好的文学文本。2016年，是"文革"爆发50周年，结束40周年的特殊年份。此时阅读这类小说，更能引人遐思。可以说，小说集《抄家》是一面折射"文革"历史的镜子[2]。

① 王蒙.中国天机.合肥：安徽文艺出版社，2012：166.
② 陈南先.一面折射"文革"历史的镜子——南翔小说集《抄家》阅读札记.雨花·中国作家研究，2016（748）：64-67.

二、对自然生态的密切关注

南翔是一位关注环境，注重环保的有识之士。他的许多小说就是写环保题材的。《绿皮车》中，跑了 35 年绿皮车的茶炉工，在跑最后一个班次 M5511。小说描写了通勤的职工、走读的学生和菜嫂、鱼贩子、乞讨的残疾人。这种绿皮车便宜、方便，设备比较落后，行驶也比较缓慢。在一个高铁、动车组高歌猛进的时代，这种"站站停"的慢车——绿皮车被淘汰也在所难免。作家说，绿皮车"是一个意象，也是一个隐喻：慢下来才能左顾右盼、扶老携幼。事实上，慢下来，我们的环境也不会坏得那么快"①。写到这里，笔者不禁想起了纪伯伦的诗句："我们已经走得太远，以至于忘记了，为什么而出发。"

《火车头上的倒立》与此相似，这是本铁路局最后一辆蒸汽机——前进型 225 号的最后一次出乘，结束行程后，它就要正式宣告下线。列车长罗大车烧了半辈子火，开了半辈子火车。他依依不舍，他心里想：除了蒸汽机，难道内燃机和电气机车能叫火车？不烧火的车子，还能喊得火车吗？

《老桂家的鱼》中的大船十年前就报废了，成了一家老小的容身之所。由于环境的变化，早几年是大路货的翘嘴巴鱼，现如今几乎都绝迹了。后来，东枝江的疍民终于被彻底清除。

《铁壳船》中的抚家河臭气扑鼻，垃圾和余土堆积，使大河变成了一条臭水沟。抚家河没了鱼，梁河的鱼也越打越少。当地许多小化工厂，都在偷排暗放。小说结尾，杨大头把铁壳船最后一个铆钉铆死，把自己禁锢在铁壳船里。

在《沉默的袁江》中，新上任的镇委书记有两个大动作：截断袁江建电站；招商卖地，彻底改变米铺老街的面貌。丁老伯因为补偿款太少，跟拆迁者在争执过程中，当场晕倒，送医院诊断是脑溢血。这种长官意志的大拆大建，牺牲了民心民意，也牺牲了长远的生态环境。中学语文老师秦老师因为反对建电站、拆迁，给媒体反映情况，被污蔑奸污女学生。为保卫

---

① 王樽.对精神的追问让创作有了深远意义：深圳作家访谈.深圳特区报，2014-1-21（B1）.

家园和自己的清白，努力抗争的秦老师被迫自杀。小说结尾的时候，袁江已然彻底干涸了。

在高科技时代，人类对自然的掠夺触目惊心。人类如何和自然和谐共生？在这种大背景下，生态文学应运而生。"生态文学是以人与自然关系的反思为基础，以自然界和人类社会的各种生态现象或生态问题为主要表现对象，以拥有生态思想或蕴涵生态意识为基本特征的文学。"①

从这个意义上来说，南翔的这些小说就属于生态文学，笔者姑且称之为"生态小说"。南翔十分珍惜自然资源的保护，对破坏生态的行径痛心疾首。

《哭泣的白鹳》写的是鄱阳湖的故事。先前湖区浩瀚，尤其桃花汛期，涣涣泱泱，大水逼到家门口，日夜冲刷防洪石柱哗哗作响。现在湖区一年年后撤，即便汛期，从家门口到湖边都要走一两里，逢到大旱，步行过去走个十里八里也不稀奇。湖水就像是千百年来渔家的土地，湖水一年年减少，便是渔民土地一年年减少。冬春之交，位于湖区西北向的"三岔口"，是两三个市县的交界处，从来就是三不管之地。那里是偷盗者的天堂，是没有硝烟的战场。十几年前，冬天来湖区的白鹳，跟萝卜白菜一样多。而摄影师等人第一次在湖区看见白鹳，竟然是它的遗体。那些见利忘义的盗猎者，天上地上水里，全面猎杀，手段越来越残忍——天网拦截、滚地钩水面潜伏，呋喃丹草地构陷。最后连防护员老熊也被猎杀身亡。

《来自伊尼的告白》中，人们猎杀鲨鱼，主要是为了一对鱼鳍，满足口腹之欲或者是虚荣心；猎杀蝠鲼，就是为了一对鳃耙，一种天然的药材。小说结尾，东南非莫桑比克伊尼扬巴内托佛海滩最后一条蝠鲼被制作成一条完全没有生命象征的标本。

南翔忧心忡忡地说："如果没有对大自然的敬畏，如果没有对人类只有一个地球的痛惜，我们距离世界末日真的不远了"。他写这类题材的小说是要"挞伐对环境的不知珍惜，不知敬畏的放任、暴殄、奢望、麻木，也是在吁请珍爱、良知、情感"②。

小说《消失的养蜂人》告诉人们，地球上如果没有蜜蜂，人类不能活4年以上。没有了蜜蜂，植物不能授粉，那是很可怕的事情！看来南翔并非杞人

---

① 闫慧霞，高旭国.生态文学的称谓与界定.广西社会科学，2012（12）：114–119.
② 南翔.绿皮车.广州：花城出版社，2014：11.

忧天，在环境日益恶化的今天，这类小说意义更加凸显。因为"借助文字的力量在大地上播撒绿色，呼唤人与自然和谐相处的手段。文本内的生态意识，既是对诗意栖居的追寻，也是对生态危机的峻急呼喊和温和劝诫。"[①]

三、对底层民众的深切同情

南翔是一位关心弱势群体、体恤底层百姓的爱心人士。他在上大学之前，十六七岁即在铁路工作，当了7年铁路工人，底层的生活给他留下了难忘的印象，他塑造了众多的社会底层人士，也是情理之中的事。

《老桂家的鱼》中老桂病了，病得不轻。他浮肿的面庞，像一尊失去光泽的蜡像。老桂吃了几贴贵一些的药，老婆都不高兴。女儿阿珍说，老爸病了不能累哇。老妈不高兴地说："世上只有饿死的，没有累死的"。老桂不久因肾功能衰竭死在破败的大船上。妻子本来应该多关心自己的丈夫才是，但是"贫贱夫妻百事哀"，都是贫穷惹的祸！病象日显的老桂，想报答给他送药的潘家婶婶，唯一的方法就是将好不容易捕捞到的一条翘嘴巴鱼藏在舱顶！始料未及的是，鱼还来不及送出去，老桂就撒手人间了！作家曾经谈到了他写此篇的意图是想探讨一下底层生活的男女情感。"理解默契、恩爱有如雌雄同体，很多美丽的情感，不要等到猝然消逝了才去回味、捡拾与追挽。"[②]

《绿皮车》中的茶炉工，他老婆患有与生俱来的乙肝，前几年又发现再障性贫血。他的衣兜里一个瘪瘪的烟盒，那里面是一个著名医院血液科主任医生的名字。他除了烧锅炉以外，还推着小车推销一些商品，以补贴家用。绿皮车上菜嫂和鱼贩子，两个老情人，情投意合，相依为命，茶炉工催促他们得闲把事情办了。但为了崽女，他们就像搞地下工作似的。女学生父母离异，她的补课费还拖欠着。获悉此事后，菜嫂悄悄地塞了一张50元的钞票在女学生书包一侧。茶炉工也无声地贴了一张50元的钞票在她书包里。女崽子例假来了，都没有人教她怎么弄，幸亏碰到了菜嫂。

① 葛红兵.忧患信仰与拯救——当代生态文学的三个向度.社会科学，2010（8）：180-186.

② 南翔.短篇小说中的意象.新世纪文坛报，2016-4-30（1）.

《火车头上的倒立》的两个家庭，两对夫妇，彼此熟悉，关系密切，但一家的老婆得了重病，生不如死；另一家的丈夫严重烧伤，几成废人。后来，两个家庭中健康的双方结合了，他们离婚不离家，努力维持两个家庭的正常运转。小说中介绍说，车站职工最容易患的病是肝病，由老慢支转成的肺气肿，风湿。这三样病都跟铁路的职业生涯有关，却偏偏不在职业病的范畴。

《沉默的袁江》丁老伯得了脑溢血，但没钱看病，家里的店铺被拆了，维持生计的手段也随之消失。

《铁壳船》中的杨大头，五年前死了老婆，在寂寞中难免出些状况。儿女觉得应该给老爸找一个伴。因为树小要扶，人老要伴。于是给他们老爸找一个后妈。女儿做生意失败，被商业银行以金融诈骗罪告到公安局。那位后妈也离开了老爸。

《表弟》中的小军不甘贫穷做生意，积累较大以后，在市里开了一家很大的饭店。后因孤注一掷炒黄金期权失利，坠楼身亡。

《辞官记》中农学博士刘一周被指认破格提拔为 S 市农业局局长。但他有一个难以启齿的毛病：小时候偷吃红烧肉挨打的后果，就是再也不敢上桌吃饭。一上桌就心跳过速，面色青白，额头冒汗，双腿发抖。这些贫苦人家的伤心往事，听起来令人唏嘘。

发表在 2016 年第 7 期《作品》上的《回乡》，更是集中展现了弱势群体、底层民众的生存状况。大舅当年随家乡汨罗的国军周团长到台湾之后，经历了一番颠沛流离，艰难困苦的打拼过程。1988 年，大舅从台湾回乡省亲拉开了小说的帷幕。留在大陆的儿子广福及小舅，因当年大舅的“海外关系”受尽牵连之苦；时过境迁，他们又以大舅的“海外关系”争风吃醋。他的原配夫人大舅妈挨到 1970 年“一打三反”，到集镇上偷偷摸摸去卖两只鸡，好给患肝炎的广福治病，被现场抓住，不仅没收了售卖所得的几块钱，还新账旧账一起算，以国民党军官的臭婆娘以及投机倒把之名游街批斗，当晚回到家里，就在厨房上吊。小舅出身卑贱，谨小慎微，圆滑世故，爱贪便宜。广福家境贫寒，一贫如洗。大舅将盘缠之外的余钱悉数给了广福；回去之后又将位于台北永和的两套房子卖掉一套，卖掉房子的钱，一大半寄给了广福，一小半补贴台北的儿子在外租赁房子。为此，台北的儿子几乎与他翻脸。大舅患有慢阻肺病，加上父子反目损伤了感情和身体，从此一蹶不振，六十出头便去世了。广福用生父的支助，盖起了一座瓦房，此后他年复一年，一遍又一遍地刷新房子，导致白血病不治。广福懵懂不知，他生父是以海峡另一边家庭的裂伤，来弥补或置换了他给青春时的家庭带来的无尽遗憾。《作品》编者按中写道："深广的伤痛，以历史/现实、个人/家庭、身体/心灵的交相映现，得到了有力的诠释。"

南翔的小说表现出了对弱势群体的极度悲悯和对底层百姓的真挚关怀。作家悲天悯人，同情弱者，歌颂爱情，忧患家国，情系民生，这是具有人文关怀精神的作家的可贵品质。

四、对人文知识的热情传播

南翔是一位饱学之士。作为大学教授、硕士研究生导师的南翔，曾任文学院副院长多年。他的小说作品自然也关注高校的现状，有小说集《大学轶事》为证。其中的《博士点》《博士后》等，对高校搞关系，拿项目，请客送礼，官员、商人权钱交易、权学交易作了深刻的描述，这简直是当今社会的一部"儒林外史"！在小说《乘3号线往返的少妇》中，他借那位画家的口说："如今的大学，国家课题第一，国刊论文第二，论文获奖第三，上课多少第四。"这是对高校生态的真实写照。

《东半球·西半球》中的裴彬彬移民温哥华三年了，他前后去过几趟，加起来没呆满半年。他的大学同学市委机关报文化世界版的主编，让他开一个"醉眼看花"的专栏，这些介绍东西方文化的差异的随笔非常富有人文气息。

南翔大学毕业留校一直没有离开校园，作为教授作家，他的小说作品很有知识品味。比如，《我的秘书生涯》中，市长秘书室秘书，对按摩很了解，他知道按摩有按、摩、滚、揉、点、拿、掐等十几种手法。而成小梅的按摩技艺也非同小可，她揉如春沁、点如夏荫、拿如秋雨、掐如冬晴。

小说《抄家》的"海归"老师方家驹关于吉卜赛人的知识介绍，让笔者印象深刻。学生徐春燕（燕子）问：有的人讲《黑眼睛》是茨冈歌谣，有的讲是吉卜赛人的曲子，这是怎么回事呢？方家驹徐徐道来，这其实都是一个人种：在俄罗斯叫茨冈人，英国叫吉卜赛人，法国人称他们是波希米亚人，西班牙人称他们为佛拉明戈人，阿尔巴尼亚称他们为埃佛吉特人，希腊人称他们为阿金加诺人，伊朗人称他们为罗里人，斯里兰卡人称他们为爱困塔卡人，而吉卜赛人则自称为罗姆，在他们的语言中，"罗姆"的原意就是人的意思。他还对抄家的学生介绍了有关作曲家和小提琴演奏家之间道与术的关系、关于黄金用途以及印度欢喜佛的知识等。

在《老桂家的鱼》中，师范学院历史系的向教授向学生娓娓道来疍民的历史；《远去的寄生》中，许大哥对雪茄的相关知识进行了如数家珍般的介绍。在《消失的养蜂人》中，作家对中蜂和意蜂的优劣做了简明扼要的对比。中蜂，全称是中华蜜蜂，是中国蜂农的当家蜂种，其养殖历史可以追溯到3000年前的殷商时代；西蜂引进大概才百年，主要有意大利蜂、喀尼阿兰蜂、欧洲黑蜂和高加索蜜蜂。

这些知识介绍与小说情节结合得很紧密，丝毫不给人以"掉书袋"的感觉。

南翔先生曾夫子自道说："一个好的文学作品，应该具有三大信息量：一是生活信息量，二是思想信息量，三是审美信息量。"[1]

笔者认为，他的小说确实具有这"三大信息量"。以中篇小说《男人的帕米尔》为例，深圳援疆鹏鸟医疗队一行12人去离喀什三百多公里的塔什库尔干塔吉克自治县服务一年。那里是古"丝绸之路"的重镇，从面积上看，那是中国最大的县之一；就人口而言，那是中国最小的县之一。当地有四句话来形容库尔干——天上无飞鸟，地上石头跑，氧气吃不饱，四季穿棉袄。小说描述了阿拉尔金草滩、石头城、瓦罕走廊、登慕士塔格峰、叶尔羌河等自然景观。再现了塔吉克人的生活习俗，展现了在达布达尔金草滩举行的塔吉克婚礼，婚礼上表演的鹰舞、赛马、叼羊等，这些塔吉克选入非遗的项目。这群医生妙手仁心，救死扶伤。在那里医生有医德，患者有其操守，行起医来也舒心多了。在那里干什么都可以回归到原始，纯净和本真。小说以四十出头的骨科医生唐山藏——视角来展开故事情节，他很有思想，医术高超，富有生活情趣，他认为"生命中有很多山峰，不可一日攀过；生命中有很多河流，不可一日趟过"。在援疆医疗队的牵线搭桥下，"五彩帕米尔儿童合唱团"在深圳音乐厅与香港的演出大获成功，小说中的唐医生写的那首神采飞扬的诗歌被谱成曲子，作为演唱会的压轴曲

---

①南翔.寻常一样窗前月——《女人的葵花》自序.女人的葵花.长沙：湖南文艺出版社，2010：3.

目，让人过目难忘："在世界上距离海洋最远的地方，有一颗明珠千年放光。维吾尔族姑娘美如童话，塔吉克小伙神采飞扬。葡萄架下是热瓦甫流淌的旋律，雪山深处是鹰舞蹁跹的故乡。叶尔羌河送走一波波情感的浪花，帕米尔高原裹上一束圣洁的理想……"

小说把发达的特区和淳朴的边疆有机地联系在一起。这篇小说非常具有画面感。南翔小说中的生活信息量、思想信息量、审美信息量扑面而来，令人目不暇接。

平心而论，南翔不算是高产和多产的作家，但是他的小说作品质量很高。他的短篇小说《绿皮车》《老桂家的鱼》《特工》分别登上中国小说学会2012、2013、2015中国小说排行榜。《老桂家的鱼》获第十届上海文学奖，入选第六届鲁迅文学奖短篇小说提名作品。《新华文摘》《小说选刊》《小说月报》以及《中华文学选刊》等刊物转载其小说作品多篇。深圳"商场小说"的代表人物丁力说南翔是"一个不可低估的当代作家"①。笔者深有同感。作为当代文学的爱好者、研究者，我们应该加大研究和宣传力度，这也是笔者撰写这篇文章的初衷。

---

① 丁力.一个不可低估的当代作家.书屋，2012（6）：41-45.

南翔近期小说创作主题辨析

林　政①

南翔从事小说创作已有数十年之久，其中长篇、中篇、短篇小说皆有精品。南翔的小说涉及面甚广，从民国到"文革"、从内地到沿海、从工人到教授……描述了多个时代节点中多个阶层的生活状态，可谓囊括了人情冷暖、世事浮沉与生命百态。进入 21 世纪的第二个 10 年，南翔小说创作的速度稍微放缓，面世的作品以中短篇为主，计有《老兵》《绿皮车》《1978 年发现的借条》《无法告别的父亲》《哭泣的白鹳》《老桂家的鱼》《来自伊尼的告白》《抄家》等。这些小说兼具心灵/想象、传统/创新、具象/抽象、白描/诗意等多重审美特质，在保持其小说惯有的"学院气质与民间情怀"②的同时，其文字之讲究、情怀之哀婉、叙事之跌宕，开创了小说的深广空间。南翔近期的创作主题主要有三类：对历史与"文革"的反思、对弱势与底层的书写、对生态与环保的关切。

基于作家思考与想象结晶的小说，区别于新闻的主要特质，应该富有丰富的生活、思想和审美信息量。主题先行是虚构创作之大忌，却并不妨碍一个成熟的作家在动笔之前，有一个清晰或朦胧的意向魂牵梦绕，挥之难去。高考恢复之后上大学前的南翔，已经有了 7 年的铁路工作经历，历史的沉积，现实的缤纷，常常在他素喜思考的大脑中盘桓、过滤与升华。

---

① 林政（1988- ），男，广东汕头人，文学硕士，青年作家，从事中国现当代文学研究。本文原载《海南师范大学学报（社会科学版）》2013 年第 8 期。

② 周思明.学院气质、民间情怀、南方立场——南翔小说价值审视.南方文坛，2011（6）.

兼具教授与作家的二重身份，更使得他将理论与创作打通，课堂与社会勾兑，自身阅历与人文情怀浇筑，发乎为小说，便自然而然将个人怀抱、生命体验与社会意识融入一炉。

一、历史与"文革"

南翔一直在尝试书写历史，触碰历史事件的幽微之处，他一二十年前开始创作的《前尘：民国遗事》，由一系列以民国为背景的中短篇小说构成，传达了对于民国历史独到的见解，成为较早展现那个短暂而丰富人事余韵的当代小说系列。他的《老兵》《伯父的遗愿》《1975年秋天的那片枫叶》《无法告别的父亲》和《抄家》等小说，更是将笔尖直指"文革"。作为一名历经"文革"过程的作家，南翔在"文革"中虽不大，却是"在场"的，他试图用小说这一虚构文体，来展现一段逐渐被人有意无意淡忘的沉痛历史。

1980年代以降，"文革叙述"的小说并不少见，随着时间的不断推移，关于"文革"题材的小说数量逐渐减少，质量可谓参差不齐。南翔认为，"文革"是中国当代史中最值得研究的阶段之一，也是文学最应该呈现的历史之一；如果放在西方，这样一段历史不知要出多少巨著，出多少大片。

之所以要转向"文革"题材，是因为我想到我们经历的这个时代变化太快，遮蔽掉的东西太多。过去的伤痛还没来得及清理，很快就被翻过去了……我觉得其实很多沉重的东西还没有过去，关注"文革"仍然很重要，至少可以从两个角度来说，其一，如果不积极地清理，历史很可能重演；其二，这从审美的角度来说也很重要。①

德国作家本哈德施林克的《朗读者》之所以打动了成千上万的读者，正是因为它对二战时期德国所犯下的罪愆进行递进剖析，其赎罪与担责意识令万千读者动容。准此，在中国，对于"文革"的书写非但不应该减弱，反而应该继续与加强。文学的不断呈现与反思，是历史书写不允许缺席的重要一翼。任何一个重大历史事件，后人从政治与历史等层面上进行探讨，理所必然；如何通过文学对特定的时代及人性进行深入肌理的探究，同样迫切。作为一名亲历过那段历史的作家，南翔在时代的沉淀过后，用人文

---

① 南翔.我有责任和使命去还原那段历史.晶报，2011-05-22.

关怀的眼光再去审视，再去回味、盘桓、构想与书写，其表达或许更加深入，因而也更具审美价值。

在一个是非颠倒、斯文扫地、逻辑荒谬的年代，人与人之间的关系是怎样的？在落井下石、动辄得咎之侧，南翔的《老兵》还勾勒了那个年代小人物之间的友谊。一名国民党时期的老兵身份、一个黑色太阳的意象、一个"将军"的谐音"蒋军"，这几个看似风马牛不相及的物件竟成了"文革"时期定罪的绳墨。时代的荒诞在几件看似平凡却又残酷的小事中凸显出来。南翔一向注重细节描写，尝试着让历史在细节中浮现出来。在书写那个时代人与人之间的关系时，南翔亦是用一些细节让读者感受到了男人之间简单而又坚实的情感。老兵逃走之前留下一张纸条："尽快告诉南南，一切都推到我头上。老兵。万勿顾忌，我是一只死老虎。又及。"短短29字，便将人性之美彰显而出。多彩的人性与灰暗的时代形成的巨大反差，直接撼动读者的心灵。《老兵》透过历史的层层雾霭，试图还原"文革"时期真实的人与事。南翔想传达给读者这样一个讯息："文革"时期，种种的阴霾遮天蔽日，可人性的光辉仍然能穿透阴霾。今天的人们需要从人性的立场出发来思考问题，因为人性能涤清历史的灰暗面，防止悲剧再次重演。

在《无法告别的父亲》中，通过一封女儿写给男朋友的信，在探讨爱情观的同时，将父亲关于"文革"的记忆带入。生于当代的女儿翻阅父亲的日记，了解了那个年代的荒唐与残酷。两代人关于爱情、关于历史的看法在文中不断碰撞。小说并没有直接痛陈"文革"的泯灭人性，南翔叙述的气力用得恰到好处，通过"父亲"日记的记载，像剥洋葱般，慢慢地将"文革"的外衣拨开，露出其残忍的本质。爱情与亲情因素的加入，也使得小说的叙述更加温情，而这种温情并未减弱对于"文革"的批判力度。在追缅的叙述之中道出的真实更加具有冲击力，人性的绿草，被"文革"的野火烧毁殆尽。南翔用温情的话语，讲述了一个荒凉的故事，对读者的内心进行拷问。文中女儿及其男友的观点亦在某种程度上代表了现代年轻人对如何自处的迷惘。结尾处，南翔写道："当然，需要思考的，不仅有我，还有你……"全文到此戛然而止。这是作者的美好愿景，希望年轻人多思考，从形而下向形而上诘问。南翔的人文关怀通过活生生的人物和情感故事传达给读者，抛下历史并不能减轻负担，历史的过错还需要当代的年轻人去反思，去纠正。

《抄家》是作者从北岛编辑的一本北京四中老同学共同回忆的《暴风雨的

记忆》得到启发，那里面写到一位老师请学生来抄家以期避免后果的历史。《抄家》是侧写"文革"，里面的"文革"狰狞被推到背景，但是从主人公方家驹与家人的仳离、他被剃去的半边头以及胶布遮住乌青的眼角，还包括结尾的他不知所终，可以窥探其祸害之一斑。小说的要害是深刻地表达了两点，一、文化的残缺者（学生）在全面收缴、抄没物质文明与精神文明（通过抄家的细节及女同学燕子的请教一一呈现）；二、迅速遗忘或摧毁记忆。这一点通过尾声展露：燕子从美国回来探亲，五中完全搬迁，旧址"焕然一新"，成了一个车水马龙的地标性建筑——一座巍峨的商城，后人根本不知道当年还有一个从海外归来、学富五车且在1966年的抄家风暴之后失踪的教师了……

《1978年发现的借条》以借条为切口，讲述了一个无奈而又苍凉的故事。小说主人公阿平因救人落下一身伤疤和一条残腿，他拿出1948年游击队大队长向他的祖父借取物资的借条，希望能得到兑现。可辗转多个部门，终究无法兑现。通过这张借条，南翔道出了一个事实：历史会不断遭到执权柄者的恣意涂抹、篡改。如何将历史的真实还原出来，是当代人必须直面的问题。南翔在虚实之间游走，挖掘历史真实的同时，亦对人性进行了深入的剖白。纯净的白描，简洁的对话，在若隐若现的事件背后，坚定地提出了对于教科书一般权威历史书写者的质疑。

南翔在这几个小说之中，传达了他对保留历史真实的渴望。在节制的文字之中，蕴藏着澎湃的情感。在对"文革"进行决绝的批判之余，将希望寄予真与善的揄扬。南翔期望通过文字唤醒青年人对于那个年代的了解，进而启发青年的思考。反思并不仅仅是经历了那个时代的人应该重视的，也值得这个民族世世代代省视、镜鉴与铭刻。历史的罪恶，需要整个民族，需要每一个人——包括后来人回望与检讨，乃至忏悔与救赎。南翔通过文字传递了一种普世的人文关怀，表现出了一名作家对时代、对民族以及对未来强烈的责任感。

二、弱势与底层

自改革开放以来，中国社会在迈着大步向前走，高楼在城市中拔地而起，钢筋水泥的森林在中国大地上遍地开花。城市化进程快马加鞭之际，不少人抓住时机，赚取了巨额财富。更多人在小康之线停留，温饱线上徘徊，从绝对数看，还有不少深陷社会的底层，或者，昨日还是白领，今日就是弱势。南翔在上大学前曾做过铁路工人，数年的工人生涯，长期与铁路打交道，给南翔的人生涂上了一层浓厚的悲悯底色，这也使得他的小说更接地气，具有浓厚的底层生活气息。就任大学教授之后，南翔也多次深入底层体验生活，这就使得他的小说从未脱离弱势与底层。在其描写"文革"的小说中，虽有高干子弟的身影，但出现得最多的还是底层人民，因为他们代表的是劳苦而沉默的大多数，需要作家为他们代言。

底层的生活是艰辛的，《老桂家的鱼》讲述的是一家疍民的生活。何为疍民？小说借历史系向老师之口道出："疍民即水上居民，因像浮于饱和盐溶液之上的鸡蛋，长年累月浮于海上，故得名为疍民。"老桂一家常年居住在东枝江边一条锈迹斑斑的铁船上，被称为疍民，可吊诡的是他们自己并不知道疍民这个词。当听到自己被称为疍民之后，"他几天都在回味这个陌生而又黏滞的名词。"身居底层多年，疍民们一直为生活而奔波，至于自己的身份是什么，他们无心理会。人会将自己最需要的物事挂在嘴边，老桂的老伴——老桂家的，讲得最多的就是一个钱字，钱或是他们生活中最缺乏的元素。是否因为缺乏金钱，故而牵连情感需求也难以得到满足？老桂的情感被疾病、被逼仄的船舱、被大大咧咧的老伴挤压，无处释放。

城市化进程的摧枯拉朽，江边伫立的高楼大厦，居高临下地俯视着窳劣破败的疍民。南翔用一个个漫不经意的江边与船舱意象及人物的背影、动作，预示着城市化进程中悬殊的贫富差距，更直陈一家三代蜗居在破船上的贫贱夫妻百事哀，经济困窘、身体病痛与情感阙如互为纠缠、互为因果。小说真实地再现了身处城市边缘之疍民的真实生活，也寓意作为外来者的出路很难逃离城市贫民的窘境。南翔用小说绘了一幅城市底层面貌，其意义又不仅是具象的，而且不停地向抽象滑逸，老桂好不容易捕到的那条硕大的翘嘴巴鱼，倏忽消失不见，都以为跳出鱼槽逃匿了，最终却出现在船舱顶上：

一条已然风干的大鱼，翘嘴巴鱼，直挺挺地卧在一张枕头席子上，那张枕头席子一直是在小船上的！原本乌黑的鱼眼，蒙上了一层灰白的荫翳；原本鲜活殷红的嘴唇，干缩打皱。

这条翘嘴巴鱼既是老桂情感的寄托（他始终感激种菜的潘家婶婶），也可以看作是疍民生活的写照，他们在城市的底层为生存苦苦挣扎，未来一片迷茫，即使将身体累垮了却仍旧难以寻摸到希望。他们期冀一跃而起，脱离底层的泥沼，可最终还是无法逃脱被清除的命运。鱼的意象将一无施展空间的平民虚妄，尽数道出。文章的结局处，翘嘴巴鱼并未跃出泥潭，疍民们也无法摆脱苦难的生活，他们犹如东枝江上的垃圾一般，即将被清除出这个三代人蜗居的城市。

南翔并没有用曲笔描绘虚假而温馨的大团圆结局，而是描绘了真实而又残酷的生活。文学的力量在于真实，真实的力量在于撼动，撼动的力量在于升华。《老桂家的鱼》最打动人的，不仅是一个简单的底层叙事，更在于将病重的老桂与"潘家婶婶"默契的扶助，状写得曲径通幽，却又荡气回肠。结尾，老伴在舱顶发现被风干的翘嘴巴鱼之后的痛哭，既可能是委屈、失落，也可能是感悟、自责，贫贱之中的生活，或许更需要男女之间坚如磐石一般的情感默契来共同支撑啊。

弱势者的生活虽然困于底层，囿于金钱，可他们仍旧对生活怀抱着美好的期待，他们的生活也不乏对未来的憧憬。《绿皮车》以一个绿皮车上茶炉工的视角，讲述了一个关于"慢"的故事。7年铁路工人的体验，使得南翔的作品充满浓厚的铁路情怀。他认为，生活或新闻结束的地方，便是小说开始的地方。在这个意义上，《绿皮车》却并非一篇单纯的纪念追缅之作，而可视作南翔铁路情结与现实感悟的经典体现，它真实再现了底层人民的生活状态，拓展了他们的情感方式。

绿皮车就像一个流动的茶馆，底层的芸芸众生都在此登场。在追求高速的今日，绿皮车因车票太廉，速度太慢，行将淘汰。可在平头百姓看来，时间并不是最重要的，他们关注的是票价的高低、生活的便捷。如果绿皮车停运，那么铁路沿线的出行——包括职工上班，儿女上学以及郊区农民进城卖菜都成为难题了。可以掷地有声地说，在速度统领一切的时代，总有这里那里的支线、郊区、小站，不需要高铁！

在经济高铁高歌猛进的同时，能否保留一段"慢"呢？如同一首诗所云：请你慢些走，停下飞奔的脚步，等一等你的人民，等一等你的灵魂。

绿皮车上的茶炉工、菜嫂、鱼贩子、残疾人以及每天搭车读书的小学生无疑都是弱势人物，他们的生活、情感都面临着诸多难题。绿皮车上其乐融融的背后，也隐藏着世间的种种凉薄。茶炉工的家庭生活不顺、菜嫂与鱼贩子的感情不为儿女认同，他们的生活存在种种艰辛。即便如此，他们在看到生活遇到难处的女学生时，仍然义无反顾地一援助手。

菜嫂在背后帮她整理的时候，悄悄塞了一张 50 的钞票在书包一侧。

茶炉工瞧得真切，心里迅速盘算着菜嫂一天的进项。人啊就是这样，有时候会斤斤计较得自己都不认识自己，有时候又会掏心窝子待人处事，全看是不是触动了心肺旮旯里的那一角柔软。

他过去抹一把茶几，也无声地贴了一张 50 的钞票在她书包里。

两张 50 的钞票，是寒冬之中的一缕暖阳，是沧桑之中的一缕柔软。两张钞票，一塞、一贴，底层中的温情便和盘托出。也可见南翔细节描写的别致与扎实。

弱势群体的生活状态是焦虑且忧患的，可他们仍旧怀揣着希望，也有他们的欢乐，这是支撑他们继续生活下去的动力。他们生活的较慢节奏与这个社会的疾步前行格格不入，这也是他们无法跟进时代列车的原因。社会的步伐能否像这列从岁月深处缓缓驶来的绿皮车一样，等一等，多停几站，以至做到左顾右盼，扶老携幼呢？南翔悠远且忧伤的目光，凝视着渐行渐远的绿皮车，凝视着列车内外，血浓于水一般的柔情。

三、生态与环保

中国大地上竖起了越来越多的烟囱，罗列了越来越多的排污口，这是工业时代的标志，抑或经济繁荣的成果。市场经济的迅速蔓延，使得"唯利是图"的观念所向披靡。只要能发展经济，只要能获取金钱，破坏生态环境又如何？废气在空中蔓延，污水流淌在河流里，珍稀野生动物倒在利益的枪口之下……在这样峻切的现实背景面前，有人选择了迁徙移民，有人只好视而不见，南翔将创作目光转移到了生态与环保上，他感觉，如果没有了洁净的水、空气和食物，一切富裕和理想都无所依凭。其实早些年，南翔就以《铁壳船》《沉默的袁江》表达了对自然生态与社会生态的关切；近两年创作的《哭泣的白鹳》《来自伊尼的告白》等，则更是将惊心动魄的环境变化，从中国指向世界——毕竟，我们只有一个地球。

《哭泣的白鹳》讲述了一个候鸟保护的故事，鄱阳湖水、湖边土地、收成一年年的减少。湖区已经完全变样，"眯细眼眺望原本霞光如练、水天一色的大湖，干涸得如同一口大些的却是瘟头瘟脑的池塘。一个十八二十丰盈饱满的姑娘，转眼变换成一个弯腰驼背、脸上起满鸡皮皱的老太婆。"许多湖区的人，看到了珍稀鸟类的巨大价值，开始捕杀候鸟。湖区看护员"鹅头"在调查候鸟被捕杀的案件时，惨遭毒手。南翔对于生态的忧患通过一个个细节表现出来。

　　忽然紧蹙眉头，分明听见了一声异样的鹤唳，在群雁的聒噪声中，那一声似有似无的鹤唳，哀恸，凄厉，不祥。

　　这不祥的预兆，是作家内心的忧患在小说中的自然流露，也奠定了整个小说的悲悯基调，更是对大自然的全球性灾难的警世钟。

　　小说中最惨烈的一幕，出现在三岔口，之前的预兆成真了。

　　近前来，再近前来，一股巨大的悲哀迎面裹住了这只机动船。这里是翅膀夯撒的天鹅，这里是脖颈淌血的豆雁，这里是两脚朝天的丹顶鹤，这里是两眼哀怨的中华秋沙鸭……

　　通过对候鸟被屠杀的一一状写，通过摄影师一直想拍的白鹳成为一具冰冷的尸体，南翔将残忍的真实和盘托出，有很强的画面感。一种悲凉之情，充斥着读者的心扉。南翔无一言触及悲痛，而悲痛却在文字间汩汩流出。

　　作家没有简单地将人物分为好坏两极，在飞天拐这个人物身上，作家甚至道出了捕猎者的无奈，展现出了人性的复杂。飞天拐家境贫寒，儿子吸毒、老婆得病，种种艰辛困扰着他，迫使其铤而走险，开始捕杀候鸟。飞天拐也并非无情无义，对于给予他多次救助的鹅头，他心存感激，多次善意地提醒鹅头注意人身安全。在鹅头惨遭杀害之后，他又站出来协助警方调查。飞天拐绝非十恶不赦之徒，他是为了跳出底层的泥沼，才选择了猎杀候鸟这条不归路。生态的破坏造成了湖区居民难以生存，他们开始猎杀候鸟，这又进一步破坏了生态。在这种恶性循环之下，生态保护意识、百姓的生活重建与湖区的精神提升，一道推到读者面前。

　　在《来自伊尼的告白》中，南翔将环保的目光投向了整个世界。世界正逐渐成为一个整体，贫穷国家的发展，能否以资本的单纯的进入与珍稀动植物购买——这其实也就是以生态破坏做代价。人类贪婪地向大自然索取，具有较大经济价值的物种难逃其害。非洲莫桑比克的托佛海滩，原本是鲨鱼、蝠鲼的天堂，随着外国人"胖翻译"所代表的一种予取予夺的金钱置换，遭到大量捕杀，几近灭绝。南翔别出心裁地选取了一条由生向死的蝠鲼作为叙述主体，寓言体地展现了整个事件的来龙去脉，将蝠鲼作为一个与人类平等的个体来描写，使读者更有代入感。读者犹如进入了谋杀案的现场，亲历受害者痛苦的同时，也感受到了巨大的自然疼痛。

南翔的生态小说具有极其丰富的知识含量，读者在感受文学冲击的同时，也获得了生态与科普方面的知识。阅读这些小说，宛如观看一场音乐剧，在聆听文学天籁的同时，又获取了多重的信息量。

评论家孟繁华认为："当下小说粗糙的语言是粗糙的文学感受力的外部表达，对语言失去耐心于小说来说是非常危险的。"南翔的小说语言深受古典文学之浸染，其表达妥帖流畅、典雅清新。孟繁华在分析《绿皮车》时这么说："小说纯净的白描、讲究的语言和氛围的营造，显示了南翔练达的文学和文字功力。"[1] 这句话也同样适用于南翔的其他小说。

在精心锤炼语言之余，南翔注重挖掘小说之中的人性，在其近期小说的三类主题中，贯穿其间的是作家的切肤之痛。正是有了这些感同身受的疼痛，南翔才能深入地反思历史与"文革"，关注弱势与底层，呼吁生态与环保。作家将一阵阵袭来的精神与肉体的疼痛，通过小说的场景、人物乃至细节传达给读者，这就让小说有了鞭辟入里、沦髓夹肌的力量。展阅之时，借由文字及画面的感发，触动深层次的思考，从而达到了文学涤荡心灵、提升境界的功效。

"桃花尽日随流水，洞在清溪何处边？"对南翔而言，美丽的文学风景，需要不停地追寻、拓展与深掘。

---

① 孟繁华.秋日的忧伤与温婉的笔致——评南翔的短篇小说《绿车皮》.深圳特区报，2012-06-05.

南翔中短篇小说的叙事与思想探析

欧阳德彬[①]

笔者十年来陆陆续续阅读了南翔先生几乎全部的小说，有时也写作一些短评，对他的小说有了一个整体性的了解。他是一名脚踏实地的现实主义小说家，以中短篇小说创作为主，对社会和人生，都有深刻的思索。运动员常常在三十岁之前缔造传奇，作家往往步入中老年才完全成熟。南翔六十岁退休之后，依然保持着旺盛的创作力，小说的叙事艺术和思想追求日臻上乘。当然，这跟他平时勤于阅读中外名著有关，恰如陈平原所说："中国小说叙事模式演变的过程也就成了中国作家逐步掌握西洋小说技巧的过程。基于作家对世界与自我认识的突破和革新，小说叙事模式的转变才可能真正实现。"[②]他的小说创作有着学院派作家得天独厚的优势，以深厚的文化学养作为根基，以经典的叙事策略作为手段，呈现出知识分子小说的特点。总的说来，他的小说从叙事主题上大致归为以下四类，下面进行论述：

一、 呈现人文情怀的挽歌叙事

天才画家达·芬奇曾在自己随身携带的笔记本中写道："当你在城里四处逛的时候，看到人们在交谈、争吵或者大笑，甚至大打出手的话，别忘了观察、记录和思考他们的行为与周围的环境。"[③]笔者认为，无论是绘画

---

① 欧阳德彬，深圳大学文学博士在读，深圳市罗湖区作家协会副主席。
② 陈平原.中国小说叙事模式的转变.北京：北京大学出版社，2010：14.
③ 〔美〕沃尔特·艾萨克森.列奥纳多·达·芬奇传.汪冰译.北京：中信出版社，2018：100.

还是写作，生活观察极其重要，南翔先生就是一位执迷于日常观察，甚至主动观察的小说家。小说家获取写作灵感的路径很多，有时埋首书斋博览群书汲取营养，有时需要主动采风收集灵感，有时源自生活的被动刺激。切近观察南翔先生的创作生活，他是一位富有现实生活热情的作家。笔者作为南翔教授众多弟子中的一个，从事文学研究，也作小说，但属于宅男一个，懒得出门，主动获取素材的本领不高，很多时候，都是由他拽出书房，随他踏上外地采风之旅，一路上懒懒散散抱怨连天，宛若堂吉诃德爵士的扈从桑丘，但是偶尔也会发现"美丽新世界"。得益于平日对他的切近观察，对他小说的创作机制略知一二。他的短篇小说新作《伯爵猫》，有他小说的一贯特点，也有一些新的掘进。

笔者一直认为，南翔先生是场景描写的圣手，小说讲究画面感与舞台效果。之前的小说《绿皮车》精心勾勒车厢场景，反映世道人心，如今的《伯爵猫》细描精绘了城市角落小书店的动人画面，折射都市众生。

爱情，可以说是一种至死方休的对生的赞许，是小说叙事永恒的追求。伯爵猫书店的书友们、女老板、店员、维修工等人物也都或明或暗地遭遇了一些情事。女老板娟姐的神秘情人，生活在他城却从未出场，谜团一样回荡在书友们的言谈中，还有她与律师之间难以言传无疾而终的情愫；一对职场男女在伯爵猫书店结缘，很快发展成情侣，过上了二人生活，不再来书店，似乎书店已经完成了使命；店员阿芳与在娱乐城上班的阿元，他们的爱情也面临着困境，阿芳担心阿元受到夜场风气的熏染而变坏；恰巧来修理书店招牌灯箱的中年电工，言辞之间透露出是一位在城市里吃喝嫖赌洒脱不羁的主。这些爱情集中在书店"歇业典礼"上书友们的言谈中呈现，小说家言，自然不必当真，小说中书友们讲述的情事，是在虚构文本中的另一重虚构，书店情事便产生了一影影绰绰真真假假的艺术效果，拓宽了想象的空间。小说写作就如同作画，太写实太确凿反而损伤艺术真实与审美想象，这也是达·芬奇在画中把背景朦胧化的技术考量。南翔先生深谙其中奥妙，尤其是书店女老板娟姐的爱情书写，几笔带过，浮光掠影，隐隐约约，让这位以书店为情人的都市大龄剩女显得十分神秘。读后不禁心生疑问，这位开了十六年书店的女人，到底经历过什么。有些书店情事，如同小说中回荡的歌声《可可托海的牧羊人》中的描述："那夜的雨也没能留住你，山谷的风它陪着我哭泣。你的驼铃声仿佛还在我耳边响起，告诉我你曾来过这里……"

在小说《伯爵猫》中，南翔再次将舞台场景艺术与隐喻象征手法娴熟地结合在一起，在现实土壤散发人间烟火气的同时，精神与文化的维度有所飞升。单从命名艺术上看"伯爵猫"，这是一只有着贵族气质的花猫，可以类比繁忙现代都市中依然保持读书习惯的"精神贵族"。此猫也确实个性十足，只有在娟姐发令或者新顾客来临时才施展绝技"倏然蹿上二楼，从窄窄的廊梯边慢慢探出身子，将背脊蜷成一柄张开的折扇，四角踏在一条线上，千钧一发之际飞弹出悬梯，轻巧地落在一楼的案台上"。书店关门后，娟姐将书店的灵魂"伯爵猫"送给了店员阿芳。书店倒闭，猫也送人，让人情何以堪？伯爵猫能否像"基督山伯爵"一样卷土重来？其中的挽歌性质与悲剧性也就不言而喻了。

无独有偶，南翔的许多短篇小说都具有挽歌性质，比如前几年发表的《绿皮车》（刊载于《人民文学》2012年第2期）。许多时候，站在市中心的天桥上，却不知道路在哪里。桥下汹涌的车流来往穿梭，人行道上的路人也脚步匆匆，一望无际的是建筑的森林。飞机、地铁、高铁，人们可以随时出现在世界的每一座城市。交通变得迅捷，乘客之间甚至连相视一笑的机会都没有，更谈不上分享一段经历，演绎一段故事。城市的扩张，集聚的不仅是人口，还有人情的疏离，破坏的不仅是环境，还有悠然的诗意。

那种"慢生活"常映现在独处的时光里，倚在老城墙的灰砖上，数着一缕一缕的冬阳，感受着一寸一寸的光阴。在边远的乡村，沐浴着黄昏时分的柔光，凝视着水漏上垂下的丝瓜。山涧里沐浴的女人，在水里追逐嬉戏，波纹一直荡漾到过客的心里。

近年来，绿皮车渐渐淡出城市的记忆。在作家南翔悠长回望的目光里，它承载着生命之慢，从岁月深处缓缓驶来，成为一则城市寓言。南翔虽然已经当了二十多年文学教授，却绝不是那种只躲在书斋里的学究式人物。他孜孜不倦地穿梭在学院和民间，对文学艺术的追求立足于朴真人性和人文关怀，从细节中追溯着小人物的精神踪迹。这种不囿于教条的审美取向鲜活感人，在学院里显得格外遗世独立。我们可以从短篇小说《绿皮车》里窥其端倪，茶炉工、学生、鱼贩子、菜贩子、乞丐在绿皮车里相遇相知，演绎着芸芸众生相，散发着人性的温情。他们都是社会上的失败者吗？世俗常给成败带上财富和地位的烙印。他们虽生活在社会的底层，却有情，有爱，有义，有生活的追求，这无疑给这个追求成功的时代带来另一种味道。"菜农们早上满担去，晚上空担回，利用回家的间歇，摸一把牌的有，打个盹的有，还有的，将一大把零票子摊在座位边，一五一十，窸窸窣窣地码好，龇牙咬下腕上一根橡皮筋，箍紧，便是油腻腻、硬邦邦、心思熨帖的一扎收获。"这样扎实、细腻、传神的细节描写，使菜农形象跃然纸上，让人过目不忘。当一个过度渲染英雄的时代被历史的烽烟无情湮灭，世界回归真实：没有英雄，只有为生活奔波的众生，没有崇高，只有交织着善与恶的朴真人性。生活的真谛，也大概就隐藏在普通人的举手投足间。

茶炉工所兜售的，是列车段配发的"五颜六色的水、陈年的瓜子、看不清生产日期的火腿肠和尼龙袋装着的歪瓜裂枣。有时也配一些时兴玩意：通体会发彩光的手电筒、火烧不烂的袜子和号称戴三个疗程可以根治各种头痛的帽子。"这些物非所值的列车商品难免让读者心生嫌恶，但当"一双烧不烂的袜子耗去几乎一只打火机，依然摆回售货车。"又让读者体会到茶炉工的那份无奈，以及"他过去抹一把茶几，也无声地贴了一张五十的钞票在她书包里"，又可以体会到他的善良与无私。作家深深隐藏在文本的后面，口不臧否人物，而是以白描之法使情态毕现，勾勒出一个个立体鲜活的人物。绿皮车里没有什么不同寻常的意象，却能一点一滴地留在读者的心中。

《绿皮车》是追挽之作，更是忧患之书。晃晃悠悠，老态龙钟的绿皮车，无疑是一则城市寓言，一种生活方式的隐喻。当生命不能承受之快困扰着我们的心灵，我们是不是该慢下来，听听花开的声音，看看旋舞的秋叶呢？

二、融汇历史细节的学者叙事

南翔近年有一本新书《手上春秋——中国手艺人》，体裁是非虚构，却体现出了极强的叙事性，并且有学者叙事的特点。一些评论家把《手上春秋》归于非虚构之列，我宁愿将它看作一种糅合小说与散文技法的跨文体写作。

有评论家认为南翔的新书《手上春秋——中国手艺人》迎合了国家 "工匠精神"的宣传导向，意在反映时代核心价值，作为弟子和一些篇章创作过程的见证者，我不这样认为。南翔常说，他从小就羡慕那些动手能力强的人，对手艺人的采写，由他的个人兴趣使然，恰与政策吻合，只能算是暗合。若一心想着迎合，为获得"五个一工程奖"而写作，势必坠入某种在中国当代文学史上早已被淘汰的写作范式的陈窠，不会是现在这本书的模样。

细读就会发现，这本书不仅写手艺，还写出了手艺人的身世之感，折射一段国族历史，文本背后还有更高的精神维度。一位虚构见长的小说家忽然写作转向，目光投向赏鉴器物之美，以古雅的学者型书面文字再现手艺人施展技艺的视觉形象，这是文学的样式，对他个人而言，是崭新的写作尝试。南翔跟那些困于象牙塔概念旋涡的教授不同，他长于田野调查实地探访，"纸上得来终觉浅，绝知此事要躬行"，有时候甚至在恶劣的环境下采访。记得那次在恩施去一个叫"女儿城"的地方采访烙画师，我们找不到出租车，坐上摩的七拐八绕穿行于车流中，耳边山风呼啸，十分惊险。

书中几乎所有的手艺人都经历过匮乏与饥饿。在运动造成的人为灾难中，手艺成了生活的寄托和救命稻草。与物质匮乏相伴而生的是审美的残缺。在政治清明，物质丰裕的年代，才有精美的器物，比如书中的金鱼帽。"男孩的金鱼帽和女孩的金鱼帽不同，除了都有金鱼铺垫，男孩的饰物是小鸟羽绒球，寓意展翅高飞、健康成长。女孩的饰物则多为蝴蝶与花朵，寓意有根有叶、如花之美。"当精美器物摆在人们面前时，谁又会想到，在一定历史时期，美好之物会被扣上封建残余的高帽呢。金鱼帽这样具有象征性价值的视觉形象，折射的便是一个时代的审美水平。当美被诋毁，粗鄙大行其道，人们应该思索背后的原因。

"天色向晚，告别之前，一直坐在旁边木椅上当翻译的马元忠，顺手想拿起一顶虎帽子试戴，立刻被阿婆制止了。原来，此地风俗，孩儿的帽子是不能试戴的。阿婆斩钉截铁地说，别人戴过了的帽子，孩子是不会喜欢的。"这一幕俨然失传许久的中华乡村童话。能安慰人们内心的，绝非什么宏大虚妄的理念，而是日常生活中那些微不足道的器物，恰如蒙塔莱诗中所言，那擦亮的微光，并非火柴的一闪。

在古埃及，死神以羽毛为秤砣，来称灵魂的重量。羽毛是精确的象征，精确是文学的重要标准。英国作家尼尔·盖曼在创作谈中戏言，有人按照他小说中描述的诈骗过程行骗，竟然得逞。这其中的奥秘便是叙述的精确。福楼拜也说，真正的上帝在细节中。精确是《手上春秋》这本书的特质之一。

南翔平时常说，无论写什么，都要注重信息量，还总结出三大信息量的理论，生活信息量、思想信息量和审美信息量。他对每一门手艺的采写，务求精细，对捞纸工怎么捞纸，制茶师怎么炒茶，都有传神的描摹。

形形色色的手艺人，之所以一技傍身，皆源于普通老百姓的生活诉求，当然也是兴趣使然，绝非出于什么华而不实的远大理想。捞纸工周东红苦学手艺，只因母亲反复唠叨，年轻人不学一门手艺，今后看你如何娶老婆。这本书没有高蹈的理论，而是回到纯粹的生活和器物本身，匍匐在生活的地面上，才可以飞翔。对现实世界的认知和把握，是小说创作的基础。

记者式写作出于时效性宣传的考虑，对事物描述仅限于浮光掠影的一瞥。《手上春秋》则是深入民间调查，每一篇章皆精雕细琢，就像书中铁板浮雕作品那样，慢工出细活。工匠手艺抵达一种境界，就跃升到更高维度的艺术世界。例如，"铁板浮雕师在作品烧色过程中发现，当气焊蓝火停留在某个地方时，铁板上会自然呈现出具有瞳孔般效果的圆形斑点。他们会立即将这一发现运用到动物的眼睛上，使得动物的眼睛，看上去很鲜活，给人一种通灵有神的感觉。"南翔的《手上春秋》，则在细节中找到了通往艺术世界的入口。

三、心怀人类福祉的生态叙事

我们生活的这个时代，面临着严重的生态危机，直接威胁着人类的生存。可有些人还没有从这种夜郎自大中警醒，敏感的作家作为先知先觉者，难免被悲观主义和恐惧意识所笼罩。南翔短篇小说《来自伊尼的告白》(《天涯》2013 年第 4 期）淋漓尽致地展示了动物被杀戮，生态环境被破坏和人的精神生态被异化的现实。短篇小说《哭泣的白鹳》(中国作家 2012 年第 12 期）拨开枝叶，让人们看到更为真实更为深刻的一面。

想那丰水期的鄱阳湖，烟波浩渺水天一色，万千候鸟比翼齐飞，真是鸟儿天堂，人间胜境。鹅头是一名普通的湖区野保站巡护员，与孙子狗仔相依为命，平常的时候，沿着偌大的湖区巡护或者接待下来视察的领导。湖区渔民飞天拐是他的朋友，也是他经常接济的对象，竟背着他与外人一起干起了盗猎的勾当。鹅头殒命在盗猎者的枪下，飞天拐难辞其咎。"他看见那只鸟儿在夕阳中化作一团火焰，他自己也腾空而起，与鸟儿一道，确切地说，与一只白鹳一道，化作一团火焰，两团火焰轰然汇合，向着七彩夕阳飞奔而去。"孤独的老人和孤独的白鹳一起死去，悲剧的力量动人心魄。

"盗猎者动用的手段越来越刻薄——天网腾空拦截，滚地钩水面潜伏，呋喃丹草地构陷。"省厅领导一行前来视察，视察什么？湖心岛如履薄冰的白鹳？三岔口未见硝烟的战场，五里塘尸横遍野的惨状？昔日的鸟儿天堂，今天只有物欲笼罩下触目惊心的屠戮。"圆桌会议开了无数次，好烟好酒吃了一大堆"，难道这也要怪天灾？万主任感慨道"前年四月我们去北欧四国考察，在哥本哈根古城堡下面看见一只肥硕的天鹅，孵蛋一样蜷在草丛里，走过去它也不理不睬，贵妇人一样，一点不受惊吓。"同一个世界，对待生命，难道真的有天壤之别？难道我们忘了，"草木虫鱼山水风云无不充满生机和灵性"是我国传统文化的一部分。

"那时候儿子小，他若是下湖捕鱼，老婆在灶间弄饭，就一根长索子挂在儿子后背，上面却是一根钩子，钩在一根竹竿上。儿子在晒谷也晒鱼的坪地上捉蟋蟀玩耍，大人才得放心。湖区哪年不要被落水鬼扯去一两个毛伢子，不是失足落水，就是偷偷耍水淹死的。"南翔素以朴实冷静的白描取胜，喜怒不形于色，通过传神的细节，展现丰赡的审美意蕴。但他的文本的叙述，绝不是温情主义式的杜撰，而每每弥漫着悲悯情味。作家剥去了植根于中国文化的传统说教和多愁善感的外衣，采取了更为宏阔的人道主义和理想主义视角。

"吃了毒药的白肩雕还能死而复生，从灶间的窗户径直飞走。"超自然力喷薄而出，引人深思重建人类尊严的可能。在这神祇委弃，唯物横行的世界中，发射着信仰和希望的光芒。

生态恶化，湖水干涸，湖区渔民的生活日渐艰难，"毛妹一朵鲜花，活生生被贫病摧残成了一株败柳。""人生归有道，衣食固其端。"

让人啧啧称奇的是，南翔身为学院教授，竟没有炫耀什么理论术语以致破坏他优雅的小说文风。文本以典雅的语言穿插以娴熟的口语，给人水中着盐，身临其境的感觉。

掩卷深思，盗猎和谋杀，不正源于信仰的缺失和对于生命的无视。福克纳说，好的小说"让人想起人类昔日的光荣——勇气、荣誉、希望、骄傲、自信心、同情心、慈悲心、牺牲精神——借以鼓舞人心，使人增加忍受苦难的能力。"这篇《哭泣的白鹤》，正是这样的作品。

遥远的伊尼托佛海岸，曾被誉为世界上的最后一块净土，恰如南翔笔下所展现的"这里的海水蓝得像婴儿的眼珠，天空澄澈得像姑娘胸前的玉佩，沙子绵软细白如珍珠磨成的细碎颗粒。海滩边是三五依偎着的风姿绰约的椰树，椰树后面是一排排的芒果树，再后面是婀娜的香蕉林、甜美的蜜橘林和风情的腰果林。"托佛海岸的最后一条蝠鲼与潜水员苏亚保持着一种近乎天人合一的和谐关系，平日里，他们用眼神和心语交流，默契如同恋人。可厄运终于来袭，胖翻译和苏亚姨妈的大儿子南多合谋，将它生擒了。那条蝠鲼被制作了一条完全没有生命征象的标本，挂在了胖翻译的一栋乡村别墅里。单纯的苏亚也英年早逝，最终和蝠鲼的骨灰汇合在一起，他们在天堂重聚了。

胖翻译经常穿着一件雪白的衬衣，大太阳下还系着领带，西装革履的，是一个标准的生意人形象。他的装扮和体态都属于现代文明，是贪婪族群的代表。他所处的都市是藏污纳垢之所，是自然的对立面，那里不仅环境恶劣，而且道德沦丧，是骄奢淫逸者的天堂，它象征着人的退化、精神的陷落。"胖翻译的女儿伊妮先是张大嘴巴，眼睛翻白，转脸瞥一眼墙上的蝠鲼，哇的一声，喷出一大口鲜血……"胖翻译终于自食恶果，付出了惨重的代价。恰如卡夫卡所说"一个人逃脱不了他放到世界上的妖魔。坏事总是从哪里来回哪里去。"

文本以一条蝠鲼的视角推动情节发展，动物获得了思想和道德的权利，并且这种权利是不可剥夺的。人类对动物的残暴，是建立在人类中心主义伦理道德观上的对动物权利的践踏。不仅仅是蝠鲼，还有各种飞禽走兽，哪一种可以逃离人类的魔掌。仔细体味，这篇寓言式的生态小说还弥漫着一些末世情绪，催人猛醒，让人反省自己的所作所为。在小说中，苏亚对自然及自然生命的尊崇及敬畏，与胖翻译的残酷构成了强烈的对比，带有虚幻甚至荒诞、夸张的意味，给人更为广阔的审美空间。

这篇小说通过对生态问题的介入和对珍稀动物的生存观照，深刻反思了工业文明所造成的精神和生态的双重危机和困境，进而深刻反思了人类与自然的关系。寓言式的叙事策略以及超越种际的道德关怀，寄寓着作家天人合一的生态理想。

读罢这篇小说，一抹绿色的忧思徘徊心间久久不散，想起华兹华斯的诗"难道我没有理由悲哀，人怎样对待人类自己？"

小说体裁的特殊性，在于可以随意遮蔽作家的现实身份，自由自在地表述。作家成了皮影戏表演者，躲在幕布之后操控，让影子说话。如果仔细揣摩的话，还是可以寻得作家身份的蛛丝马迹。若与作家本人有切近了解，更有助于理解小说文本中的奥义。

南翔小说新作《珊瑚裸尾鼠》（原发《人民文学》2019 年第 9 期）可以从多个维度进行解读，从教育的角度来说，可以称之为成长小说。肖医生对儿子金台的教育方式，无疑是教授型作家南翔的教育理想。他在小说中确凿无疑地表明：学问不在课堂，而在广阔的自由天地。若没有对各种小动物的切近观察与相处，金台也不可能将它们画得惟妙惟肖异彩纷呈。金台在父亲的引领下，内心和兴趣都在成长，澳洲之行终于在母亲的压力下未成行，这意味着理想教育实现之艰。同时，过度的母爱对儿女的成长是一种严重的束缚，甚至带有某种毁灭性。

言为心声，语言是文学的形式和载体，是一位作家整体素养的表现。在一位母亲的眼里，"肖家父子狼狈为奸、沆瀣一气。只要是父亲的语录，不管中听不中听，儿子一律照单全收。但凡建言来自母亲，即使包了糖衣、裹了缎带、镶了金边，那小子也不会痛痛快快、不折不扣地执行。"这是典型的南翔式语言，自然、畅快，带着学者书卷气。

时下太多的小说照搬一地鸡毛的庸常生活，天真地以为把日常写清楚就是好小说，看不到任何内在视野与人文关怀。南翔的这篇小说中重申了文学的现实关注和人文关怀功能。关心物种的灭绝，是一种跨物种的终极关怀，也是关心人类自身。欧美文学和影视作品有着"世界末日"的传统，比如经过核大战、致命病毒、星体碰撞、大洪水等之后的地球，甚至设想并不存在的僵尸占领后的世界。这背后其实蕴含着对人类未来的种种忧虑和人类去往何方的探索。我国当代作家中关注地球生态的作家极少。据我所知，南翔近十年来就发表过一系列生态题材小说或与生态相关的小说，例如《最后一条蝮蚼》《哭泣的白鹳》《老桂家的鱼》等，还有这篇《珊瑚裸尾鼠》。

生态小说看似简单，实则难以驾驭，非圣手不能运筹帷幄，一不小心就写作意图压倒了艺术表达，沦为广告式的宣传文本。《珊瑚裸尾鼠》深深扎根于都市现实生活的土壤，以谜底渐渐揭开的方式抽丝剥茧，带出澳洲之行和珊瑚裸尾鼠，可谓自然巧妙。

肖医生和方头这两位中国男人不远万里赶到布兰布尔礁，以中国传统的祭祀方式拜祭刚刚灭绝的哺乳动物珊瑚裸尾鼠。这种看似幼稚的举动恰恰体现了中国传统文化中的齐物共生理念，比征服珠峰抵制日货体现出的狭隘民族主义高贵得多。在古代先贤的眼中，自然不是用来征服的，是用来和谐相处的，正所谓天人合一。

小说结尾以珊瑚裸尾鼠现身阳台的幻象代替已然灭绝的现实，在亦真亦幻之间，强化了悲剧意味。最终，存在的幻象击碎了现实的迷梦，已经消失的将永远消失。

四、充满反思精神的历史叙事

笔者作为一名文学晚辈，翻读南翔的一些小说集是这样一种独特精神体验：一个新时代喜欢舞文弄墨谈情说爱的青年，酣眠到中午，吃过西餐，走进咖啡馆，点上一杯卡布其诺，翻开书页，却坠入荒谬时代的深渊。刹那间，咖啡馆没了，玻璃墙外面的高楼大厦化为乌有，陷入作家建构的荒谬世界。笔者面对文本折射出的地狱般的末日景象，不禁掩卷叩问，难道那是黑暗的中世纪吗？可是，审判并没有真正到来，迄今为止，只有希特勒纳粹政府被送上了审判台，人类依然可悲地生活在谎言和遮蔽当中，继续充当死亡机器中的轴承和螺丝钉。如果那些被荒谬运动残害的生命从血染的大地中走出，要求时代给予正义的审判，又将有多少刽子手该被投进监狱。

《特工》中没什么要交代的老特工，到死都活在思想汇报的梦魇里，让人不寒而栗。脆弱的个人裹挟在政治运动的潮流中，被剥夺的何止是爱情和家庭，连基本的自我都异化成病态，只能在牵线玩偶般的生命历程中带着秘密悲惨地死去。令人眼前一亮的是，老特工并没有在各种遭遇中磨灭对女人的旺盛兴趣，这或许是他的个体存在唯一具有生命力的体现。"国民党倒是使过美人计，先后差遣了两个女子来照顾我，你也晓得照顾是怎么一回事情，就是每天帮我洗澡、搓背、睡觉。老特工压低声音道，俩人轮流伺候我，一个湖南妹子，一个江西妹子，都长得很水灵。国民党听说共产党是特殊材料制成的人，就用妹子的身体来考验我。但我最不敢回忆的却是在我方牢里的那一段。"南翔没有交代老特工是否经受得了美色的诱惑，但一个血肉丰满的特工形象已经跃然纸上了。性本能超越了历史运动的狂澜和经验主义的道德，见证了个体的存在。

《甜蜜的盯梢》中为袁江生态忧心奔波的中学教师父亲，因为反对建坝遭到母亲的怀疑与监视。在极权主义历史语境下，亲人之间的沟通面临不可逾越的断崖，文中的父亲也遭遇了卡夫卡《变形记》式的吊诡境遇。小说开篇写女儿与丈夫的监视与怀疑，剑锋陡转指向父辈的往昔，历史与现实融会对比，使得小说浑然一体，经得起结构主义批评家的推敲。对于盯梢，总而言之是弊大于利。"张友生临死前都不愿再见妻子一面，他后来死于肺癌，弥留之际他跟儿子张庆和道，我最轻松的几年，是离开你妈妈那几年，一个人如果连吃饭、洗脸、蹲厕所的自由都没有，那是行尸走肉，生不如死啊……"这让人想起乔治·奥威尔《1984》中反复出现的一句至理名言"老大哥在看着你"，无论是秘密警察横行的政治领域，还是家庭成员之间，盯梢之恐怖，可见一斑。

《抄家》中生死不明的教授，在抄家过程中仍然传道授业，可是，奉献出的知识雨露未能浇熄盲从青年们的狂热之火，一种现代性的荒谬意味于焉浮现。在封建主义糟粕集大成的年代，抄家的命运防不胜防，泰坦尼克号之于冰山一样无法躲避。笔者每当深究抄家与批斗，都陷入一种平庸之恶的诘驳困境：难道对别人蹂躏践踏，就能使得自己免除毁灭？难道因为凶手众多，就可以逃脱罪责？读着这篇小说，一个个疑问在我的头脑中萌生。这不仅涉及文学，还需要大众心理学和哲学领域的纵深解读，好在一些评论家给出了具有启发性的评价。著名评论家张清华说"以《抄家》为例，我以为这篇作品可看作是一个极具哲学意味与人性深度的寓言。因为他对于历史的介入，已不是单纯讲述通常可以想象的暴力本身，而是深入到主体的内心与灵魂之中。我甚至认为，它称得上是一个绝佳的电影剧本，可以由顶级的大师来导演，可以拍出与《朗读者》《辛德勒的名单》一类电影相媲美的杰作。"著名评论家陈晓明读后感慨"《抄家》重写历史故事，这样的角度初读之下，肯定让人疑惑，这与坚持'启蒙'理念的控诉性的主流历史叙事有所差距，细读下去，就理解南翔的用心，他能在沉重悲戚的历史叙事中，劈开多条自己的小小路径。他的故事写得跌宕起伏，看似波澜不惊，却能扣人心弦……南翔的小说创作有强烈的社会责任感，能握住生活的实在，让人感受到生活存在的那种质地，感受到他的艺术品格。"[1]

《1978 年发现的借条》描写了 20 世纪 70 年代发生的故事，通篇弥漫着一种挥之不去的苍凉和无奈。小说主人公阿平是一名普通的铁路工人，因救人落下一身伤疤和一条残腿。高昂的医药费使他原本已窘迫拮据的家庭风雨飘摇，车站工会的救助只不过是杯水车薪。无奈之下，他拿出一张 1948 年的借条：当年游击队大队长向他的祖父借了枪支弹药和粮油家畜，承诺"打下江山后一并偿还"。"我"是阿平辅导的学生，陪同阿平辗转于铁路局、公安局、民政局等政府部门，期冀兑现当年的借条，以缓拮据。然而，所到单位，要么相互推诿，要么言之凿凿，终究不能兑现，最后不了了之。小说不仅揭示了当代社会的一个侧影，而且有着深广的历史跨度和深远的文学视野，对漫长的历史时空进行了探索和投射。小说故事立足民间，看似戏剧性的虚构，却扎根于历史，淋漓尽致地映照现实。"我忽然发现，在缤纷之中，有一只小小的寂寞的蜗牛，不知如何克服了险阻，攀上了丝瓜蔓，行走之慢，几乎看不到他的蠕动。"蜗牛是一个充满象征意味的哲学意象，暗示着民族精神进步的缓慢。蜗牛也是作家的自喻，透着"荷戟独彷徨"的情味。阿平天性善良、谦恭知礼、舍身救人，"是整个车站唯一会敲门的男人，即使门虚掩着"，让人扼腕叹息的是，这样一个好人，竟然一步步走向颓废。他不仅是一个个体，而且是每一位被欺骗、被蒙蔽、被侮辱、被损害者的象征，他们或多或少都遭受着精神的痛楚和生活的暗淡，生如草芥、卑贱如蚁，在高歌猛进的时代默默凋零。即使"借条"之事发生在今天，也只能是一样的结果，挥之不去的苍凉和无奈溢出纸页。

《抄家》中收录的十篇小说虽然都是历史主题，但各具匠心，或旁敲侧击，或草蛇灰线，或暗度陈仓，需要读者仔细玩味。叔本华说"并不是在世界历史中存在着计划与统一……而是在个体中。个体即现实。"可是，在极权主义的语境下，意识形态灌输无处不在，打着个体全面发展的旗号，却处处与个体为敌，将抢劫杀人合法化。南翔在该书的自序中坦言写作动机：在一名本科生的毕业论文答辩会上，一名做知青题材文学研究的本科

---

[1] 陈晓明.自如中透出火候的力道——南翔小说集《绿皮车》的底层书写.博览群书，2014（6）.

毕业生，竟然不知道"四人帮"是谁。历史的遮蔽让他目瞪口呆。他惊呼，历史虚无主义不仅是肉体的毁灭，更是精神的死亡。艾利亚斯·卡内蒂说"那些不能从历史中发现更多东西的人会被遗弃，他们的民众也会被遗弃。"真正让人震惊的不是历史亲历者的遭遇，而是他们对死亡的漠然无知和失去思考的头脑，家禽一样任凭自己在历史的屠宰间里遭受宰割，甚至产生某种斯德哥尔摩综合征式的感恩情怀。纵观当代历史主流话语叙事，王蒙《布礼》中钟亦成的悲惨批斗弱化成"娘打孩子"的政治暧昧；张贤亮《绿化树》中的张永璘身陷灵肉双重困境，通过阅读《资本论》达到精神自足；王安忆《启蒙时代》对那个十年和红卫兵流露出匪夷所思的审美和留恋；张承志的《金牧场》则以英雄主义的底色为荒谬时代塑像。诸如此类的小说，为黑暗时代描上了一层虚伪人文主义的金边，何谈对罪恶本源的追溯？南翔的《抄家》，思辨的触角伸向野蛮专横的历史纵深，触及大众心理学的平庸之恶，展现了知识分子的历史担当和批判精神。这种笔法和姿态注定孤独，却能在历史叙事的谱系中找到共鸣，如作家李锐的狂呼"那个十年是中国人的奥斯威辛。"

　　纵观民族史，"现实"是唯一的遵循尺度，为了现实的需要，历史记忆可以不断被粉饰、被遗忘乃至被抛弃。一个不断遗忘与丧失记忆的民族是可悲的。诸多社会问题困扰着心怀良知的作家，使他不断地反思过去，忧民伤时，形诸小说。南翔并没有对善于遗忘、踟蹰不前这一民族痼疾做怒目金刚式的鞭挞，而是以纯净的白描笔法使其皱褶之处的积弊纤毫毕现，对历史和时代发奸摘伏，隐隐却深刻地提出质疑，塑造了一个暗藏锋芒又不失文雅的艺术世界。彼时的中国大地上，到处开放着谎言的黑色花朵，甚至可以说是一个以谎言为真理的时代。尼采曾说，病人用谎言医治自己。在一个封建主义泛滥又集体主义至上的时代，个人的生存是如此艰难，随时面临着疯狂与毁灭。

第三辑 ○○○

思想性与文学性的平衡

自如中透出火候的力道

——南翔小说集《绿皮车》的底层书写

陈晓明 ①

在解构主义之后，我们还说现实具有实在性，那"实在"是强人所难，无疑会招致诸多怀疑。然而，当文学表现我们的生活显得越来越虚无缥缈时，我们又不得不怀念起，或者说去设想，有一种文学作品表现生活现实具有"实在性"，它能抓住现实中实在的层面——是一种韵致？一种意味？一种质感？文学是这样来对待生活现实的：总有一些东西是真实的，能让现实在文学中有立足之地；反之，这样的现实也能让文学有立足之地——这不是"实在"是什么呢？

尽管说，20世纪的科学哲学就对"实在论"争论不休，量子力学本身也在"实在论"上争执不下。我们无力在哲学上对此做出分辨，就像我本人，在多数情况下我会相信"反实在论"；但面对文学，我又分明会感受到有些作品握住了现实实在，有些作品没有。面对南翔的小说，我就禁不住要思考这个问题，他的作品何以会有那种韧性，何以能贴着生活展开，何以会让我们感动不已？我想，就在于它握住了生活现实的实在。

南翔早年当过工人，初中毕业就到江西宜春火车站扛包，那是火车站出了名的苦力工种，自小就体验过生活的甘苦艰辛。南翔现在的身份是教授加作家，在中国打通这两种身份的人并不多，南翔长期在大学教学，但

---

① 陈晓明，男，1959年生，北京大学中文系教授、博士研究生导师，主要研究方向为中国当代文学思潮和后现代理论与批评。本文原刊《博览群书》2014年第6期，收录时有修改。

他始终钟情的是写作。经历与身份，造就了南翔的小说写得有生活质地，又有精神内涵。南翔的创作力旺盛，出版有长篇、中短篇小说集以及散文集十多部，被转载的作品亦十分可观。可谓厚积薄发，近年来更是声名鹊起。近期花城出版社推出南翔的中短篇小说集《绿皮车》，收入九篇小说，让人感觉到南翔的小说自如中已经透出到了火候的力道。

南翔的小说的主导倾向可以归为底层写作，这是新世纪中国文学的一个富有活力的倾向。随着中国加入 WTO，新世纪的中国经济迅猛发展，城市化和信息化更是突飞猛进。但中国文学却与这样的时代变化严重相悖，着力去表现在这个高速经济发展的宏伟愿景下，普通人的生活困境。这颇有点像十九世纪欧洲工业革命带来的社会变化，文学却在表现乡村的凋零和城市的贪欲。欧洲的现代文学主要是基于他们的人文传统和价值观，中国的作家作此选择，一部分是现代文学的传统，另一部分则是作家的生活经验。清理现代传统并非本文任务，生活经验则是与本文要讨论的南翔作品价值选择相关。南翔及其这个年龄层的作家大部分都有乡村底层生活经验，他们熟悉这种生活状态中的人们，能感受到那种生活的艰难与伤痛，这可以给他们的作品提示熟悉的人物和情感。从这里也可以直接沟通中国现代以来的现实主义文学传统。

《绿皮车》大部分的作品聚焦于书写底层劳动者的生活艰辛。这部小说集的第一篇小说《老桂家的鱼》，讲述一家疍民蜷居在小船上，靠艰难捕鱼为生。老桂年轻时也曾经意气风发，在 20 世纪 70 年代，老桂还是上浦人民公社高中毕业的回乡知青，兼任大队民兵营长；八十年代拿出全部积蓄买下一条水泥船跑运输热线，高速公路的兴起，海运不再有市场，老桂只好到港汊河滨捕鱼。八十年代以来中国社会经济的高速发展，老桂这样的弱势群体并未享受到发展的利益，反而是越发艰难。小说围绕一条船来写船上的老桂家与岸上的潘家婶婶的关系，来表现同处于底层劳动者的生活状况和人生态度。与老桂在水上打鱼不同，潘家婶婶十多年前得了绝症（乳腺癌），办了病退，她从病魔的打击中振作起来。后来发现了岸边的一块空地，就在这里种一片菜地，与老桂相邻为伴。老桂时常到岸上与她拉家常，水上与岸上的两家人，同处于生活的困苦或辛酸中，但他们相互理解，相互扶助。很显然，南翔并非只是要写出底层人生活的困苦，重要的是写出他们面对生活的一种态度，一种精神面貌。家庭内的日常琐事与矛盾，邻里来来往往的生活细节，生活在点滴平淡中一点点展开，这就是自然自在的底层生活。岸边的风景是另一番景象，几年时间就建起了那么多高楼，但这高楼下的老桂家和潘家婶婶过的是他们自己的生活。他们并不抱怨，也不羡慕他人。老桂默默地捕鱼，潘家婶婶种着自己的菜。岸上冒出来那么多的有钱人，潘家婶子和老桂并不眼馋人家。潘家婶子说，有得吃，萝卜白菜也是一个甜；有得住，一个身子，只占得到一张床，一间屋。他们倒是有自己的世界观（生命观）："老伴道，到老，腿一抻，原先再有钱，也只困得一口棺木；现如今更简单，都是一把白灰！"潘家婶婶同样看得明白："比的是健康。"

南翔表现底层生活，不再刻意去表现贫富对立，新的阶级或者权力的压迫；这里没有你死我活的矛盾对立，没有刀光剑影，没有阴谋、杀戮或仇恨。小说重在表现他们默默地面对现实，以他们的平和本分承受着生活的现实，在平实普通中去彰显小人物的人性之美。与小说集同名的短篇《绿皮车》，写一位在绿皮车上烧水的有着35年工龄的茶炉工，故事讲得点点滴滴，看似平凡无奇，却让人拈出人性的分量。南翔的小说善于截取独特的空间场所，渔船、绿皮车，这都是老旧的被飞速发展的现实淘汰掉的事物（或空间），甚至是被遗忘的角落。正是捡起人们的遗忘之物，被遗忘的人和事，被遗忘的一种精神、心灵和品格，南翔的小说才显得如此坚定执着。"绿皮车"是一个底层社会汇集的全景图，这里的主角是这个茶炉工，"布满皱褶的唇角，叼着一支廉价香烟。一顶洗得泛白的软舌工帽，一件全棉白色短袖工作衣，全是陈年的斑斑污渍。"乘客则有菜嫂、鱼贩子、铁路子弟学生大圆眼镜、来了初潮的女伢子，还有端着茶缸乞讨的矮子……中间穿插着茶炉工不在场的得肝病的老伴，总是结婚离婚不省事的儿子。这个现场其实是一个舞台，这几个人物在上演一台小品，戏剧性做得十足。他们都是苦情的人，生活于艰辛困苦中。但这里面呈现出来的是友善热心、互助互爱。小说当然隐含了对当下的批判性，关于卫生局局长的笑谈，老伴的病痛，铁路子弟上学的困苦，这些都揭示了当今时代教育和医疗的问题，底层民众不只是不能享受到现代化发展的红利，而是在医疗和教育方面，处于越来越不公平的状况中。今天中国高铁贯通南北东西，几乎是全世界高铁里程最长的国家，南翔描写的"绿皮车"或许在中国并非主要画面，但却是对现实具有深刻的反省反讽力量。如果对比新时期之初王蒙的《春之声》，就更能体会到南翔的良苦用心。王蒙写的是老旧的车厢，里面拥挤和落后的氛围，只有一个学德语的女性，她代表向往四个现代化的未来的中国，而火车头已经是崭新的。几乎是三十多年过去了，中国不只是有了崭新的高铁火车头，还在世界上也堪称先进的车厢。但又如何呢？还有"绿皮车"，还有车厢里的这些生活于底层的劳动群众，他们与三十多年前有多少区别呢？那个学德语的年轻女性在这里则变成了一个立志要当昆虫学家的大圆眼镜的中学生。在这里已经不提出对未来的期许，而是着力去表现普通人的精神品格，他们对生活的承受和相互友善。菜嫂塞给女学生的50元钱，这就是全部的人性之美了，这就是支撑底层社会平和安详的慰藉了——可能这才是现实的实在。

南翔的小说刻画人物性格自有他独到之处，他并不追求在剧烈的矛盾冲突中，或者在戏剧性的情节中来表现人物，那些底层人物处于平实素朴的日常生活中，却能写得有声有色。南翔笔下的老桂、茶炉工、潘家婶婶、菜嫂等人，就是在平凡中显出生活本色，也见出普通劳动者的性格本色。说到底，南翔笔力所及就是要写出人的善良本性，相比较起那些在剧烈的矛盾冲突中去刻画人物的小说笔法，南翔更愿意采用在平实中自然地透示出人性的善良。甚至在表现"文革"故事时，他也与其他人的切入角度不同，他更乐意去发掘即使在恶盛行的时候，也能有某种善在承担。短篇小说《抄家》重写"文革"故事，这样的角度初读之下，肯定让人疑惑，这与坚持"启蒙"理念的控诉性的主流"文革"叙事有所差距，细读下去，就理解南翔的用心，他能在沉重悲戚的"文革"叙事中，劈开一条自己的小小路径。这个故事写得跌宕起伏，看似波澜不惊，却能扣人心弦。这在于四个人物性格刻画有棱有角。中学音乐老师方家驹面临"文革"抄家难关，像他这样出身的人逃不掉，他竟然想出一个主意，让自己关系亲近的学生主动来抄家以求减少损失和屈辱。几个学生还是孩子，这个局面是否可控？其实方家驹心里也没有底。起主导作用的是一个漂亮女学生徐春燕，她在导演这场戏剧。徐春燕会拉小提琴，因此与方家驹心有戚戚焉。抄家过程中抄出了线装《金瓶梅》、金戒指、金假牙、父亲在美国军舰上的委任状……，所有这些当时被看成封建、反动"糟粕"的东西，足以让方家驹死无葬身之地，结果方家驹失踪了。或许是抄家的过程变得不可控，或许是作者叙述笔法有意设的圈套，方家驹的家史一点点以物证的形式透示出来。这篇小说不只是重写"文革"有南翔自己的视角，尤其是小说艺术构思方面有独到之处。通过抄家，一个知识分子家庭的历史遭遇，一个人的性格和命运突显出来了。在抄家过程中，小说真正的主角方家驹几乎都被淹没了，但最后他的历史被细致地呈现出来，这个人被物证的历史重塑了形象。他的消失和徐春燕多年从美国归来，构成了一个深刻的历史反讽。

作为一个有深厚人文关怀的作家，南翔在关注底层民众的生存事相的同时，兼顾关切环保问题，而且环保与底层生活交织在一起，构成《哭泣的白鹳》这篇小说的叙事方式。小说通过野保站常年聘用的巡护员鹅头这个人物的故事，来反映湖区生态，尤其是白鹳招致毁灭性猎杀的现实。鹅头使人想起南翔笔下的老桂、茶炉工作这类人物，他们作为生活于底层的劳动者，辛勤艰苦地工作，维护着湖区的生态安全，与各种偷猎者做斗争。小说塑造的鹅头这个形象有着顽强的性格和无私奉献的善良品性；与之对立的是一群心狠手辣的丧尽天良的偷猎者。南翔的小说在写到环保问题时，充满了批判的义愤，也不再吝惜笔墨去揭露偷猎者的丑恶凶残。小说揭露偷猎者对天鹅、白鹳等珍稀保护鸟类的残害，偷猎者撒下的"天网"令人触目惊心，惨不忍睹。当然，作为一篇故事性很耐读的小说，不同于纪实性的报告文学，小说的生活内涵要丰厚饱满得多。鹅头和不会说话的小孙子狗仔，与隐蔽的偷猎者也是老友飞天拐等人，表现出湖区困苦艰险生活的多个侧面。鹅头祖辈在湖区居住生活，他干着巡湖员的艰苦工作，补贴却是从两百缓慢地调到六百。鹅头为了获得三万元的举报费，到处搜集证据，最后被偷猎者用猎枪打死。鹅头想得到这三万元，并非解决自己的生活困难，而是为了给老同学飞天拐的老婆毛妹治病，而飞天拐就是一个偷猎者，或者是与外地偷猎者配合的本地贼。鹅头死得悲惨且可惜，但鹅头的高尚与可恶可耻的偷猎者构成了鲜明对比。最后的那个雕塑作品"哭泣的白鹳"，与其说是纪念濒临灭绝的白鹳，不如说是祭悼献身环保的普通而卑贱的鹅头。

环保题材或者融进环保意识的小说创作，构成了南翔近年努力的方向。本部小说集中还有几篇小说如《来自伊尼的告白》《消失的养蜂人》《男人的帕米尔》等，都以某种方式表达了对生态文明的体认和思考。在生态这一视野中，南翔的小说叙事也呈现出开阔的格局，自然环境构成了他的小说背景，生态文明的某些历史以及人文地理学的知识和趣味融进他的小说，使小说的人文情怀更为深远。

《来自伊尼的告白》是以海底一条罕见的蝠鲼作为叙述视点来讲述托佛海滩、巴拉海滩的故事，海滩地点在东南非莫桑比克的伊尼扬巴内。南翔何以写下一篇这样的小说不得而知，但他的关注点在海洋生态，海洋物种濒临灭绝的严峻生态环境恶化问题。托佛海滩的最后一条蝠鲼被人类捕获，被注射了药物制作成标本。它有三米宽的的翼展，两米长的身躯，在大海里它是一只矫健而魅惑的"魔鬼"，如今就像"一只被风干的巨大的蝙蝠，牢牢订立在这个有着一堂高档非洲鸡翅木家具、高仿的达·芬奇油画和英式壁炉的墙上。"这个标本显然被主人用来炫耀富裕或者热爱海洋珍稀生物，或者显示自然生命的神奇。所有这些，都是在这个物种灭绝时它的意义被提升到极致。或许是异域风情和海洋气息让他感受到另一种背景，他的叙述自有一种节奏和气韵。

《男人的帕米尔》写的是一支"鹏鸟医疗队"志愿赴新疆喀什送医到少数民族地区的经过。这一行 12 人来到离喀什三百多公里的塔什库尔干塔吉克自治县，这里有着壮观的西部地貌。当然，小说叙述了少数民族地区的缺医的情况，也叙述了这一支医疗队里各色人物的医术和奉献精神，以及情感婚恋故事。这篇小说也可以看出南翔试图拓宽自然生态背景的努力，小说的境界较为开阔，拓宽了生活面和不同的人物。但小说的散文化和记叙性特征较为明显，故事经历有些零碎芜杂，以致主要人物和主导故事似未突显出来。当然，将这看作是南翔有意追求另一种风格的小说叙事也未尝不可。

总之，南翔专注小说创作数十年，砥砺前行，从不松懈，逐步形成自己的风格。他的笔法在自然随意中有内敛之力；在底层的苦情中有温暖亮色透示出来；在对自然环境的关切中融入鲜明的时代意识。南翔的小说创作有强烈的社会责任感，能握住生活的实在，让人感受到生活存在的那种质地，感受到他的艺术品格。

简论南翔的近期创作

贺仲明[①]

在今天，知识分子是一个含义多元的概念。我这里所提的知识分子型创作，也不是指作家的身份和创作的题材等（虽然它们可能会有一些关联），而是主要指作品的特征。在我看来，知识分子型小说是那种非大众的，有思想和情怀，艺术上也比较精致、讲究的创作。读过南翔的近期小说，我最直观的感受就是它们应该属于知识分子型小说。

南翔这些小说的最大特点是有思想，特别是人道主义思想。南翔说过，"作家要以学识为根基，以思想为触角"，并且认为："小说的价值标高，应该牢牢订立在普世的文化尺度上，这样既可避免重蹈文学史上随风转向、紧跟任务、图解政治的覆辙，亦可避免'问题小说'之弊，随着问题的结束或飘移，一些问题小说便索然瓦解，徒具标识意义而尽失文学审美价值。"这些观点显示他是有意识追求小说的思想性的。

南翔的创作时间已经有三十多年，就其近期创作来看，主要由三部分构成："一是历史与'文革'，二是弱势与底层，三是生态与环保。"这三部分创作虽然题材、艺术上各有特点，但思想性却是共同的。也就是说，这些作品虽然可能针对现实问题，也有一定的故事性，但其目的（也是最基本的特点）都在于思想，思考人的命运、社会的症结，以及人与社会的关系等。这种思想，赋予了南翔小说显著的个人特色。

---

① 贺仲明，文学博士，暨南大学教授、博士生导师。主要从事中国现代文学思潮和乡土小说研究，以及当代文学批评。本文原载《作品》2020 年第 8 期。

这里不多讨论生态与环保小说，因为这一题材本身就是对现代性反思潮流的产物，自然就具有强烈的思想批判意味。其他两类题材则属于很普通的题材，但在南翔的笔下，思想性依然很突出。

历史小说是南翔小说的重要部分。这些作品或者建立在其个人家族生活之上，或者属于纯粹虚构，不管哪一类，都是超越于生活本身，体现对人性和历史的思考。

南翔的底层生活小说则更多将思想与人道主义关怀结合起来。也就是说，他写弱势群体的生活，不只是写他们的表层生活困境，而是深入揭示生活中更丰富的内涵，寄托对他们的同情和关爱。如《老桂家的鱼》，写的是城市边缘的底层人生活。作品写了他们生活的困窘和无奈，但同时更展示底层百姓相濡以沫的温情，让我们意识到，这些为我们日常所忽略的群体，他们也有幸福的期盼，有善良的人性，我们没有理由忽视，而应该给予他们更多的关注和同情。而《回乡》写的是台湾老兵与大陆的亲缘关系，题材也并不算特别新鲜，但内涵却很深刻。正如小说结尾引用余光中的诗句："故国的泥土，伸手可及/但我抓回来的仍是一掌冷雾。"它超出一般写悲欢离合的模式，深入到复杂的伦理关系中，细致地揭示历史给人内心留下的永远无法愈合的伤痛。普通人物的悲惨命运不只是让人读来感觉沉重，更激发人去反思历史、人性、伦理等层面的问题。在同类题材中，它具有特别而超拔的意义。

南翔创作的另一个特点是技巧性强，艺术上精致、讲究。南翔近年来的作品数量不多，而且基本上都是短篇小说，但是每一篇都具有较高的水平质地，多篇作品更可称优秀。

短篇小说最讲究的是构思。南翔小说就是如此。这些作品的共同特点是不直接、透明，而是尽可能地追求艺术上的含蓄，给人留下回味和思索的空间，颇具艺术韵味。举两个例子。一篇是《老桂家的鱼》，作品以人物"老桂"命名，但却不让其发一言，而是围绕他来展示底层生活的点滴，蕴含着对底层大众的深切关怀。特别是作品结尾，让那条误以为脱逃的鱼以风干的面目再次出现，既是一种悬念，也是对情感的再度强化。另一篇是《绿皮车》。整篇作品可以说没有一个主人公，又似乎有许多主人公。它通过描述乘坐绿皮车的这些人物的点滴生活，描述了一幅富有感染力的人情世态图画，在一定程度上可以看作是"老桂"生活的普泛化。

语言也是南翔小说很讲究之处。他几乎每一篇小说语言都很用心，特别是精练、准确，同时将含蓄的艺术特点隐藏其中。比如《回乡》的这几句："当然也有一些千方百计将一两句话挤扁了磨尖了，插将进来的乡亲，那是有一点将血缘遥远的外衣，抖出几缕周正的线条来灯下相认的意思"，将复杂的人情关系简洁但传神地展示出来，"岭南的冬天，年终岁尾，早晚有几天扑面的冷峻，哪里就能冷得像模像样！"也是同样精练准确。对南翔小说的语言艺术，已经有学者专门撰文来进行评论（胡明晓《谈南翔小说〈回乡〉的语言特点》，福建广播电视大学学报，2017 年第 1 期）。

　　如此，读南翔的小说，就深刻地感受到：也许不能说他的每一篇小说都引人入胜，但却绝对都是精心构架之作，体现着作者对文学的专注、尊重和严谨。而且，这些作品都蕴含着作者独立的思考，体现着不迎合、不苟且的思想态度。也就是说，思想性、人文性、个人性、艺术性……这些知识分子的重要精神特征，南翔的小说都具备了，它们显然是比较典型的知识分子小说。

　　由于知识分子小说的思想性和个人性等特点，它肯定得不到很多读者，但这却并无损于其独特价值。特别是在当下中国，正如中国社会中长期以来都没有绅士阶层的存在，中国现当代文学中也很少有知识分子型的写作——很多人把汪曾祺算作知识分子写作，但其实是误解，汪曾祺只能算是文人写作——但这种写作其实是一个时代文学中不可缺少的重要部分。它代表着一种品位，一种精神，一种个性——而且它不是向下，而是明确向上，向着远方的。它能够激励人们思考，追求更高的精神世界，从而提升民族精神的高度。一个民族不应该匮乏这样的文学。

寻常一样窗前月,才有梅花便不同

——南翔小说的叙事策略及其审美品性

陈劲松 [①]

意大利著名小说家卡尔维诺认为，小说艺术有无限种可能性。依我的理解，这里所谓"无限种可能性"，既可指小说的审美倾向与情感质素具有无限种可能性，又可指小说的叙事策略或语言功能具有无限种可能性——无论所指何物，皆向我们传达出这样一个不争事实：小说的无穷魅力和生命力，正是在于它不确定的艺术属性——从这个意义上说，作为小说家的南翔，其小说的艺术就具有卡尔维诺所说的无限种可能性。

南翔从事小说创作的历史并不短，自大学时代开始至今，他已先后在《人民文学》《中国作家》《当代》《小说月报》《山花》《北京文学》《上海文学》等刊发表中短篇小说五十余部，长篇小说也已出版多部。无论是早期的《在一个小站》，还是中期的《南方的爱》或《大学轶事》，乃至今天的《前尘》或《女人的葵花》，南翔的小说创作始终保持着一种无言之美、不传之秘的多维旨趣。题材之广泛，视野之开阔，情节之生动，语言之诙谐，手法之奇崛，思想之深刻，构成了南翔小说活泼的表层和丰富的底蕴，彰显出他在小说艺术上孜孜不倦的追求与苦心经营。综观南翔的小说，鲜有跌宕起伏、大起大落的故事情节，但却在淡定平和里透出锋芒，于辛辣含蓄中显现温情，犹如一条涓涓细流，缓缓沁入读者心田。与此同时，他还常将自己的个人体会深深融入到小说里，在想象中抒写出他对独特生活的"个人经验"，从

[①] 陈劲松，文学博士，现任教于南方科技大学，主要学术方向为中国现当代文学研究，兼及中国当代文学批评和文化研究。本文原载《罗湖文艺》2011 年第 1–2 期合刊。

而使之具有故事性、策略性、思想性和审美性的多重文学价值。

有着作家与大学教授双重身份的南翔，其作品始终坚守着对社会的深刻洞察和悉心体味，在悲悯情怀的审美倾向中有着饱满的艺术张力；坚持多种叙事策略的探索并注重挖掘小说的情感质素；对世俗伦理和生活欲望进行精神结构的同时强化小说的语言功能——凡此诸类，都使得他的小说在艺术上呈现出"寻常一样窗前月，才有梅花便不同"的审美品性，并为解读者提供无限可能性。

一、悲悯性的审美倾向

一个时期以来，小说的悲悯性主题成为评判一部小说好坏的重要标准。其原因不难想见：悲悯性说到底是一种人性。它在小说中的充沛表现，不但客观上改变了当下文学"冷硬荒寒"的景观，更反映了作家内心深处的那一份良知。悲悯性主题在不同作家、不同作品那里可以有着不同表现，但打动人心的关键，在于作者能否营造感人的细节氛围，能否在生活场景的叙述中饱含情感力度——南翔的小说创作无疑具备这一特征。

集中体现南翔小说上述审美倾向的，是其中篇小说集《前尘——民国系列》（花城出版社 2007 年 1 月版）。在这部小说集中，南翔以其广阔的视界、深邃的思想、绵密的情感、丰富的想象力和深入肌理的文字理想，以及温润的人性目光和悲悯的人道情怀，为我们创造了一个至善至美的纯真世界。这个世界或在黔南，或在赣南，或在苏南，或在 1937 年的南京……尽管其中战乱、天灾与人祸频仍，但却同样有着山清水秀的美景，更有文人论战、商贾较量、人生起伏、情感变迁等颇有传奇色彩的事件。未必尽皆可歌可泣可圈可点，却为读者提供了另一条通往民国的秘道。

对于中国的文学，张爱玲早就说过："中国文学里弥漫着大的悲哀。一切对于人生的笼统观察都指向虚无。"所以，以中国现代历史为背景、再现一段民间生活的《前尘》，凝聚着一种来自"江湖"的旨趣，世事、人心犹如那个时代一样飘忽不定，它们在南翔的笔下有着一种莫可名状的苍凉感与幻灭感，凄美而哀伤，包括《红颜》中贡子佩和吴彬彬、《亮丽两流星》中景浩与聂枫、《偶然遭遇》中"我"与罗小青之间的感情；包括《方家三侍女》中的舒云、《陷落》中的刘二刀、《1937 年 12 月的南京》中的慧敏的命运。但是南翔显然无意于简单地复现民国的历史，在这部小说里，我们看不到"宏大叙事"，看不到广阔的社会革命，看不到乡土以及家族的命题，我们所看到的，仅仅只是那段历史中的几个渺小人物，过着卑微的生活。然而透过这几个渺小人物的命运，我们又分明看到了一个国家、一个民族在那样一个时代，究竟经历着怎样一种隐秘的变革。或许，南翔更多的只是想通过一种想象的历史场景，来描绘世道人心，并表达出他对尘世和命运的悲悯与伤怀。从这个角度说，《前尘》在个人想象的空间里，较为细致真实地描述了中国人在那一历史时期的爱恨情仇。它的清丽与典雅，它的哀伤和悲凉，它在人性上显现出来的张扬与温情，成为文学是人学的一个生动注解。

在另一部小说《铁壳船》（《小说月报》2005年第1期）中，南翔对于人性的审视与人道的关怀依然牵动人心。作品开头讲述了一位年近七旬的老渔夫嫖娼的怪事，但作者显然无意于就此猎奇，而是接下来从人与自然两个方面讲述了同一个沉重的话题：经济开发伴随着环境污染。于是，河水臭了，安身立命的铁壳船成了需要清理的废品。故事在老人对水清鱼跃的往昔近乎美丽与诗意的回顾中层层荡漾，从而散发出一种无奈与凄美的人情以及人性的力量。对于老人的生活和言行，作者赋予了宽容的凝视和悲悯的理解。尽管随着社会的变迁，老人最终成了一个时代的殉葬，但在这部小说中，南翔却无意对社会阴暗和人性弱点进行臧否式评判，也未做人伦道德上的价值追问，而是平静地审视这一切，冷静地看待这一切，由一个日常生活事件，生发出对一种生命状态的诘问。他只是故事的叙述者与小说的关注者。他关注着时代社会的流变播迁与世俗人生的起伏跌宕；关注着日常生活的酸甜苦辣与生命状态的喜怒哀乐；关注着审美理想的高下与情感状态的炎凉；以及由此形成的社会问题与心理深度。并且，他关注得坚定而又执着。从中，我们不难窥见他那开阔的人文视野与深广的悲悯情怀。

而发表于《北京文学》（2009年第5期）随后被《中篇小说选刊》（2009年第4期）转载的中篇《女人的葵花》，依然保持着他雅致、细腻和绵密的小说风格以及浓郁、敦厚、发自肺腑的悲悯情怀。小说故事其实很简单：为给女朋友买房子，一个叫桂德林的男人贪污公款18万元。通过装病，他从看守所里逃出来，一路南下，来到一座海滨城市，在鹰嘴湖水库落脚，承包了水库。一天深夜，他救起一个投湖自杀的女人，因女人爱嗑葵花子，他买回种子，开荒种了一大片葵花。女人与葵花的故事、女人与男人的故事由此展开。最终，女人因爱他而举报他，并愿意与漫坡黄灿灿的葵花一道，安安静静地等待他的归来。读来令人感动、感叹、感悟。

在南翔看来，小说首先要打动自己。简而言之，自己感情蓄积得温软深厚，锤打浓缩，发乎为小说，才容易打动读者——《女人的葵花》无疑十分契合他的这一创作观点，丰富的小说内涵里，表现出人性被现实存在所奴役的沉重，以及人物面对沉重时的选择，其中无不隐含对生活的种种期待，因而引起读者情感上的共鸣。

阅读《女人的葵花》时，我常常被一种善良、温暖的笔触所感动，作者以一颗宽容之心、一份悲悯之情，对现实社会表现出真诚的关切和注视，那显然是南翔身为一个作家，对"人性"发出的深邃凝望。是的，主人公桂德林的人生际遇告诉我们："人太容易受到诱惑，不在那个位置，什么大道理都懂，不仅懂，说起来滚瓜烂熟、头头是道，批判起来更是正义在手、义愤填膺；屁股一落座，三下五除二就全面缴械了。"这番话不免让我们对生活的悖论一览无余。小说同时借水库林老板之口道出了一个实用主义的生存哲理："很多经济也是在买卖中学会的，书要读，但读太多了就是呆子、蠢仔。我那些赚了钱的朋友，都不是多读书的人；但他们会读人，眼前社会，人读懂了，才一通百通。"林老板的处世哲学很大程度上代表了这个时代普遍的心理状态。被人类自己推动向前的时代，最终又将所有人裹挟向前，犹如长江后浪推前浪，没有任何喘息的机会。

南翔在总结自己对小说创作的认识时曾提到，"小说应该写作者最动情的部分。"①他认为自己感情蓄积得温软深厚，锤打浓缩，发乎为小说，才容易打动读者。就此而言，他的《前尘》《铁壳船》也好，《女人的葵花》也罢，无不以其悲天悯人的情怀，影响着我们每一个卑微的心灵，让我们深受感染。

二、开放性的叙事策略

一部好的小说在叙事上体现出来的策略，能够充分反映出一个作家的叙事功力和才情。具体到南翔的小说而言，他所追求的是一种开放性的叙事策略，即在故事结构的预置、小说主题的埋设等方面，糅合了古今中外

---

① 南翔.小说该在哪里驻足.山花，2006（9）：28.

小说的特长，同时在兼顾读者趣味的前提下，起着唯时代演变可以解释的变化。这种变化带来的就是他在小说叙事上形成的开放性策略。

南翔近年的小说，大多具有结构简单的特质。或者说，故事结构的单纯性，成为南翔近年小说创作的一个重要特征。"故事结构是小说叙事的重要一翼，故事结构是小说家预设小说情节的框架，它的搭砌，主要以人物命运的演进为规范。"① 他的《嗅辨员小梅》《柳全保同学，你好》《东半球，西半球》等小说，都显示了叙事过程中简洁与单纯的力度。在《嗅辨员小梅》（《微型小说选刊》2005 年第 20 期）中，主人公小梅的职业是环保局的嗅辨员。"什么是嗅辨员？就是一天到晚嗅味道的。"但小梅每天嗅的是臭味，而且主要是恶臭。小梅利用自己的专业与生理特长，甘愿为全市环保当卫士，甚至还借此做过侦破之类的好事。然而就是这么一位有着"特异功能"、工作干得非常出色的女孩，却尝到了第一次婚姻就失败的味道。原因是，"她每天都能嗅到老公身上有不同的女人气息，而且日渐浓郁。"

现实生活中，每个人都有各自迥异的生活境况，其中之味当然也不尽相同。对于故事中的小梅来说，她找到了自己在生活中的位置，实现了社会与自我的双重价值：当一名出色的嗅辨员。但这一切是以她的第一次婚姻失败为代价的，原因仅仅只是她能够精确地嗅出上千种味道。阅读该作品，吸引我的倒不全然是故事本身，而是隐藏在故事背后的生活张力。很难说小梅的家庭及人生故事有什么微言大义，但是人性的感悟正是在逼近世俗的生活中自然流溢。

至于现实生活中是否真有小梅的存在，我们不得而知，但这并不重要，重要的是，南翔在这篇小说中，以简单的故事结构与清晰的故事线条塑造出了一个活生生的小梅。既让我们品咂到了一种别样的生活味道，又让我们知晓了文学叙事的一部分真谛。这一真谛，在汪曾祺、刘庆邦、毕飞宇等作家那里亦踪迹可觅。

而在《柳全保同学，你好》（《中国作家》2006 年第 5 期）这部小说中，我们即可见出南翔在叙事上的另一种策略：不失主题同时又在主题的埋设当中颇费心机。小说由一个略显普通的故事开始切入：主人公梅琦不幸患上了乳腺癌，需要去医院做乳房切除手术。手术之前，丈夫大梨为安慰妻子，

---

① 南翔.当下小说的叙事策略.当代文学创作新论.北京：中国戏剧出版社，2002：29.

"疗救病况"，和她立下字据，承诺她想哪样就哪样，允许她"任何放逐身心之行为"。小说写到这里随之笔锋一转，讲述了另外一个多少有些离奇的但却好读且好玩的故事：梅琦念高一那年，遭遇了一件事情。那时候的她，是班上的学习委员。一天晚自习，她去办公室送练习本回教室的路上，忽然遭遇了本班学习平平的柳全保同学。原来他想和她交个朋友，而且是男女朋友；并出其不意地伸出手抓住了她的双乳，梅琦一声惊叫后，他反而抓得铁紧，怎么掰也掰不开。接下来的事情是梅琦想象不到也不愿想象到的结果，学校保安闻声赶来，柳全保很快受了留校察看的处分，一个学期还没结束，就自动退学了。事后，梅琦认为那不是她的错，也不是他的错。但她心中却从此有着经久不消的内疚感。一晃，距离那时已经十三个年头了，此时此刻，已患乳腺癌的梅琦却有个奇怪的念头，那就是找到当年曾趁黑摸她胸部的柳全保。找寻的结果是，柳全保如今在本市的一家知名摄影社当摄影师。于是，故事的戏剧性开始凸现。最后，柳全保用另一种抚摸，完成了他向青春冲动的歉意：他花了一天时间，拍了几十帧梅琦的美丽写真。至此，小说在完成了叙事性的同时也完成了主题的埋设。这种埋设是随着读者探奇意识的步步深入而显现的，从容而又徐缓。

《我的秘书生涯》（《人民文学》2005 年第 6 期）和《辞官记》（《上海小说》2004 年第 1 期）俨然一幕新时代的官场现形记。前者"促迫峻急地贴近官场录像，意图描述出权力和情感的勾兑乃至较量"[①]。小说刻画了一个心机勃发得令人咋舌的女人，在与市长秘书惊心动魄的潜在较量中，长袖善舞，其手段不禁令人掩卷浩叹；后者则不无荒诞地表达了另一种若隐若现的心理真实：农学博士刘一周受市委重视，被委任于新一届农业局局长。但因小时候受穷偷肉吃，刘一周挨了父亲一顿揍，从此落下了一上酒桌就心慌气短的心理疾病。为此，刘一周一再辞官。其妻却找到昔日的旧情人、市医院妇产科医生娄小明，合演一出苦肉计，名曰宣泄疗法。于是，刘一周如妻所愿当上了市农业局局长，娄小明也因治好了刘局长的心理疾患而被调到农业局，成了刘一周的部下后却传染了他的紧张。荒唐的就任与辞官，如同哈哈镜一般，折射出当今社会中现实与理想的错位——由此完成小说在故事叙事上的一波三折后曲径通幽。

[①] 南翔.寻常一样窗前月——《女人的葵花》自序.女人的葵花.长沙：湖南文艺出版社，2010.

诚然，上述策略尽管不是南翔小说叙事的全部特征，但可以从某些侧面反映出南翔小说创作在叙事策略上的开放性。

三、多维度的情感质素

何谓情感质素？"情感质素即情绪与感情的潜在性质与特点。"作为一种长于叙事的文体，小说在讲述故事的同时离不开情感的蓄积与感发，而这也是评价一部小说优劣的重要尺度之一。南翔小说的情感质素，因为有着个人经验的融入而呈现出多维度的特征。

其一是在回望感怀的故事类型中，流溢着撼动人心的情感力量，蓄积了较多的人世沧桑，从而有着独特的情感个性。此一特征在其小说《火车头上的倒立》（《山花》2006 年第 9 期）中体现得淋漓尽致。南翔曾从十六岁开始在铁路部门当过七年工人，这部小说即以他熟悉的铁路为题材，写的是最后的蒸汽机车，地点在他当年工作的浙赣线西端。主人公罗大车十七八岁就在宜分车站当了铁路工人，一辈子在火车头上做一个操作的司机司炉。他和其他同事一样，将自己的青春、爱情、婚姻，乃至于一切都献给了蒸汽机时代。几十年来，罗大车与火车头肝胆相照，心手相应，浑然一体，结下了深厚的感情，也养成了一个特殊的习惯，那就是每次出车前，要在驾驶室里倒立一阵才舒服。然而，时移事迁，随着内燃机车和电气机车时代的来临，蒸汽机车走到了生命的尽头，属于它的辉煌时代开始落幕。火车不再烧火了，罗大车工作的前进型 225 号蒸汽机车也终于退出了历史的舞台。

小说在对曾经"镏金"的岁月欲说还休的耽恋与缠绵中，流淌着一股淡淡的忧伤，充分展示了作者青少年时代的阅历与心境。小说中罗大车的故事贯穿始终，故事底蕴是情感。但这种情感的抒发，却是通过对一去不复返的岁月与往事的回望达到的。小说在对罗大车难忘昔日的追叙当中，试图找寻着聚积着作者自己的感发力度，而结尾罗大车关于他和儿女之间的感想，何尝不是作者自己的情感经历？"如果我们这一代是蒸汽机，乐乐和金葆他们，就是内燃机、电气机，是快速新干线。那是不止一代人的不同。那种不同，好也罢坏也罢，到底，是个人自己的选择。就像跑车过程中，必然会碰到朗朗日头，也会碰到风风雨雨。"小说在怀旧的情感基调中，潜隐着这样一个主题：世界变化得太快，熟悉的东西一件件消失，新的物事要去重新熟悉。上一代人的位置，有时候就决定了下一代人的位置。作者对这一主题的满腔感怀，因了人物情感的铺垫而具有充分的感染力。

《火车头上的倒立》明显带着深深的忆旧痕迹。南翔自己也说，"一个人的第一份职业，或者青少年时的工作与生活感受，很难不在他日后的写作生涯中留下深深的烙印。"因此，《火车头上的倒立》可以看作是在一去不复返的蒸汽机的汽笛里，挽歌一般唱响大车们的情感悲喜。在一幅幅文字画面里，作者缕述与蒸汽机一起的"大车"们曾经的内心轰鸣与翻涌的悲喜，读来令人颇多感动。感动之余，不得不叹服南翔小说那看似平静的叙事下面，潜伏着怎样的情感波澜。

与此同时，南翔小说的情感表现，还通过对一本正经的生活现实予以戏仿，而潜藏着谐谑与讽喻的情感维度。他的长篇代表作《南方的爱》（人民文学出版社2000年1月版）便是具有上述特征的一部小说，这里不妨以小说的开篇《博士点》为例。《博士点》讲述的是一座围城中发生的故事：G师大的博士生郝建设临近毕业时遭遇了人生的五味。为了帮助别人，不谙人情世故的他最终不得不以牺牲自己的前途为代价。围城里的种种物事看起来似乎和围城外的生活一样，那么的世俗和荒诞，但透过这表面的人情和故事，我们又分明能够在大学这座象牙塔中看出一片异样的风景。小说的结尾，郝建设已在现实生活的磨砺下，逐渐感受到了博士点的潜在价值，"绝不止于学问，它作为学问的塔尖，更多的是一种象征，它作为身份的标识，却可以兑取力量、权力与利益。"正因为如此，博士与博士之间，与导师之间，与社会之间，与爱情之间，才会生出那么多令人心酸、讶异、感慨的故事。《博士点》写出了当代知识分子个人情感欲望的自我挣扎，也表现了他们个人命运意志与社会环境的冲突，既有对现实生活的揶揄和反讽，又有对心灵世界的探索与拷问。在《博士点》中，南翔的精神向度与叙述追求，无不体现他作为一个有独立思考的小说家，彰显着他对社会和大学的热切关怀与深沉忧思，彰显着他对道德和伦理的痴情守望与虔诚追寻——从这个意义上说，南翔小说有着明晰的情感深度。

四、结语

汪曾祺曾说："小说最重要的是什么？我以为是思想。"南翔也认为

"作家要以学识为根基，以思想为触角"。在这里，两位身处不同时代的作家，不约而同地强调小说的"思想性"。所谓"思想"，显然就是那种有自己对生活的真实理解而且有独特感觉的东西——这正是小说创作应该具备的叙述经验。这种经验，既可以来自生活、来自故事，也可以来自人物、来自语言。我在南翔近年创作的大部分小说中，真切地感觉到了来自独特"经验"的力量。这些"经验"，无不贯彻着他对当下政治生态、社会生态、自然生态、人性生态作为文学创作主题的多维思考，也即小说的思想性。

我毫不掩饰对南翔小说的喜爱之情，自第一次读到南翔的《博士点》开始，便沉迷于他的文学作品几近七年矣。纳博科夫认为，文学作品首先是对个人产生重要意义，他也只愿对读者个人负责。作家池莉也有着相近的观点，她觉得好小说并不在于作家自己所声称的社会意义，也并非日后社会对于该小说的意义性评价，而仅仅在于作品本身：熟悉生活并且能够洞察生活的，用自己独特的文字功夫将自己独特的生活理解表达出来的，深入浅出、恰到好处并且色香味俱全——无论什么题材。所以，她认为，小说首先是好看不好看的问题。小说与所有的艺术品一样，与花朵、舞蹈、绘画、雕塑一样，其要素便是它是否好看和迷人。好小说要动人，要拥有超越时代的风韵和魅力，要像越陈越香的好酒，任何时候开坛，都能够香得醉人。①我想，若以这个标准来评价南翔的小说，譬如《女人的葵花》，结论是显而易见的。它就像一坛酝酿了十八年的女儿红，香气撩人，从而给读者带来精神上的愉悦和审美享受。

南翔一直认为，"小说的价值标高，应该牢牢订立在普世的文化尺度上，这样既可避免重蹈文学史上随风转向、紧跟任务、图解政治的覆辙，亦可避免'问题小说'之弊，随着问题的结束或漂移，一些问题小说便索然瓦解，徒具标识意义而尽失文学审美价值。"②在我看来，作为大学教授的小说家南翔，俨然是一位校园中的沉思者，一直以来，通过自己的小说创作实践，表达出他"对中国人、中国社会、中国文化的深刻洞察和沉重忧思。"③从此前的小说集《前尘》到如今的《女人的葵花》（湖南文艺出版社

---

① 池莉.闻香识小说.北京：作家出版社，2006：153.

② 南翔.小说该在哪里驻足.山花，2006（9）：29.

③ 陈墨.生存现场的人文地图——南翔小说阅读札记.山花.2006（9）：36.

2010年4月版），我在细读之余不禁感慨：南翔笔耕不辍而写就的，哪里是小说？在他的才情和阅历背后，记录的分明是他们这一辈乃至上一辈的痛与悔，表达的分明是他们一路颠沛而来的憎恶与爱恋。人生无常和世事播迁，伸张志向与集藏趣味，才是南翔小说的精神旨归。而这也正是南翔小说创作的内在驱动力，他执拗地认为，作家有责任或义务，将他们亲历的或一直在感受的生活，以尽可能生动的情节与灵动的细节表达出来。在他看来，好的文学作品需具备三大信息量：一是生活信息量，二是思想信息量，三是审美信息量。意即一部好的文学作品，应该具有生活的广度，尽力搜寻和表现人物、情感、历史及其生活细节，使之充满生活气息；应该具有思想的深度，通过小说人物和故事传导出深邃、理智而清明的思考，使之富有哲学韵味；应该具有审美的高度，对不同的小说人物和故事，运用不同的话语方式和结构方式，使之蕴含美学质地。也许正是在这个意义上，著名评论家贺绍俊才认为，"南翔的小说很好看，也很耐读；他可以在不同的时空里展开想象，而最终又都凝聚于思想性和文学性，这得益于他的学院气质、民间情怀和南方立场三者的完美结合。"在小说集《女人的葵花》中，上述三大信息量和三种立场几乎贯穿于每一部作品。

　　"寻常一样窗前月，才有梅花便不同"。这是作家南翔心灵深处向往的一种境界，看似简单，却有着无尽的禅味。世上值得珍藏的东西，不过就是眼前的寻常之物。譬如写作，寻常之人事物件，最是易写但又最是不易写好。综观南翔这么多年来的小说创作，都能在寻常之人事物件背后写出人情的冷暖，生发人性的关怀，并在语言上和叙述中追求对寻常生活的智性表达，使之达到生活的广度、思想的深度和审美的高度。著名评论家陈墨认为南翔的小说"好看如世说新语般传奇，耐品而似水年华般细腻，动人出自悲天悯人的情怀。"我想，此论对于南翔小说而言，无疑是恰如其分的。

人心的隐微

——读南翔的《檀香插》

马　兵[①]

英国批评家弗兰克·克默德在他的代表作《结尾的意义：虚构理论研究》中谈到过一个有趣的看法：无论是作者还是读者，人们对于小说的结尾都有额外的关注，这是因为人们在生活中往往无法掌控自己命运的开始与终局。用他自己的话便是："我们的虚构作品中的隐晦和复杂等属性是与结尾和开头的遥远和可疑等属性有着密切的关系的。"（弗兰克·克默德：《结尾的意义：虚构理论研究》，辽宁教育出版社 2000 年版，第 65 页）于是，人们在小说人物的结尾中把潜在的世界变成行动的世界，或借助虚构的力量创造现实中匮乏的和谐，以完成对生活和自我结局的一种代偿。只是，这种文学化的对不确定感的结束的转嫁在现实层面中有多大的拯救意义又另当别论了。

南翔的短篇小说《檀香插》里的女人罗荔正需要这样一个被赋予意义的结尾。小说里的她在遭遇一场家庭变故，她心爱的丈夫因涉嫌贪腐被纪检部门"双规"，她也要被迫接受调查组的讯问，当调查组向她展示其丈夫与别的女人欢会的视频时，罗荔内心一点仅存的幻想破灭了，原本稳定的、如蜗牛一般缓慢而温暖的生活行将解体，罗荔陷入前所未有的困境。她该怎么面对呢？这是罗荔，其实也是作者本人面临的一个问题。换言之，这篇小说的关键在于，作者该如何用一种叙事秩序去兑换罗荔崩溃的生活秩

① 马兵，1976 年生，男，山东邹城人。文学博士，山东大学文学院教授。中国现代文学馆客座研究员，山东省作家协会首批签约评论家。本文原载《芙蓉》2017 年第 2 期。

序，在故事的结尾完成小说对生活与人心最有意义的观照。

那南翔是怎么让小说收束的呢？在恍惚中，罗荔听到丈夫回家的声音，一切仿佛会迎刃而解，生活将回到之前的轨道，她在调查组那里看到的听到的只是一场梦，但是她突然发现丈夫西服上有一点胭脂红，这让她再一次想到视频里那些污秽的画面，罗荔盛怒之下要赶走男人，可待男人真的要走，她又变得"怅然一惊"。丈夫回家这一笔，小说在处理时与前文的榫接非常自然，以至于它会误导很多读者，让人误以为这是确实发生的一幕。且不谈我国纪律检查机构目前的政策不会让一个涉案人自由回家，通过小说叙事的伏脉稍做揣摩，这一笔也只可能是罗荔心力交瘁中的一场梦境。一则，小说虽是第三人称叙事，但从一开始即以内聚焦的方式，对罗荔内心的错乱、惊惶和悸动做细致的勾绘，如果丈夫回家是实写，聚焦点的转换就显得突兀了。二则，也是更关键的，这种仿真的"梦境"，在叙事层面上是一个巧妙的收尾，但在情节和主题意义上却指向一个更大的悬而未决，它以叙事的完成遥指一个女人陷入无尽苦涩的情境，让读者感触到弥散于文本之外的那种痛苦情绪的沉积，是它让这个看似简单的小说具有了复杂的属性。

换言之，对于一个篇幅不长的短篇而言，如果结尾这一笔是实写，那这篇小说过于平实，因为它本来就不是靠外在的狗血情节来驱动的常规反腐小说。小说中，丈夫贪腐的细节与纪检方的查办经过都是一笔带过而已，南翔更关注的是反腐潮流中的个体，是一个个令人拍手称快的案件背后相关家庭和人心的伤痛与种种不可向外人道的委曲。罗荔的困境不只是法理与人情的纠结，还在于"简慢而单纯"的生活信条的整个扭曲。丈夫无事平安回来是她最焦灼的渴望，但丈夫与别的女人有染的事实又让她无力承受，所以幻梦中丈夫的回来是安慰更是刺痛，小说有意融混叙事放大了这个善良女人内心的悖谬，她的未来如何，小说没有允诺，但读者自当领会——这就是仿真的梦境以完成的方式带给小说的"未完成"性。

南翔近来的写作，如备受好评的《特工》《回乡》《抄家》等以对大历史褶皱中个体命运的呈现著称，这些小说中体现出的可贵的历史反思力和思辨意识让人印象深刻。就这一点来说，《檀香插》并非南翔写作主攻的方向，不过，其对人心隐微之处的发掘与洞察，还是能见出其与前作的内在关联。坦白说，笔者以为小说以"檀香插"的意象串联全篇并以之为题过于刻意，这个意象在小说中承载着主人公散淡自适的生活愿景，并且辅助叙事构成贯穿性的组织，但因为不断被人物召唤出来，反而给人坐实之感。这与结尾让人不能一下坐实的处理恰恰构成对比！但我也充分理解作家的这一做法，小说中，无论事发前夫妇的伉俪情深还是事发后的背叛、丑恶接踵而至，一切都笼罩在似有似无的檀香之中，它不提供净化，但确乎构成一种象征性的道德化的氛围，作者似在提示我们，任何对道德与人性简化的判分都有违生活的正义。这是常识，却恰恰是我辈在面对如腐败分子等奸佞之辈时常犯的错误。小说中，檀香不言，而却包蕴对人生的洞察、审视与反讽。

此外，《檀香插》的题目还让我想到台湾女作家李昂的名篇《北港香炉人人插》。小说中，罗荔的丈夫在买下檀香插时曾与她调情，出一"檀香木插檀香"的上联要其对出。如果允许我们做一点性别文化的诠释，这个细节更是与李昂借情色写政治的动机不谋而合。丈夫也好，公权力也好，对罗荔而言，都意味着一种霸凌的势力，她生活的意义被他们赋予也被他们剥夺。这个如檀木一般静好的女人其命运几乎被"檀香插"如咒语一般主宰着，真是令人唏嘘！

那只在风中睡觉的鸟

——略评南翔

李云龙 ①

一、"在风中睡觉"的鸟

香港电影导演王家卫在《阿飞正传》中，用电影语言讲述过一只鸟的细节。这只鸟，没有脚，一生仅能下地一次，只能"在风中睡觉"。

作为南方文坛重要作家之一的南翔，就是这样的一只"鸟"。

他没有世俗眼里的"脚"——"八面玲珑"；一生仅能下地一次——"踏着温柔而危险的夜色和音乐，走向爱"；只能"在风中睡觉"——始终不让自己停歇，一直在文学的天空飞翔，和世界对话，让自己和阳光一道构成图画，让自己的歌唱成为恒久的音乐。

二、淡雅的画卷与恒久的音乐

南翔与世界对话、与生活对话、与历史对话、与未来对话的方式，是文字。他的文字，就是他的画卷和音乐。

他是以文字传递对于当下情态、往昔留存的感受的——"深圳文学创作的特点，可以从其多元化、开放性和包容度三方面来考量"；"我们甚至是

---

① 李云龙，男，1955 年生于江西吉安。现为深圳市南山区作协理事、副主席。本文原载《文学界》2010 年第 5 期。

通过人物的命运、情感和人生境况及态度，来生发我们的喜怒哀乐的"；"渠今正是我，我今不是渠"……

他的表达，常常闪射着一种理想之光，有一种对于先贤的追怀，是一种融入，也是一种提升，随口道来，即斐然成章，时有独特的发现，透出一种思考力。

他激赏杨小凯，不独因为他是经济学天才，更因为他的卓具思想与道义担当。

为纪念冯牧老辞世，南翔曾写过《遥想冯牧》的篇章，虽短小，却深情，称老先生"以其独特的文学经历和乐为人梯的担当精神，令人耿耿难忘。"

对于中国传统的道德、智慧、襟怀、气韵，他心往神追，而这些，他都是通过文字来展现。

《相思如梦》《南方的爱》《大学轶事》《前尘——民国遗事》《女人的葵花》《无处归心》……这些朴素却典雅、简约而厚重的篇什，由其聚合而成的煌煌方阵，更有跃动其间、元气充沛的这些文字的精灵，总有一种让人怦然心动的"节奏感与致幻感"，恰如博尔赫斯所言"这些事物，也许，就是诗"，亦如南翔自己在小说中所表达的那样，是"每一个字都飘飘如蝶，盘旋着远去"。

三、"三百年后读南翔"

南翔的成就是多方面的，在文化方面，倡扬"观人文而化天下"；在小说理论方面，既有《当代小说新论》以示"不在穷途"、以益学术，又有《耽迷于东方既白》以见"其神专也"，以广视野，更有"三个打通""三个景观""三大信息量"以为赫然标举，以正视听；而在创作方面，则其书写，已难枚举。

也许，南翔暂时不能得到如菲利浦·罗斯称索尔·贝娄是"真正意义上的哥伦布"那般评价，但未来的文学史，绝无理由忽略这位有思想的实力派作家。

其根据在于：

以 20 世纪 90 年代中后期为界，南翔的创作，大致上可以分成两个时期。其特点，前期主要是张扬写作对象内心的颓丧与苦难；而后期写作，虽然也涉及社会世相的诸多方面，但总体上要内敛得多，也温婉平和得多，作品的人性生态、善恶维度、主题意蕴，此时，已更多藏于文本之后，藏于故事之后，藏于细节之后，藏于海量信息之后。后期小说是一种更彻底的自成格局、自成体系、自成曲调、自成气象，已经从讲究技巧挺进至于自然成篇，从涛翻浪卷转入静水深流。这是一种真正走向成熟的表征，是一种文学本体得以回归的深层景观。

《女人的葵花》是一部很能体现南翔后期写作特点的中篇集子。

即单以《女人的葵花》为例，这一部中篇，甚或可以说，是他中短篇当中最具有代表意义的作品。小说的故事虽然涉及罪与罚，但它的内质却是纯净的，不是为了讲述主人公曲折离奇的经历，绝不靠暴露性恶趣以吸引人眼球，而是坚守文学品格，宁可寂寞高蹈，也不愿以媚俗为依归。这就击破了地摊文学的物欲与暴力，亦非循通常的追逃构想。在写作上，真正力求走进人的内心，突入人性深处，取法于生活，又不是悬停于生活，而是将生活情境与作家的精神领域嫁接、转换，有意滤去生活中更多的暗黑，使之显得简单纯粹，同时，又在实际生活之未有更多可咀嚼处，寓入无限意味，并且不着痕迹地将两者作出比对，每每于文本与此在间，让尔虞我诈与不设心防，彼此角力；让污浊喧嚣与干净宁馨，互为映衬。由此显出的，则是作家深沉的思考与内心不易觉察的隐忧与担当。水上画面和葵花意象，是惶惑与幸福、现实与虚拟、丧失与拥有等许多旨外之趣的特殊载体，也是这篇小说十分值得注意的特殊表达，还是作家寄予了艺术理想的很高阔的抒写，更是织进了作家绵密心思的审美发掘。这部小说，也是南翔标举"三个打通""三个景观""三大信息量"理论，并成功付诸实践所收获的丰硕果实。《女人的葵花》加上这部中篇集子中其他各具神韵的作品，弗吉尼亚·伍尔芙这样评多恩："当我们思考在过去三百年间英国何以写出并出版了千千万万字的著作，而绝大部分何以消失得无影无踪时，不禁很想知道多恩的诗具有什么品质……当他的声音经过这么长久的飞行越过那一片把我们和伊丽莎白时代隔开的多风暴的大海，让我们听到之后，去分析他的声音对我们来说有什么含义，也许值得一试。"[①]

事实上，我在阅读南翔小说之时，内心会时时涌起一种冲动：三百年

---

① 〔英〕弗吉尼亚·伍尔芙.普通读者Ⅱ.北京：人民文学出版社，2003.

后读南翔——并会因之热血沸腾。

《女人的葵花》给人的观感，是一种告别了张牙舞爪、五颜六色的朴素自然，其外在是一种清新润泽、波澜不兴，其内在是一种美学力量、诗歌品格。不是轰轰烈烈、大开大合，却是枝叶纷披、意态纵横。整个集子，完全当得起其封底所载几位学者的相关评价。

要而言之，南翔大体上走的不是歌颂路数，他的作品不喜图解、粉饰，但始终表达着一种人文理想、历史沉思、平民勇气；即如进入历史，也是在旧时天空中，追寻遗落的美丽，并表现出一种格外的文字特质……

谈小说中的语言生活

——评南翔《洛杉矶的蓝花楹》

胡明晓 [①]

语言生活是运用、学习和研究语言文字、语言知识、语言技术的各种活动。现当代小说的文学创作，无不反映其真实的语言生活。南翔在小说创作中以凝练、深刻，近似洁癖的语言表达，还有对语言本身的熟稔，给读者留下深刻的印象。例如在《绿皮车》《抄家》等小说集中，若干片段嵌入普通话、方言等概念、利用民族语和通用语巧妙互补、熟练运用外来音译词，以及方言介入小说人物语言的方式方法，把语言的精妙展现得淋漓尽致。而后，有作品《回乡》讲述"我"大舅从台湾回乡省亲的盘根错节，其历史之殇、家国之痛，犹如唇齿相依，彻骨之寒。在语言技巧方面，小说善用名词和动词，注重文字的韵律，对多维语言身份构建与认同偶有表述，在语言表达方面又胜一筹。南翔新作《洛杉矶的蓝花楹》，讲述了一个跨文化的情感故事，本文欲意新究，探寻跨文化交际的多元化语言格局，以及语言生活对人物塑造、故事情节、小说创作的影响和作用。

一、研究背景

中篇小说《洛杉矶的蓝花楹》讲述了南方高校的一位女教师，远赴洛杉矶南加州大学做访问学者后的经历。在南加州大学的南门外，偶遇古巴裔

---

① 胡明晓，女，湖北荆门人，深圳职业技术学院副研究员。本文原载《福建广播电视大学学报》2020 年第 2 期。

（二分之一中国血统）的美国籍货车司机洛斯尔，两人因车剐碰，而蹭出了情感的火花。这位向老师，在国内早已离异，独自带着念小学的儿子秋生生活。受传统婚恋观以及"让儿子健康成长"思想的影响，向老师在与洛斯尔的交往中，有着各种纠结与不堪，让读者感受到五味杂陈。故事孰是孰非，喜欢与否，难以评判。鉴于小说语言表现出的丰富内容、体现多元文化的碰撞与融合，本文将以语言生活为切入点，即运用、学习、研究三个维度与语言本身、语言知识、语言技术三个方面的纵横交错，①与小说《洛杉矶的蓝花楹》中真实而丰富的语言世界进行比照。

二、研究对象和方法

语言是一种复杂的现象，既具有自然属性，例如声音、视觉形象等；也具有社会性质，例如社会构建和认知等。②小说中的语言具备虚构、虚拟等特点，一方面，作为小说中的人物语言，体现了其自然属性。另一方面，作为小说中的描述语言，则体现了其社会属性。本文的研究对象是《洛杉矶的蓝花楹》小说中的语言使用者和特定社会环境中的语言现象，方法上采用定量和定性研究相结合，在某种程度上偏向于定性研究。试图站在小说人物的角度去理解人类行为，强调自然观察，注重内容，适当阐释。南翔在《洛杉矶的蓝花楹》中涉及诸如人类语言学、语言与文化、语言与社会心理、语言教育、话语研究等多个领域。本文将采用归纳、综合、描写等基本的研究手段，对其小说中的语言进行个案研究。

三、语言生活中的审美要素分析

（一）小说中的语言生活

人口族裔结构的变化带来了语言和文化多样性的变化，也带来了小说中丰富的语言生活，对现实生活是完美和凝练的再现。小说用中文写作，

---

① 李宇明.语言生活与语言生活研究.语言战略研究，2016（3）.
② 赵蓉晖.综合运用研究方法推进语言学科发展.中国社会科学报，2018（9）.

内容涉及汉语、英语、西班牙语、葡萄牙语、意大利语，还有广东台山的方言，出现了一些中国成语和方言俚语。

1. 语言文字。小说中，洛斯尔第一次宴请向老师和秋生，是在"發"餐馆。"發"字，中式具有代表意义的用字，并用了繁体字，用引号加注。文字之于书面语，犹如语音之于口语，都是语言的物质外壳。即便是虚拟的小说情景，作者选用"發"餐馆，别具匠心，中式餐馆配以中式招牌用字，故事情节显得真实而亲切。洛斯尔陈述认识向老师的原因是爱、屋、及、乌，当向老师听到他几乎是一个音调，一字一顿地念出"爱屋及乌"，非常吃惊，他竟然知道她来自中国。向老师侧耳偷听儿子秋生和艾娃的对话，一会儿英语，一会儿西班牙语，从人物形象的听感上，建构了多维语言世界。

2. 语言知识。文中运用语言知识的人物形象非常逼真。向老师作为高校文科教师，对中国成语、民间俚语以及古诗词的掌握，同时具备一定英语水平的交际能力，足见人物语言形象的塑造。向老师对洛斯尔讲解，司在汉语里主要是动词，司机，是掌握机器的人。掌管厨房、做饭的人则称之为司厨。洛斯尔讲解 Havana 时，同样运用了专业的语言知识。在言语交际方面，更体现了多语社会中不可或缺的语言能力。为了让向老师对秋生在球场受伤事件释怀，冒充巴西裔同学的家长写英文道歉信，巴西的国语是葡萄牙语，而他不会葡萄牙语，只好用英文。事实上，南美人把葡萄牙语作为母语，在美国也多半使用的是英文。小说创作中的字里行间，随处可见小说人物对语言知识的运用，以及小说创作者对语言知识的驾轻就熟。

3. 语言技术。2015 年 11 月 17 日，牛津大学出版社和迅键公司联合推出《牛津英语词典》年度词评选：一个喜极而泣的脸庞，成功逆袭千万词语，当选年度词汇。[①] 小说中多处运用微信表情符号进行语码转换，给读者留下深刻印象。例如，洛斯尔夸中国媳妇厉害时，用了一清二白这个词。向老师回复：那叫一清二楚。告诉你一个中国成语，洞若观火。洛斯尔接着聊：洞……若……观……火，为什么是洞里面看火呢（一连串的笑脸：偷笑，憨笑，坏笑）？她也不便在手机里详细解释：此洞非彼洞，此洞为形容词，是清楚，透彻之意。小说中对语言技术的描写，伴随着语言知识的正确运用，

---

① 冯学峰，刘晓婧.一路走红的表情包.中国语言生活状况报告 (2017)，2017.

读来生动活泼，为人物形象、故事情节和小说创作增色不少。

（二）语码转换的语言事实

语码转换，是指在会话中使用两种或多种语言的现象，可以是两人之间，也可以是同一个人的句子和句子之间，或句子中的字、词之中。向老师为了在孩子面前隐瞒和洛斯尔的恋情，只敢晚上与洛斯尔联系，在微信聊天中，多用表情符号传情达意。

1. 表情符号的语码转换。

小说是用语言写成，如果小说文本中直接出现表情符号，似乎不太符合现代白话文的体例，南翔在小说人物语言描写中，成功对作为聊天工具的表情符号进行语码转换，不仅反映出人物交流时对语言技术的学习和运用，而且反映出丰富的人物内心世界。

例如：手机从秋生手里回到向老师手中后，她通常主动询问：
休息了吗？
等待近乎焦虑的对方很快回答：
没有啊，一直在等你呢！
……
好笑（这里通常是一个表情：打哈欠，或者翻白眼）你难道平时不是独自去睡的吗？
天下最可怜的男人，是独自去睡的男人（可怜）
……
（自怜）
把两个可怜，合并到一起，就变成了（甜蜜，外加一束放出异彩的玫瑰花）
……
那还得等 20 年?！（惊讶，外加一束放出异彩的玫瑰花，一枝凋谢的玫瑰花）①

---

① 南翔.洛杉矶的蓝花楹.江南，2018（3）.

2. 多语人的语码转换。

能否对语码进行转换，可以成为一个人是否是双语人或多语人的标准。出生于多语家庭洛斯尔以及他的女儿艾娃，是小说塑造的多语人形象，在言语中多次出现语码转换现象，转换多以实词为主，符合语码转换的基本规则，为两人对话间的语码转换，提供了语言信息。比如艾娃说报考的学校，那里的食品专业很有名，所以想去。弟弟指着姐姐的鼻子说，那你百分百是一个吃货！"吃货"一词，姐姐听不懂，看着爸爸。洛斯尔与向老师小声嘀咕，说了一个英文俚语，洛斯尔再用西班牙语翻译出来。另一种语码转换是提供句法和构词法的结构。比如向老师琢磨，儿子讲"她们把什么都摊开了，那就没什么事了"，他讲的是"他们"还是"她们"呢？又想，"他们"和"她们"有区别吗？汉语的人称代词复数，再铸一个新词，就是"他们"和"她们"的熔铸，一个家庭，无论夫妻，还是父女与母子，都会出现性别的错综或交融现象。语码转换让多语家庭交流更加方便，在小说的描写中也是妙趣横生。当秋生直呼洛斯尔名字时，被向老师制止，旋即向老师又被洛斯尔制止，洛斯尔觉得亲切，任由秋生叫名字，说，什么叔叔伯伯舅舅呀，在英文里都是一个单词 Uncle！那时候啊，洛斯尔 Uncle，还在古巴呢，在古巴的夏湾拿，也就是中国人翻译的哈瓦那。

四、多语家庭的语言现象

传承语（Heritage Language），也译为"祖语"或"继承语"，相似称谓有家庭语言（Home Language）、社区语言（Community Language）、族裔语（Ancestral Language）等，[1]传承语不一定是家庭用语，跟双语和多语相比，是一个更新的概念。小说中的男主角洛斯尔与原配妻子都是古巴裔美国人。1959 年，古巴革命胜利后，他们的祖父辈来到美国，父母都在古巴出生，他俩则都在美国出生。她的祖父祖母是西班牙人，意味着她有二分之一西班牙血统；他的祖父祖母是中国人，意味着他有二分之一中国血统。洛斯尔与原配妻子的女儿 Ava（艾娃），在家里主要讲西班牙语，和她妈妈之间从不转换语码，电视也锁定西班牙语频道。如果使用英国谢菲尔德大学

---

① 曹贤文.海外传承语教育综述.语言战略研究，2017（3）.

Sabine 博士的传承语研究框架，以平面直角坐标系的形式呈现，横轴两端为实用与情感，纵轴两端为必要与次要，根据小说中对这个多语家庭成员的描述，在四个象限中相应位置如下：

如图所示，小说人物的语言能力愈强，形象则愈丰满。男主人公洛斯尔具备说四种语言的能力，女主人公向老师具备说两种语言的能力，向老师儿子秋生具备说三种语言的能力，洛斯尔女儿具备说两种语言的能力。图一：第一象限为英语，意为最实用、最有必要的语言，第二象限是西班牙语，意为在洛斯尔家庭中，西班牙语是有必要且情感表达需要使用的语言，第三象限是中文，意为洛斯尔在情感上认同的语言，相比第四象限意大利语而言，洛斯尔使用中文，且幼年有母语习得经历，意大利语是他在小学时耳闻目染，跟老师习得。图二：向老师一家三口均使用中文进行日常交流，为了学习和科研工作，向老师选择英语作为第二外语。向老师与原配丈夫都是中国人，祖辈父辈均没有外裔。孩

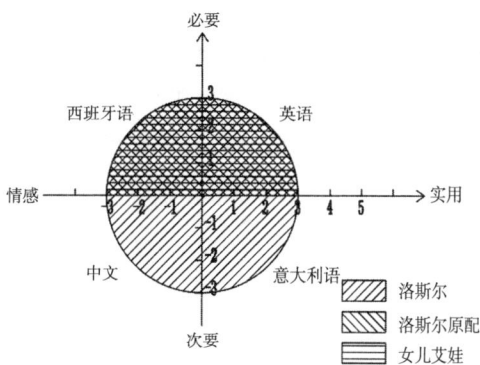

图一：洛斯尔家庭语言象限图

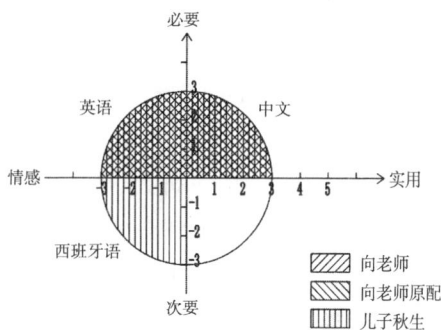

图二：向老师家庭语言象限图

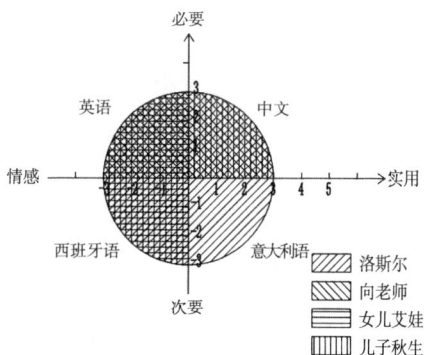

图三：洛斯尔+向老师家庭语言象限图

子秋生在国内学习英语，到国外不出三个月，达到国内本科英语专业大一学生水平，向老师把孩子送到语言学校，想报名学习小语种西班牙语，语言学校报名未遂，而后孩子与洛斯尔女儿艾娃认识，习得西班牙语。

小说中好几处出现语言教育观差异导致的人物冲突，恍若真实的语言生活。在语言学校，向老师与一位南美混血中年女子发生语言冲突，这位女士在前台接待向老师，她皮肤栗色、声音好听、英文中夹带着西班牙语味儿，她说秋生年龄不够，语言学校只收 14 岁以上的学生，建议秋生学好英文，加上中文，无须更高要求，向老师则认为年龄小一些学习语言更有效。向老师对西班牙语是小语种的认识惹恼了南美混血女人：除了巴西与海地，在拉丁美洲的 19 个国家都用西班牙语，在世界上讲西班牙语的超过了 4 亿，……还是联合国的 6 种工作语言之一。向老师心里不服：拥有 4 亿使用者的西班牙语算什么呢？排在中英文之后。嘴上却不说，心里继续想通融一下，言语间未解对方调侃亚裔母亲的幽默，爆粗口不欢而散。善解人意的洛斯尔用西班牙语道别，带着向老师离开现场。洛斯尔或许听出对方英语中的西班牙味，于情急中用交流对象的母语表达歉意，以期得到谅解，体现出足够的语言机智。

洛斯尔与向老师并未结婚过家庭生活，但因恋情延续，彼此交流甚多，包括孩子艾娃、秋生在内，酷似一家四口新生家庭。故图三模拟演练洛斯尔与向老师的家庭语言象限图。

讨论一：洛斯尔的传承语是什么？

传承语始于家中，而典型的二语学习是从学校课堂开始的。传承语传承的不仅是语言，还涉及身份认同和文化认同。Van Deusen-School（2003）认为传承语学习者有某种"传承动机"，是在与某种语言有很强的文化联系的家庭中长大的，是对祖裔语言产生兴趣的人。对该语言所属群体和文化的自我认同，以及学习该语言的学习动机和兴趣，对于传承语学习者来说非常重要。从习得角度看，洛斯尔在美国出生、学习以及工作，英语作为最常用的语言，却为第二语言。情急中使用西班牙语，可见洛斯尔的语言技能与技巧，妻子的祖父母使用西班牙语，必然使其妻子从小耳闻目染。洛斯尔的祖父祖母都是中国人，幼年早期许是受到过汉语作为目标语的影响，对广东台山的语言习惯，古巴华人把哈瓦那念做夏湾拿，仍然记忆犹新：Havana 音译过来，是英文的发音。古巴是西班牙语国家，西班牙语的 v

读作 b，发音基本相同，有时可以互换。从这个角度考虑，Havana 一词，音译成"夏班拿"，比"夏湾拿"更贴切一些，在古巴则拼写为 Habana。但是，英国人比西班牙人更早到中国，招募或者贩卖华工出洋到美国加州。到 19 世纪中后期，由于受到美国排斥，加州的很多华人移居到古巴，他们财力雄厚，形成夏湾拿华人区与华侨商业，他们来自美国，自然习惯讲"夏湾拿"而非"夏班拿"了。此处，洛斯尔在言谈中显露了自己对语言知识的运用、学习与研究，让向老师刮目相看，与向老师的交往中，他多使用中文，甚至中文的方言俚语。说话者在一些方面跟母语说话者相似，他们在童年中早期接受到目标语，然而，传承语说话者在第一语言的接触方面又不同于母语者，他们对母语的接触被打断，其范围和领域受到限制，通常局限于家庭范围的家人之间或者社区成员之间。因此，洛斯尔的传承语是汉语。

讨论二：向老师的传承语是什么？

向老师的原生家庭使用汉语，新生家庭也使用汉语。到美国遇到洛斯尔之后，假想的家庭成员发生变化。如果以语言习得理论视角来分析，强调实际的语言能力和家庭背景，主要根据语言水平来定义学习者。传承语学习者在儿童时期接触到某一语言，但由于转向另一门优势语言而未能完全习得该语言。无论如何分析和定义，向老师使用的传承语都是汉语，英语作为其学习的第二外语，在生活和工作中发生着重要作用。

讨论三：艾娃和秋生的传承语分别是什么？

艾娃是洛斯尔和原配妻子的女儿，生活中使用西班牙语，在学校使用英语，显然，传承语是西班牙语。秋生是向老师和原配丈夫的儿子，一直使用汉语，到美国后英语水平飙升，而后跟艾娃学习西班牙语，可见传承语是汉语。

讨论四：假设向老师和洛斯尔结婚，生出的孩子传承语是什么？

小说中，向老师和洛斯尔未修成正果，读者未免有些遗憾。假设，他们俩结合，生出一个混血儿，本文建议尊重孩子的自我身份认同和主观能动性，根据其语言水平、家庭纽带，以及祖先用语情况来进行分析，作为假定的汉语传承语学习者，还应当关注这个孩子因为语言使用对自我身份建构的能动作用，尊重孩子自主选取语言作为传承语学习的权利。

五、结语

　　《洛杉矶的蓝花楹》小说作者南翔，以小说语言淬炼的工匠著称于文坛，又以小说语言真实、情节逼真、寓意深远而赢得广大读者的喜爱。究其原因，小说以语言为载体，成为反映现实生活的一面镜子。南翔近年小说多以生态、自然、人文景象见长，而对语言生态、语言环境的描写，又以此篇为上乘之作。新时代的语言生活包罗万象、活力四射，在新媒体的助力下，让人目不暇接。①小说中出现了各种来源的新词语，以新的表达方式，伴随着新的呈现体式，从不同层面反映作者语言观念的更新、变化。小说以语言的多样性来塑造人物，使得形象更为丰满、逼真；语言不仅是单纯的交际工具，而且有着身份认同和知识建构功能；"中国式妈妈"从重视个人语言能力的培养，到作为大学教师，关心国家语言的形象和地位；全球化经济的发展带来的多语社会与多语家庭，……如此缜密的语言生活要素，在小说中高度集结，又散落在字里行间，悄无声息、浑然天成，为读者提供了观察社会的语言维度。总之，随着中国语言走出去，海外华人的语言生活、世界范围的中文语言，以及丰富多彩的语言文本，对现当代小说的创作与研究产生重要影响，中篇小说《洛杉矶的蓝花楹》堪称一例。

---

① 郭熙.新世纪以来的语言生活.光明日报，2018-11-18.

丰富的隐喻与象征

——对南翔短篇小说《老桂家的鱼》的一种阐释

于爱成 ①

　　从短篇小说的基本要求看，南翔短篇小说《老桂家的鱼》深具意味。"鱼"作为贯穿全篇的"穿缀物"紧紧抓住了"人生横断面"和故事关键点，并贯穿始终。正如经典短篇小说往往在这一点上显示出作家的发现力和创作智慧一样，这个作品"浓缩人生悲剧"，在信守篇幅的同时，努力把触角伸展到更加广阔的意义层面，从而在"意味"的有无上同故事以及传统小说有了区分，在严格的空间里寻找到了最大的爆发力。

　　作品写出了三重象征。也许有人说短篇小说不宜采取象征写法，因为篇幅太短。如布鲁姆所说，"我们必须小心提防所谓的象征，因为在技艺精湛的短篇小说中，往往是没有象征而不是有象征""象征对短篇小说来说是危险的，因为长篇小说有足够的世界和时间来自然而然地遮掩象征，但短篇小说必须是较突如其来的，因而处理象征很难不显得唐突"。可见短篇小说里使用象征但又不显得唐突不是容易的事情，却也是难得的事情，不易做到的事情。象征使用的得当，其实反而能够"构成一种根本性的形式"（博尔赫斯语）——所有伟大的短篇小说都必须找到自己的形式，不管是契诃夫式的还是卡夫卡式的。像爱伦坡、霍桑、梅尔维尔等美国传奇小说家，就特别强调写出小说中的象征性和诗意叙事。因为象征性和寓言

　　① 于爱成，男，1970 年 10 月生，山东高密人。文学博士，研究员。广东省作协文学评论委员会副主任，深圳市作协副主席兼评协副主席。本文删减版曾载 2013 年 9 月 30 日《深圳特区报》第 2 版，此为全文。

性的人物事件不需要连篇累牍地描述，反而可以使得写得更简。就《老桂家的鱼》来说，象征和隐喻的使用，第一重，老桂是当代都市的被抛弃者，现代社会的疍民——想上岸而不得；第二重，老桂家打上来翘嘴巴鱼恰恰也正是老桂式健康生命终归被现实榨干成为鱼干的象征，但他却是有尊严的——想自由体面生存而不得；第三重，潘家婶婶是当代都市中的隐士——想做隐士而不得。三重象征，隐喻的正是当代城市底层民众的命运！在城市化和资本挤压下，无望的底层的悲苦人生。这是作品的批判性所在。

作品中的老桂，像是一个提线木偶，被命运之手拨弄，在四大即将耗尽散掉之际，在风中左右摇摆，踉踉跄跄，溃不成军，拿不成个。这是一具病体，是一堆即将熄灭的余烬，但却又是一个清醒的观察者，叙事者，参与了作者的叙事。老桂是沉默的，通篇没有一句话，只是用表情、动作、眼神、手势来表达感情。作者提醒读者，是因为老桂过于虚弱，而无力说话。其实，这正也是作者的策略，让老桂不发一言，用沉默的苦涩和忧伤，来强化底层的悲哀，当然也是底层的坚强。这个病体正是作者采用的隐喻，疍民也是隐喻——老桂一家，本来并不是传统水边居民意义上的疍民，不是广东地区传统意义上不被允许上岸而饱受挤压和欺凌的边缘族群的疍民，老桂一家如果说是疍民，其实只是疍民特征的自觉选择水上生活的边缘人，或者可以称之为新疍民。老桂的悲剧，隐喻了一个群体的共同的悲剧和境遇。这个群体甚至很大，无依无靠，自食其力，自生自灭，艰难时世。最终的结局也如老桂，如老桂的家庭。正如老桂家的鱼所象征的。

这条翘嘴巴鱼，其实是作品的文眼，是高度集中化的象征物，是作品的核心穿缀物。叙述者对这条鱼，极具耐心地描写，甚至忍不住从第三人称有限视角跳出来，以诗意抒情哲人的语言进行评论。

作品写老桂的一天，连带出了饱满的现实生活背景，繁复的社会形态，绵延的历史脉络，写出了宽阔度、丰富性和历史感，写出了老桂等人的苦难、无力、无奈和悲伤——如果说这是老桂的遣悲怀，何尝不也是作者的遣悲怀呢？先是，打鱼的过程，像是老人与海的壮观奇诡；打上来后，鱼的凶猛反抗把老桂的击倒在地，扫掉牙齿，而老桂对鱼惺惺相惜，不舍得拿剪刀割伤它的身体；这条鱼像是一个尤物，一个精灵，作者不厌其烦地描述它的惊艳："身材修长，宛如一枚无限放大的丰腴的柳叶，银亮平直的头部锋利如刀如戟，浅棕色的背部是一道起伏的峰峦，一张鲜红的突吻，娇艳滴滴，哪里就是一只网中之物哇！"

鱼的形象，其实正是象征了老桂自己。打上这条鱼的兆头，未必是好兆头，完全是恶兆。借民间的说法，打上来的应该就是老桂的元神了！元神出窍，所以鱼后来莫名失踪，所以老桂终至不治。鱼和人，在此互成隐喻，互为镜像。所以，作者魂不附体地吟诵出这样的话："如此这般的翘嘴巴鱼，是雄与雌，阴与阳的结合，讲是壮美却柔婉，到底旷放还忧伤。"

老桂死了，因为无钱看病。病不起，只能死。鱼象征了老桂的尊严和不屈。这是象征的一层。还有一层。即疍民的所指，实则也是底层民众、打工阶层、都市边缘人生，如何在城市更有尊严扎根落脚的一个隐喻。没有房子，买不起房子，没有技能，不能靠手艺体面生活，所以成为逐水而居靠江河捕鱼吃饭的疍民。而那些住在贫民区、城中村、棚户区、桥底涵洞中的人，房子岂不也是他们的梦想，他们回到人群、世间的依托吗？疍民不是因为他们喜欢这种生活方式，实为无奈之举。而河流和渔船，哪里又有什么浪漫和超脱？这种底层悲歌和道德义愤，正是作品的出发点。

其实，潘家婶婶何尝不也是一种象征？潘家婶婶这个人也像是当代的陶渊明，城市中的隐士。心远地自偏，自得其乐，自我拯救，但到了最后，城市整治到了她的"东篱"——桥底的菜地，终至做隐士而不得。体制化的力量，城市化刚性设计的无孔不入，必然要消灭土地，哪怕一点点残留的被忽略的空地。城市也必然消灭最后的疍民！无论真疍民还是类似疍民，无论是遁世者还是边缘人，只要你在城市中。

当然这还只是一个层面，形而下的层面。更广泛的意义上，如果说鱼所在的江湖，实在的江湖告急，鱼处处受困被捉，反映了一种绝境；那么，社会的江湖，人间的江湖，普通人置身其中的江湖，处境何尝不是如此！鱼逃不过网，而人逃不过命运，这命运之网的编织者，除了冥冥中的天意，更多是类似鲁迅先生《故乡》中所说的"多子，饥荒，苛税，兵，匪，官，绅，都苦得他像一个木偶人了"的社会挤压。老桂被网住了，所以赴了死地；等待老桂家的，仍是同样的命运。江湖和鱼，在此就具有整体性的象征意味了。

作者是个道德家，或者说道德倾向比较鲜明。无论他早期的作品《南方的爱》《大学轶事》《前尘——民国遗事》《女人的葵花》，还是晚近的作品《绿皮车》《哭泣的白鹳》《1975年秋天的那片枫叶》都是如此。而这个作品显然还远远溢出了这个道德和伦理的层次，更有形而上的深意在。一个人的生与死，尊严的生与死。老桂和鱼，都活出了他们的尊严，对命运的抗争，并不祈求怜悯。还有潘家婶婶。说到影响的焦虑，老桂倒有点像《老人与海》中的老人了，只不过中国的这个老人，肉体被病击倒了，无法成为不倒下的勇士。但他的意志并没有倒下，仍然倔强而顽强，执拗而勇猛。鱼也像《老人与海》中的大马哈鱼，不过这条鱼不像大马哈鱼所象征的命运，还多了慑人的精气和魂魄，作为老人的灵魂对应物出现——它选择跳出水槽，风干而死，而不像大马哈鱼被鲨鱼蚕食式地成为他者的口中餐。

这是一部不合时宜的小说，不与时俱进的小说，不时髦的小说。不是吗？快时代的慢文本，小时代的大叙事，软时代的硬情感，碎时代的全信息。总之，这是一部看得痛、看得累的小说。

作品采用的是作者一贯拿手的书面语描述，也就是执拗的知识分子叙事。叙述推进的节奏显得凝重，似乎刻意不追求行云流水之势，而处处显出黏滞，黏滞的现实，黏滞的生存，黏滞的历史，黏滞的情绪。而黏滞的状态中，主人公老桂是清醒的，叙述者即作者是清醒的。

作品叙事娴熟，手法精确，采取了第三人称叙述的选择性全知视角，叙述者仅仅透视主人公老桂的内心，仅仅了解主人公的内心，对老桂老伴、潘家婶婶等其他人物只是"外察"。同时，作者作为叙述者，又采用了主人公老桂的意识和感知，来替代自己的意识和感知进行聚焦，主人公老桂的感知构成叙事角度，这又构成人物的有限视角。这两种限知模式，在《老桂家的鱼》中却有时出现了交互使用，全知叙述者和故事主人公交替充当起了"观察之眼"，谁看、谁说出现了交集。这种独具匠心的结构安排和文体选择，为表达主题意义和增强审美效果起到了很好的作用，有利于深化作品蕴含的丰富的思想内涵和社会意义。

总体来看，作品的叙事是把真实作者的视角和老桂的视角合为一体，以行将死去的老桂的清醒的眼光，凝视着这不多的时日，主要是在一天中发生的事情。在老桂的凝视下，或者说在这个大病缠身行将就木之人苦涩的视角下，这黏滞的现实在我们面前敞开，文本在我们面前呈现历史与现实的繁复，呈现人物的命运感。

作品通篇描写的是老桂的所见所感所思所为，他的自语式叙事。在他的眼中，一切都像是重病之人、将亡之人的疾病叙事。老伴小气，寡情，粗鄙，宁愿老桂病死也不舍得花钱治病，但她却能干、坚韧、不屈不挠；潘家婶婶有情有义，仗义无私，朴素的爱的精神在她身上和在阿珍身上都有体现，底层并没有完全陷落！其实，老桂家的对老桂的死活不管不顾，其实未尝不是当代中国部分人群的现实，穷困之家的现实。病在穷人眼里，在广大的农村那里，迄今大抵仍然不是休养的理由。只要能动，就要做活，能治则治，治不起就等死。其实何尝农村如此，穷人如此，城里人何尝不也大批的人群如此？病不起，是当代中国的病。

但真实作者这个全知叙述人，有时候却又站出来，独立于主人公感知之外，做几句评说。像"工作服三个字，几多熨帖，几多念想。三四十年前，做了回乡知青的年月，多么想去城里当工人，那时节，穿工作服就是一生的盼头，无上的荣光""如此这般的翘嘴巴鱼，是雄与雌，阴与阳的结合，讲是壮美却柔婉，到底旷放还忧伤"等这类语言，已经分不清哪些是叙述者的感叹，哪些是老桂的声音了。甚至在文本当中，作者还化身为师范学院历史系的向老师，对疍民的由来进行历史学、人类学和民俗学的解说。当然，这不是作者越轨，而是有其不得不然的理由，是作者知识分子立场的独有动力所致。

作家采用的是典型的书面语言，知识分子话语体系。像上来的第一句话："入冬以后，老桂知晓自己病了，或许，病得不轻。"这话中的"入冬""知晓""或许"之类，都是典型书面语。而仅就后面的三段而言，又有"跃然而上""趋前""蔫没声响""沁人心脾""飘逸""分辨与捕捉""冷峻""氤氲"等相对文雅的词，看得出，这是作者一以贯之的知识分子写作了。何为知识分子写作？首先是一种立场，即米兰·昆德拉所说的"写作就是写那些无人敢写之事，讲那些无人敢言之语，这就意味着要反一般人之常态"，是永远的不认同者，追求一种反思性、批判性的写作，一种烛照良心的灯塔式写作。这种写作，更接近于伟大的俄罗斯传统，托尔斯泰式的、果戈理式的，索尔仁尼琴式的，准确地说，更像是托尔斯泰和契诃夫以及纳博科夫的结合，不仅仅是外观的，还有内视的，内省的。就当代中国文学来讲，则与鲁迅、钱钟书、韩少功、李锐的同一个谱系。知识分子写作在叙事上，也更多采取文雅的一脉，讲究的书面语的一面。当然，不排除口语的进入，但文气贯通始终，终究不是汪洋恣肆的民间话语系统，例如莫言、阎连科等的话语体系。

慢，也正是南翔式知识分子叙事有意为之的慢节奏。作品上来写到老桂的病态，作家不厌其烦地写老桂从小船上大船的缓慢笨拙动作。通篇通过回环往复纠缠，形成一种对节奏的控制，对情感的处理，对内在性的关注，对灌注其中的叙述人立场的稳定把握。这也正是一种挽歌体的小说，怀旧体的小说，乡愁式的小说。诗意来自节奏，深意也来自节奏，文字经过沉吟再三再写出来，似乎有点絮絮叨叨，似乎通篇多有自言自语，明明一句话可以说完，作者非要多出来一句补充，像是故意形成一种繁复效果。或者说，貌似多有拖沓、不简省，像上来第一段，老桂病体从小船上大船的描述，作者自是有意为之。修辞上的复沓、回环，在复沓回环中，出现了意义的分蘖、增值。

思想性、隐喻性、象征性、外观性、内省性，实现了这个作品的超越性。它超越了一般的故事性的短篇小说，绝不媚俗，也不媚雅，不追求趣味，也不追求时髦形式，不炫技而成为无剑之剑，实现了作品对时代、对人性也是对自身的回答。

把文章写在大地上

——南翔《手上春秋——中国手艺人》解读

陈南先 [①]

南翔的非虚构文学作品《手上春秋——中国手艺人》，是由江西教育出版社 2019 年重点推出的年度出版图书。此书甫一出版，就入选了中国图书评论学会 2019 年 4 月"中国好书"等几个榜单。2019 年年末它在深圳和江西等地入选 2019 年度十大文学好书。2020 年 4 月 23 日世界读书日到来之际，第八届"书香昆明·好书评选"系列活动揭晓，《手上春秋——中国手艺人》名列全国十大好书榜单。笔者近日阅读此书多遍，爱不释手，笔者认为南翔的这本书广受赞誉不是没有原因的。

一、大写的工匠精神

南翔关注的是与日常生活衣食住行相关的工艺与工匠。此书先后写了十五位能工巧匠，他们分别是木匠、药师、制茶师、壮族女红、捞纸工、铁板浮雕师、夏布绣传人、棉花画传人、八宝印泥传人、成都漆艺传人、蜀绣传人、蜀锦传人、锡伯族角弓传人、平乐郭氏正骨传人、钢构建造师。前十四位是传统工匠，最后一位是当代工匠。

---

① 陈南先，男，江西泰和人。文学博士，广东技术师范大学文学与传媒学院教授、硕士研究生导师，主要从事中国当代文学和文体学研究。注：此文压缩版曾以《弘扬工匠精神 凝聚传统力量——评<手上春秋——中国手艺人>》为题发表在《光明日报》2020 年 4 月 4 日第 5 版"光明悦读"上。此系完整版。

这些手艺人，年纪最小的有 50 岁，最大的有 80 多岁。80 多岁的黄文鸿在药材鉴别、药材炮制与药文化三个方面均有权威性著作问世，因此奠定了他在此三方面国家级的领军人物地位。同样年过八旬的杨胜伟是湖北恩施名茶玉露省级和国家非遗项目传承人。张小红是江西新余目前唯一的夏布绣国家级传人。杨锡伟是福建漳州八宝印泥的市级、省级、国家级非遗项目代表性传承人。尹利萍是成都漆艺国家级非遗的代表性传承人。郭海博则被认定为河北省省级非物质文化遗产项目"郭氏铁板浮雕艺术"的传承人，郭氏兄弟是"铁板浮雕艺术"的开创者或曰"鼻祖"……

手艺人，现在也叫工匠，曾经是一个中国老百姓日常生活中须臾不可离的职业，木匠、铜匠、铁匠、石匠、篾匠、泥匠……各类手工匠用他们精湛的技艺为传统生活图景定下底色。中国手艺尤其非物质文化遗产项目以及非遗传人，是大国工匠中的杰出代表。2015 年央视新闻频道播出的专题纪录片《大国工匠》，用镜头讲述了 24 位来自不同行业的当代中国工匠的人生故事，展示了他们非凡的职业绝技和匠心筑梦精神。《手上春秋——中国手艺人》一书中的十多位主人公体现了十分可贵的工匠精神。

宣纸制作有 108 道工序，这些工序繁难细密，耗时费力，迄今还是仰赖传统技艺。在这 108 道工序中，捞、晒、剪……各有其难，捞纸尤难。他捞出来的纸，每一刀误差不超过一两，每一张上下误差浮动仅一克。厂里出品 4 尺（138mm×169mm）的宣纸最为畅销，每天要捞 1500 张。《大国工匠》第一集里就讲述了捞纸工周东红的故事。他潜心宣纸生产，改进宣纸制造技术，用坚守谱写宣纸华章，30 年来始终保持着成品率 100% 的纪录（《捞纸工周东红》）。

郭美瑜是我国目前棉花画唯一的传承人，她将中国画、雕塑、现代光电技术等巧妙地融入创作之中，让棉花画从原来的平面堆塑改为具有立体感的浮雕、圆雕造型，更加活灵活现。她的作品继承了传统技法，又进行了创新（《棉花画传人郭美瑜》）。

只有中专学历的陆建新，37 年来扎根建筑施工第一线，先后参与了深圳国贸大厦、广州西塔、深圳平安国际金融中心等不同时期地标建筑的建造施工，从一名基层测量员逐渐成长为大国工匠。如今他成了中建钢构有限公司华南大区总工程师，是我国钢结构建筑施工领域顶级专家。他参与、见证与躬身实践了三个速度：三天一层楼（深圳国贸），两天半一层楼（深圳地王）、两天一层楼（广州西塔）。他主持承建了国内已封顶的 7 座 100 层以上钢结构摩天大楼中的4座，见证了中国超高层建筑从无到有、再到国际领先的全过程，被誉为"中国楼王"和"中国摩天大楼第一人"。

2016年3月5日李克强总理在做政府工作报告时首次正式提出"工匠精神"——"鼓励企业开展个性化定制、柔性化生产，培育精益求精的工匠精神，增品种、提品质、创品牌"。这说明工匠精神已经得到了国家层面的高度重视。"工匠精神"是一种职业精神，它是职业道德、职业能力、职业品质的体现，其基本内涵包括敬业、精益、专注、创新等方面的内容。这些手艺人就是工匠精神的践行者，《掌上春秋——中国手艺人》字里行间洋溢着大写的工匠精神。

二、珍贵的文化记忆

采写、搜集这些手艺人的材料，其实也是在从事民间文化的保护与传播工作，劳神费力，但是这项工作很有意义，用学术用语来说，叫作"文化记忆"研究。德国学者扬·阿斯曼在20世纪90年代提出了"文化记忆"的概念。文化记忆是一套可反复使用的文本系统、意向系统和仪式系统，它以客观的物质文化符号为载体，也通过无形的载体代代相传。当下文化记忆研究已发展成为跨学科的、国际性研究领域，社会学、政治学、历史研究、文学批评、媒介研究、文化研究等学科都从不同的角度探究社会文化场景下"当下"与"过去"的相互影响。①

作为具有数千年历史的文明古国，中国的文化记忆研究具有极为难得的样本意义。中华大地，物产丰饶，瓷器和茶叶或许最值得夸耀于世了。恩施玉露茶的制作最大的特点，就是蒸青而非炒青。唐宋年间的中国绿茶，也多半是蒸青。明代之后，炒青后来居上而为主流。恩施玉露的制作方法以蒸青的方式赓续传统。在日本，除了九州地区用传统炒青，更多的茶叶产区倒是保持了蒸青技艺，而且是深蒸加工。玉露因此成了日本绿茶市场品质最高的一种，很受消费者青睐（《制茶师杨胜伟》）。

笔墨纸砚乃"文房四宝"，好的宣纸是好的画作的基石。宣纸具有"薄者能坚，厚者能赋，色白如霜，久不变色，折而不伤，耐腐难蛀"的特性，它独特的渗透、润滑，都使得它无论是用于绘画还是书法，或纵笔如飞，或

---

① 连连.历史变迁中的文化记忆.江海学刊，2012（4）.

入木三分，各呈其妙，各臻其美。国内外流传至今的大量古籍珍本、名家书画墨迹，历史久远，却大都因了宣纸的承载，依然翰墨如初。如果没有宣纸，中华民族的艺术宝库一定会大打折扣（《捞纸工周东红》）。

汉语中，相关"绣"的成语不少，如锦绣河山、锦心绣口、香闺绣阁、雕梁绣户……这些都与蜀绣等传统瑰宝密切相关（《蜀绣传人孟德芝》）。"锦绣"并称也是由来已久，成语中这类例子很多，如锦绣前程、锦心绣口、锦上添花——此"添花"即绣花，比喻好上加好，美上添美。南翔到成都采访过国家级非遗项目蜀锦传承人胡光俊后才得知"锦"与"绣"的区别——前者是用织机织就，后者是用绣花针绣成（《蜀锦传人胡光俊》）。

锡伯族由东胡——鲜卑——室韦——锡伯的顺序发展演变而来。在锡伯族文化里，弓箭是很重要的一个内容，其祖先就是拿着弓箭来守卫边疆的；锡伯族是善于也精于射箭的民族，曾享有"骑射劲军"的美誉。（《锡伯族弓箭传人伊春光》）。

《手上春秋》一书写到的这些都是文化记忆研究的鲜活材料。

南翔在采访张小红时发现，一件小小的织绣用品，便是一个缩微的中国民间风俗史。有一个小挂件正反面都有绣花，绣的是桂花、莲花、莲子，其寓意是早生贵子。另一个帐幔上的挂件外表看是鲤鱼跳龙门，中间的寓意是金榜题名。洞房花烛夜，金榜题名时——此乃天下"四大美事"中的"二美"。这挂件应是洞房花烛夜，新娘送给夫婿的，含蓄蕴藉，想说的话，通过挂件来婉曲表达。还有百子图，不仅早生，而且多生，所谓瓜瓞绵绵是也！一百个儿子都成人中之龙，何其令人骄傲啊。一张床上，各种内外的实用织绣张挂都是故事、都是细节，也都是文化传统（《夏布绣传人张小红》）。棉花画的主体审美思想一言以蔽之：吉祥。它以长寿、喜庆、福运、富贵为四大表征，代表作品有《松鹤延年》《喜鹊登枝》《丹凤朝阳》《花开富贵》（《棉花画传人郭美瑜》）。在壮乡文化传统中，金鱼与虎都是吉祥物，在婴儿满周岁之时，送一顶金鱼帽、一双虎鞋，辟邪吉祥、深藏祝福之意，更高其使用价值。采访结束之前，当翻译的马元忠，顺手想拿起一顶虎帽试戴，立刻被阿婆制止了。原来，此地风俗，孩儿的帽子是不能试戴的。阿婆斩钉截铁地说，别人戴过了的帽子，孩子不会喜欢的（《壮族女红俩传人》）。看来入乡随俗是很有道理的。"中华民族的共同文化记忆使得当代中国人在生活习性、风俗习惯、思维方式、节假日仪式等等方面具有共同的意象体系和表达方式，进而为文化自信的树立提供共同的心理归属感和心理认同感。"① 《手上春秋——中国手艺人》对传承和传播华夏文化，功不可没。这也是南翔老师坚定文化自信的具体表现。

著名作家、文化学者冯骥才先生说："只有整个社会具有文化良心，我们的文化才有希望"；他又说："对文化的爱，归根结底是对生活的热爱。"是的，保护非遗，传承手艺，珍惜文化，记住乡愁，这是学者作家南翔先生做出的新贡献。南翔深入到乡野民间去采撷挖掘这些技艺，向读者图文并茂地展示了珍贵的文化记忆。他用文字记载手工艺制作的本身也是一种传承和传播，具有不可小觑的价值。特别是对正在失传的手艺进行文化上的抢救，其精神难能可贵。可以说，这本书是南翔用文字与影像打造的一个个袖珍的手艺人的博物馆。

三、成功的非虚构写作

南翔已出版了中短篇小说、长篇小说和散文集等十余部。近年来，其小说两度提名鲁迅文学奖短篇小说奖，四度登上中国小说排行榜。《绿皮车》《老桂家的鱼》《特工》《哭泣的白鹳》《回乡》《曹铁匠的小尖刀》《珊瑚裸尾鼠》等多篇小说被《新华文摘》《小说选刊》《小说月报》和《中华文学选刊》等转载。这部《手上春秋——中国手艺人》与其以前的虚构性文学作品不同，这是一部质量上乘的非虚构文学作品。

本文涉及的"非虚构写作"一词，是指狭义的"非虚构写作"，特指美国 20 世纪 60 年代以来兴起的非虚构小说（non-fiction novel）和新新闻报道（new journalism）。2015 年，白俄罗斯女作家阿列克谢耶维奇花费三年多时间撰写的非虚构作品《切尔诺贝利的回忆:核灾难口述史》获得了诺贝尔文学奖。进入 21 世纪以来，不少中国作家热衷于非虚构写作，比如，梁鸿的《中国在梁庄》等非虚构作品就风靡一时。当今学术界和文学创作者关于非虚构的内涵与外延，尽管还没有一个明确的定义，但是关于非虚构写作的特质，写作者和研究者都认为它是崇尚真实、呈现事实、寻求真相。

真实性是非虚构写作的核心问题。南翔历时两三年，从南到北、由东到

---

① 左路平，吴学琴.论文化记忆与文化自信.思想教育研究，2017（11）.

西，深入细致地访谈了十多位非遗传承人，积累了丰富的第一手资料。南翔在采访中获悉，中药材有很重要的一道工序：加工炮制。中药材的炮制，光一个"火制法"就有炒、烘、煨、煅四种，炒又分不加辅料炒与加辅料炒两种，不加辅料炒，即有微炒、炒黄、炒爆、炒焦、炒炭五种，加辅料炒则多至砂炒、米炒、土炒、麦麸炒、酒炒、醋炒、盐水炒、姜汁炒、蜜炙等九种。在写作过程中，南翔反复阅读黄药师赠送的《中药材真伪识别手册》《樟树中药炮制全书》《樟树中医药发展简史》，这三本书分别代表了黄药师在药材鉴别、药材炮制与药文化三个方面的杰出成就。药材不但有真伪，还有许多划分：正品、伪品、伪制品、混淆品与习用品。其中的学问大着呢。（《药师黄文鸿》）

成都漆艺传人尹利萍回忆起她学习漆艺的时候，最难忘的是皮肤过敏，突如其来、猝不及防、无可逃避的重度过敏。肌肤瘙痒、红疹水泡，乃至水肿疼痛……即便对漆过敏，把皮肤都抓出血了，她也坚持漆艺制作，硬是坚持了两三年，并最终具有了免疫力。（《成都漆艺传人尹利萍》）看来，她的成功绝不是偶然的。

南翔通过细致艰辛的田野调查，掌握大量资讯信息，通过原生场景描摹、叙述视角切换，以及旁征史料佐证等，让读者身临其境地感受技艺之美。南翔在自序里写到，这本书"一写个人经历，二写行当技艺，三写传承难点。期望做到历史与当下、思想与审美、思辨与情感的熔铸。"

南翔形象地再现了这些手艺人的不平凡经历和卓越成就，也写出了这些传承人的困境。文叔是深圳"木器农具制作技艺"列入非遗项目之后的第一个传人，却可能也是最后一个，因为深圳已无农田可耕种了。这位生活在现代化大都市深圳的七旬老人，却不愿放下锯子、锤子、刨子和凿子。几十年来他用木器做犁耙、谷磨、秧盆、水车、风车、鸡公车等农具，还陆续收购了岭南的木器农具和家具，他保存的农具不仅仅是深圳，甚至也可能是广东省保存最全的，但是南方的潮湿和白蚁，却让老木匠无论是寄藏在朋友工厂地下室的农具，还是堆放在屋后避雨篷中的木器，大都岌岌可危。文业成希望在有生之年能在屋后的宅基地上建一个博物馆，他可以在里面修复制作教学与观摩用的木器农具，他希望能让一个个木器农具活过来，走进亮堂堂的博物馆或陈列室，让子孙后代们通过这些农具，了解祖国的农耕文化（《木匠文叔》）。药师黄文鸿说，泱泱几千年华夏文明，留下可用中药材名录凡5000

余种，进入国家药典的才 500 多个，这就意味着还有 4500 余个药材待领出生证。药材等待制定国标，一年才通过一个，太慢了（《药师黄文鸿》）！因为历史存续等因由，郭美瑜一直拿的是企业职工生活困难补贴，截至 2018 年每月才 650 元。至于工艺美术大师工作室的拨款，拿过一次，3 年 5 万元，到期可以再申报。可是申领之后，要求苛烦，要不停地报送各种材料就把人折腾得够呛（《棉花画传人郭美瑜》）。锡伯族弓箭传人尹春光，其处境堪忧，老伴因糖尿病，双目失明。他自己因为手术失败，不良于行。他们相濡以沫，互相扶持。他"一辈子只做一件事，一辈子只爱一个人"的心声令人唏嘘。

非虚构写作"除了内容真实外，读者在阅读过程中还需要审美的愉悦、历史知识的补充、人文环境的描写、深度挖掘的体验、存在本质的追寻以及反复体味的玄思冥想"。[①] 南翔在这一点上做得很到位。

四、结语

《手上春秋——中国手艺人》是一本集思想性、知识性、趣味性等于一炉的好书，它老少咸宜，雅俗共赏。

在思想内容上，这本书是对劳动创造的真诚礼赞，是对那些手艺人身怀绝技的尽情讴歌，是"行行出状元"理念的真实展示，是对劳动续写光荣与梦想的一次价值宣示，更是对弘扬工匠精神、凝聚中国力量的精神引领。

在知识传播方面，作为大学教授的南翔更是得心应手。在《药师黄文鸿》开头，南翔回顾了贾岛的一首五绝《寻隐者不遇》："松下问童子，言师采药去。只在此山中，云深不知处。"采药一行虽然渐趋式微，却是自古以来流传下来的一个行当。在《蜀锦传人胡光俊》的开头，作者引用了杜甫的《春夜喜雨》："好雨知时节，当春乃发生。……晓看红湿处，花重锦官城。"锦官城，指的就是成都，也是我国唯一一座以传统技艺为别名的省会城市。怪不得成都的蜀锦那么有名！提到郭海博的铁版浮雕《奶奶的故事》，南翔像导游一样给参观者进行了解读：这是一个六七岁的男童，穿着背心、短裤和凉鞋，手抱一只布老虎坐在墙根下，男童绷直的嘴唇，欲泪的双眼，带着孩提特有的感伤与回忆——奶奶不在了，奶奶亲手缝制的布老虎还在（《铁版浮雕师郭海博》）。

[①] 王光利.非虚构写作及其审美特征研究.江苏社会科学，2017（4）.

孟德芝为申报中国工艺美术大师，她一共准备了三件作品，其中的一件是双面异形绣《九子·熊猫图》，这幅绣最是令人疼怜：正面是九个鬈龄学童，看书的看书，嬉戏的嬉戏，面目纯真而清秀，学童的服饰用的是蜀绣之锦文针刺绣，绣如锦。反面是两只憨态可掬的大熊猫，用的是蜀绣之高难度的施毛针，毛感逼真。背景是双面绣榕树，用的是乱针，乱而有序。南翔对这副蜀绣画面的内容和工艺手法进行了精到和内行的解说（《蜀绣传人孟德芝》）。

这本书文采斐然，趣味盎然。在《八宝印泥传人杨锡伟》中，南翔说，"善用印泥的人选择好印泥，类同善书画者选择好笔墨，善治印者选择好石材。"他还形象地进行了类比："印泥是印章的衣服。衣装不整，则不免失之寒碜；印泥不佳，则印章不能生色。"

汉语词汇中的"漆黑"一词，是这样来的——漆在氧化结膜干涸过程中，颜色由乳白过渡逐渐至棕黑色，故有漆黑之说。工匠们为使其更黑，会在漆里加入锅烟，就是过去农村做饭炉灶烧柴火，在锅底留结的一层黑色细末，也有加松烟的，使其更黑，现代做法则一般加入氧化铁。汉语成语里有一个与漆有关："如胶似漆。"胶的黏合作用人所共知，而漆的黏合作用比胶还强，且遇水不化。《古诗十九首》有句云："有胶投漆中，谁能别离此。"原来这些词语还跟传统工艺密切相关。

南翔在驾驭语言方面，更是苦心孤诣。谈到钢构建造师陆建新的工作，他写到："一柱一础的安放，固然是百年大计；一钩一架的措置，亦皆有细节闪耀。"至于壮族女红手艺的要义，就在于"在规整中见出灵动，在范畴中见出匠心"。张小红在天津拜师学艺，进步神速："花鸟虫鱼学了，远山近水会了，猫狗鸡兔熟了……最难或是人物，衣袂飘飘，顾盼生辉，内在的神韵需得通过一针一线、千针万线织绣而出。"（《夏布秀传人张小红》）陈海如学徒五年，最后毕业出师，这五年学得辛苦，学得扎实，收获满满："五载寒窗苦读，五载医道栉沐、心慕手追、跟师学艺，点点滴滴都是濡染，言行举止都是轨范。"（《平乐郭氏正骨传人陈海如》）这样优美的文句在本书中比比皆是，不胜枚举。

南翔在后记里谈到他写这本书的初衷："大半生都在教坛的我，希望给弟子们留下一本采集之书，意在重视外出观察，重视田野调查，重视躬行记录。"确实如此！"纸上得来终觉浅，绝知此事要躬行"。南翔先生这种把书桌搬到田野里，把文章写在大地上的精神值得大家学习。

颠覆与坚守

——评南翔小说《博士点》《博士后》

丁　力[①]

读南翔的《博士点》，注意到一个被反复使用的关键词——接近真理，或"比较接近真理"。

这话本身"比较接近真理"，因为，真理只能"接近"或"无限接近"，尤其在人文领域，几乎没有绝对的真理。譬如博士，究竟是怎样的形象？传统的记忆告诉我，他们大都戴着眼镜，为人谦和，却不善辞令；待人诚恳，却有些木讷；聪明博学，却喜欢较真；是某个领域的专家，却对日常生活一无所知；受人尊敬，却也常常被人取笑。最典型博士形象的是记者和作家塑造的陈景润——能摘得数学王国里的桂冠，却不会洗袜子；平常在家连油瓶倒了也不扶，偶然出门打一次酱油，竟然能撞到树上；为讨回两毛钱，宁愿花费往返四毛钱的车费。如此等等。

其实这些都不是"真理"，甚至连"接近"也算不上。因为，这些关于"博士"的印象并非来自生活本身，而是来自传统文学作品。在我生活的童年、少年、甚至青年时代，博士非常稀罕，以至于来深圳之前，我的朋友圈子里并没有真正的博士。来深圳之后，因为工作关系，才与博士有了较多的交往和接触。起初我在深圳科技园高科技创业中心担任总经理助理，总经理李卫就是美国麻省理工学院博士；后来我在金田集团担任董事局主席助理兼办公室主任，同乡博士查振祥任宝安集团张略发展部总经理，兄弟单位，业务联系，又是安徽老乡，双方有交往；通过查振祥，认识同乡

---

① 丁力，1958年生，安徽人。国家一级作家，深圳作协副主席，吉首大学特聘教授。

倪泽望，也是博士。彼时，倪泽望在罗湖区科技局工作，我们合作完成《资本委托管理制度》一书，由广东经济出版社出版。李卫、查振祥、倪泽望都不戴眼镜，也不木讷。之后，随着博士学位的宽容，接触的博士就更多了，如今连犬子也成了中科院的博士后，让我对"博士"更加熟悉起来。除极少数外，感觉他们中的绝大多数与普通人并无两样，而"极少数"者，哪个群体都有，并非"博士"的专利。如此，我被迷惑了。是自己接触的博士属于特例，还是传统文学作品向我们灌输了太多的不真实？抑或是时代变了，"博士"的形象也发生了改变？直到看了南翔的《博士点》和《博士后》，才释然。

简单地说，南翔作品中的博士形象"比较接近真理"。他们是人，有男人，也有女人；他们确实比大多数人聪明，因此也就更食人间烟火，更懂得人情世故；他们有自己的软肋，因此也必须学会妥协，并非一味地较真；他们有自身的欲望，因此也就有自己的焦虑和权衡；他们确实"不为三斗米折腰"，但很难保证不为"三车"米低头。

《博士点》中的郝建设显然是个正直的人，但正直的人也有软肋。临近毕业，父亲带着矿长来找他。矿上经营发生困难，急需要到省里拓展产品销路，而矿上老百姓关于博士的印象，已不再是"才高八斗"和"学富五车"，倒是"天天跟省长去五洲酒店开会吃饭"，"出入省政府跟进自家菜园一样"。父亲此时带着矿长来找郝建设，除了满足虚荣心之外，还有更加现实的意义——分配集资房。

郝建设通过学弟伊小锋找到洪江宾馆郑总。郑总并没有给伊小锋女朋友超超多大面子，只答应"先拉两吨试试"，倒是对郝建设的师兄刘开春表现出极大的兴趣。因为，此时的刘开春"以学促仕"，当了省政府的副秘书长。

两吨煤，对于一座煤矿来说，连九牛一毛都算不上，送过来，还不够汽油钱。郝建设虽然是博士，但并非迂腐，与早期作家笔下的"陈景润"完全两个概念，他清楚地知道，要想给父亲长脸并且让父母分配到位于县城的矿上集资房，必须帮矿上销售更多的煤，必须对郑总投其所好。"利益互动，已经成了这个社会人际相处的普遍原则。"郝建设开动脑筋，终于逮到一个机会，把师兄刘开春带到洪江宾馆吃饭。

亲不亲阶级分。刘秘书长和郑总虽然无亲无故，而且是第一次正式认识，但因为彼此有可供交换的资源，属于同一个"阶级"，因此一见如故，亲热得不得了，"二人话语黏稠得打不进一个楔子"，不仅立刻把郝建设"晾在一边"，而且饭局之后还一起上楼，当场实践了郑总关于"跟官们一起做十件好事不如跟他一起做件坏事"的英明论断。

因为有秘书长这张脸撑着，矿上产品销售的问题总算落实了，可是，当郝建设为其导师郁峰操办研讨会的事情再次找到郑总的时候，却被一句"以后再说吧"轻轻地挡回。郝建设当场体味到一种"不知趣"的感觉。女朋友梅筠一针见血："就算你帮助郑总搭上了刘秘书长，他已经答应给你销一年煤炭了。"郝博士顿悟，如果再有事情求助郑总，必须答应郑总的新需求——帮他亲戚的孩子转入师大，否则，就是自己"不懂规则"了。怎么办？郝建设唯有回头找学校。

卢校长因为想把教育学博士点办成"能下蛋的鸡"，非常希望郝建设毕业后留校，"什么都可以商量"。任务落到研究生处金处长的身上。金处长算是"剩女"，快四十了，还没有结婚，为完成任务，不仅请郝建设吃饭，陪他喝酒，还主动关心郝建设的生活，说他一个大男人，带着孩子读博士不容易，说得郝建设动了真情，"一个没有过婚姻的女人，跟你谈孩子谈家庭什么的，不是明显给她自己找尴尬吗？"

读到这里，想象着当时的场景，我的眼泪都快下来了。"处长"，曾经多么高高在上的称谓，如今也和"博士"一样迅速贬值了。我们这个时代，连良知都贬值了，还有什么没有贬值？我甚至想，郝博士干脆把金处长娶了直接"献身"算了。

郝建设确实"献身"了。他"悲壮地"答应留校，忍痛割爱地放弃步学长刘开春的后尘走仕途之路，条件是：给导师郁教授落实研讨会资金，帮郑总的亲戚从二类本科转学到本校来。

小说的结尾。郝博士顽强地坚守了中国知识分子的"仗义"。为了父亲，为了导师，郝建设放弃了"以学促仕"光明大道，留在博士点。尽管他清楚，"待在学校，事事求人，没有任何拿出去可做兑换的资源，看看老师的现在，他就知道了自己的未来。"然而，他的学弟伊小锋却未必这么看，"博士点，现在和以后若干年，还是一个卖方市场，好好利用，还是能发掘它的含金量。"

我不知道这是一个阳光的结尾，还是一个灰暗的结局。或许，作者是以这种方式暗示中国当下知识分子的迷惘与焦虑吧。

心里明镜，却无可奈何。

这不禁让我想起 1976 年诺贝尔文学奖的获得者索尔·贝娄（Saul Bellow），其作品揭示了知识分子"从琐碎的日常生活到复杂的内心世界"，"他们和所有的人一样经历着从求生存到求发展的几个阶段，只不过知识分子在发展这条路上走得更艰苦一些，因为他们比一般人有着更为敏感的灵魂。"小说中的郝建设，生活中的南翔，还有我自己，是不是都深陷其中了呢？

南翔是当下中国作家中为数不多（甚至是绝无仅有）的既有扎实的"纯生活"积淀，又通过高考（而不是选送作家班）进入高校的学者型作家，我们有理由期望南翔成为中国的索尔·贝娄。

南翔的另一个中篇小说《博士后》，则更是将传统文学作品中的"博士"形象颠覆到极致。

博士后原本不是一个学位，"在国外，做博后就是给教授打工的"，但中国人喜欢"大"，体现在学历上，就是"没有最高，只有更高，越高越好。"所以，以讹传讹，许多人把"博士后"当成一种"学位"了，并且冠冕堂皇地打在名片上，而这种无知，正是源自大学，源自博士后自己。正如博导金教授所说，"我这下晓得无知是从哪里蔓延的，正是源自大学。"

萧志强无疑是《博士后》中男博士的典型代表。已经是常务副市长了，并且眼看着就要当市长，却也跻身博士后流动站，"尽管强调博后每年至少须有三四个月待在博后流动站，又哪里能约束得了他。"读者要认为他们这些官员博士后完全是附庸风雅，混个学历，也未必公平，"他们还是真心学点东西的，不然何来投奔古代文学和中国文化？！还有更多与他们仕途紧密联系的轻松和软性专业，哪一块不比文学打眼！"不过，要说他们来博后点完全是为了做学问，也实在离真理相差太远。博士生导师金附子的话比较中肯，"他们走的是一条以仕为主、以学促仕的路子"。学校对此当然心知肚明。"你要存心不让他们过，那就是百分百的不能过；你要高抬贵手，又有谁过不去呢。"在"以经济建设为中心，一切为经济让路"的现实背景下，博后流动站也顺应市场经济的发展变成了一个交易平台，而交易是需要有对等资源的。"什么是资源？在职博士和博士后就是资源！""每届不会少于两个以上厅局级学员，构成了四两拨千斤的直接生产力。"

南翔笔下的萧志强，已经完全没有传统文学作品中的"博士相"了，相反，倒有了几分"江湖味"。小说中的博士后与传统文学作品中的"博士"形象几乎完全相反。他们不仅不木讷，反而思想十分活跃，做人八面玲珑，在官场和情场两个战场都如鱼得水。萧志强请学弟学妹和导师吃饭，"破费一万五，确实要了发票，又当场撕了，赢得包括金教授在内的所有五桌食客的喝彩。"寥寥数笔，把江湖上"豪爽、大气、敢作敢当、挥金如土、重情重义"的"江湖老大"形象描绘得惟妙惟肖，哪里还有半点"陈景润"的样子。

女博士也巾帼不让须眉。其典型代表是《博士后》中的纪小莺。"纪小莺有一个观点，人生最大的阅历不是打仗，也不是下放或下岗，而是离婚。她已经离过三次婚了；她说第四次遥遥无期，因为起码她现在没有结婚的任何打算。她甚至说，即使现在有一个男人令她欲仙欲死，也很难打动她下床以后跟其携手走向婚姻殿堂的红地毯。"她不仅敢想，而且敢说，甚至敢做。纪小莺与导师金附子之间有没有瓜葛，小说并没有说，读者也不好妄加猜测，但她与风流倜傥的萧志强和还算老实本分的鲁斌分别上床，却被南翔写的结结实实，与德拉布尔笔下的女博士罗萨蒙德，哪里有半点的相似。

玛格丽特·德拉布尔是美国当代著名女作家，她在寓言式小说《磨砺》中，为传统的女博士树立了一个典型形象。小说中的罗莎蒙德独居于一套父母留下的大房子里，对性爱十分淡薄，将事业和博士论文看成是生活中的头等大事，不允许男性插足或主导自己的情感和生活，她认为，"爱情对于男人来说，是他的身外之物，而对女人来说，却是她生命的全部，这是拜伦的见解，可我不以为然。"为了保持贞操，罗莎蒙德故意同时与两个男人来往，好让对方都误认为她是另一个男人的情侣。这不是罗萨蒙德放荡，相反，这是她的"双重护卫系统"，她靠着这种误会保护着她的贞操。这与南翔笔下的纪小莺形成鲜明对比。纪小莺也同时与两个男人来往，但她与两个男人都上床，不仅不让另一个男人"误认为"，而且还不让其中的一个吃另一个的醋。女博士纪小莺在情场游刃有余的能力，丝毫不亚于萧志强在官场的表现。所以，南翔的小说，不仅对传统文学中的男博士形象进行了颠覆，也对女博士形象彻底颠覆；不仅颠覆了中国作家笔下的博士形象，也颠覆了国外作家笔下的博士形象。而且，他颠覆的有理有据，又似乎合情合理。读者并不会对萧志强和纪小莺产生反感，相反，可能还会认为他们真实、亲切。难道，在南翔的作品之前，生活已经把中国当下博士的形象彻底颠覆了？我们该为这种颠覆拍手称快呢，还是该为这种颠覆痛心疾首呢？作者似乎以文学的方式，向人们发出拷问。

虽然没有明说，但南翔自己似乎不赞成这种颠覆。这点，从他在小说中关于坚守的叙述能窥出一二。

金教授与他的同学鲁一舫显然是两种人。他其实是那个年代的"花花公子"。第四任妻子比他小了整整三十岁，却仍然不安分。"自从燕燕来听课，老爷子坚持一周上三节课。同学说，我们这些正经生，沾了来无影去无踪的燕子的光。"不仅如此，金教授似乎也热衷于官场应酬。当得意门生萧志强出任市长的事情发生了意外，焦虑万分一筹莫展之际，金教授一个电话，就打探出内幕消息，而且，在教导学生官场之道的同时，还能为学生未来仕途发展指点江山挥斥方遒。同时，他告诫萧志强要遵从为官之道。"你写匿名信犯了一忌，官场上下，谁以后不会提防你?!"

但是，就是这样一个"颠覆型"博导，也有自己坚守的底线。金附子为已经穷困潦倒"没有任何可供交换资源"的老同学鲁一舫大闹医院的场景，看了着实让读者过瘾、痛快。为了筹钱给鲁一舫治病，金附子不惜"出卖"自己去给酒厂做广告，"而他最钟爱的第二个妻子，就是被醉酒司机撞死的。"至于金附子在鲁一舫临终之前那段关怀，更是催人泪下。从而让读者相信，尽管如今的世道满目疮痍，但在每个人的内心深处，都保留着一块洁净的绿洲，那是我们的底线，是我们对未来的希望，我们必须坚守，小心维护着，不敢轻易突破。或许，作者对"博士"形象的颠覆，就是警示我们：已经挨近底线啦！不能再后退了！必须坚守！

南翔的《南方的爱》

雷 达 [①]

 南翔原是江西大学教授，既教书也写小说，是文坛知名的几个教授小说家之一。我在《中国作家》工作时，也曾发表过他的短篇小说，印象颇深。近十年来，南翔不时奔波在南昌与海南、深圳之间，对特区生活有浓厚的兴趣，他说过，他并不是为了淘金，而是为了体验，为了写小说。这话我信。现在南翔已调到深圳大学执教，成了真正的特区人。他给深圳的见面礼，就是这部写深圳生活的长篇《南方的爱》（人民文学出版社，1999 年出版）。南翔的加盟深圳文学界，无疑加强了深圳的创作力量。

 《南方的爱》是一部非常感性的小说，记得金圣叹评点小说，爱用"情景如画"四字，我读《南方的爱》，便也时有"情景如画"之感。比如买单啦，托请啦，离异夫妻重会啦，情敌相见啦，吃醋女人骂丈夫啦，都是声情并茂，栩栩如生，有时令人绝倒。鲜活的生活流在全书涌动，情味洋溢，自然浑成。我感到惊讶的是，一般的教授的小说均比较理性，何以南翔是一副地道的小说家的手眼呢？这部小说并没有那种既定的主题，或非要寄寓多么深刻的意义，它只是写一个叫德宝的很重感情的男子，放弃了内地的教师工作，跑到深圳办公司，与包括前妻在内的几个女人的纠葛关系。他与前妻是好说好散，藕断丝连，他上了一个假装有神经病的吴小姐的当，破了一笔财，后来他又在胡鞷鞷和黄子屏两个女子之间周旋，心神俱疲。德宝是义气之人，很得朋友的信任，通过他，小说撑开一个不小的生活面，

---

① 雷达，1943 年生，著名文学评论家。本文原载《小说评论》2000 年第 3 期。

其中有秦始明经理与黄爱珍、刘灿的线索，有张小兵与许小妹夫妇的线索，还有一个北方老贾的线索。老贾不但把他的讨人嫌的妻子小詹打发到特区让人代管，暗中寄钱作为"工资"，满足她虚假的幸福感，老贾自己还有一串曲折的故事。在小说中，南来北往，八方杂处，大多是孤男寡女，个个都有一本婚恋的"血泪帐"，他们是些失意者，冒险者，企图改变命运者。这些人的萍水相逢，重新组合，必然生出大量有趣的小说材料。读《南方的爱》，第一是新鲜，第二是有趣，第三才是引动对人生的思索。很难说它有什么微言大义，我的感受有如伫立河边，看河水滔滔流过。我只想说：哦，特区人就是这样地生活着，创造着。

从创作主体的角度看，我以为南翔是找到了自己。叙述的风格，情趣，调子，语言，全是那么和谐自然。我怀疑小说中德宝的那句话："我必须去南边，我喜欢一年四季都有阳光的地方"，是作家南翔的夫子自道。经过多年的修炼，南翔与他的描写对象之间显得水乳交融。整部小说使人有在一个细雨绵绵的中午走过深圳的街道的感觉。

小说的成功还主要得力于它的语言。作者把南方方言的韵味与富有现代感的都市流行语汇熔于一炉，烧制出一种口语化的富有幽默感的文学语言，叙事表意，颇为传神。比如德宝与春芬要求对方"招供"时，春芬说，"别装傻了，你要是事先没有，第一次吻我的时候会那么老道？第三次约会就知道一双贼手解我的后背带子？"又如，"在这里待过的男人，就像在贾府待过一样，我没法相信""要特区，男人猫的本性焕发得最彻底"。描写小詹，说"她精力旺盛，每到一个地方，要很快培养一个对立面，她说这样能保持警惕，而警惕的结果是青春常在"。当然，在这些有趣的表象上盘桓久了，又会觉得，南翔是否过于热衷于表象的渲染，而放松了意义的开掘？

试论南翔的文学创作

张　蜜　贺　江 [①]

自 1981 年 9 月在《福建文学》上发表处女作《在一个小站》以来，南翔在文学的道路上已经坚持了整整 40 年。如果用一个词来形容南翔的创作历程，可以说是"求变"。这种"求变"既有题材上的多样化，也有创作手法上的"求新"。

根据南翔自述，他在 1978 年考上江西大学之前，曾在宜春火车站做过 7 年的工人。在繁重的劳作之余，南翔坚持写诗，写好了就投给铁道报社，没有稿酬，顶多收到一本小说作为报酬。南翔之所以由诗歌创作转向小说创作，是在大学期间。一次写作课上，南翔的小说创作得到了任课老师的高度好评，于是，南翔萌生了写小说的念头。而《在一个小站》的发表更是坚定了南翔创作小说的决心。

南翔最初的创作题材都是以铁路为背景的。《在一个小站》写的是祝梅医生在四等小站双河巡医时的故事，祝梅给小站带来一股清新之风，并影响到小站里的三个青年。小说里洋溢着努力学习、建设四化的气氛，刚好与改革开放之初的时代氛围相契合，现在读起来依然饶有趣味。后来，南翔又发表了中篇小说《第八个副局长》《夕阳》等，都是关于铁路题材的。而他的第一部长篇小说《没有终点的轨迹》（出版时改名为《相思如梦》），也是关

---

① 张蜜，任职于萍乡学院人文与传媒学院，从事中国现当代文学、文化批评研究；贺江，文学博士，任职于深圳职业技术学院深圳文学研究中心，从事中国当代文学、都市文学研究。本文原载《名作欣赏（评论版）》2020 年第 4 期。

于铁路上的故事。铁路故事是南翔打开文学世界的一个切口，也可以说是南翔小说的一个重要题材，新世纪之后，南翔依然在创作着铁路题材的小说，比如脍炙人口的《绿皮车》和《火车上的倒立》。

《绿皮车》讲述茶炉工在绿皮车 M5511 上的最后一个班次。随着时代的发展，绿皮车这种"慢车"越来越跟不上时代的步伐，即将被历史淘汰。但小说并没有刻意营造一种让人伤感的气氛，相反，生活照旧，每个乘客都在既定的生活轨道上奔腾着。小说中浓郁的生活气息，将铁路生活和日常生活联系起来，将生活的苦恼与痛苦放肆地表现出来，将人性的美与相互的关爱勾连起来，读完，我们仿佛也跟着茶炉工坐了一次绿皮车，回到了纯洁朴素的过往。南翔说："终究是要退出历史舞台，但能否慢一些，不要退得那么彻底，那么义无反顾。"①《绿皮车》很好地阐释了这种"慢"。在"慢"中，我们找回自我，不忘来时之路。

如果说《绿皮车》是"生活中的一个截片"，那么《火车上的倒立》则是"一个人的一生"。《火车上的倒立》历史纵深感很强，通过罗大车最后一次开蒸汽机车 225 号，勾连起工作、家庭、婚姻、两代人的冲突与选择等。"罗大车的倒立"是一种隐喻，将生活的重负"举重若轻"，将生活中的悲伤"轻轻卸掉"。社会的前进，总会淘汰掉落后的东西，但人性的美好、忠贞、坚韧却是值得留下的。罗大车曾经自问，"不烧火的车子，还能喊得火车吗?!"②他曾经怀疑过，也彷徨过，但，在和下一代年轻人的交往中，他发现，每一代人都有自己的命运，都有自己的生活，勇敢地拥抱生活，才是生活的真义。"如果我们这一代是蒸汽机，乐乐和金葆他们，就是内燃机、电气机，是快速新干线。那是不止一代人的不同。那种不同，好也罢坏也罢，到底，是个人自己的选择。就像跑车过程中，必然会碰到朗朗日头，也会碰到风风雨雨。"

南翔是一个不断求变的作家，他从不满足也不会停止文学探索的脚步。20 世纪 80 年代末，海南省成为中国最大的经济特区，南翔也随着改革的步伐，开始了其"南方写作"。这里的南方写作，首先是指关于海南省的写作，后来指向深圳写作。南翔大学毕业后留校任教，利用教学轮空的机会，

① 南翔.绿皮车.广州：花城出版社，2014.

② 南翔.女人的葵花.长沙：湖南文艺出版社，2010：89.

他多次去海南搜集素材，体验生活，并发表了《不要问我从哪里来》《淘洗》《永无旁证》《米兰在海南》等等一系列中篇小说，这些小说引起较大的反响和评价，多次被《小说月报》《中篇小说选刊》选载。

《南方的爱》（人民文学出版社，2000年版）是南翔南方写作的继续，出版此书时，南翔已经调入深圳大学，在深圳工作了一年多。南翔没有再写"海南的故事"，开始写"深圳的故事"。之所以说《南方的爱》是"南方写作"的继续，一方面是指题材——经济特区，另一方面是指——抒情主人公。"海南女人"变成了"深圳女人"，地理位置的变化，并不能改变主人公的漂泊无依之感。辜辜说："深圳的女人，腰缠万贯，在情感上却常常是荒芜的，痛彻肺腑的。"[1]这恰恰也是"海南女人"面对海南时所喟叹的，不同之处在于，《南方的爱》中的"疏离感"少了，主人公真正扎根在了特区，尽管伤痕累累，也不会离去，更不会漂泊无依，这显然和南翔在深圳定居有一定的关系。《南方的爱》中的德宝，最终在深圳创业成功，并找到情感的归宿，也在某种程度上是作者对深圳的肯定。雷达在评论该小说时认为，从创作主体的角度看，南翔找到了自己，"叙述的风格，情趣，调子，语言，全是那么和谐自然。我怀疑小说中德宝的那句话：'我必须去南方，我喜欢一年四季都有阳光的地方'，是作家南翔的夫子自道。"[2]

2001年，南翔又开拓了新的写作空间，他由"南方写作"进入了"学院系列"，出版了《大学轶事》一书，收入《博士点》《硕士点》《本科生》《专科生》《成人班》《校长们》等6部中篇小说。南翔曾在《大学何为？》一文中，谈到过当前大学的现状。"当权力、官本位、长官意志、论资排辈、阿谀奉承充斥着中高等学府的时候，当教授既消弭了思想个性又消弭了情感个性，为了修电换房晋升职称而向从水电工到某处长皆磕头作揖的时候……还能侈谈什么科学，什么人文精神，什么终极关怀呢！"[3]南翔是大学教授，1982年大学毕业后一直留在高校任教，面对高等教育的"沦陷"，大学精神的"缺失"，他如鲠在喉，有话要说，他有强烈的社会责任感，也有知识分子的担当。《博士点》中郝建设博士在留校从教和官场任职的"纠结"、《硕士

① 南翔.南方的爱.北京：人民文学出版社，2000：144.

② 雷达.南翔的《南方的爱》.小说评论，2000（3）.

③ 南翔.叛逆与飞翔：南翔散文随笔集.广州：花城出版社，2010：94.

点》中赵代达教授在编辑《学养》时面对论文发表与领导人情的"尴尬"、《本科生》中杨晓河在毕业实习与社会现实产生巨大反差时的"疯癫"、《专科生》中谢小辉在学业压力与爱情追寻中的"波折"、《成人班》中刘毓海在学历上当和感情受骗中的"陨落"、《校长们》中柯孝兵副校长在举报信和人际交往下的"忐忑",熔铸成"大学轶事",成为当前大学的一种真实映照。南翔后来还写了一篇《博士后》,作为对《大学轶事》的有益补充。在这几篇关于大学的"轶事"中,我最喜欢的还是《博士后》,也许是因为它在把握当下的同时,不忘历史的"阴影",对"文革"也有深刻的反思吧。

说到这里,刚好可以谈一谈南翔的历史写作。南翔曾在小说集《绿皮车》的自序中根据自己的职业及人生半径为出发点,将自己的创作题材总结为"铁路、大学、历史、城市"四个方面。后来,他进一步提炼为三个维度:文革/历史、环保/生态、底层/弱势。南翔于2007年推出自己的中篇小说集《前尘:民国遗事》,后来又接连出版了《1975年秋天的那片枫叶》(海天出版社,2012年1月版)、《抄家》(花城出版社,2015年9月版)。"民国"和"文革"是南翔历史写作的两个支点。描写民国故事的小说主要有《方家三侍女》《红颜》《失落的蟠龙重宝》《亮丽两流星》《陷落》《偶然遭遇》《1937年12月的南京》《前尘》,以《失落的蟠龙重宝》最为知名。描写"文革"故事的小说主要有《特工》《甜蜜的盯梢》《我的一个日本徒儿》《抄家》《无法告别的父亲》《1975年秋天的那片枫叶》《伯父的遗愿》《老兵》《来自保密单位的女生》《1978年发现的借条》,以《抄家》《老兵》为代表。当然民国故事和"文革"故事并不是截然分开的,某些小说里面既有民国的故事又有"文革"的故事,比如《老兵》。

尽管很多人都特别推崇《前尘》的"气韵"和"性情",但我个人更偏爱《失落的蟠龙重宝》,认为它是南翔民国叙事的扛鼎之作。这部小说没有《方家三侍女》那样"讨巧",也没有《亮丽两流星》那样"风情",更没有《1937年12月的南京》那样"厚重",但却有着不容忽视的"传奇性",正是这种传奇,如同一幅民国的风俗画,缓缓打开,浸出了人生的分量。万鹤鸣、周佑安、凤梧三位好友的人生交割、友情的得失,在失落的蟠龙重宝面前,显得哀婉而低回。不可逆转的命运,不可更改的人生,更是显出灰色的底调,一碰就破。民国遗事,让人喟然。

同样是历史写作,相较于民国叙事,南翔的"文革"叙事更受批评家的重视。到目前为止，只有李云龙的《"灯关了，耳朵还一直亮着"——读南翔〈前尘·民国遗事〉》一篇论文是谈南翔的《前尘·民国遗事》，但有五篇论文分析小说集《抄家》，分别是陈南先的《一面折射"文革"历史的镜子——南翔小说集〈抄家〉阅读札记》、赵丹的《〈抄家〉：精神的高地与沉重的反思》、朱永富的《论南翔小说的历史叙述学——以小说集〈抄家〉为中心》、欧阳德彬的《荒谬时代黑暗的秘密——南翔中短篇小说集〈抄家〉初探》、段崇轩的《揭开一代人的历史烙印——评南翔的小说创作》。朱永富从"历史叙述学"的角度来解读《抄家》，提出南翔在该小说集中设置的"过去""过去的过去""现在"三重时间，既是一种"历史的断裂"，同时也是"接通历史的路程"，具体到人物身上，就体现出"幸运""饱学""重情重义"三种重要的区别性特征。朱永富进一步将《抄家》归入"新历史小说"，颇有新意。

　　南翔在小说集《抄家》的序言中，曾经谈到过写作"文革"系列小说的动机。当研究知青文学的硕士研究生不知道"四人帮"是谁时，这让南翔"目瞪口呆"，现实生活的"警醒与召唤"让他投入到对"文革"历史的写作中，这不仅仅是揭开一代人的历史烙印，更重要的是反思历史，吸取教训，从而更好地建设新时代的中国。"没有真诚的忏悔与深刻的批判，我们走不到现代化。"在《抄家》这一中篇小说中，方家驹老师主动邀请自己的学生来"抄家"，目的是为了能够稍微体面些。抄家中，学生阿散、大伟、燕子虽然将方家驹叫成方老驹，但毕竟没有对他动武。而且方家驹还恰当地行使了教师的职责——给这些参与抄家的学生"补课"，告诉他们吉卜赛人的称谓之别、黄金的不同用途、印度密教的男女双修，等等。历史的荒谬与小说的反讽性完美地结合在一起。而《老兵》中，铁路装卸工平振飞是国民党老兵，曾参加过抗日战役，也曾是赴缅甸远征军中的一员，他丰富的阅历和人生经验吸引了"我"的好感，他的爱情遭遇又让"我"遗憾不已。小说采取了两条线索交叉进行的方式，一条是"我"和老兵的交往，另一条是"我"和小燕、常思远创办《原上草》诗刊。诗刊上引用叶芝《伟大的日子》里的诗句成为"反革命"的证据。"我"被抓起来审讯。为了救"我"，老兵将所有的责任都揽在自己身上，并消失不见。值得注意的是，在《抄家》和《老兵》中，南翔在结尾处都写到了"现在"。《抄家》中，一个美籍华人于2012年带着两个孩子来到抄家的现场。《老兵》中，"我"与常思远在深圳相会。"现在"将"历史"照亮，"未来"在"历史"中闪光。南翔的"文革"叙事，表面上写历史，实际上写我们如何正确地对待历史，走向未来。

南翔的"求变"还体现在另外一个题材上：生态。生态文学自卡逊的《寂静的春天》发表以来，开展得如火如荼，这一潮流也来到了中国。中国生态文学的书写也是新时期以来的一个重要主题。南翔的生态小说数量不少，比如《哭泣的白鹳》《来自伊尼的告白》《消失的养蜂人》，描写了物种的衰减、环境的恶化，但和其他小说家比起来，南翔的生态小说大多和底层人的挣扎结合起来，写底层人的努力与渴望，这种渴望在生态的恶化下，更显得生之艰难，因此，也更能打动人。比如《铁壳船》《沉默的袁江》《老桂家的鱼》。南翔在其学术研究著作《当代文学创作新论》（中国戏剧出版社，2001年12月版）中，曾经分析过"艺术的张力"问题。"小说的艺术张力如盐入水，感受其味而难见其形，一般来说，它主要通过以下三个方面来体现：叙事的饱满，情节的推动力以及人物关系的弹性原则。"① 南翔的生态写作，我认为是其提出的艺术张力的完美阐释。就拿《沉默的袁江》来说，这部收在小说集《女人的葵花》（湖南文艺出版社，2010年4月版）的中篇，将袁江的污染、商人的势利、官场的权谋、维权的无奈、百姓的愚昧、小人物的挣扎，刻画得淋漓尽致，读完有一种悲愤，一种压抑，更有一种绝望。沉默的袁江，断流的河水，见证了欲望的汹涌，精神的沦陷。

除了上面提到的铁路题材、南方书写、历史叙事、生态与底层写作之外，近几年来，南翔又开拓了书写的新空间，这就是境外题材写作。比如《东半球·西半球》是写温哥华与深圳的故事。《洛杉矶的蓝花楹》（《北京文学》，2018年第6期）是关于移民洛杉矶的情感纠葛。我惊叹于南翔对境外生活的熟稔与洞见，在《东半球·西半球》中，南翔通过"报刊约稿"的形式，插入了主人公邱彬彬对加拿大温哥华的专论，有谈温哥华华人的生活，有谈温哥华的教育与生态问题，还有谈温哥华的纳税人制度和对残疾人的"人文关怀"。如此细致、真实的域外生活在《洛杉矶的蓝花楹》中也有体现。孩子的教育问题，大人的情感问题，文化的碰撞问题，都颇见作者的写作功力。

2019年4月，由江西教育出版社推出的《手上春秋：中国手艺人》是南翔的最新作品集，也是南翔的第一部非虚构文学集，受到专家学者、广大

---

① 南翔.当代文学创作新论.北京：中国戏剧出版社，2002:17.

读者的广泛好评,该书获得深圳读书月 2019 年"十大好书"奖。施战军在十大好书评语中写道:"15 位手工匠人的生活与命运,经由作者扎实真切的探究、细致入微的考察、共情贴心的体恤,化为整本书里生动精彩的中国故事。我们能够领悟的,是对绝活的沉浸、对传承的秉持,更是对文化生命的执着护爱、对劳动真谛的虔敬追求。除此而外,装帧设计的赏心悦目,行文谋篇的美好手感,也以与内容相匹配的工匠精神,给纸质阅读增强了吸引力。"《手上春秋》记录了木匠、药师、制茶师、壮族女红、捞纸工、夏布绣传人等等 15 个不同行业的手工艺人,张显的传统文化之美,弘扬了传统手工艺术,融知识性与趣味性于叙述之中,可读性强。

陈墨曾在《卑琐与苍凉:南翔小说中的人生》将南翔的小说和新写实联系起来。"南翔的小说显然与近几年风行的'新写实'小说有某种共通之处,说它们受了'新写实'小说的影响也无不可。在南翔的小说中,同样是没有英雄,甚至没有英雄的梦想,没有能够像传统的现实主义文学那样企图反映时代、社会的本质及其规律的人物形象与故事情节,有的只是凡俗琐细的生活情景。只是刻骨的真实,只是平庸的、个体的感性生命的挣扎与运动。"①当然,陈墨也分析了南翔"新写实小说"的不同之处,最突出的地方是主人公的"漂泊者"身份,从而使小说"多了一种漂泊感、传奇性和苍凉意味。"现在看来,我们很难再将南翔的小说和"新写实"流派联系,但南翔的确是书写着一种生活的真实、历史的真实。

南翔的"求变"不仅仅体现在小说题材的"多变"上,也体现在叙事手法的多变上。南翔是一名现实主义作家,但这并不表明,他没有进行小说手法的创新。相反,他的文体实验意识还是很强的。在《永无旁证》中,我们会发现,南翔将自己放进了小说里面,造成真假难辨的叙事效果,这就如同马原在小说中宣称的,"我就是那个叫马原的汉子。"南翔也在小说中客串了一把:"念大学的时候,我的上床一针见血地批评我,南翔,你在爱神面前总是欠缺男性的主动。"②通读南翔的小说,我们会发现小说里有一个强烈的"抒情主人公",这个抒情主人公除了上文所分析的"深圳女人"

① 陈墨.卑琐与苍凉:南翔小说中的人生.文学评论,1993(5).
② 南翔.海南的大陆女人.北京:中国青年出版社,1993:112.

等之外，具有强烈的自我指涉性。南翔笔下的男主角，大都带有一些书卷气，或者不合时宜的固执。《不要问我从哪里来》的吴萍、《淘洗》中的雪林、《阳光下的坦白》中的家龙、《南方的爱》的德宝，等等，他们都有一点坏，但坏得不彻底，他们跳入市场经济的大潮，追名逐利的同时，也能保留道德的底线和善。这种"抒情主人公"有时候变成小说的叙述者，有时变成小说的主角，有时变成旁观者，这都是南翔讲故事的叙事选择。

在《大学轶事》中，南翔让以G师大为故事的发生地，主要人物轮流登场，"次要人物"贯穿始终，构成一个动态的"大学圈"，你中有我，我中有你，六个故事的"截面"形成一个"圆面"，体现了南翔高超的叙事艺术。

当然，在"求变"中，也有着"不变"，这种不变是南翔的艺术追求，是他对写作的孜孜不倦的求索，是他对写作技巧的不断探问，是他对人性美的坚持，是他对历史的思索，是他对手工艺人所代表的传统文化的坚守，是他对生态环境遭到破坏的担忧，是他对物欲大潮下人性美的呼唤，是他对中西文化碰撞下的理性抉择。南翔曾认为自己是一个"温情的怀旧主义者"，但这种"温情"并不是理想主义后退、物质主义泛滥所引发的怀旧情绪，而是要过滤掉罪愆和虚伪之后的"大踏步前行"。

第四辑

我的亲历，然后文学

○○○

寻找新城市文学的生发点

——小说集《绿皮车》自序

南　翔①

　　20 世纪 90 年代尾梢，我自江西南昌调往深圳，一晃，南来已经十五个年头了。书箧盘点，来深圳之后所写，主要是中短篇小说，当然也有一些散文随笔。2007 年花城出版社所出《前尘——民国遗事》基本为江西旧作，是此前十年陆续所写的八个"民国"背景小说的一个拢括。2010 年湖南文艺出版社所出的《女人的葵花》全是在深圳所写，九个中篇，内容则官员、秘书、大学教师、或落寞的渔夫、痴情的女人、亡命的罪犯……，其中《铁壳船》已为朋友筹拍电影，期冀做一个格调悠远且具挽歌风格的文艺片。《女人的葵花》集子中的同名中篇小说，为京城一男演员买去电影版权；他自言十分喜爱里面那个知识分子身份的逃犯，此前，已经将该中篇的不同版本全部找齐——尽管，不同的几个版本，内容全都一样。男演员后来特意两次来深圳，其中一次跑去我创作此小说的生发点仔细探勘——地处偏僻的龙岗最大的清林径水库——事过之后，清林径三个字我怎么也无从回想，还是晚近电话给龙岗区一位老校友探知。当年去那个水库开会，汽车在茅草遮掩的小路上穿行，车尾黄尘滚滚，从红尘喧腾的闹市来到如此清净的山

---

①南翔，本名相南翔，教授，一级作家，深圳市作家协会副主席，两岸三地作家协会理事长。著有《南方的爱》《大学轶事》《前尘·民国遗事》《女人的葵花》《叛逆与飞翔》《绿皮车》《抄家》《手上春秋——中国手艺人》等十余种；作品两获鲁迅文学奖短篇小说奖提名，曾获上海文学奖、北京文学奖、鲁迅文艺奖等 20 余个奖项，短篇小说《绿皮车》《老桂家的鱼》《特工》《檀香插》分别登上 2012 年、2013 年、2015 年和 2017 年"中国小说排行榜"。

野，周遭绿荫起伏，觉得这里面真应该发生一点故事，才对得起蓝天绿树，更有一泓浩瀚的碧水。2012年海天出版社所出《1975年秋天的那片枫叶》，也是九个中短篇，内容从中学生、中专生到博士后皆有，为回望民国，仅收重了一个短篇《前尘》。我不大喜欢在自己的集子里，重复所收。

巧合，接二连三，这本《绿皮车》，依然是九个中短篇，皆为近两年在《人民文学》《上海文学》《钟山》《作家》《天涯》和《小说月报》（原创版）等刊发表；其中三个为《新华文摘》转载，三个为《小说选刊》《中华文学选刊》转载，三个为《小说月报》转载；《绿皮车》入选2012年度中国小说排行榜，获第一届广东省"大沥杯"小说奖；《老桂家的鱼》入选2013年度中国小说排行榜，获第十届上海文学奖。常被相熟或不相熟的读者问及，你小说写得是什么？潜台词即是，有无我喜欢看的？这还真不是可以一言以蔽之的，首先，同样面对小说，每人的喜爱未必一样；口之于味，同嗜亦有不同嗜焉；其次，在东南西北工商情境日趋浓郁的社会，各种教材、教辅、考试专辑、岗位内外的工具书、炒股秘籍、掘金指南……每每摆在书店柜台的显赫之处，文学一类，必得有闲、有心兼有趣的人得之。有趣之人当然也可以不读文学，可以喜爱音乐、舞蹈、摄影、书法、绘画、收藏，乃至痴迷任一项体育活动。我就不止一次跟大学生和研究生说，在大学除了读好书，最好，学会一项玩得比较专业的文艺爱好，同时学会一项玩得比较专业的体育爱好。但是，一个人完全不接触文学，多少有些缺憾；况且，文学与诸类艺术的关联如斯紧密，说文学是诸艺术之源泉，或，与诸艺术互通款曲，并不为过。

回到通常分类的题材上，农村？城市？学校？都是一个大背景、大拢括、大梳理，如果写一个人从农村走向城市呢？如果写一个学校在城乡接合部呢？题材只能是相对而论。我从小在一个四等小火车站生活，前边是一个铁路企业，机器轰鸣；后边是一个人民公社，阡陌纵横。此之谓，城乡接合部。自小学而初中，也春插，在农村宿粮仓，食红薯丝蒸饭。见蚕豆花，豌豆花，油菜花如火如荼，紫云英灿若丹霞！也"双抢"，拔秧、插秧、割稻、脱粒，头上烈日，脚上蚂蟥；最苦最累，莫此为甚！但毕竟不是终身之业，权当生活体验。没有当过知青，无论是像我哥哥那种插队的知青，我姐姐那种知青点的知青，都没有切肤的体认。切肤的体认很重要，曾经在深圳大学的报告厅，听香港科大丁学良教授与马来西亚大学一个华裔教授的对话，丁教授自由失怙，且在皖南农村度过一段不短的颠沛流离生活，对家国体认，远非那位马国华裔教授的隔靴搔痒可比。一俟对话结束，我便趋前向丁教授表达了这样的感觉。我这么说，并非认为，一般经历，一起长大的发小，之后的"三观"也亦步亦趋，或八九不离十。如然，怎么解释一起在大院喝牛奶、在寄宿制学校念书的孩子，人过中年，对体制的认同度与未来之路的抉择，竟然大相径庭，怒目相向?！但是，一般来说，有过共同经历者，对一段历史的认识，或更容易找到共同点。譬如经历过"文革"者，如果出乎真心而非假意，希望"文革"卷土重来，不是矫情，就是患有"革命"妄想症。说到底，给他一块试验田——剃上阴阳头，带上高帽子，挂上铁牌子游街或示众，敲锣以自辱，抄家以剥夺，夫妻儿女反目以揭发，最后打入另册，押入"牛棚"或边关大漠劳动改造……他的乌托邦式怀旧，想必很快会幡然止步。

说到这里，基本可以划定我的题材面，多半以我的职业或人生半径为出发点——铁路、大学、历史、城市。这里，城市是一个基点。我是"文革"肇始的小学毕业生，在"停课闹革命""复课闹革命""学生……不但学文，也要学工、学农、学军，也要批判资产阶级"之中混过三年初中，然后进入铁路当工人。尽管一同进铁路有很多农民子弟，我却发现了自己和他们的距离，即使他们之间，也有差距。那是一个看似信仰如铁却信仰严重缺失的时代，那是一个看似平等平均、世无差别却出身天定、等级森严的时代，那是一个看似革命如火如荼、辞藻无比庄严却漏洞百出、捉襟见肘的时代。印象最深的是，到风云变幻的 1976 年，一个比之我闭目塞听不知强多少的来自北京的女青年说：感觉人心都像散了架似的。这句话，为我日后走向高考恢复的烽火台，添进了最初的柴薪。

天可怜见，就是那么一个小学六年铁路子弟学校的感光底片，翻晒与铺设了我对于城市文学的最初认知、大学之中的写作摹状以及必定贯穿始终的文学路径。

我喜欢对新城市文学做较为宽泛的界定，晚近二三十年，中国的新城市化举目可见，却未必都可圈可点。"举目可见"是不少乡镇转瞬间就摇身一变而为城市，很多朋友都有这种印象，老家只要几年未归，就变得面目全非。于是带来一则也喜一则也忧。且不说农村空心化、成了留守者的"桑榆"之叹，返视的中青年则彷徨拍案：田园将芜胡不归？急速的城镇化，半为指标业绩，半为房地产经济的衍生品——县城及其二三线城市的商品房开发过度，并非个别现象；即使城市，拆旧建新，也做了很多劳民伤财的蠢事。一度为媒体关注的济南火车站复建就是一个长官意志加愚蠢城建的标本，1904年修建的济南火车站，于1992年被拆除，原因就在于当时济南一位身居要职的官员称，老火车站是殖民主义的象征，看到它就会想起中国人民受欺压的岁月。按照这种荒唐认知，岂非回归后的香港建筑都要推倒重建？北京、南京以及上海的老建筑全部都要推倒重来——因为那都是帝国主义、封建主义或蒋家王朝的象征！2013年济南火车站选择复建，被众人讥评为"一蠢再蠢"，真是一针见血。好些年前，大约是2004年，我去内蒙古开会，见到时任呼和浩特铁路局局长的老友，想请他保留呼局下面的集通大坂的二十多个蒸汽机车头——那可是中国最后一个蒸汽机车的集散地。他摇头告诉我，集通归属地方铁路总公司，不属铁道部，他亦无能为力。2005年黄叶飘零的深秋，中国铁路上运营的最后一个蒸汽机团队，在内蒙古集通缓缓却不容置疑地垂下最后一块幕布，《新京报》曾经为之撰文，标题带着几分悲怆：《蒸汽机时代草原落幕》。

城市总是与工业互为表里，较之现如今充斥计算机的CBD，我耽念与钟情铁水奔流、钢花四溅，巨大行车轰隆的脚步以及蒸汽机澎湃的气浪。是的，后一类景观确实少慢差费，确实与时代龃龉，终究是要退出历史舞台，但能否慢一些，不要退得那么彻底，那么义无反顾。正如同在城建拆迁过程之中，多一些犹豫徘徊，比势如破竹要好；亦如同在巨大项目尤其是水电巨大项目的上马过程之中，多一些反复论证、征集、驳难，比一味贴金一味张扬GDP一味强调速度要好。在高铁、动车组高歌猛进的同时，能否在东西南北都保留一点站站停的"绿皮车"？这不仅是一个视觉美学问题，还是一个人文情怀的度量与呈现。在"最后的疍民"尚不能很快找到通达出路之时，让城乡互为依托，工农互为怀抱，鳞次栉比的江景楼宇之侧，保留一些疍民的铁壳船、水泥船和木舢板，比一拆了之，齐整悦目，恐怕更多一些人性的烛照与温婉。

城市乃现代文明的底座与象征，尽管如此，1949年之后很长一段文学的书写，都自觉选择了以城市为敌，城市是香风毒雾的渊薮，纸醉金迷的酱缸，好逸恶劳的象征。现实生活之中，人人都向往城市——近年受粗放式工业发展和城市化过程剧烈铺陈之害，出现对农村的视觉反顾与精神回归，这是另一议题，文学中，却往往选择对城市的批判与背反，这也是不争的事实。

相较欧美，中国城市的历史太短，不值得矜夸。张择端的《清明上河图》是北宋的风俗画，被誉为"记录了十二世纪中国城市的生活面貌"那时候的城市，有类现如今的城乡接合部，距离分工严密、契约精神、产业工人及商品流通为标志的现代城市门槛还很远。当下中国城市之市的分野最大，有县级市，地级市和省级市三个层面。中国的两千多个县都可以纳入广义的新城市范围。更何况长三角、珠三角等片区还有大量的乡镇，都不宜犁庭扫穴，排除在新城市之外。新城市文学的内涵、外延以及与诸学科的交叉，理应是一个五彩缤纷、红杏枝头春意闹的开放系统。

以我近年的理性分析与创作实践，甚觉新城市文学有三个维度值得关怀，一是历史的维度；二是生态的维度；三是人文的维度。这三个维度，也可以看成我寻找的新城市文学的生发点。

一、历史的维度。关键词为：记忆与追问。讲到历史，通常在文学中体现的是距离我们现实生活不久的历史，或许因为只有距离我们不久的历史对当代人的生活才最具影响力。表现的主要是民国和 1949 年之后的 30 年——改革开放之前。我的《前尘——民国遗事》当然是历史，文学镜像中的历史。晚近几年，写了包括《老兵》《伯父的遗愿》《1975 年秋天的那片枫叶》《无法告别的父亲》《抄家》等一组相关"文革"背景的中短篇，也是历史，距离我们越来越远的历史。我的一个老同学说，如果中国的"文革"是在西方发生，不知有多少巨著和影视作品出来！言下不胜感慨唏嘘。我写"文革"，一是因为我亲历了它基本全过程，较之 1949 年之后的"土改""镇反""三反五反""反胡风诸类""波澜壮阔"的运动，唯有这一次"史无前例"我是"在场者"；其二，基于这么惨烈的运动很快被当事人以及后人有意无意地遗忘。前几年我主持一次本科生毕业生论文答辩，一个以知青文学为研究对象的女生，居然回答"四人帮"是谁这样简单的问题表现为一脸茫然，想了几分钟，答出一个文不对题的"林彪"。我觉得，一个对创痛巨深历史这么轻率的民族不是一个有出息的民族，一个对如此创痛巨深历史有意遮掩的当下不是一个负责任的当下。目前"中国几乎没有任何博物馆、纪念碑或是电影会探讨'文革'话题，只存在一些鲜为人知的个人行为，比如四川省有一家博物馆谨慎地提到了红色时代"（《参考消息》

2013年8月13日第16版法新社北京8月12日《中国文革经历者忏悔当年行为》）。没有对重大历史的深刻记忆与追问，我们走不到所谓现代化。我想，相比其它部类，在文学中，我们还有一点空间，可以勉力给后人留下一点辨析、释疑与思考。我写"文革"，一是将文学的人物、场景和细节还原，二是做形而上的考量，三是延伸至当下——这些人物现在怎样了？所谓"思想史上的失踪者"在滔滔者天下皆奔经济的情形下，再以何面目粉墨登场。当然，我最想写的还是那场"革命"的意义。有篇评论这样写道："《老兵》里那个'文革'初年因为张罗创办《原上草》诗刊的干部子弟常思远，因为油印一本地下诗刊，更因为不经意地补白了叶芝极具批判意味的短诗而全体罹难。叶芝《伟大的日子》只有短短的几句：为革命欢呼，更多大炮轰击/骑马的乞丐鞭打走路的乞丐/革命的欢呼和大炮再次到来/乞丐们换了位置，鞭打仍在继续。在一片革命的红海洋排山倒海的年代，刊载这样的外国诗歌，无疑是一种深刻的针砭与隐喻，难怪要祸连无辜的老兵了！更耐人深味的是，当年因为独立思考而身系牢狱的常思远，在物质主义年代，摇身而为大公司的CEO，神色容颜依旧，只不过两只眼袋，大得有些突兀，那是岁月无情，脂肪超标的证明。他带着我看公司的沙盘，指点之下，方知这个京望海公司举凡科技、房地产、酒店业、旅游业、物流业，无所不包。我道，萧瑟秋风今又是，看，换了坐骑！历史的吊诡就在这里，当年意气风发而蹭蹬的'革命者'，现如今，恰又陷入了他自己手编叶芝诗歌指陈的牢笼。奴役的循环往复，难道是一种无以摆脱的历史宿命？！"说一句直白的话：反省历史，城市作家的城市背景，责无旁贷且责任更大。因为现代社会，城市角色从来就应该是一个积极的批判者与建设者。

　　二、生态的维度。关键词为：挞伐与敬畏。我们常常会为历史问题和现实问题焦灼不安乃至争辩不休，相较历史和现实的维度，生态的维度我觉得应该尽快单独提出来思考。20世纪60年代初，美国作家蕾切尔·卡逊《寂静的春天》标志着世界生态文学肇始以来，生态文学起伏不定，影响力有限。但是举目所见，无论是天空、河流乃至土地诸生态已经坏得更快，却是不争的事实（尤其以城市为代表，然后蔓延到乡村）。一方面源自人类的贪欲与不知敬畏，另一方面与技术主义至上有关——总以为科学可以拯救日益疲惫与苍老的地球。央视纪录频道播过《假如气温上升6度》，温度上升摄氏六度后，高达95%的物种灭绝，残存的生物饱受频繁而致命的暴风雨和洪水所苦；硫化氢与甲烷不时引发大火，就像随时会爆发的原子弹一般；除了细菌之外，没有任何生物能够存活，"世界末日"的情节正式上演……事实上，因为工业污染以及肆无忌惮的碳排放，最近10年的气温上升，是一万年以来最快的。几年前，英国著名自然灾难专家、世界知名环境科学家比尔·麦克古尔在其新书《7年拯救地球》中提出了一个惊人的观点：那就是人类如果不立即采取行动，减少大气中的温室气体排放，那么2015年将成为地球命运的转折点。如果地球温室气体排放在这7年时间中无法得到控制，那么地球将在2015年7月进入不可逆转的恶性循环中，人类将被气候变暖引发的一系列大自然灾难所吞噬！（百度：《科学家呼吁：拯救地球只剩7年时间》）讲一个例子，我到中山市红木一条街——大涌和沙溪去看过，上千家红木家具店，巨大的红木，源源不断从东南亚、非洲和南美运来，几百年甚至上千年的古树不断毁于一旦；运到中国来打制成桌椅床案以及各类规格的地板，满足城乡日益丰富的物质生活需要。我一刹那间的感觉就是：我们的森林搞完了，然后扑向全世界。还有一个感觉是，如果没有对大自然的敬畏，如果没有对人类只有一个地球的痛惜，我们距离世界末日真的不远了。近两年我写了中短篇《哭泣的白鹳》《最后一条蝠鲼》（又名：《来自伊尼的告白》）、《消失的养蜂人》等，既是在挞伐对环境不知珍惜，不知敬畏的放任、暴殄、奢望、麻木，也是在吁请珍爱、良知、情感，因为是文学，同时不乏情感、科普与审美之三维。

三、人文的维度。关键词为：情怀与变迁。我感觉，无论是对历史和现实的态度（包含生态意识），其主要切入点都体现为，作为生活与审美主体的个人，是否具有良好的人文意识与素养。人文是一个宽泛的概念，包括历史、文艺、文化、教育、思想和品德诸范围，我认为，一个具有人文情怀且不断以人文情怀灌注其文艺思考的作家，不论对城市还是乡村的描述，都会具有较为深远的审美呈现，尤其是关注乡村在城市化的变迁进程；或者，人性在滚滚红尘中的温煦守望，都将留下浮雕一般过目难忘的场景与影像。前些年，我关注大学较多，有《博士点》《博士后》等中篇；近几年，我关注弱势或曰边缘，有《沉默的袁江》《女人的葵花》《铁壳船》《绿皮车》《老桂家的鱼》等中短篇，其间的人文命题包括：突飞猛进的建设难道非要以牺牲现实与记忆环境做代价？在不断提速的同时，能否让绿皮车为标志的慢生活晚一点、再晚一点退出历史舞台？弱势与底层生活的经济难题之侧，是否还有情感生活的一翼，更值得我们关注与书写？我与《老桂家的鱼》的原型结识多年，这户疍民并非世代在水上讨生活，20世纪80年代他们才承包了公社的一条船出来搞运输，后来掏钱买下。大船不能开了，这才泊在岸边，发展到三代人的起居都在一条船上，再买了小船就近捕鱼卖鱼。男主人公后来患了尿毒症，老伴亦嗔亦怜；原本，她是否可以多一些对丈夫的关爱和付出？当然，她亦有难，两个儿媳妇的态度，孙辈的衣食住行，都是她的考量。我发动当地电视台的民生节目吁请，也没有达到理想的效果。后来思考，即使弱势或底层，也有与富足生活阶层同样的情感需求。情感的融洽程度，决定一个饮食男女的生活质量，与经济条件有关，却绝不仅仅取决经济条件，更相关一个人的视野、境界和人生态度。作品中反复出现的一条翘嘴巴鱼，寄寓了我对男女情感的一声叹息：最好的情感，是宛如雌雄同体一般的默契与恩爱。

总而言之，新城市文学的诸类问题方兴未艾，这既源自我们的城市化太晚，又源自我们的城市化进程太快。个中纠结，值得我们的作家和评论家多做探究，当然，还不仅是文学中人。

唐·张旭《桃花溪》咏叹："桃花尽日随流水，洞在清溪何处边？"是为序。

寻常一样窗前月

——《女人的葵花》自序

南 翔

这是近年陆续发表在《北京文学》《人民文学》等刊的 9 个中篇小说，发表后也多半为《小说月报》《小说选刊》《中篇小说选刊》以及《新华文摘》转载。作品中的人物有官员、有秘书、有大学教师、有火车司机、有落寞的渔夫、有痴情的女子、也有亡命的罪犯……我的职业生涯很简单，念大学之前，曾在铁路工作过 7 年，大学毕业后留校执教，这后一段的列车轨迹，肯定会径直驶向我职业的终点。如果说，铁路生活，铺垫了我青春期涉世的稚嫩、热情、盲目与彷徨，经验与教训；那么，教师生涯，则给我观察社会、纵深思考和形诸笔墨留下了较多的时间、空间和精神积累。

一个人的第一份职业，或者青少年时的工作与生活感受，很难不在他日后的写作生涯中留下深深的烙印。

我其实从未有过当教师的思想准备，却要在这个职业中终老一生。曾在一篇忆旧文字中写道：

1971 年底，我不到 17 岁，即往火车站工作，劳动强度大，劳累且危险……或许因为我比较喜欢舞文弄墨，在车站前后小有知名。几年后，忽然就由铁路分局一纸令下，调往铁路子弟学校任教，事前也没有任何人跟我打个商量。

车站书记对我调离的态度是，惜之不忍，拒之不能。不知怎的，尽管是工人身份，我却对教师的干部身份十分排斥，不完全是害怕，也不完全是陌生，归总是没有任何心理准备。不想当老师，一则是想上大学，二则是"文革"初期，我的老师纷纷成为"黑帮"给我的刺激太深。记得一个姓嵇的老师，家庭出身又不好，因此很大年纪没对上象，运动中被斗（打）得死去活来；后来下放到向塘机务段当了守车车长，这是他的时来运转，娶妻生子，安贫乐道，乐不思蜀。以至"文革"后期，上头几道金牌下来让他归队任教，他就是视作畏途抗命不从，闹得远近皆知。

这位稽老师当守车车长的时候，背着一个旧工作箱，上面插着信号旗与信号杆。有次路过宜春站，在我当工人的工棚一般的宿舍住了一晚。他占了我的上铺，我就只好挤到其他人的铺上去。听他讲起自己的家庭，兴致勃勃的。尤记他讲课的时候，神采飞扬，唇边总是洋溢着白沫。一晃，我已经有很多年没有见到他了。我不知道，他最终是在车长还是在教师的岗位上退休的。

我写火车头，而且是蒸汽机车及其"大车"（司机），明显蒂春深深的忆旧痕迹。那次去内蒙古开会，适逢集通大阪最后的蒸汽机车谢幕，几乎世界各地的蒸汽机车摄影爱好者都挎着"长枪短炮"云集而去。当时就想，如果在日新月异的中国铁路永久保留一条即可运营又可观光的蒸汽机线路，该有多好啊。如今在深圳东部华侨城看到窄窄的铁轨上，火车头外观仿造蒸汽机，内里却是电动的，一个车头才有当年蒸汽机的轮子那么高，就觉得那些欢呼雀跃的孩子，没感受到原初蒸汽机的浩大与粗犷，是视觉和精神的双重损伤。

犹记得，当年我哥哥在地方工作，薪水低，家庭负累重，我在车站兼管图书，他每次到我办公室来，几乎无话，就埋头在那只书橱边看看又买了什么新书。他禀赋比我好，却生不逢时，高中毕业正好遭遇"文革"，下放数年，后来有一份铜矿矿工的工作，结婚生子，两地分居，奔走劳累，食宿皆劣，不幸染病早逝。我含泪去打理他的遗物，从床底、杂屋以及邻里拖出来的都是一袋一袋的书，既有《电工基本原理》之类的科技书、工具书，也有《法家人物故事》之类的"文革"遗存，还有大量的《新华月报》。我在1978年考上大学之后，将一应复习资料给他，他也积极备考，最初的打算就是考个师范类大学，以利调整职业，俾利居家生活。孰料1978年之前婚否不限，之后就较为严格了，他也就老实弃考。事实上，1980年还有已婚者上大学的。我常想，一边做教师一边写作，是否也在冥冥之中，完成我唯一兄长的夙愿呢？不仅记录下人生无常，世事播迁，记录下我们这一辈乃至上一辈的痛与悔；也可伸张志向，庋藏趣味，表达我们一路颠沛而来的憎恶与爱恋。

年事日增，不免怀旧，尤其是念及亲朋好友在世时想说能说而未及说的话，想做能做可以比我们做得更好而未及做的事，尤感肩头沉重，这其实也是文字乃至文字未必能够全部弥补的。毕竟，每一个鲜活个性的存在或抒发，都不是他人可以取代的。但是，我们起码有责任或义务，将我们亲历的或一直在感受的生活，以尽可能生动的情节与灵动的细节表达出来。

我琢磨一个好的文字作品，应该具有三大信息量：一是生活信息量，二是思想信息量，三是审美信息量。生活信息量是我们全力搜寻与表现的人物、情感、历史及其生活细节；思想信息量是我们要通过人物、故事传导出来的深邃、理智而清明的思考；审美信息量则是我们的话语方式、结构方式等等。譬如《铁壳船》所写的一个老渔夫，就交织着对他肉体和精神层面的双重关注，还有对环境退化的担忧。同样将人物与环境——不仅是社会环境也包含自然环境的忧虑融为一体的，还有《沉默的袁江》。如果说《我的秘书生涯》促迫峻急地贴近官场录像，意图描述出权力和情感的勾兑乃至较量；《辞官记》则不无荒诞地表达了另一种若隐若现的心理真实。《火车头上的倒立》是在一逝不返的蒸汽机的汽笛里，挽歌一般唱响大车们的情感悲喜；《人质》中，那瞄准绑架者的枪口后面，是浓烈而阴郁的人性化考量；《表弟》则想在一个不长的中篇——或者可以说是一个较长的短篇里，通过表弟的奋发与自戕，划出一段历史的弧线，那是我冀图追索的一个审美准绳：以人物的沧桑，状写历史的变化或兴替。以篇名为书名的《女人的葵花》则意欲在画面的不断更替之中，透视人物的命运轨迹，寻找以文字为砖石的小说与以色彩为砖石的画面的叠映或复现……

浅而言之或近而言之，在主题、人物、故事和表现路径上，总希望有所批判和创见。

宋人杜耒有句："寻常一样窗前月，才有梅花便不同"。这是看似简单，却是未必努力就能达到的一个境界，虽不能至，心向柱之。是为自序。

自然文学的另一面(创作谈)

南　翔

我的小说《珊瑚裸尾鼠》在《人民文学》第九期短篇小说头题刊发之后，该期配发了一个较长的卷首语，主要是由此展开相关自然文学的探讨，个中析义有三：

一是，我们的叙写中当然会有而且一定多有"荒野"，并不能因为西方如此倾重并定义，我们就排斥，但更要注意"荒野"并非是用来贬损"人"的。自然文学应该是天然的"有人"的文学。"天地人"的大生态，本来就是从古至今中华文明的底色。二是，目前我们看到在已有的自然文学创作中，出现了某种等级模式：仿佛写野外的就比写家居的强势，写高大、威猛、珍稀的就比写体小、憨萌、常见的优胜。以田野调查、户外生存的实践获得第一手资料，这是格外值得尊重的，读者也特别期待具有奇特亲历性的好作品不断涌现，但这也并不意味着读者需要通过作品最后只膜拜探险家作者本人。三是，生活中处处是生态、自然景象，"有人"——人自己的故事还要持续讲——但讲得更精彩的，一定是要带着人所必然要与之共处、与之共生、与之共命的万物。以往的人以及人与人的故事确实讲得因过剩而过"贫"了，因此，倡导自然文学，也是对面上看形形色色究其实大同小异的"人"的故事的一种"脱贫"之方吧。

我特别赞同这篇卷首语提到的，自然文学或曰生态文学中，应该突显出人的要义，再即"生活中处处是生态、自然景象"。譬如我每天下到楼下超市，看到一串小小西红柿、或一个石榴，两个苹果，也分别装在一个个衬着塑料底的塑料袋里，鲜奶或酸奶都大用粗硬的塑料罐包装，一个小小的超市每天分发出去的塑料袋与盒，便多到难以计数，人们真的感觉不到仅此一害便大到难以挽回吗？何况举手投足之间，还有不可胜数的大大小小的碳排放？再过多少年之后，也许人不在了——不适合人类居住的生态环境日渐迫近，可地球还在；现在我们谈论所有的生态问题，都是站在人类生存的意义上的。那么随处可见的车水马龙、人流如织，莫非都对生态的日益颓丧视而不见，抑或觉得个人渺小，臂如螳螂？

我相信伴随着人类在地球上各类活动的加剧，因之灭绝的动物绝不是一种、两种……随便做一些检索，就可以看到，陆续消失的桑给巴尔豹、金蟾蜍、比利牛斯羊、西非黑犀牛……或许都与人类活动相关。可当我看到年初各类有关珊瑚裸尾鼠的报道出来，还是有一种深深被刺痛的感觉。毕竟这是第一次被官方承认，首个因为人类活动引起气候变化而灭绝的哺乳动物。国内的参考消息网报道：外媒称，珊瑚裸尾鼠生活在大堡礁附近的一个小岛上，在稀疏的植被中觅食。但本周，澳大利亚正式宣布这种小小的啮齿动物灭绝。这一物种成为世界上首个因气候变化而消失的哺乳动物。据英国《金融时报》网站今年 2 月 22 日报道，珊瑚裸尾鼠的灭绝最早是澳大利亚昆士兰州政府的科学家在 2016 年提出的。他们得出的结论是，海平面上升和包括风暴潮在内的气候事件频率增加，导致珊瑚裸尾鼠栖息地大量丧失，并使这一物种消失。美国康涅狄格大学研究人员 2015 年发表的一份报告预测，由于气候变化，8%的全球物种将灭绝，澳大利亚、新西兰和南美被认为是最脆弱的地区。研究发现，栖息地范围有限的地方性物种面临的风险最大，因为它们要努力应对气温变化、海水泛滥和严酷的气候事件。

人类活动、气候变化、哺乳动物，灭绝——且是遥远的澳洲的荒无人烟的海岛上。这使我想起，所认识的一些深圳朋友，先是从内地来到深圳，经过一二十年甚至更长时间的打拼，有了相当的积蓄便开始移民海外，这其中便包括举家迁去万里之遥的澳洲。移民的原因五花八门、所在多有，觉得那些地广人稀的地方生态好，是一个可以通约的因素。可是即使去了彼国，气温上升带来的危害也无可逃遁，只能说，人类只要在地球上生活，在看得到的未来真的没有诺亚方舟。人类千百年历史以降，我觉得所有的各类纷争之害，都不及气温上升导致物种灭绝等严峻的系列后果之百一。如然，则除了各国与政府的通力合作，生态专家、环保人士广泛而普及的教育活动之外，文学的参与也很重要。

既往的自然文学，或许更多如《瓦尔登湖》，讲述较多的是大自然的静谧与纯美；自然文学的另一面，则需要站在人、人情、人性与人之作为的角度，讲述人能够积极地做点什么。换言之，唤醒更多的陆续涌入城市的人们啊，既然我们与生态共存亡，就需放下姿态，恭敬如仪，谨慎地收敛起每一次不计后果的抛掷、消费及出行。

《珊瑚裸尾鼠》是自然文学？生态文学？命名及阐发都不重要，重要的是，文学不能面对全人类生态环境的日益败坏视而不见。

更行更远还生（创作谈）

南 翔

去年，我在暨大、深大和深大附中，分别做了一次讲座，讲题归一：《文学创作的三个打通：以我的中短篇小说为例》。身为教授，在大学任教三十余年，教的是文学写作，亦兼及小说美学、当代文学概观诸课程，更因自己从未放弃过虚构与非虚构的写作，结合自己的创作思考、创作素材、创作成果来呈现文学成品或半成品的生产流程，想必对已进入或待进入大学中文系——未必以当作家为鹄的，却必须培育文学欣赏能力的同学们有启迪。

我的三个打通，讲述的是我晚近十来年的创作特点，亦即选材方法和切入方式，一言以蔽之：历史和现实打通，虚构和非虚构打通，自己的经历和父兄辈的经历打通。举隅：《绿皮车》（原刊《人民文学》）、《回乡》（原刊《作品》）、《老桂家的鱼》（原刊《上海文学》）、《曹铁匠的小尖刀》（原刊《芙蓉》）、《珊瑚裸尾鼠》（原刊《人民文学》）、《远去的寄生》（原刊《作家》）。此三种打通的方式、方法，体现在一个个具体的作品中，既有侧重，又有兼容。

《绿皮车》是一个过去时，慢车的概念。现时的一些绿皮车，譬如青藏铁路奔驰的也是绿皮车，那既是快车，亦堪称豪华。我上大学前的 1970 年代曾在赣西铁路工作过 7 年，那时候一是蒸汽机，二是绿皮车。小说《绿皮车》唱的是挽歌，是不可变更的历史。"绿皮车"是一个整体象征，却有着现实的内涵：不能一味奔跑，一味求快，有时候确实要慢下来，慢下来才能左顾右盼，扶老携幼，让所有弱势群体都能分享时代前进的果实，不被落下，更不容抛弃。有朋友说，这个绿皮车是一个流动的茶馆，里面形形色色的小人物，鲜活而真切，是一个时代的记录。

《老桂家的鱼》写的是疍民生活，概因我的一个研究生在近20年前带我去惠州西枝江，结识了一户来自河源紫金的船民，从此与之保持了紧密的联系。此小说并不仅仅是想表现高楼大厦的一侧，尚存愁楚万分、朝不保夕的一群，而且想着力于底层的人生及情感——我一直希望疍民的遗孀能在他病重的老公在世时，带他去住几天医院。人情尤其是亲情的矛盾交织，在此小说中有不露声色却又较为酣畅的表达。此中一条翘嘴巴鱼，是一个个体象征，寓含了老桂与潘家婶婶二人相互照应却毫不逾距的情感，此乃虚构与非虚构的融汇。同样呈现纪实色彩的《回乡》，因了第一人称，又因了诗人洛夫的出现，还因了我有一个真实的来自台北的"大舅"——他在回乡之后遭遇的暌离、变迁及种种炎凉，是一种虚构与非虚构的高度冶炼。

至于《曹铁匠的小尖刀》《珊瑚裸尾鼠》，则是去年仅发的两个短篇小说，前者素材源自四川渠县的采风，一位固守田园的铁匠和他的外出务工的老同学（此老同学在珠三角当了老板）的对比，亦是一种对位法，带有某种复调意味。后者的着力点是生态——生态或自然文学，这是我多年以来一畦自耕地，我以为，人类的各种纷争——党派、国别、族群、阶级等等，都远不及日益败坏的大生态环境带来的危机深重。为此，我写过《哭泣的白鹳》《来自伊尼的告白》《消失的养蜂人》……

《远去的寄生》是讲题中提到的唯一的一个中篇小说，写到了我父兄辈。我兄妹五人，上有三个姐姐，一个哥哥。哥哥相登韶比我大7岁。"文革"发动那年，我才小学五年级，他已经初中毕业，去了宜春中学读高中。如果不是那次旷日持久达10年的运动，原本他笃定上大学了。犹记他初中毕业那年，因为家庭负累太重，家父让他填报中专与技校，志愿需得填满8个，最后一个填了高中。重点中学先录取，他"不幸"录去了高中，却又因运动不期而至，挨过两年，下放农村……各种阴差阳错，各种叠加的负累，终至1980年代初染上肝病去世，那一年他才35岁。不可不提的是，他们那一代对读书的热情及思考的深度，真不是现在很多年轻人可比的。还记得他们那一拨中学生，即使在任何信息都归一，任何物质都匮乏，只有一片"红彤彤"云霞笼罩的年月里，还在认真地思考，激烈地争辩，譬如他们会辨析鲁迅的"横眉冷对千夫指，俯首甘为孺子牛"，这个"孺子牛"

报章解释是做人民大众的牛，其实鲁迅笔下的"孺子牛"用的就是本义：他儿子的牛。这样才有对比，才好玩，才是真实的幽默的鲁迅。一语而下，将神一般的鲁迅，还原成人。须知，那是一个人人头顶磐石的年代啊！

曾有学人写文著说，希望寻找思想史上的失踪者。这个失踪者，有不少表现为文化或文学名家，但更多的是类似我兄长那样的寂寂无名者。他们中的某些人，消失在不该消失的年龄，我们不能忘记他们，我愿意也应该用文学，复活及记录他们的一鳞一爪，并同时呈现活着的他们中的后来不同的样貌。

"离情恰如春草，更行更远还生。"于一段段褪色的历史，于一桩桩依稀的旧事，于一位位远去的父兄，若不忘却，便在书写。

在历史与现实坐标中的"曹铁匠"

——小说《曹铁匠的小尖刀》创作谈

南 翔

约在三年前，我开始采写一个手艺人系列，第一个采写的是深圳松岗的木匠——宝安区木器农具传人文业成，大伙儿习惯称他"文叔"。当时有一个想法，民间的各类手艺人很多，我首先想采写的是各类匠人（木匠、铁匠、篾匠、箍桶匠、弹棉匠……），亦即那些说说唱唱、蹦蹦跳跳的各类"非遗"暂时不在采写范围。无它，一则儿时的记忆就是各种上门与不上门的工匠，二则正是这些林林总总的匠人勾勒、参与和形塑了我们古往今来的日常生活。

写了《木匠文叔》之后较长时间，我想找一个铁匠，找寻迄今仍在传统铁匠铺打铁的老铁匠。

有一年我在乌镇国际当代艺术展上看到一个装置艺术，勾起了很多回忆，触发了写一个中篇小说的念头。这个小说写到一半的时候停摆了，乃因此小说的主要人物是铁匠，中心情节有打铁一幕，可我儿时相关打铁的记忆已近漫漶不清。譬如我曾问及朋友，收割庄稼用的镰刀是否带齿，回答带齿的与不带齿的都有，两相争执不下。我后来判断，南方割稻子的镰刀是带齿的，北方割麦子的镰刀则不带齿。还有镰刀的齿是如何打出来的？以及打制一般铁器的全过程……这些我都需要"重温"一遍才有信心写好小说。

机会来了，一次外出东莞横沥镇，见到四川渠县籍朋友吴平，他热心告知，一个初中的老同学至今仍在老家打铁。商定某日，我跟随他自深圳直飞达州，下机后乘车在高速公路奔驰七八十公里到渠县，再行约四十公里，始到贵福镇。

当街的一个铁匠铺，吴平的老同学何建明早在门口等候。

何氏铁匠铺很是简陋，一个炉子，烟囱从墙边拐弯伸出去，一个砂轮机，一个空气锤，架子上放着打制好的锄头、斧头、菜刀与镰刀。与我儿时见过的铁匠铺略有区别，一是多了空气锤与砂轮机，再是原本的风箱换成了一个小小的鼓风机。

为了让我观看一遍打铁的过程，何师傅信手卷起一团茅草塞进炉膛，几乎同时启动鼓风机，便听轰然一声，炉膛内瞬间变得通红敞亮。他从架子上略一翻找，抽出一根巴掌长短的螺纹钢，用火钳夹紧送进炽热的炉子里烧透，钳出来放在铁毡上两面锤打。复烧，复打，淬火之后，再打、削、磨……便见他的脑门上摔下了一粒一粒的汗珠。

不消多长时辰，一把闪耀着幽蓝之光的小尖刀便在了我们手上传递。

接下来，与何师傅的交流，解答了此前我的一些知识盲点，他告诉我镰刀的齿是冷却之后用錾子快速凿出来的，他用两把镰刀反向扣在一起，给我演示凿齿的过程。另，渠县乡村一年两季，一季稻子一季麦子，且无论割稻还是割麦，用的都是这种带齿的镰刀。此镰刀，与我在赣西农村见过的也不完全一样，不带木柄。何师傅打铁用烟煤，热量大卡最好是 6800 到 7000。

我问打什么最易，打什么最难？

何师傅答，打土钉子最容易，打什么最难？对我而言，没有什么难的，只要你提出要求，给我一个形制，我都能给你打。

他对老同学吴平说，曾听外面有人要求打一只铁碗，费了三天工夫，上万块钱一只。如果有这等好事，介绍给我好了。

了解后得知，整个渠县，还在打铁的不超过十人，若论全能铁匠，仅何师傅一人而已。

从渠县返回深圳的途中，我就在想，吴平与何建明是初中同学，均生于六十年代末期，到了八十年代中后期，便是走向社会，寻找职业，定位人生的转折点。一个选择了留守家乡及自己喜爱的铁匠铺子，整日夹铁抢锤，叮叮当当，火花飞溅；一个到珠三角打拼，从辛苦的打工一族终于跻身到了经商办企业的老板一族。此中如果构思一个小说，自可融会乡村与城市、孤守与走出、放弃与选择、留恋与递进等多重人生与审美命题……

职业、地域以及人生的道途千万种，原本并无高下优劣之分，关键只在于喜欢与不喜欢，有兴趣与无兴趣的分野，才是紧要。倘若说乡村的青壮年全部走出来，那就是好？抑或乡村的青壮年全部固守家园，那才是好？一个社会如果完全用一把收入高低、地位上下、职业尊卑的尺子，来丈量所有的面孔及人生，那注定是呆板无趣的。沉淀了斑驳的理想、志趣和选择的同时，也糅合了丰腴的理解、同情和温柔，才是我们留恋寻常生活的一个坚实的理由。

遂有小说《曹铁匠的小尖刀》。

遂有从写实到虚构。

小说中的"曹铁匠"不是现实中的何铁匠，却不能否认现实给了作者灵感与素材。由非虚构的采写，得到进入虚构的一种思考、一道影像、一个津渡，这是无论艰窘还是从容的生活赐予写作人的福分。

还有多少疑心能够释怀(创作谈)

南 翔

《疑心》是一年前写的一个万字短篇,创作由头来自身边的观察和体认。一个是我们的历史背景,再一个是我们的生活氛围,都提供了一疑再疑的"养料"。小说中大学教师沧水的大姨(养母)无疑是一个过来人,她对外甥家庭的护主情结,似无大错,对一任又一任保姆的挑剔及疑心,也不无缘由。终至于沧水带她千里迢迢去会见当年一道下放过的老友,亦有帮助大姨心理疗伤之意。不料鬓生白发的当事人早已将往事忘却,大姨为避免纠缠也无意追问。终于还是带着心中隐疾,回到深圳。事情的不可完结更在于,沧水的妻子瞻云执意要把他大姨送去新建的社会福利中心,原因是,大姨的重重疑心已经在日常生活中,传导给了他俩的双胞胎女儿。听罢瞻云讲的女儿琼琼对狗狗的怀疑,"沧水心中咯噔一下,缓缓道,你看你,一件小事,你也多疑了不是……"

疑心是否会传染,姑且不论,家庭生活对孩提的影响,则不可小觑。日常生活的不正常,久之会成为一根柔韧的链条,侵蚀与锁住我们的身心,成为我们思考的起点,生活的准则以及为人处世的方式。小自一个家庭,大到整个社会,如果没有诚实、信任与敞亮的胸襟,我们就很难形塑美丽的人性与美好的未来。

对于任何一个时代,任何一个社会,物质的丰裕只是一个方面,不可或缺的还在于心灵的真纯而透明。后者,我以为更难,但愿用文学来辅助照亮。

明亮而又暧昧的紫

——小说《洛杉矶的蓝花楹》创作谈

南　翔

深圳和洛杉矶颇有一些相似之处，一个是移民化程度都很高，一个是都有较长的海岸线；还有，都有主题公园——当然层次有别；房价都很高——后者的上涨幅度还是远远赶不上前者，以至于深圳人去洛杉矶，还是惊叹，如此之好的环境，为何房价这么便宜？

这些都非紧要，更为我所感兴趣的，可能还是相距遥迢的两岸双城的文化差异。文化差异五花八门、林林总总，既有形而上的观念、思想等等，亦有形而下的饮食、消费等等。

十年前去洛杉矶参加过一次北美华文文学论坛，包括去美东走马观花。去年春节前则是应一位在美国做实业的老校友之邀，去洛杉矶自由行。在他的陪同下，接触了当地的企业家，也到包括去南加州大学等，会见一些国内去的朋友。回来之后，想到可以写一个中篇小说。

国人去欧美，固然有中国胃与西洋胃的扞格，更多的还是文化观念的差异，这是我想着重表现的一个角度，而以情感，包括两性的情感以及养育儿女的情感差异来呈现，会更为好看也会更为深邃一些。深圳从来称为改革开放的窗口与前沿，彼此的差异都那么明显，其他内陆省市，或可不论。近期到中欧的捷克、奥地利与匈牙利一游，当地朋友对拜金主义的席卷，中外一也，感慨很深。我却看到趋同性的另一面：差异性。

有一些差异是很难改变的，起码不像经济的跃升或跌落那样容易翻转腾挪。文学未必要去做道德价值判断，呈现尤其是审美意义上的呈现，就能够完成它的自足性。再往深里说，文学需要表现不同地理意义与文化意义上的人的面貌与个性。让不同的人文、情感乃至思想碰撞、交流与对望，看看会发生一些什么样的"变格"。这才是我所感兴趣的。我素来对异域的植物有兴趣，第一次去洛杉矶，在大学校园见到的满树丰饶的蓝花楹便为之一震。

俗话说，红得发紫，我却下意识觉得，蓝花楹是蓝得发紫。

这篇小说的结尾：起风了，越来越大的风挟着一股子咸湿的气息，扑面而来，金属一般的紫，海潮一般的紫，雷电一般的紫，庄严而又轻佻的紫，明亮而又暧昧的紫，坚硬而又柔软的紫……把她团团包裹，将她一刀一刀地雕塑成一尊铿锵作响的紫像。

——这里面浓缩了我对女主人公向老师的性格形塑。

子规声里雨如烟

——小说《果蝠》创作谈

南 翔

世界上的蝙蝠已知的有 900 多种，最轻的一两克，最重的一公斤多，种类不同，体型差别也很大。果蝠是蝙蝠的一种，有些种类翼幅长达 2 米，又名飞狐。顺便说一句，蝙蝠也是唯一会飞的哺乳动物。果蝠，顾名思义，吃果子为主，而且是杂食种种果子。许多植物的种子由果蝠取食，经其消化道排出后，才会有较高的萌发率。食果蝠群主要生活在热带和亚热带，对当地广大而多样性的热带森林形成与维系贡献良多。这种贡献，不排除有些蝙蝠在采食中是兼及传授花粉的。

生物包括不少动物，在地球上出现的历史比人类久远得多，如果说迄今为止在地球上发现最早的人类化石标注了几百万年的光阴，那么蝙蝠却已有几千万年的历史印记了。

没错，蝙蝠是多种人畜共患病毒的天然宿主，能够携带数十种病毒，包括疑似埃博拉病毒的宿主，疑似冠状病毒的宿主等等。但不能认为蝙蝠天然该杀，还有很多很多动物都是人畜共患病毒的宿主，对地球而言，人本身也是很多病毒的宿主。

那么谁来为地球和除人类以外的其他动物"仗义执言"，当庭开审？

高山大川不会说话，其他广大的动物群也哑口无声，能说话，能思辨，同时也能狡辩的，或许非人类莫属。

《果蝠》里面有一种动物主角，那就是两个大学教师去考察的粤西北溶洞里，神秘消失的上万只果蝠。但这不是动物小说，里面起主导作用的还是人。可以将其归结为自然文学，或生态文学之类。我此前写过《哭泣的白鹳》

《消失的养蜂人》《最后一条蝠鲼》《珊瑚裸尾鼠》等，乃至今年《上海文学》4月号刊发的《乌鸦》等等，都是人之视角下的动物，其中有益鸟良兽，也有"毒蛇猛兽"，如裸尾鼠、蝙蝠。人类，都得善待。

这篇1.5万字的小说，除了果蝠岌岌可危的一条线，还有一条男女俩老师的情感线。

人对动物的悯恤，当然也是悯恤自身；人对情感的珍惜，更是留恋与追挽有温度、有质量、有美感的生活。

"绿遍山原白满川，子规声里雨如烟。"（南宋诗人翁卷）

○ ○ ○

文学创作的三个打通

——著名作家南翔访谈录 [1]

采访人：欧阳德彬

欧阳德彬（以下简称欧阳）：据我所知，很多作家都是跨界写作，同时涉猎多种文体。您怎么看？您主要写作哪些文体？

南翔（以下简称南）：这是一个有趣的现象。据我观察，很少有虚构作家不写非虚构的。小说家不写散文、随笔和纪实的很少；反过来的例子倒不太多，纯粹写非虚构、不写小说的情况较多。很久以前我就发现，一个作家写非虚构写到一定年龄，想转虚构便比较困难。比如说三毛一直写散文，后来想写虚构，可作品中张三、李四怎么想的她自己也不得而知。尽管有人说三毛的散文也有虚构，但是跟小说意义上的虚构并非一回事。后来，三毛又写回了散文。又如北岛、舒婷这些著名的诗人，到了一定的年龄可能不大写诗，起码不以写诗为主，他们转型写非虚构，写回忆，国外游历之类，总之是写散文、随笔。当然反例也有，譬如以前写非虚构的作家梁鸿，近几年主要写长篇小说了。小说家大都兼有散文，如王安忆虽然是一位小说家，但也有蛮多散文，内容包括德国故事、美国旅行、驻海外聂华苓写作中心的经历等。

就本人而言，我从大学时代开始发表小说，也发表过大量的散文、随笔，后来结了一本集子，叫《叛逆与飞翔》，分了七八个部类，包括阐发篇、缅怀篇、叙事篇、观察篇等。

欧阳：对。我读到的您的第一本书，就是《叛逆与飞翔》。记得当时课堂

---

① 本文原载《创作评谭》2020 年第 3 期。

上，您讲课就多以此书篇章为例文。

南：对，大学课堂有其特点，绝大多数讲非虚构，讲虚构的课堂很少，主要因为大学的写作课时间很短，很多还是作为中学写作的承接。最近有些大学开了创意写作课，甚至将创意写作作为硕士、博士来培养，聘请有创作成果的作家任教，效果是值得肯定的。创意写作源自欧美，我们国家的大学在"文革"前17年基本不教创作，而且到现在为止，教授习作的大学也寥寥无几。很多人声称，写作是不能教的。前不久在深圳五洲宾馆召开的国际比较文学高峰论坛，会议结束之后，我与王安忆有一个对话，她也认为大学不培养作家。但我不这么看，大学固然可以不培养作家，但还是要让学生进行虚构写作练习，这一点特别重要。一个学生如果没有虚构写作练习，他可能连欣赏虚构作品都很困难。即使是评论家，我觉得如能做一些虚构写作训练也好，有利于深化自己的评论和理论。

欧阳：我记得您经常将"三个打通"理论挂在嘴边，其中有一条便是"创作与理论的打通"。其他好像是现当代文学与古代文学、世界文学打通，课堂与社会打通。

南：是的，必须两条腿走路。纯粹搞创作的作家，也要接触一些理论，创作实践与理论修养相辅相成，才能做出较大成就。很过作家都有自己的理论思考，譬如有位作家很早就著有《现代小说技巧初探》之类的理论著作，他当然引入一些观点，但也不无自己的吸收与考量。有人认为一个作家最好是创作、理论三七分，最好兼通一点翻译，像鲁迅这样的大家，创作、评论、翻译皆有涉猎。当然反例也有，比如沈从文、汪曾祺，外语都不大好。沈从文只有小学文凭，全凭自己的生活经历来创作，但他和鲁迅同样都是中国文学的一个高峰。

这里插入讲一下文体的问题。我们现在很强调长篇小说，长篇小说单独有一个奖——茅盾文学奖。"五个一工程奖"只奖励长篇，不奖励中短篇。一味地求长，我觉得这是俄苏文学的传统。我们在"文革"前17年及"文革"结束之后，虚构作品主要表现为两种文体，一个是短篇小说，一个是中篇小说。各省的作协一直都有文学刊物，"文革"前除《收获》外，还没有什么大型文学刊物，"文革"之后出现《清明》《芙蓉》《花城》《长城》《时代文学》《大家》等大型刊物。早先的省刊都比较薄，可能跟当时的经济状况相匹配，所以没有中篇类型。"文革"后各个省突然冒出很多大型文学刊物、双月刊，中篇小说便兴盛起来了。但是，我感觉很多中篇在写法上更像长篇的路数。短篇是单独的门类，不少作家比如一位军旅作家，曾获"茅盾文学奖"，在 1990 年后就不写短篇了。他认为写短篇小说更需要才华，并自认为只是一个资质中等偏上的人，觉得写长篇可能更合适。俗一点说，长篇小说的性价比是比较高的，如果获得"茅奖"，每年都可以重印 1 万本甚至更多，便可以一直拿版税。加上各地多主导长篇，因此很多作家会去写长篇。这个观点不一定正确，我虽然也写了《没有终点的轨迹》《无处归心》《南方的爱》等几个正儿八经的长篇，还有一些组合式的长篇，像《大学轶事》等，但大多数是中短篇。其实你看鲁迅和沈从文，被认为最有可能问鼎诺贝尔文学奖的作家，都是以短篇写作为主，中篇都很少。沈从文唯一一个长篇还没写完，但他的中短篇小说《边城》等非常棒，包括他的非虚构作品。1989 年在《清明》创刊十周年座谈会上，我向汪曾祺先生请教，问他用写短篇的手法写长篇是否可行。他回答自己没写过长篇。当时《北京文学》主编林斤澜也在旁边，汪老说林斤澜还写过中篇，他连中篇都没有写过。林斤澜小说以怪、险取胜。学者黄子平写过一篇名为《沉思的老树的精灵》的论文，专门研究他的小说。他的小说不太容易看得懂，语言及结构非常奇绝，但是有特点。林老跟汪老是一对哥们、好朋友。一个作家的文体意识还是很重要，汪曾祺老先生就说过他写不了泰山，因为泰山太雄伟了，他的个性难以进入；如果一定要他写，那是小鸡吃绿豆——强努。他在一篇散文《泰山很大》中这样说："我是写不了泰山的，因为泰山太大。我对泰山不能认同。我对一切伟大的东西总有点格格不入。我十年间两登泰山，可谓了不相干。"

《芙蓉》马上刊出的短篇《曹铁匠的小尖刀》，它也是生活现实和历史打通、虚构和非虚构打通的例子。一个作家朋友读后，认为小尖刀是一个象征。小尖刀是一把隐形的刀，在里面是显形的，实际上也是把隐形的刀割痛了你和我，反映走出或坚守农村是对还是错，它是很多矛盾的组合体。

欧阳：相对于非虚构写作来说，虚构写作是否需要更大的精力？

南：到了晚年，比如巴金到了晚年主要写《随想录》之类的，写作虚构会比较吃力。当然也有例外，像杨绛百龄之后还写了一个中篇小说——《洗澡之后》。一直写虚构作品，在某种意义上说明她的生命力比较旺盛。其实也不能忽略非虚构的重要性，一方面它需要你始终对社会保持一种关切，对时代、对人性有一种了解。现在资讯很发达，电脑、自媒体、手机到处都是铺天盖地的新闻，信息传播很快。另一方面有很多隐藏在社会和城市，乃至广大乡村皱褶里的、深含其中的、需要去发掘的东西。只有被发掘出来的东西，你才能有一种亲切感、成就感，有一种发现与发泄的快乐，补充你虚构的不足，同时也体现你对现实的关怀。我觉得这点很重要，它既可以成为非虚构作品的重要来源，同时也可以补充虚构作品的不足，比如素材知识的不足。

虚构作品最适合表现生活的悖论。虚构和非虚构一个很重要的区别，就是虚构文学适合展现巨大的空白和张力，非虚构文学把什么都谈透了。小说有很大的留白，但留多少有技巧上的考虑，所以更值得阐发。但非虚构也有它不可抹杀的功能，因为它真实，阅读者多。我的老同学郭春生说，在国外非虚构作品好卖，比如机场书店，非虚构作品卖得很贵，虚构作品反而便宜，这当然是另外一种价值观了。为什么诺贝尔文学奖奖励的主要是小说家、戏剧家、诗人？就因它有巨大的想象力充盈其中，人们的理想标高在其中；非虚构类的获奖作家，近年除了阿列克谢耶维奇，还真不多。

欧阳：您大概是从什么时候开始创作？处女作发表时有着怎样的心情？经历了怎样的创作过程？

南：实际上从"文革"那会儿就开始创作。1971年底我被招工，1972年初当了铁路工人，还不到17岁。那时候我开始写诗歌，主要发表在铁路局的机关报纸《前线铁道报》副刊上，后来也在铁道部的《人民铁道报》发过一篇短作。《前线铁路报》只是企业内刊，《人民铁道报》才有公开刊号。那些诗歌的名字完全不记得了。那时候普遍看不起短作，就像现在很多人一开始就写中长篇一样，看不起短篇小说，所以当时诗歌写得很长。但当拿到《前线铁道报》时，我发现自己的诗歌被改得面目全非，几乎没几句原话，事先那种期盼、那种自豪、那种喜悦转瞬间化为乌有。因此，我后来编辑文章，要么发回让作者自己改，要么就原样退回。我认为把作品改动太大，不像是人家的原创，作者也没有成就感。为什么说这个经历？因为那时当工人，物质生活匮乏，精神上也很苦闷。

1978年，我考入江西大学中文系。工作满五年可以带薪，月薪41元，由原单位宜春火车站支付。这是另一种生活场景了。尽管所有教材还带有过渡时期的痕迹，还有不少油印本。大学二年级我开始写小说，教我们写小说的是卢启元老师，广西人，前几年去世了。他研究冰心，研究四川老作家沙汀。老师课讲得非常好，瘦瘦小小的，从来不发脾气，很温和的一名学者。他布置写作作业时，我交了一篇小说。当时班上100多人，我大概得了85分，全班也就两三个这么高分。受他启发，我立即决定去写小说，写了好多乱七八糟的短篇小说。70年代末80年代初，伤痕文学、蒋子龙写的《乔厂长上任记》等作品影响还很大，只要课间时间就跑到图书馆二楼阅览室去借杂志，图书馆什么杂志都订，包括《人民文学》《收获》，也包括省一级的刊物，如安徽的《清明》，江西的《星火》，湖南的《芙蓉》。那时候搞不清杂志是文联办的，还是出版社办的。不了解这些，也没人引导你。教师大都是"文革"劫后余生回来的，几乎没有搞创作的。这也是很遗憾的一件事情，会走很多弯路，无人引领就不知道怎么投稿。

我的第一篇小说应该是大三时发在《福建文学》的《最后一个小站》。责编黄文山后来当到了主编，很多年后开会见到过他，对我来说这种正向刺激是很重要的。大四接近毕业时在《清明》发了《第八个副局长》，写的铁路局的事。我住铁路家属宿舍，对铁路生活一直很了解。那时候文学热到什么程度，《第八个副局长》发表后，铁路局的正、副局长都找去看，对号看看是不是有他的影子。其实我写了一个正面的副局长，当时也没有对文学作品无限上纲或者对号入座，更别说文字狱了。

毕业已经是1982年了，写了很多，可以说正式步入文学创作的殿堂，在《清明》《芙蓉》《青春》、天津百花文艺出版社的《小说家》、公安部的《啄木鸟》都发表过。在南昌还当过一段时间《百花洲》杂志的社外编辑。现在一些有一定知名度作家的第一篇稿子就是从我那发出来，并建立了很好的关系，比如河北保定的专业作家阿宁。我在《百花洲》发过长篇小说《没有终点的轨迹》；后来在春风文艺出版社出版时，为了好卖，责编将标题改成了《相思如梦》，说好卖其实也就万把册。还有《无处归心》，应该都是那个年代出来的。较早的一本集子是部分中篇的合集。有些刊物后来没有了，比如《淘洗》等几篇发表在中国青年出版社的大型刊物《小说》，《小说月报》头条转载了这个中篇。《米兰在海南》发在哪里我都不大记得了，当年为《中篇小说选刊》头条转载。

欧阳：后来您离开南昌来了深圳，是怎样的原因和契机让您作出南下的决定呢？

南：大概到1996年，我就琢磨着要转移地方，觉得再不挪就挪不动了。当时看到韩少功的一些话，一个湖南作家，在人生还能挪动时去了海南。

也因为教授职称拿得比较早，三十六七岁就是正高了，省里算是破格的了。在大学毕业后九年之内我把职称全部拿完了，动的心思就更强了。还有一点，1993 年我在《深圳法制报》待过一段时间，体验生活。

欧阳： 您在报社待了多长时间？又是怎样的机缘进了深圳大学？

南： 半年左右，800 块钱一个月，跟新来的大学生午睡在一起，条件还是很艰苦。我来深圳时，并不想待在法制报，只想进两个单位，一个是深圳大学，第二个就是《深圳特区报》。那时候还没有报业集团这个说法，但是去这两个地方都受阻。当时深圳大学还没有文学院，叫中文系。我去深大求职，有一位叫陈喜书的，后来成了一名后勤干部。他当时只是办事接待，给我打了一个盒饭。我后来说，你对我是一饭之恩。他当时说如果你调入，你就是最年轻的教授之一了。那时候很少有 30 多岁的教授。

进深大时面临着档案转移的问题。1996 年，我担任江西建省 40 年以来最大的典型——邱娥国事迹的总撰稿及报告文学的主笔。此事缘起于当年我跟西湖区公安分局的一位领导比较熟。他们给我讲起这个人，我觉得比较有意思，就给他写了一篇人物通讯发在《江西日报》的周末版上。当时标题取得很大，叫《陋巷丰碑》，后来报纸刊出来压小了一点。他的事迹不断扩展，最后进了人民大会堂讲演，成了一个大典型，被公安部评为一级英模。我在 1996 年拿到深圳大学的商调函，但是南昌大学（原江西大学）因我担任了邱娥国事迹的撰写，不好放行，要我找省领导签字。这对我来说非常艰难，最后拖到 1998 年底才走出。

我很感激章必功校长，1996 年他给我发出商调函时，任深大副校长兼深大师范学院院长。人生旅途的关键一步有时候很重要，我在章校长的调动下，来到深圳大学。他是一个很有才也很有人文情怀的校长，广为学生爱戴。到深圳大学后，教学之余，我依旧坚持写作，包括 2000 年前后出版长篇《南方的爱》，属于人民文学出版社"探索者丛书"系列，每个系列出三本，现在停了。第一个系列我忘了有哪些作家；第二个系列有阿来的《尘埃落定》等长篇；第三个系列一共三个长篇，打头的就是《南方的爱》。

2000 年前后，我有一个比较重要的作品《博士点》，发在《中国作家》头条，为《新华文摘》等刊物转载连载。这中间还有个小插曲。我和刘元举很熟，他当时在《鸭绿江》担任编辑，说我的《博士点》影响很大，连《辽沈晚报》都在连载。我说我怎么不知道，后来写了封信给报社，说连载不但不通知，稿费不给，连样报也不给？折腾了好一段时间才陆续收到样报、稿费。我倒不是要问责任编辑，而是要提一下版权的问题，虽然那时候版权意识没这么强。《博士点》获《中国作家》年度奖——大红鹰文学奖，当时获奖的还有毕飞宇的《玉米》、金敬迈的《好大的月亮好大的天》。奖金在当时不算低，还得到赞助商提供的一套西装。之后我写了几篇大学系列中篇小说，《博士点》《硕士点》《本科生》《专科生》《成人班》等，六个中篇发在不同的刊物上，最后结集成《大学轶事》。之后还写了一个中篇《博士后》，也发在《中国作家》。

回过去说，其实在南昌还有一个很重要的系列，就是民国题材。九十年代，还没有民国热，我写了一系列民国题材中短篇小说，发在不同的杂志上，两篇发在《上海文学》，《失落的蟠龙重宝》跟史铁生的《我与地坛》发在同一期，还有一个短篇收在《前尘——民国遗事》里。这本集子特别为一些老朋友，尤其在大学教书的朋友喜欢。他们喜欢那种语言、那种情调、那种遥远的历史回声里的人与事。我下意识地觉得那个年代时间太短，塑形为一种回望的姿态。那本小说集里的人物与故事，现在还有人在问起，特别是《前尘》的结尾为什么是帮佣的儿子跑到浙江大学来找当年西迁的老师。实际上就是饥荒年代，他在贵州老家饿得没地方吃饭，他爸妈叫他来找当年的雇主。这篇小说留了很大的空白，但也有很大的历史张力在里面，通过人物来写历史。

2010 年，湖南文艺出版社出版了《女人的葵花》，是《北京文学》发的《女人的葵花》等好些个中篇的结集。《女人的葵花》被北京一个演员买了版权，但是到现在也没有拍出来。那名演员把所有转载《女人的葵花》的杂志都找齐了，我告诉他说其实都是一个版本。后来他特意到深圳来见我，寻找该小说的原型发生地龙岗的一个水库。他乘公交一站一站过去看那个水库，真是一个有心人。

这些年写了更多的短篇，包括获第六届中国作协鲁迅文学奖提名的《老桂家的鱼》、第七届鲁奖提名的《回乡》，反响都很大。此时，我的创作大概已经有了三个维度，一个是底层或情感的维度，像《老桂家的鱼》《绿皮车》属于这一类；第二个就是历史或“文革”的维度，大都收在集子《抄家》里；还有一个是生态的维度，比如《哭泣的白鹳》，发表在《人民文学》的《珊瑚裸尾鼠》。

近年的写作中，有四篇上了中国小说排行榜：2012 的《绿皮车》，2013 的《老桂家的鱼》，2015 的《特工》，2017 的《檀香插》。然后是集子，包括陆续出版的《绿皮车》《抄家》《1975 年秋天的那片枫叶》，里面有些内容交叉，其实是一种无奈的做法。后来我还是把"文革"题材的小说单独放一起出版了，名之《抄家》。中短篇小说集一般不好卖，出版社不大愿意出版，但我这几本小说集都还卖得不错，至少都印了两次。

越到后来写得越少，一年两三个中短篇，不过每次发表转载率都还比较高。2018 年《江南》第 3 期发表的中篇小说《洛杉矶的蓝花楹》，为《小说月报》《北京文学·中篇小说月报》等转载，获 2018 年《北京文学·中篇小说月报》的中篇小说奖。《北京文学》2018 年第 8 期刊发短篇小说《疑心》，也包含了对那个特定历史时代的追问，为《小说选刊》第 9 期、《小说月报》第 10 期、《新华文摘》第 23 期转载。

欧阳：您的好几个小说都获了奖，文学杂志社主办和机关主办的文学奖项，各有侧重，您怎么看？另外，您这几年的中短篇创作很受关注，有哪些新的构想呢？

南：这其实很难区分，因为评委都是交叉的。文学杂志社主办的奖项由刊物负责，更多从文学性去考量；国家级的奖项权衡各种得失，其中也必然包含政治导向。

就这些年我的写作来看，有三个"打通"：自己的经历跟父兄辈经历打通，虚构和非虚构打通，现实和历史打通。比如《回乡》，就是现实和历史打通，虚构和非虚构打通，没有那种生活经历很难写出来。我真实的大舅是 1940 年代末去台湾的，十来岁就走了，到了 1980 年代末回来省亲。在这篇小说中，各个人物既是虚构，又有生活的影子。还有一篇原发《作家》的中篇《远去的寄生》，也是那个特定时代的故事，一直延伸到现在，是将自己经历与父兄辈经历打通的题材。我的一个哥哥读初中时遭遇"文革"，下放农村结婚生子，在矿山和工厂都工作过。他们那一代不少人是有思考的。我当年就听他们议论过，鲁迅的"横眉冷对千夫指，俯首甘为孺子牛"，所谓"孺子牛"就是做周海婴的牛，与孩子嬉戏。任何时代，不跟风、不从众、不迷信，坚持独立思考是我最看重的一种品格，何况作家乎！我哥哥属于"老三届"，他很聪明，但因为家里人多，生活比较困难，父母要他初中毕业以后考中专。初中毕业时要填满八个学校，结果他填了七个中专技校，最后一个填高中，因为成绩太好去了高中。"文革"后，下放农村劳动，三十多岁染病去世了，跟积劳太甚有关。我常想，他们中的一些人如果活到当下，不知能出多少成果！我们活着的人要珍惜机会，包括伸展、延续和光大前人的思考与智慧。

欧阳：你最近写的很多小说，都是不同时代及场景中的小人物，有奋斗也有挣扎。记得《回乡》写到农村一个落魄青年，后来生父返乡给盖了个房子，把自己的所有价值都融在里面，包括自信与自尊，最后又死在房子里。

南：对，最后又终结在其中。还有一些跟生活紧密相关，像《老桂家的鱼》也很值得说，你也去过现场，当时根本没想到写小说。

欧阳：刚去的时候完全是一种了解陌生生活的渴望、好奇。

南：上次也说到好奇心！不管你是内向型外向型作家，总是要好奇、敏感，对吧？

欧阳：嗯，想了解这些人到底怎么生活。

南：这个过程其实很长。最早我学生赖欢海在那教数学，后来考了我的研究生。他说深圳的疍民没有了，惠州的疍民还在。2003年，我带了几个学生，开着一辆捷达车跟他去。当时疍民的船上鸡鸣狗吠，我们都不敢贸然上去，只有这家向我们招手。他们很热情。有两个细节令我很吃惊，一是没有电，用的是液化气灯，盖着一个罩子，有点像我当年在铁路上的汽灯。二是卧室厨房、船舱客厅连在一起，三代人住在里面。粪便直接排到水里，水很脏不能喝，他们要到岸上去买水，五毛钱一担。我带了一点茶叶给他。之后每年都去，便成了好朋友。有时给他们一些钱，学生给他一些八成新的衣物，可见他们的困难。这篇小说后来收入《绿皮车》。在北京开《绿皮车》研讨会时，很多专家认为那条鱼是神来之笔，为何会跳到上面？那是一条翘嘴巴鱼，有着鲜红的玛丽莲·梦露般的嘴唇，而背脊则像山一样。我一直想让女船主带她老公去看病住院，但女船主好像不太舍得。她不舍得有她的难言之隐，两个媳妇、孙子都没有固定收入。虽然遗憾，却也是人之常情，我还开车带他去社康看过病。

欧阳：他两个儿子结婚后也生活在船上？

南：一直在船上，靠打短工维系生活，给别人开船挖树兜等等，几乎没有其他经济来源。这其中存在很多问题，也想让学生多点观察。这条鱼就是我想代替一种人世间最好的情感，类似于雌雄同体的男女之间的情感。但专家认为，这个鱼象征了老疍民不屈不挠的命运，眼睛半睁半开，带着一层荫翳，藏着很深的感情容量。小说里写到，老疍民死后，周边高档住宅区居民反映这个地方脏乱差，市政府便要清除。现实生活中当然没有完全清除，却不停地受到一种挤压。老疍民的妻子在船顶的枕头席子上发现一条风干了的鱼，往深里想，是能找到内在逻辑链的。老疍民得到种菜女人的关心和帮助，帮种菜女人挖沟、建浇菜蓄水池。种菜女人后来得了乳腺癌，因女儿在国外，一个人生活其实很孤单。但两人完全没有男女的那种苟且，纯粹是中年男女之间底层人的互相同情。老疍民全身浮肿，爬上大船都费劲，更不可能在舱顶放一条鱼，其实这显示出他的一种心境。然而老疍民跟老婆撒谎说鱼挣脱尼龙网跳到了水里。他老婆自然很生气，好不容易打上一条鱼，卖给酒店是很值钱的。此时此刻，她看到这条鱼时迎风号啕大哭，其中有很大的感情容量，是后悔、惋惜，还是痛恨？很复杂。《老桂家的鱼》影响很大，在《上海文学》刊发后，《新华文摘》《小说选刊》《小说月报》《名作欣赏》等杂志皆转载，并获第十届上海文学奖，同获奖的还有宗璞的小说、余光中的诗、张承志的散文。

欧阳：您的小说往往有多个题材来源，您曾跟学生们讲过，要从自己和亲属的经历，从新闻及历史中积累和开掘素材。

南：是的，即使一个小说，它的题材来源也是广阔的、杂取的、丰富的。譬如《远去的寄生》这篇小说，最初是为《南方周末》一则真实的消息所触动。讲一个老者临死前很痛苦，他当年让儿子去当兵，儿子不慎打坏了一个领袖石膏像，被退伍回来后精神失常死了。这触发了我对父兄辈以及一代人，甚至不止一代人的青春生命的思考。这些就是我说的三个打通。

另外对于文学作品，我的阅读和写作还强调三个信息量：丰富的生活信息量，深刻的思想信息量和创新的审美信息量。一个作品如果像大家都看的肥皂剧，都是酒吧啊街头这些时尚元素，没有更多的知识信息，就没有多大价值。我为什么会喜欢沈从文、汪曾祺这些作家的作品，就是信息量很大。对我们这种有一些经历的人，如果不能够通过自己的笔把那个时代那种社会那些人生的感受写出来，那后人怎么了解？所以我比较喜欢看年长人的传记或者写的东西，汲取里面信息，譬如王鼎钧、许倬云、余英时等人的回忆录。审美信息量能够反映一个作家的写作特点，比如《绿皮车》的这种整体象征，《老桂家的鱼》这种个体象征和语言追求。深圳一个青年作家说，南翔创作很有辨识度，那辨识度通过哪里体现？从你的故事、你的角度、你的思想表达等等，但最重要的是语言特点。像王安忆的小说，跟韩少功肯定不同，金庸的武侠小说跟其他武侠作家写的也不太一样，就因辨识度存在。信息量是我非常追求的一个词，虽然它看上去很中性，却是好作品一个很重要的衡量点。现在我越来越对生态问题有强烈的关注，因为全球变暖。《人民文学》首发的《珊瑚裸尾鼠》，缘起于澳大利亚政府2019年宣布的第一例因为人类活动导致气温上升而灭绝的哺乳动物。物伤其类，人类也是哺乳动物。

欧阳：您以前也写过不少非虚构，零零散散见诸报刊。最近的这本《手上春秋——中国手艺人》应该是您非虚构写作的一次集中爆发？

南：《手上春秋》之前也曾经写过散文、随笔、专访，几十年里，采访过不少人，到目前为止采访过两三百人，上到国务院离任的副总理，下到煤矿800米深处的矿工。

我从小就佩服动手能力强的人，包括各种匠人。20多年前，读到日本作家盐野米松的《留住手艺》，里面写到铁匠、木匠、船匠、刮漆匠、手编工艺师、纺织工艺师……总之那些与衣食住行相关的手艺人的一鳞一爪，它们的传习过程，令我流连与沉迷。盐野米松对日本尚存的传统手工的记录及其对手艺人的采集，其意识及动手都很早，这应该得益于他的敏觉、怜惜而生出的抢救心态。他跟踪采写的不少手艺门类以及手艺人，随着城市化、现代化乃至全球化的铿然步履，渐趋式微。

这种令人疼怜的传统手艺及手艺人现状，在我们身边、在其他国家，料想情况大致相若。这似乎是无可奈何之事。实际上，一苇可航的日本，其民间技艺有不少发端于中国。1999年中文版《留住手艺》出版，盐野米松在导语里说：其实日本的手艺很多来自我们的邻国中国，中国是我们的土壤，我们的文化从那里发芽、成长和结果。自20世纪90年代末开始，盐野米松每年都会来中国，不仅行走，考察与采写各类手艺，并于2000年在日本出版了相关书籍。这位颇为恋旧的作家曾表示，日本在经济、历史和民艺保护上走过不少弯路，希望中国不要重复这些错误。

2019年4月，在北京现代文学馆召开《手上春秋》研讨会，有评论家说能不能写一些像日本工匠那样几代的传承，其实盐野米松写几代传承的例子也不多。中国跟日本有很大的不同。日本二战前后，老百姓生活比较平和。中国1949年之前多战乱，之后多运动，即使到了改革开放之后，人们还经历下岗转型阵痛，很难有代代承传。书里写到的蜀绣、夏布绣等，主人公都是当时下岗的女工，或者转型中阵痛的人。有些属于"老三届"，有些甚至没有学历，他们的共同点都是很想做一点事情，有耐心，有毅力，便最终选择了手艺，在兴趣与价值之间找到平衡点，加之在市场上站住了脚，能够应对家庭生活。小人物的沧桑经历，一条条线编织起来就像织布一样，经纬交织成全面的共和国历史。共和国的历史不仅仅是领袖的历史、大人物的历史，它更是小人物的历史、小人物的辛劳、小人物的困顿、小人物的跌宕、小人物的挣扎、小人物的悲伤、小人物的欣慰，只有如此才是一部完整且真实的历史。

欧阳：您第一次采访手艺人是什么契机？

南：两年前在深圳松岗讲座，偶然间得到采写手艺人的机会。松岗街道的干部代为约访了一位区级"非遗"——木器农具的传人文业成。这位七旬老人带我看了他在农业时代所制的犁耙（木器部分）、粪桶、谷磨、秧盆、水车、风车、鸡公车（独轮车）……还有一些他陆续收来的岭南木器农具与家具。文业成告诉我，省、市搞农业器具展览，常常问他借这借那，他们的展品远没有一个老木匠收藏的多！南方湫隘潮湿，且多白蚁，无论是寄藏在朋友工厂地下室的农具，还是堆放在屋后只有一个避雨篷置顶的木器，大都岌岌可危。文业成很希望在屋后的那块宅基地上盖一座房子，建一个活的博物馆——可以在里面修复、制作教学与观摩用的木器农具。但由于各种原因，批不下来。我在采访之后写了一篇《木匠文叔》为之吁请。文章在《随笔》（广东）与《城市文艺》（香港）刊发之后，有市内记者及人大代表过去看望文叔。可是牵涉一个个人农具博物馆的落地，路尚迢遥。我写这篇自序之时给他去电话，他依然叹息，收藏的四五百件农具及家具，因年久失修、白蚁蛀蚀，已经毁损了三百多件，连一个妥帖的存放之地都成问题，更不用讲日常展示或者修复之所了。木匠文叔的例子尽管是个案，却从某个侧面反映了某些"非遗"的现实处境。

欧阳：《手上春秋》是您看重非虚构写作的体现，采访与写作过程中有哪些实际困难？

南：我注重非虚构写作跟我的生活经历有关。上大学之前，我当过7年铁路工人，接触的人比较驳杂，尤其是接触底层人物较多，对苦难、沧桑、辛劳体会较丰富。这些人你要关切他们，仅仅通过小说是不够的，想着在散文、随笔之外，写这么一本《手上春秋——中国手艺人》。最初没有别的想法，没想马上结集，也没想要写多少人，发现一个写一个，带有很大的随机性，甚至不管它是不是"非遗"或者是什么级别的"非遗"。我只关心两点：一是人物本身有没有沧桑感；二是人物年龄是不是够大，年龄够大才可能有沧桑感，所以写的人物都是 50 岁以上。其中最年轻的捞纸工周东红也已 50 多岁了，上了央视《大国工匠》栏目第一集。全书包括制茶、制药、刺绣、蜀锦、正骨、成都漆器、铁板浮雕、锡伯族角弓等 14 个传统手艺。

接触过程中，其实也遇到了很多困难，因为不够熟悉，很难马上推心置腹，也因语言问题沟通不畅。比如广西壮族做女红的黄美松不懂汉语，没有多少文化。有些靠朋友帮忙，有些靠当地主管部门打电话沟通。历时两三年，做了这么多采访，写了一本十七八万字的非虚构作品。这本书不好界定是散文还是报告文学。报告文学显得太硬，散文好像又太软，最后还是归类到非虚构，因为非虚构的范围很广，散文、纪实、传记等，甚至一些博物、科普都可以归入非虚构。

欧阳：北京的评论家、文学博士付如初写您的一篇评论，形象地把您的采集形容为"把书桌搬到田野上"，这反映出您怎样的创作观？

南：在互联网时代尤其要强调田野调查。可能我跟其他作家不太一样。那天跟王安忆对话，她说她比较害怕跟人打交道。她属于书斋型，我在某种意义上属于田野型。她希望我回归一点，多在书斋里待一待。但我因受制于眼病、颈椎，有时候不能伏案太久。

田野调查不一定是到田里去、到河里去，而是要求笔者深入民间、深入基层、深入到人物中，用心感受并发掘出很多东西，不论是老人的经历，年轻人的经历，或者是不曾接触过的陌生行当。就像我俩上次一起去四川渠县采访竹编手艺人刘嘉峰。在极其困难的历史条件下，他凭借着自己的手艺，解决了养家糊口问题。他出身不好，却能在"上山下乡"高潮时期逆向进城，落户到县城，还娶了一个好媳妇。女方看重的便是他的心灵手巧。这些全是手艺、技艺给他带来的好处。这些人物的历史，不是金戈铁马，不是晨钟暮鼓，却很有意思，可以折射出一个大时代的波澜。

手艺人的人生可以给现在很多年轻人一些启发。一个人的经历，一个人的成功，靠自己的双手，也能使自己和家人过上一种比较富足的体面生活，这是难能可贵的。靠父母的荫蔽，或者贵人相助，或者时来运转，等待命运的安排，当然也有，但肯定不是一种常态、必然。

任何个人的经历都是有限的，采集与嫁接更多的人尤其年长者的经历，才能视野开阔，这一点对当下的大学生、研究生尤其重要。现在很多学生不会采访甚至也不愿意采访，满足于在互联网上找例子、做论证、写文章，我对这种情形，很是忧心。

欧阳：在处理现实题材上，作家的非虚构写作和记者式的人物访谈有何区别？

南：北京研讨会上，很多评论家、作家对《手上春秋》评价还是比较高的。此书当然不同于记者式写作。我在文章里主动灌注一种审美意识，由于技艺本身是美的，再用富有文采的笔调把人物形象勾勒出来，因此每一篇写完之后，都深受手艺人喜欢。有很多人被各大媒体访谈过，其中有一位在交谈时说，中央台几个频道全采访过他，但看完我写的文章后，认为是最好最全面的。

此书在14个传统工匠之后，也写了一个当代工匠，压轴之作是《钢构建造师陆建新》。中国一线城市的地标性建筑都与陆建新有关，上海环球金融中心、北京中国尊、深圳平安金融大厦、广州西塔……，他也是广东省唯一的"央企楷模"，接受的采访打印出来就有一尺多厚，内容大同小异。此文发表在2018年第12期《中国作家》杂志一个专栏头条，后来被国务院国资委收在《大国顶梁柱》一书里。当时我也在犹豫，他好像较难算入中国手艺人。汉语词典中"工匠"的解释只有四个字：手艺工人。现在我们给工匠赋予了精益求精和当代意识，古代工匠其实也追求精益求精。陆建新把一叠图纸变成一个实实在在的高楼大厦，在施工现场他要解决很多问题，要有很多发明创造。其实我们就需要更多的这种现场解决问题的能力。为什么我们现在既非创造大国，亦非制造大国，缺少的就是这种专注、纯粹的工匠精神。

我也没有停止探索，包括题材及形式的探索。每行一步，都希望有赓续者，包括现在写的生态小说。生态被破坏的程度大大超过所有人的预期，但很多人是麻木的，洪水不淹到脚脖子底下就觉得跟自己没关。作家应该要有一种敏锐、一种预见、一种情怀，如果一位作家没有这种素养，那一定是跛足的，很难写出更好的作品。我想，接下来一个时期的写作可能会跟生态有关，遇到了可写的素材，非虚构也会继续写下去。

欧阳：在手艺人系列非虚构的采写中，你更偏爱哪一类手艺？结集成书时，是否就保留了这个顺序？

南：在采集手艺人的过程中，我倾向于与日常生活如衣食住行相关的工艺，正是这些门类及技艺几千年的存在，才使我们的日常成为现在的模样。换言之，虽然有些技艺逐渐退出了当下生活，可却如盐入水，融入了我们的历史与思想，成为我们血肉的一部分。如文叔，尽管他是第一个列入"非遗"项目之后的传人，却也是最后一个。因为深圳已无农田，即使之外还有广袤的田野，却也不再使用秧盆、禾锄、水车之类的原始农具了。但是，我们不能忘记哺育过多少代人的农耕过程、景观及器物。

同时我也热衷于寻找年长一些的手艺人。这里面采集的 15 人，都是半百之龄以上，从 50 多岁到 80 多岁不等。一般来说，年长者的人生经历要丰富一些，对技艺的感受要深入一些，对传承转合的痛感也会更强烈一些。质实而言，我想以鲜活的个体沧桑，刻画出一个行当与时代的线条。这本书里依次写的是木匠、药师、制茶师、壮族女红、捞纸工、铁板浮雕师、夏布绣传人、棉花画传人、八宝印泥传人、成都漆艺传人、蜀绣传人、蜀锦传人、锡伯族角弓传人、平乐郭氏正骨传人……取自东西南北中，汉族之外，还有壮族、锡伯族，基本都是"非遗"传承项目或项目传承人，从市区一级到世界级（人类"非遗"）都有。却也有一个例外，即前面提到的、在书里排在最后的《钢构建造师陆建新》。采写陆工，旨在传统手艺人与当代工匠之间，标一道津渡，有一个承接，现一条源流。

欧阳：一些评论家把《手上春秋》归于非虚构之列，我宁愿将它看作一种糅合小说与散文技法的跨文体写作。

南：《手上春秋》一写个人经历，二写行当技艺，三写传承难点。期望做到历史与当下、思想与审美、思辨与情感的熔铸。各路传人的艰辛与企盼、灼痛与欣慰、彷徨与坚定……都应该留下不朽的辙痕，不因其微小而湮灭。这部书写竣之际，一个朋友说，你写了一本什么年龄都可以看的书。想来确实如此，个中的人物、技艺、故事、情节、细节以及一帧帧精美的插图——各位工艺匠人的杰作，连小孩也可以从图例中感受到传统技艺之美。所谓传统文化，不应局限于读书诵文的感受，更应可在日常生活中习得。

手艺与器物无言，却承载了几千年的文明，汩汩如流，理当珍惜、珍爱、珍重。"折得一枝香在手，人间应未有。"（王安石）用文字与影像打造一个个手艺人的博物馆，此其时也，愿与更多的作者与影像工作者一起，深入乡野与民间去采撷，拾得斑斓，留住芬芳。

寒雪梅中尽，春风柳上归

采访人：李云龙[①]

李云龙（以下简称李）：创作当力图呈现一种生活甚至一种文化。你的创作可以称为对深圳文化、深圳文学的一种呈现吗？它力图体现的是什么？是独立精神与代表性吗？

南翔（以下简称南）：文化的呈现、文学的呈现，在不同的时代，有不同的对象、任务、内涵，整体上，它又是由无数环节所构成；就个人而言，则是一个需要穷其一生去完成的工作，是一个既小又大的目标吧。言其小，是因为举凡书写，大略上，都能算是一种呈现。言其大，是因为文化、文学乃至社会生活，是一个可以无限大的系统，仅凭个人力量，要做一个多么全面、完美的呈现，是无法真正做到的。只能尽量作为一个追求吧。起码在小说这一块，做到有一个主体性，或者说是在这一个阶段，有一种属于个人的呈现。不能奢望成为一部多么明亮、雄壮、完整的交响乐，但起码冀盼成为一个附点音符吧。

文学主要是一个非常个性化的劳动，讲个人的趣味、个人的追求、个人的理想。一般说来，它是不能作为稻粱谋的。所以，我写过一篇文章，叫《文学是很个性化的一种劳动》，就是说写作是一个自由化的职业。因而我比较注意一方面阅读，一方面接触，或者一方面是观察，一方面是思考，这都是必不可少的，需要这几方面的一个组合。使自己的创作源泉取之不

① 李云龙，男，1955 年生于江西吉安市。现为深圳市南山区作协理事、副主席。本文原载《文学界》2010 年第 5 期。

尽，用之不竭，真正成为源头活水。然后就是做一种沉淀，写作则是这种沉淀之后的自觉呈现。

独立精神不是仅仅耽于书斋式的思考，它肯定要有作家本人很深刻的一种思考与辨析。独立精神的呈现、小说的呈现，也无法离开对生活的观察、体验，无法离开阅读——需要阅读生活，也阅读这个社会。最近我读《周有光百岁口述》，得出一个印象：阶层之间，阶级与阶级之间，永远是以合作为主，斗争为辅。

妥协可能是永远存在的。看社会进展到这一步经济的跌宕与起伏，我们都可能要看两面，才能够比较中肯一些，比较深透一些。避免走以前那样一种动辄用激烈手段来解决问题的老路，那样，伤害还是比较大的。是吧？

所以，我的写作，所力图展现的即是自己的生活观念，生活经历，审美趣味，人生理想，以期能在百花齐放的园地里，在老中青，左中右——观点上的左中右——的阵容中，也做一种个性化的绽放。用契诃夫的一句话来说，就是大狗小狗都叫（笑）。是吧。像《铁壳船》《女人的葵花》等，我所着力呈现的，有很多元素，当然厚实一点的，就是文学想象。

深圳文化，首先有一种包容性。它应当兼收并蓄、涓滴不弃。只要是深圳作家的写作，无论他取什么视角、作何种书写，我以为都是对深圳文化、深圳文学的一种呈现。因而，我在小说创作方面，并没有刻意去写深圳自身多么具有地标意义的东西，不是非红树林不可，非老宝安不可。我希望自己的作品可以作比较大的延伸、扩展，不是囿于自闭式的一时、一地、一点、一面、一事、一景，变得狭隘、无趣。当然，我肯定会将这座城市纳入我的写作范畴的，因为我生活于此，我觉得自己的心灵和自己的这杆笔，和她有一种互动。

其次，说到代表性，我以为，这其实相关一种特质，相关一种过程，更关乎一个时代，当然也关乎一座城市以及这座城市的文化品格、文学精神。所以，就目前而言，要谈代表性的问题，不尽合适。但是，很清楚地说，真正的代表性，也是这座城市最闪光的地方，便是改革开放的示范性。以这一点而言，无论何人都不敢妄称什么代表性。而正是因为深圳有这种特质，深圳的文学创作，才需要坚守一个目标，那就是呈现改革开放的成果，坚定不移地为深化改革开放切实地做一些工作。所谓的代表性，应该与此相关。现实生活与写作，都只能有一个指向：改革（经济体制改革，政治体制改革）要继续深化。

李：小说是绕不开社会、历史的。谈到社会的发展、历史的发展，又总会碰到历史兴亡周期律的问题。历朝历代都想跳出这样一个周期律，但实际上最终都没能做到。黄炎培到延安去，也问了毛泽东这个问题。毛答，我们能跳出这个周期律。黄再问，为什么？毛言，我们有一个最好的武器，这就是民主。

南：此前，历朝历代都没有跳出这个周期律，叫"其兴也勃焉，其亡也忽焉"。新的社会制度的确立，是一种探索，是希冀超越历史的一种尝试。但是后来老人家恰恰忽略了这个东西，忽略了民主这个东西。虽然说，民主是个常识，是个正确的常识，也是大白话。但这个常识，绝对不是谬误的东西。谬误的甚至不能说它是常识，一定是谬论。一个社会，可以有各种不同的看法，不同的观点，但不能任那些为害极深、为祸甚烈的谬论横行无忌。

李：你曾在一些场合说到深圳在世界金融风暴之中，许多企业花开花谢，几家欢喜几家愁。这种情况，从个人角度看，从企业的角度看，当然不一定是好事情。应该说，它不是好事情。但是从文学这个角度来说，它又提供了一种立于潮头的视角，是一种酝酿，是一种发酵。它为文学的后续的书写，提供了一种巨大的可能性。为深圳文学，深圳文化的发展，当然也为你的书写，提供了一个样本。

南：你这个问题提得非常好。所谓国家不幸诗家幸。动荡的人生，起伏的社会，积淀色彩很浓的思想、思潮呈现过程之中，比较容易使人产生一种写作冲动，能写出比较厚重的东西。

李：你希望自己的创作活动，在整个深圳的文学书写当中起到一个什么样的作用？

南：我从来不想做一个导师，也担当不了这样一个引领的重任。但是，我起码可以给大家一个呈现。

不一定是搜奇钩沉，还可以通过多样性的书写，来作广阔一些的呈现与深刻一点的阐释。我希望用作品而不是用抛头露面来呈现。抛头露面的，应当是演员，而不应当是作家。作家应当沉静一些，踏踏实实去写作。钱钟书说过，在许多人采访他，他不胜其扰时说：既然你们这么喜欢吃鸡蛋，你又何必见这个母鸡呢？（笑）

深圳这座城市，很特别，走到这一步，有很大的成就，也有它的担忧，有它的焦虑。有许多外地朋友对它抱有期望乃至于对它不满甚至于失望，希望它走得更快一点，更领先一点，那么我就想我们的写作、自己的写作，应当努力去呈现这座城市的特点。

李：说到深圳，你会用一句什么话来评价？

南：深圳是一个可以梦想成真的地方。

每一个人在这里都有生长的空间。

总而言之，这座城市有一种很好的滋养，有异质文化的碰撞，是热乎乎的、向外扩张的、湿润的，也是一种生长。

李：说到深圳文化，从整体上看，我们可能会产生一种疑问，就是，深圳文化其实是移民文化与本土文化相融合的产物。那么，这种融合，能不能从纯粹意义上来说，它就是深圳文化？比如你，主要的创作活动原先是在内地完成的，而到深圳，则时间并不是特别长。你的文化基础是在内地打好的，是根在内地，人在深圳。

南：我前面说过，深圳文化的包容性很强，是杂糅的、兼收并蓄的文化，具有一定的地域特征，有一种移民特质，而这种移民特质，使许多人学养的养成，主要依靠身处内地的时期。到深圳以后，个人的学养，加上他在深圳闯荡的经历，那种新的城市生活的经历，或者他与社会摩擦的经历，使得他的成长、成熟，使得他在文学上，添加了更有利的元素，对吧。

李：刚才你说到的其实是性格、习惯保留的问题。由此，我想到有些人说，深圳已经把内地的有些东西，包括体制性的一些东西，都已经复制完成，整个过程已经完成。你怎么看待这件事情？它对于深圳文学、深圳文化、对于你自身的创作，具有什么样的意义？

南：内地体制性的东西，有一些也是传承下来的。而且它也有好的和不好的东西。即使是那一部分，它也是不断变化的。内地作风是跟深圳前期相比较而言的。深圳前期，袁庚在蛇口的那种快事快办、新事新办、特事特办的雷厉风行的作风，现在还保存得有吗？还有多少？这都是要反复掂量的问题。

对于文学而言，对于我们的写作而言，这恰恰是一种值得关注的东西，是一种社会生活资源，是生活的信息量，是富矿。

李：信息量，啊！这就是你在多处提到的"三个信息量"理论……面对这样一种社会情状，作家此时当如何自处？

南：对，三个信息量——生活信息量、思想信息量、审美信息量。

作家此时，需要有一个融入、思考、抽取、提升的过程，需要沉淀。作家也是人，人的喜怒哀乐、人的优缺点，作家同样是有的。他自身也有一个不断积累、完善的过程。深圳的阵痛，对于作家而言，实际上就意味着作家创作灵感受到激发、作品得到孵化的一种可能性。当然，不一定说，圣人就能写出最好的作品。不是这个，你像陀思妥耶夫斯基就是一个酒鬼，经常醉酒，很颓废，以致让托尔斯泰叹息说"不能奉为后世楷模"。巴尔扎克也有很多毛病。他们反而能够从坏的一方面窥视到人性中最黑暗的东西。一个太善良的人，他下不了那个手，他想不到那么坏。或者可能想得到那么坏，但不忍心那么写。

对内地的东西，我最看重的有两点，一个是生活阅历，另一个是思想。如果说还有第三点的话，那就是作家怎么把这样的阅历和思想，在这样一个地方，作一个嫁接和很好的转换，转换成一个新的感受，转换成一种文学的变化和升华，实现一种内化。我写《南方的爱》，还有相关作品，在很大程度上即得益于此。

从事文学创作，写小说，最忌讳的，就是陈陈相因，大家一个腔调。这是一种自杀式写作。不管在形式在内容上，作家得有一种推陈出新的东西。因为文学永远讲究独一份。你写的东西，别人都感觉得到，都写得出，这是没有多大价值的。

最近我读了严歌苓的《第九个寡妇》，读了毕飞宇的《推拿》，还读了一本叫《山楂树之恋》的小说，读到的是不同对象的这种生存状况。这些东西，它就是有这样一种信息量。严歌苓、毕飞宇、艾米等，他们的生活信息量就是这么呈现出来的。包括一些散文，随笔，也有生活信息量。包括北岛的散文，就很有生活信息量。不同的人有不同的感受出来。我看重生活信息量（其实也可以用其他的词来置换，包括社会、知识、情感、人物、细节信息量）。看北岛写《我的日本朋友》，像写日本人鞠躬，这也是一种生活信息量。而且这种信息量可以延伸，背后有很多东西。北岛在文章中写了他的这个日本朋友，娶了一个中国太太，结果在中国留下来了，不愿回日本了。因为他到中国来，看到北京人生活洒脱，有的男人可以光着膀子。日本人却是西装革履的，而且不停地鞠躬。所以他有一个细节，说如果你看到日本人在电话亭里打电话，一边打电话，一边鞠躬的话，那对方一定是他的老板。那么这样的生活就呈现出来了。

思想信息量就是说，你这个作品读完之后，还可以引人思考。像严歌苓的《第九个寡妇》，你读完之后，你会觉得她是有思考的，那样折腾来折腾去，最后又回到原点。它的意义是什么呢？人生的意义在哪里呢？什么叫进步呢？都值得打问号。它有思考。

我上半年，到美国洛杉矶参加一个华文文学研讨会。我对与会的海外作家讲，我要看你们的作品，不是要看你们在国内的感受——即使写国内的感受，也除非你写得跟别人不一样。我要看的是你们在美国的感受。如果从中西文化冲突，包括中西教育观冲突这些方面来呈现的话，它就有思想了。

而审美信息量很简单，就是他的语言啊、文字啊、结构啊等等。就是同样一句话，怎么样去表达得好、表达得美的问题。你像我们看张爱玲、白先勇的小说，你说其中体现了很多思想吗？未必。当然，白先勇的小说，它是以人世的沧桑感来写历史兴替的，他有这么一个博大的主题在后面潜隐着。张爱玲有些小说，你看起来是很费劲的。但她的语言，她的审美，她的表达很好。就是这些中西文化打通的人，这种表达都很好。当然有特例，你像从来没有出过国，应该也不懂外文的沈从文，他的语言，他的作品蕴含的那种湘西的文化审美的情操、那种审美的眼光，令人击节叹赏。这些作家的作品信息量，就是一种人生跨度、经历、思想，一种美，它是齐的。

周有光先生的东西，有非常独特的表达，这也是一种信息量。你看，他说到毛泽东书房里头，所有的书都是平放的。他这样一句话，表达非常有意思，是告诉我们，书房里放的是线装书——线装书适于平放。我们平时表达，可能就是：所有的书都是线装书。而周先生他来一句，说所有的书都是平放的。这给人的感受就不一样，让人印象特别深。就有画面出来。我们不去评价它后面的东西。他就这样表达出来。这就非常好。

胡平做过一个讲座，他说，六十岁的人不知道抗战是怎么回事，正面战场和敌后战场，这在很长一段时间里，完全是被抹黑、遮蔽的；说四十岁的不知道"反右"、三十岁的人不知道"文革"。这是很可悲的。一个不正视历史，不分析历史，不顾及历史，不阐释历史，不敢对历史负责，不愿正本清源的民族，是没有未来的。所以，一个作家，一定要有思想。这是一个前提。有思想，有阅历，阅读书本，也阅读人生冷暖、世态炎凉，这是做一个好作家的先决条件。

李：作家也需要洞察历史，需要有思想、有良知、有勇气、有生活感受力。从这些角度看，你写《前尘》，是否就是在择取文学活体，来做一种剖析？

南：我想，用小说来发掘历史，而且取的是与众不同的视角，从这个方面来说，就是在做"第一个"的工作。第一个总是比较有意义的。

《前尘》融进了我非常沉重的感情，也融入了我对传统的一种耽迷，我希望它能独树一帜。这部作品，我想，他虽然不全是历史真实，但它至少是一种文学真实。真实很重要。一种真实思想与情感的呈现，细节的呈现，这应该是我们这个时代不可缺少的。

我们经历了太多的粉饰、面具、泛意识形态化这样的生活，人人说出话来都好像是社论语言。我记得张爱玲去世多少年时，还是 90 年代中期，上海出版了一本怀念张爱玲的文集，内中的文章，一半是大陆的，一半是台湾的。我看到大陆和台湾的文章，语调、表述就完全不同。这种泛意识形态化的语言，可能我们都在说。没有个人的感受，没有个人真性情的东西。但人家说的都是自己的话。

自己的东西很重要。所以对于自己的小说，当然也包括其他方面的作品，我要求必须有、必须是自己的东西，必须是"独一份"。不能与人重叠、覆盖、挤兑。经历、感受，应该这样呈现出来。

李：这里大概既有个性的问题，又有气度的问题。

南：一个社会，一个国家，一个时代，还是气度大、包容性大比较好。对于一个作家来说，他其实也是要包容，这就是我们小说写作的一个宗旨。各种观点都可以呈现。各种思想都可以在里面交锋，读者可以作一个判断，也不一定要照单全收。

可以有比较选择，有深入浅出。这都是可以的。

李：这其实涉及到人性本身。承中华文化余绪而来，这种人性，大概能够说，会得到更彻底呈现。但是受到泛意识形态化现象影响之后，人性本身应当是会受到遮蔽的，或者说被扭曲。然后是心里的话不敢公开说出来。产生一种集体失语。

南：打破禁锢才能不至于失语。这相当于罗斯福所说的四大自由吧。思想、言论、出版自由啊，集会、结社自由啊，免于匮乏的自由啊，免于恐惧的自由啊。过去那段不堪回首的岁月，那么多年，人们的思想受到很大禁锢，言论受到很大禁锢，甚至还有诽谤罪。心里怎么想的，还要把检讨写出来。甚至于日记都可以搜罗去编织罪证。是不是啊？这造成了强烈的恐惧心理。多少年的运动，多少次的冲击，给人造成恐惧。直到晚近十来年，才好很多。一个人的心情、心境、思想、言论不能声张，连思考都不能声张。思考时，都要想一想：我这种想法很可怕。我这是不是离经叛道？

背着这样沉重的十字架，一个人还会有什么创造力吗？

我们现在的写作环境，已经有了很大的改善，较为宽松，这也是拜改革开放所赐。没有改革开放，没有自由生长的空间，文化只会越来越枯萎。

科学与人文，也应该是这样：它一定要有一个很自由的生长空间。只要是没有触犯法律——宪法、民法、刑法等等，它的空间应该是很大的才对。不能有各种各样的莫须有的罪名。对于文学而言，自由非常重要，一个是经济上免于匮乏的自由，一个是思想上、行为上免于恐惧的自由，这很重要。有了这些东西，你才能伸展得开啊。中国人的创造力，创造精神不是天生就弱的啊。为什么华裔到外面就很强呢？这证明，中国人并不缺少聪明才智，加上勤奋好学，有适宜的土壤，是能取得成就的。这就必须检索到体制的乃至文化的这样一种阻碍人性生长的方面，所以包括我们刚才提到的言论、言辞，你的表达为什么没有人家的那种佻达、活跃、伸展、舒张？这就应该有些原因在里面。广东省有一个漫画家叫廖冰，他在刚打倒"四人帮"时，画了一幅漫画，后来成了他的经典画作。这幅漫画，就是一个人长久地睡在坛子里面，身子是蜷缩着的，后来"四人帮"被打倒了，坛子打破了，那个人的身子还是蜷缩着的。伸展不是一日之功，也可能永远伸展不了。到目前为止，有很多人，我怀疑他就是这样，受这种影响太深，那种思想、套路延续下来，形成惯性，乃至改革开放三十年了，他竟然还会想回到"文革"时代。令人不可思议。

李：思想被禁锢，人性也变异。

南：思想禁锢，思想走到谬误的境地，甚至是一种愤激的谬误。这都只能误人误己，你其实很难期望，他在作品中有一个很客观的、本真的、很文学化的呈现，人们就很难从中得到哪怕只是某一方面的信息量——比如一个比较漂亮的思想，不一定非得是完全正确的思想。

李：至少难以让人看了以后，能够眼前一亮。一个确定无疑的事实是，整体上，大陆文学一段时间内曾经寂然、惨淡。为什么？个中因由，值得反思。缺席，绝对不应该是汉语、汉文学的真实地位，不应该是中国文学真实面目的呈现。汉文学不应该在世界上缺位。我历来认为，汉语是世界上最美丽的语言之一，它优雅的音韵美，深远的意境美，强烈的画面美，令人心动神摇的色彩美，这些，都为杰出作品的产生提供了最好的先天条件。如果在生活、思想、审美信息量上，还有作品内涵上。如果能够真正产生一种张力，那就应该能创造奇迹。我这里联想到你的作品，你的语言，我觉得，你有一种唯美的表达，有一种思想的贯注，有生活鲜活的细节。如果大家都能朝这个方向努力，那离文学真正的梦想，应该不会太远。

南：我们其实一直在学习、追求，是处于"虽不能至，心向往之"的这么一个阶段。就我们平时的阅读而言，不管是中国的还是外国的，都要尽量地去广采博收。文化与文化之间、文学与文学之间、语言与语言之间，随着历史的发展、人类文明成果的融合，也进一步地开始打通了国别的界限，打通了时代的界限。那些大作家，都首先在做一种营养的汲取。像白先勇，台大外文系毕业，对西方的文学表现手法，对文学理论，他也很熟稔，对中国古典文学的东西，他也吃得很透，兼收中西之长。还有叶嘉莹，加拿大不列颠哥伦比亚大学终身教授、加拿大皇家学会华裔院士，回国内演讲，谈中国古典诗词研究，就常常用到西方现代派的一些批评方法，我觉得这非常好。

我不希望文学的东西，高蹈空洞。这种东西是没有意义的。我们还需要提防一种倾向，就是诡异、怪、刁难的东西。这类东西，毫无意义。远远不如拿出一部文学作品，读了之后，谈谈自己真实的感受，还觉得有意义。周有光先生写"书房里全是平放着的书"，不是竖着放着的书。你看，通常是大家的东西，他的表达非常有特点，反而非常平易，非常朴素。能用一句简单的话表达的东西，就绝不用那些七绕八绕的句子去表述出来。这是比较重要的。

李：朴素所表现的就是一种审美品格。你从第一篇小说《在一个小站》起，一路写下来，你对自己的作品总体上有一种什么样的评价？

南：我的文学活动，主要集中在三大块，一块是理论，包括一部专著《当代文学创作新论》、若干论文还有散见于报纸杂志上的一些相关文字；一块是散文随笔；一块就是小说，小说是最吃重的。

置身于作家行列，我有这样一种愿景，就是希望自己能兢兢业业写得好些、再好些。当然也有一种战战兢兢的感觉——因文学海面的壮阔和个人的渺小而深为惶恐。常常到书店里去看，看到那么多书，汗牛充栋的书，多自己一本，少自己一本，一点关系都没有。我想，总体上说，那就是，写得少一点，写得好一点。这是一种自我要求吧，不一定能够做到。还有就是自己想写时才写。当然，这一点也不容易做到。有的时候是编辑部在催。

李：你的一本散文随笔集就叫《叛逆与飞翔》，你为什么要在书名中取这样两个词来做内容概括？

南：这也没有很多思考。"飞翔"主要强调的是一种文学的想象力，"叛逆"主要强调的是一种思考力。一个思考力，一个想象力，这是文学的两个翅膀。

这种叛逆与飞翔，是对自己画地为牢式的走不出自己小圈圈的一种突破、一种腾飞、一种希望、一种期盼。

李：这牵涉到你对生活与文学的理解。刚才说到，叛逆牵涉到思考力，飞翔牵涉到文学的想象力。你的散文随笔《父亲后来的日子》《遥念冯牧》《作为女人的龙应台》，像这样一些作品，我读来内心非常感动，一直很难忘记。其实它就是生活的一种赐予，是惠赐、恩赐。本来是一种很沉重的，甚至是沉痛的、悲痛的话题，但这些篇章却能以一种进入的方式，以一种渗透到血液里头的姿态，触摸生命的痛楚，然后涓然流出，变成细节，再用语言表达出来。我觉得这是你与生俱来的一种能力。其实说生活的信息量出来了，就是细节的量出来了。而你恰恰就很注重细节，让细节承载生活丰富的信息量。而细节和生活匹配起来了，就有了呼吸，有了温度，就是湿润的。你写的许多细节，包括写人物的，写深圳机场的，我发现，这些细节，多是随手拈来，却又总是丰沛真切。本来很平常的动作，登机，下飞机，等等，一系列细节所涉及的信息量，其实就是生活的信息量。我觉得，你的小说成就，是与此分不开的。平常，你是怎样完成这样一个观察过程的？这种观察是有意还是无意的？

南：细节的储蓄、书写，与"梅破知春近"情境，庶几相同，是一种天然感受、自然绽放。进入到写作状态之后，你可能就会下意识地去观察、积累。同时，还有一个很重要的方面，就是我是教写作的。还包括我听别人讲什么，最能给自己留下深刻印象的，绝不是那些套话，甚至不是几个概括的点，而是它给你留下的细节、画面，那才是最深刻的。另外，一个人应该永远对生活保持一种好奇心，对生活保持一种童真的趣味。汪曾祺在世时，说过一句话，"写小说就是写回忆"，还有一句话，"写小说就是写语言"，这证明他对语言的追求，对于记忆的追求，证明他写小说就是写语言、诉诸记忆的过程。他把那一代经历的事呈现出来，就是生活的信息量。因为他那一代经历的东西，现在很多已经没有了。老先生写下来，就是给了我们愿意获取的信息。我记得大学毕业以后，当时给一个夜大班授课，夜大班学生中有一个就是港务局管那些货船的。当时，我通过那个学生，搭乘上一艘小货船，从赣江出发，装着一船煤炭还是木头什么的。船舱拿篷布盖着。我们从南昌出发，沿赣江顺流而下，第一个晚上到了湖口，第二个晚上到了安徽，第三个晚上到了南京，第四个晚上到了扬州。船上的生活，让人留下了深刻印象。船上的床很窄，一两尺宽，所以没法跟别人挤在一起。船上的人给了我一床毯子。我就睡在甲板上。哎哟，很多蚊子，特别多，咬得够呛。到了南京，到了新街口，闹市区。第一次到南京，旅馆又住不起，你知道我住哪吗？

李：住哪？

南：哎呀，就住在洗澡堂，澡堂那个换衣服的地方，五毛钱住一个晚上。睡到什么地方呢？夏天也不需要盖什么东西，就睡他那个换衣服的榻，一头翘起来，一头平的，就像有些地方的盲人按摩床一样，当然很简陋。住在这里的，引车卖浆者流，什么人都有。他们在里面闲谈，烟雾腾腾，闹哄哄的，谈什么话题的都有。这非常有生活气息。后来我就根据这种生活写了一篇小说，拿给《青春》发了。这就是生活给你的东西。

生活永远是公平的，但对待生活却因人而异。你一旦开始进入到与你过去的生活完全不同的地方、领域、岗位，你就需要一种新鲜感——最重要的是永远对生活保持一种新鲜感。这种新鲜感，不仅仅是体现于包括吃饭啊、喝茶啊、出国啊，同时也要体现于包含对不同气味、景色、人物、谈话种种东西的常读常新，是力求能对所接触的事物保持一以贯之的新奇感。然后，这些东西，才会沉淀为你的记忆。而且时间很长还能拿出来，有的能很快转化为你小说的细节和感受，有的能成为打开你原来生活仓库的一个触发点，一个触媒。如果缺乏细节，写作是没有什么意义的。

李：没有画面，没有细节，没有美感，这样的东西就不可能给人留下深刻印象，无法让人永远记在心里。

南：对，我们要的就是画面感、细节的东西、致密的东西。哪怕只是一句话，一个眼神，一个肢体动作，一个场面，要的就是这个东西。而绝不是要像履历表里头那样盖棺论定的概括。不是那些僵硬、冰冷的套话。文学永远是抵抗这些东西的。

李：细节的东西、高度逼真的东西、平民化的东西，永远都比口号更能打动人，比与政治联姻或者泛意识形态化的东西更鲜活。

南：红学家周汝昌《红楼夺目红》，提到过一个细节。是说林黛玉的眉和眼的。林黛玉的眉毛和眼睛到底长得怎么样？庚辰本它是这么写的："两弯串蹙蛾眉，一对多情杏眼。"哎呀，看了不舒服，周汝昌看了很不舒服。你想，在《红楼梦》里最早也就十二三岁嘛，一对"多情杏眼"!? 一天到晚抛媚眼的小孩，这叫什么事！后来，周汝昌先生就找了另一个版本，是这样写的："两弯似蹙非蹙罥烟眉，一对似□□非□□目"。其中脱讹了好几个字。就是□□□，像《金瓶梅》里的那个脱讹。周先生耿耿于怀，他就觉得近距离了，有点味道了，"两弯似蹙非蹙罥烟眉"，烟笼雾锁，有点笼罩着愁绪的眉毛，性格特征与原著人物神韵一致了。但"似□□目"——眼睛是什么样的不知道。后来，八十年代，首届红学会开了以后，李一氓说列宁格勒有一套古本《红楼梦》，你去目验一下，看值不值得买回来，或者翻拍回来。那时候没有复印机。周就带了好几个人，兴冲冲地到列宁格勒去。到了列宁格勒之后，他马上就直奔主题去找林黛玉的眼睛和眉毛。第几回忘了，翻开来一看，"两弯似蹙非蹙罥烟眉，一对似泣非泣含露目"。（兴奋得用力击掌）绝了。

李：啊，这是真版林黛玉了。不抛媚眼，"淡淡妆，天然样，好一个汉家姑娘"，是本色的林黛玉了。

南：就冲这一句话，这版本便值得买了。你看，以小见大的力量到底有多强?! 你想一想，一个小女孩，十二三岁，什么多情杏眼！写得不太好吧？"似泣非泣"这是从生活中孵化而来的细节。我就想起我家女儿小时候，哭的时候，眼睛又大，眼睛里含满泪水，让我格外生怜，"我见犹怜"的那种感觉。现在有些女孩弄点珍视明点一点，含着露水啊，似泣非泣，她们也想让自己拥有这种力量。但林黛玉那种愁怨是无法复制的。它不知道还要令多少代人生怜的。所以文学的力量，就是细节的力量，是一丝不苟，一笔不苟。甚至你有一个词没有写好，你都会觉得不安稳。尤其好的散文，短篇小说啊，更会觉得寝食难安（长篇小说可能还顾不上精雕细琢）。而且还不能露匠心痕迹，大匠无痕。你能够体味到，哎呀，不一定是字字珠玑吧，起码还是余香满口，一定是那种感觉，一定是存于它的文字，它文字中所呈现出来的意象、场景、片段、细节。你就觉得，这是一个认真的作家，一个大家，和普通写手的区别。不一样。

李：细节的力量，确实强大。甚至可以说，它甚于万千语言。

南：这也是一个非常好的例子，它告诉大家应该怎么认真，怎么注意细节，还有怎么鉴别好与不好。这就是审美信息量。前面这句写林黛玉眉和眼的，和后面这句比，差别太大了。给人的审美感受，差得太远了，有天壤之别。它凝聚了人们对人生美丽的思考。"蛾眉"与"罥烟眉"也有差别，蛾眉有点妖冶的感觉。

李：文学与生活密不可分，但我以为，两者或许又需要保持一些距离。距离产生美。另外，观察所得有时候也会受蒙蔽。有一句话，叫"真相远远大于眼睛所见"。

南：距离不是疏离，距离是指深入生活现场之后的自我审视、拣择，不是复制生活，而是用小说家言去呈现，去呈现出一种文学的真场景、真性情。人是有五官的，视觉、味觉、触觉、听觉。一个盲人可以靠谛听去辨别不可知的世界。而作家则应该充分调动他的感官去捕捉生活，去捕捉毛茸茸的生活最细微的地方，末梢的地方。我有一个中学同学，哎呀，他的文学程度，在中学是最好的。我文学的起步阶段，文学的很多方面，都受他的影响。他"下放"时，有一天晚上，下雪，他静静地把门推开。他的家，当时就安在水库边上。非常非常安静。他听到了雪花飘落在地上的声音。那是什么声音呢？他形容给我听，就是一切都特别安静的时候，雪落地时，像小孩吹泡泡，是泡泡突然破灭的那种声音，"唑"的一声，是那种声音。还有呢，他家当时还种了很多荞麦。荞麦花开得一片雪白时，在月光底下看见的是荞麦花开呈现出的那种非常令他陶醉的那种状态。能有这种感受，才可以称得上捕捉到了毛茸茸的生活。一个作家，一个对生活抱有兴趣的人，当然，不一定完全非得是作家啰，一个对生活有兴趣的人，就一定是对生活很率情见性的人，是一个很可爱的人。就像张岱说的："人无癖不可与交，以其无真情也；人无疵不可与交，以其无真气也。"毛病，缺点，执着，都是构成一个人物真性情的基础。一个一见到面就想戴上面具说话的人，怎么可能成为真性情的人呢？一个不是真性情的人，怎么可能写出真性情的作品、见情见性的作品？尤其是散文随笔，你呈现出来的，如果不是真率性情，是没有生命力的。而小说，也应该有这种追求。小说作家，展露的须是内心世界，一定不能是那种戴着面具的东西。生活其实也一样。你从一些具体细节，可以看出，哪种人可交不可交，有益还是无益，有趣还是无趣。不一定交朋友就是要从对方身上得到好处，得到对我的关怀或者利益。有些人就是你觉得好玩、有趣、有味道或者有见识，是友直、友谅、友多闻。朋友多闻，直率，谅解（宽容）……就是古人的交友三道，多闻就是有见识，有见解。多闻既是有见识，我觉得也是有识见……也就是有见解。

李："交友三道"，同样可以古为今用。

南：这样的话，这个人就有很多很真实很丰盈的东西。

李：的确如此。还有，我刚才所说的"真相远远大于眼睛所见"。其实我们还可以延伸，比如说社会的、历史的，都可以延伸。比如，社会真相，远比眼睛所见要大，一样可以延伸。文学可以怎么去从这个点上去挖掘，可以怎样从这一点上得益？

南：真相只有一个。但真相有时候，又难以搜找。其实，对于文学来说，真相是你想象它有多大的世界，它就可以有多大。文学为什么会值得人们去追求，有这么多人前赴后继迷恋这个东西？首先它具有一个鲜明的特征：它是非常个人化的东西。第二个，因为它的这种特质，是非常自由的东西，这种自由包括它的想象空间非常大，这样一来，你的耳、目、鼻、口、舌，连带着你的后面的生活经历和你对这个世界的感知，使你在文学之中徜徉的空间特别的大。可以无限地伸大。当然，可以走得多远，可以挖掘的空间有多大，则取决于每一个人的定力、思考力、勤奋力、观察力、表达力。它确实与很多因素相关，它不可预知的因素也有很多。正因为它具有这样一种自由的、想象的、个人的、审美的、倾诉的这样一种特质，使得很多人，不管是男的女的，老的少的，不管是作家还是读者，不管是发达的工商情境，还是经济的低潮、贫困的社会环境，都可以引发人们不断去迷恋追求，最终它可以成为一种文学的真相——你也可以说它是人类心灵的一种抚摸吧。所以我有一篇访谈，题目就叫"总有一处柔软可以被文学包裹"。

柔软的是你的心灵，你的情感，再刚硬的情感，也会有它柔软的一面，而文学就是给你的一个铠甲，而且是很有弹性的那么一个铠甲，既可以供你在里头徜徉，又可以供你在里头释放的那么一个东西，好多文学样式也都具有这样的功能。但我们不能要求一个小品，很小的小品，就像齐白石画的小小的"虾子"，"虾子"怎么搞微言大义？怎么反映热火朝天的建设场景，表现美好的幸福生活？它就是一种抚摸，抚得重，抚得轻，抚得到位不到位。

李：就像朱耷的"白眼向人"一样，是一种内心寄托。你提到，文学是很个性化的东西，是具有各种特质的东西。这其中，是否包含了你对于小说的理解？也就是说，这是否体现了你小说理论的一些建构主张？

南：这其实涉及到另一个话题。文学与很多东西，其实都是杂交的。它和政治、经济、法律、新闻、社会、文化、传播，方方面面都有接触点。还有与改革这个母题的交融。

社会现在郁积了这么多的东西，就是要改革，而且改革一定要深化。改革就要往前走。我觉得这东西非常好。作为文学母题，这是非常好的。它实际上是一个政治化的题目、社会化的题目。社会多元的层次分化，这种东西就需要进入更深层的思考。但文学有一个难点，特别是作为小说来说，一定要预防八十年代早期那种"思想大于形象"的倾向。怎么用最好的形象来展现你的思想，这才是最重要的。其次，是文学创新与守成，这之间，它是有一个权重的。就像信息论美学所提出来的，你全部是创新的东西，一味创新的东西，别人都不懂，那么，它的信息量是没有的。一味守旧的东西，老套极了的、老掉牙了的东西，信息量也没有的。

所以创新与守成之间，它有一个最佳交点，坐标有一个交点。

还有就是，生活落差越大的人，又聪明的人，有好的思想，就可能有好的文章。像李后主，他的词，那么沉痛，无限江山、故国之思，都在其中。

李：这是最痛的地方，给他激发了。

南：蚌病成珠啊。沉痛，有时候是心灵最好的药。

李：也是文学最好的触媒。我们的小说写作、文学发展，包括小说理论的构建，你觉得它的缺失是什么？记得你曾经做过这方面的阐述，你在此有更进一步的意见吗？

南：在香港的一个研讨会上，我谈过"大陆文学二十年发展的收获与缺失"，那是比较宏观一点的意见。

李：你有没有后续的认识？对深圳文学缺失的后续认识。

南：深圳文学的缺失，在某种意义上，人们通常会说，它没有一个标志性的作品。但我觉得，这个标志性，不一定就是它有多大的深圳特色。

文学是需要耐心的，需要很长时间的积淀。

过二三十年，来看现在，可能会更准确些。

不妨把收获与缺失看得更宽泛一些，不要过多地去苛求它，而是要更多地去呵护、培植、建设，这样是不是会更好一些？当然，我们也需要批评，尤其是很中肯的批评。需要指出它的缺失，它的不足。即使直陈它缺乏有分量的作家、有分量的系列作品，只要是真诚的、中肯的意见，这也是我们所欢迎的。

李：你怎样给自己定位？比如创作实绩，还有刚才我们提到过的创作理论，包括文学的知识板块也好，你在这样一个话语系统中，愿意给自己做一个怎样的定位？

南：开句玩笑，就是在作家面前说自己是教授，在教授面前说自己是作家（众人笑）。兼有教授与作家两个高级职称。实际上，倒没有刻意去追求。因为写作既是一种爱好，也是一种宿命。为什么说是一种宿命呢？"文革"一开始，小学刚毕业，初中混了三年就到铁路上去当工人。然后在单位上握起了笔杆子，这时候还开始写点诗歌。在那种场景下，一方面它只有这一条路，好像还能作为你的业余爱好；另一方面，它也是自己的一种精神寄托。因为从小比较爱读书吧，有些积累以后，就想自己也写一写。

对于我来说，现在是到了知天命之年，很多东西就顺其自然了。写作上希望境界独到。同时也希望有一个非常深入的、非常好的个性化阅读——

李：这是一种很令人称美的取向。

南：写作上还是希望以小说为主。小说不一定写得太多，但是希望写得好，写出对社会、对历史、对人生的一种独特思考。教学上希望能让学生在课堂上得到更深的感悟。让他们知道，最重要的，不是你记住了多少东西，而是你悟到了什么东西。

然后，能看到青年人成长起来，这让我有多方面的成就感。如此，我会感到真正快乐，很多很多的快乐。因为我们在前面走出了一条路，紧跟着的，有许多青年人，那么多后来者，这是我最愿意看到的情形。

李：你的生活安排，我觉得很神奇。你晚间基本上不写作，时间怎么安排得过来？

南：时间……白天还是有些时间，还有周六周日，其他节假日。但生活本身是重要的。因为生活本身永远是写作的一个源泉。所以也会常常出去走一走。不一定是大城市，包括暑假到山里去待一段时间，宜丰观山国家自然保护区。山里连招待所都没有。只好住员工盖的一个小木房里，他们营业的地方。厨师是朋友带上山来的。看野生的猕猴，看那些树林子……这种感觉在深圳是没有的。

李：还是回到深圳的话题吧。不管怎么说，深圳乃至整个国家的发展，让人觉得这是一个难以置信的事实，这是一个好时代。赶上这样的好时代，既是民族之幸也是个人之幸。整个社会，经历了从禁锢到解放、从迟滞到发展的过程。这段曲折进程及山环水绕之后呈现的动人风貌，我想，可以用李白的两句诗来形容："寒雪梅中尽，春风柳上归"。你预期，深圳文学，包括你自己的写作，在这样一个背景下，今后会有一个什么样的走向？

南：一个是不要去预测，一个是也不好去预测。如果一定要预测的话，我觉得，给他一个比较好的期待，可能会更好一些。期望深圳更多元化一些，看得更长远一些，更深沉、更扎实、更厚重一些。为什么要多元呢？因为审美层次的东西就是多元的。

多元化就是集不同的领域、不同的文体、不同的表现、不同的视觉、不同的要求于一身。多元化能提供更多可能性。

题材的多样性，文学的多元化，这是一座城市的文学走向繁荣的起码要件。所以在这个意义上来说，我始终看重多元化。而且，多元化要加一个好的多元化。因为深圳这座城市，有一种国际化都市高远的经济展望，一种城市发展的宏伟蓝图、宏大气魄，这使得它在理论上，在自己的文化上，在文学上，需要做出更大跨越。对于个人的写作，我也愿意做此种期待。只有这样，才能使之与这座城市的发展、未来的前景相匹配。

超越现实之上的想象世界

采访人：罗海娆　张　悦①

罗海娆：南翔老师您好，我们了解到，您从二十世纪八十年代开始文学创作，尝试了各式各样体裁的写作，虚构与非虚构都有涉猎。从宏观的视角来看，您认为在文学创作中，虚构写作与非虚构写作的关系是怎样的？它们各自涵盖什么？

南翔：考驾照分 A 牌、B 牌和 C 牌。如果考了 A 牌，基本什么车都能开；拿了 B 牌，类似货车牌，除了大客车不能开，基本上什么都能开；C 牌就只能开小车。我认为文学写作也分为三块牌子：小说和戏剧，就是虚构写作，属于文学的 A 牌，优秀的诗歌、长篇报告文学和长篇散文是 B 牌，短小的散文和一般的纪实文体为 C 牌，B 牌、C 牌一般就指的是非虚构写作。但是与考驾照有所不同，著名的文学大家汪曾祺就不会写公文，所以考 C 牌的人不一定比考 A 牌的人差。文学上的 A 牌、B 牌、C 牌更像是目前对三者的重视程度的排名，我们往往认为非虚构最能体现文学水平。例如，诺贝尔文学奖主要奖励给谁呢？小说、戏剧和少数的诗歌，唯有一个奖励给纪实文学的，在我印象中是阿列克谢耶维奇。

张悦：您最新的作品《手上春秋——中国手艺人》是一部非虚构作品，如您所言，应该算是文学的 C 牌。您是如何看待非虚构写作的呢？在这部新作中，您是以怎样的心态为中国手艺人做记录的呢？

---

① 罗海娆、张悦，现为暨南大学文学院中国现当代文学专业本科生。本文原载《作品》2020 年第 8 期。

南翔：我一点也不看轻非虚构创作，我郑重推荐刚刚提到的纪实文学家阿列克谢耶维奇。我的非虚构新作叫作《手上春秋——中国手艺人》。我在全国采访了几十位手艺人，优选十几位，写了这本书。书出来之后，没有一个手艺人不感激的，因为从来没有人这样写过他们。

我们在北京开了这本书的研讨会。随后新华社特意派记者来给我做了一个专访——《大国小匠"守"艺人》。这篇专访在《新华每日电讯报》登出来之后，新华社的微信公众号客户端浏览量一万一万地往上跳，三五天内超过了一百万，这篇专访的浏览量的零头盖过了我以前所有作品在所有公众号的浏览量。

我在《手上春秋——中国手艺人》里重点写的是人物的沧桑，但在搜寻资料的过程中，我才意识到采访的困难。有人问，南翔，你可不可以写三代中国手艺人？我说不可能。为什么？且不说民国时期的手艺人经历了多少战乱，1949 年以后的手艺人经历了多少公私合营、拆碎打散的冲击，即使我们写一个九十年代的蜀锦蜀绣手艺人，也基本上是下岗的手艺人。让这些连儿子上大学都筹集不到学费的人去重新挖掘手艺，难上加难，他们基本上都是靠自己创新走出来的。

日本作家盐野米松有一本《留住手艺》。他说："我这本书的手艺人，他们的源头都在中国。"所以说，我这本书是向盐野米松致敬的，他现在是世界上最大的写田野调查和民间手艺的日本作家，经常在日本讲学。我们作为文字工作者，要有一种抢救心态，用文字和影像把文化固化下来，让后人知道我们曾经有过这么璀璨的文化。而且我一直认为，学习传统文化不仅要背诗诵文，更需要在日常生活中发现，我们的传统文化更多地活在田园、活在民间。

罗海娆：我们重视写作的 A 牌，也就是非虚构写作，包括小说和戏剧。非虚构写作强调想象力，想象力可以带给文学作品无限的美感和张力。您觉得现在人们的想象力怎么样？我们又应该如何提升想象力？

南翔：诺贝尔文学奖为什么重点关注虚构作品？就是为了鼓励想象力。非虚构会受到素材的制约，你不能弹出来太远。但是我们发现，经过中考、高考上来的大学生，想象力严重匮乏。这种匮乏，不仅束缚写作能力，也束缚欣赏能力。

把时间倒推到以前。在我上五年级时，"文革"发动，我劳动了三年，当了七年铁路工人，1978年恢复高考我上了大学。所以我一共就上了几年学，大学毕业以后留校。它的好处在于我作为一个作家，没读什么书，所以我的想象力没什么束缚。它不好的地方也在于读书太少。

莫言也是想象力没有受到什么影响，他和我同年，也在五年级去劳动。他当兵前觉得表格上填小学太难看，填了初中。当兵的时候呢，一个战友让他帮着写情书，他一看高中毕业连情书都不会写，又将自己的学历改成高中。这些事都挺好玩的，都是想象力的问题。他的老师徐怀中先生九十岁高龄了，前段时间还凭借《牵风记》获得了茅盾文学奖。

我认为培养想象力应该注意几个问题：第一，书还是要读的；第二，书要在什么时候读、什么时候要加快读都很重要；第三，想象力一定不要在二十岁的时候终止了，应该往极致发挥。比如我干铁路出身，铁路上什么人都有，我会说长沙话，会说江西平江话、宜春话、南昌话，甚至也能说说山东话，但是我调到广东多年也不会说白话，我还是在韶关出生的——这是因为我过了学语言的阶段。而想象力，同样也是有年龄阶段的，否则就会事倍功半。所以我呼吁大家重视想象力的培养。

张悦：虚构小说可以说是您文学的主要阵地。您的代表作《绿皮车》就曾登上2012年中国小说排行榜。"绿皮车"已经不属于我们这个时代了，但您还是写了一列绿皮车上的茶炉工、学生、卖菜人的故事。这列车应该是一个特殊的隐喻，它有怎样的深意呢？

南翔：我今天坐动车过来，也看到对面有绿皮车，但这不是我意义上的绿皮车。我的绿皮车是慢车，二十世纪七十年代在铁路上能看到的带蒸汽机的绿皮车。我这部小说写的是一位茶炉工在绿皮车里的最后一班，回去以后他就要退休了。这一班车里头的人都是彼此熟悉的，铁路员工上班、学生上学，还有一些农村人卖菜，都要靠这列绿皮车往返。

绿皮车，人们说它是流动的茶馆，里面有一种温馨的底层气息。比如《绿皮车》里写着一个单亲的女孩，没有多少钱吃饭，同班的男同学就耻笑她。卖菜的蔡嫂，自己也很贫穷，却悄悄给女孩书包里塞了五十元。小女孩第一次来例假不知道怎么处理的时候，蔡嫂还把小女孩带到卫生间去。绿皮车跟快车、慢车、动车有什么区别呢？那就是刚刚说的这些人，他们都能上绿皮车，因为绿皮车站站都停，你左手一只鸡、右手一只鸭也能上去。

几年前，广铁集团的总编带我去湖南怀化采风，看到绿皮车行驶。那是我很熟悉的景况，但在当时也几乎是最后一幕。有一趟慢车，从重庆，经过怀化的一个小站，到贵州的铜仁，一共二十四个站。在怀化的这个小站，只有三个职员。他们站长跟我说，为了节约成本，估计这个小站可能要取消了，而且这列绿皮车也要取消了。绿皮车要走向消失了。

但是十几年前，我到北爱尔兰贝尔法斯特参观，去看他们的火车头博物馆，我才知道原来最早的火车头，是用马拉着的，马拉着车在铁路上跑，车厢也很轻便。他们对自己国家历史发展的"痕迹"保存得非常好。

我常常跟一些家长说，多带孩子到工业博物馆去参观一下，不要总是待在电脑前。比如去曼彻斯特工业博物馆，看最早的蒸汽机。到森林工业局，到钢铁厂，去看钢花飞溅、铁水奔流。还有中山的岐江公园，它由原来的造船厂改造而成，就搞得很好，保留了铁轨，卷扬机也用玻璃保护起来，钢骨架的房子作为中山籍画家的陈列室，中山籍的画家有黄苗子、方城、方塘等。工业时代的遗产，广州还有，深圳几乎没有，因为深圳是个新城市，唯一能看到的是很多的挖掘机。让孩子看这种东西，他们才能感觉到生命的钙质，否则他们每天对着电脑、iPad，不郊游了，不去外面感受了，他们这种成长过程中就没有耳濡目染最需要的东西。

所以《绿皮车》表面上是写了这一群人在车里的人情冷暖，但是我其实有个更深的隐喻，我是呼吁处在全民都在奔跑的时代的我们，能慢一点。慢下来才能左顾右盼，扶老携幼，让所有的——腿脚不便的、收入过低的、文化不高的、底层的乃至于山乡的——人，都能分享到改革开放的成果。

正如温州动车追尾事故发生后，人们写道："中国请停下你飞奔的脚步，等一等你的人民，等一等你的灵魂，等一等你的道德，等一等你的良知，不要让列车脱轨，不要让桥梁坍塌，不要让道路成为陷阱，不要让房屋成为废墟，慢点走！"

罗海娆：您的小说《老桂家的鱼》讲述了疍民们在水上艰辛的生活，但其中也不失人与人之间的温情。这部小说和《绿皮车》一样，也是一个从现实生活中即将消失的群体中衍生出来的虚构作品，它的创作背后有什么故事呢？

南翔：疍民，是指世代都生活在船上的人。十多年前，我和研究生去惠州西枝江上，碰到一群疍民的船。有一家叫我们上去，他们的跳板颤颤巍巍地架在船上，家里的孩子还在身上吊个带子。我的一位加拿大朋友看了说，这个在国外可能不允许，因为你束缚了孩子的自由，这样的话，这个孩子要被政府领走。但是疍民为什么要束缚？因为他们怕孩子掉到河里去。大人在船舱里面煮饭、洗衣服，孩子掉到河里头听不见声音的。

《老桂家的鱼》其实不仅仅想写底层的苦难。第一次去那条船上，我印象很深，没有电，灯是烧液化气的，液化气上面有一个罩子。水要到岸上去挑，河水很脏，不能喝的。家里永远一股煤油味。这个老疍民患了肾性高血压，一般人得了这样的病都起不来了，但他还在放鱼排。

我问他什么鱼最好？他说是翘嘴巴鱼。我就设计小说里有条翘嘴巴鱼，也出现了一个患了乳腺癌的潘家婶婶。她一个人在那种菜，老疍民就帮她挖菜地，修水池，铺水管。潘家婶婶是公费医疗，就用自己的公费医疗卡去拿药给老疍民。我就写，老疍民一直想报答这个女人，但没有私情。最后他捕到一条翘嘴巴鱼，想要送给潘家婶婶。这条鱼有玛丽莲·梦露般鲜红的嘴唇，而背脊却是像钢一样的，接近雌雄同体，因为我认为底层的情感、最好的情感就是几乎要到雌雄同体的默契。

这条鱼其实就是象征着，哪怕是底层的人也是有最好的情感的。老疍民一直想把这条鱼送给潘家婶婶，他从小船爬到大船。你看他那么笨重的身体、水肿的身体，最后能以这么大的毅力把鱼放到船舱顶上。但是他还没来得及送到种菜的潘家婶婶手上，他就已经死了。他的老婆情动于衷，在风中号啕大哭，有忏悔，也有追忆。

张悦：自然文学是一个很新的文学概念，在您的自然文学作品中，现实环境生态是创作的重要对象。例如，《珊瑚裸尾鼠》中就写到用中国传统的祭祀方式拜祭已灭绝的哺乳动物珊瑚裸尾鼠。您是怎样关注到这一种现实题材的写作的？

南翔：第六次人类的灭绝跟人类自身关系很大。六千五百年前，一颗小行星——十公里的直径，穿过了地球，释放了地底下大量的碳，然后百分之七十五的生命都消失了，包括恐龙。而现在，工业革命以来，地球上碳的排放已经超过了当时浓度的两倍，而且还在急剧释放。

不要认为人类聪明，人类就可以洞察一切，人类就自律，不可能的。你让车子全部停驶，哪怕私家车停驶，做不到的。人类就是在朝一条黑暗的，没有尽头的甬道奔跑。仅仅塑料就很致命。现在海底的塑料，已经远远超过了海洋生物的总和，连最深的海沟里都有。我看到我家楼下的超市，几个西红柿都要用塑料袋，还有剥了皮的香蕉用塑料袋封起来。你觉得人类离自己的灭绝还远吗？所以我不觉得《流浪地球》写得很好。未来地球应该还在，但动物没了，包括人类。当海平面整个上升之后，地球是一片汪洋。

这部小说写作的缘起，就是今年二月份，澳大利亚宣布首个因为人类活动导致气温上升的哺乳动物灭绝。很多人移民到澳洲去，就是觉得它生态好。但在公认生态良好的地方，一种可爱的哺乳动物灭绝了。记住，我们也是哺乳动物。还有南太平洋，有一些小的国家，海平面上升之后，国人痛哭失声，只能到别的国家去寄生。而此时美国还要退出世界气象组织，泱泱大国对生态环境一点担当也没有。

《珊瑚裸尾鼠》发出来之后，《人民文学》第九期头条的卷首语，全部是讲自然文学的概念。以前我们写自然文学都是萌的、大的动物，都是讲人到野地里面去。而我这部小说的角度不一样。我是写一个家庭，丈夫和儿子准备去珊瑚裸尾鼠消失的地方做一个凭吊，做个观察纪念。妻子就拼命阻止丈夫。小孩小升初已经很忙了，更管不了天边的事。最后只有丈夫独自去了，录视频回来给他们看。丈夫找到了珊瑚裸尾鼠消失的地方，从澳洲回来，竖起了一块牌子，叫"珊瑚裸尾鼠终焉之地"。写这么一个故事，结尾有一点点翻转，小孩喜欢养仓鼠，但是妻子过敏，一见到小动物全身就痒。

有一位朋友说，南翔，第一例因为人类的活动导致气温上升而灭绝的哺乳动物——珊瑚裸尾鼠，很多作家都没有关注到，可是被中国作家关注了，而且写了小说，发在《人民文学》上，这是要留下一笔的。我听了很感动，我也知道这个事情是明知不可为而为之，个人的力量太有限了。我经常买菜拖着回来，甚至我说，你这个塑料袋不要给我打个结，不然这个塑料袋就浪费了。现在垃圾分类是一方面，很重要。但是更重要的是，少制造垃圾。日本有零垃圾制造者的夫妇，没有垃圾制造，剩下一点厨余垃圾都当作花的肥料，这种人是令人肃然起敬的。

我写自然文学，一是角度不一样，从家庭写起，因为我对澳洲不熟悉，要扬长避短。另外是角度比较新颖。所以我后来写这个"创作谈"，叫《有多少消失可以重来》。这些例子，其实我很多年前就关注。比如说美国亚利桑那州立大学，就做过一个小小的统计，仅仅美国人的隐形眼镜，扔到抽水马桶里，一年有六到八吨流入海里，最后被动物吃掉，又回到餐桌。何况不只是隐形镜片，有更多的垃圾进入海里，腐蚀，冲击，细碎化。那它到哪里去了？有没有回到人的身体里？我们能看到海滩边搁浅的鲸胃里掏出多少个塑料袋啊，死了多少啊，但没看到的是，塑料是否进入到你的体内，是否大量存积，会有什么由质到量的变化？

气候变坏的一个很显著的标志——火，山火增多。瑞典山火多到消防队员不知道怎么处理。以前没有这么多山火，这么冷的地方。美国的 5 号公路，一两千年的松，火烧起来，美国人只有逃跑，再先进的消防也管不了。当年大兴安岭、小兴安岭着火的时候，你知道是一个什么样的情景吗？火还没有到你身边的时候，房子已经倒了，汽车已经毁了，热浪就像冲击波一样。最近阿来也在写这些东西，我希望我们作家的视野更开阔一些。

罗海娓：听您刚刚对您几部作品的分析，现实似乎是连接虚构与非虚构的桥梁。我们可以认为，您的虚构作品与非虚构作品是互相打通的，文体之间是相互补充的吗？

南翔：是的。例如小说《回乡》也是从我的家庭经历中提取素材的。我的大舅在 1949 年前去了台湾，当时只有十九岁。"文革"的时候，我们读小学，我们从来不提大舅，不能出现。因为境外关系，尤其大舅在台湾，这样你的就学、你的工作，还有当兵都要受到影响，出身决定一切。他老家的孩子，受尽了屈辱，因为有个爸爸在台湾。老家的原配也在"文革"时候一打三反上吊了。二十世纪八十年代他回来的时候，我和我妈去看他，他一人给了一个金戒指，现在看来一两百块钱的，薄薄的。他也不富裕，刚刚去台湾的时候在眷村里生活也是艰难困顿。后来我大舅找了一个金门的太太，慢慢日子好了一点。我大舅十多年前就去世了，虽然他比我妈小，小很多。由此可见，他们夫妇也是艰难困顿，但好不容易有点钱，还是寄到家里，想弥补自己的亏欠。由此我就写到这部《回乡》。

我用第一人称写大舅的近乡情怯，再想回来的时候，心中也是裂伤。后来我写到大舅把台北的房子卖了，给台湾的孩子留一部分钱，又给大陆的孩子建一个房子。一个八十年代在农村很不错的土砖房，是很值得骄傲的。大陆孩子总算扬眉吐气了，不再是原来那个"黑五类"子弟。他每年都给房子刷油漆。到了九十年代，农村都富裕起来，他的房子已经不值一提了，但是他还沉迷在那个境界里头，最后得白血病死掉了。我大舅也在台湾去世。所以这个经历是有点悲怆的。

《回乡》中还贯穿了一个很有名的诗歌——《边界望乡》。1979 年的时候，洛夫和余光中在香港的落马洲骑马，那时候还没有"三通"，对面的深圳看得到却过不来。"说着说着我们就到了落马洲，雾震升起，我们在茫然中勒马四顾，手掌开始生汗，望远镜中扩大数十倍的乡愁，乱如风中的散发，当距离调整到令人心跳的程度，一座远山迎面飞来，把我撞成了严重的内伤。"我这部小说开篇是这么一段。结尾是最后一段，"故国的泥土，伸手可及，/但我抓回来的仍是一掌冷雾"，回乡终究是一场镜花水月。

这样的小说应不应该让它获奖？小说结尾的意境跟余光中先生写的这首诗非常贴，就是："故国的泥土，伸手可及，但我抓回来的仍是一掌冷雾。"火热的乡情都变成了赤裸裸的物质，或者是补偿，或者是裂伤。

所以这个父兄辈的经历，我的经历，历史和现实，虚构和非虚构，我的原创，我的个人经历，我的个人感受，最后形成一个文本。它看上去像是一部散文体小说，看上去像一个跨文体、跨文本作品，但是它确实有更感人的力量在。

张悦：您的作品中多围绕底层生活艰难的人，但是他们都能够倔强地面对生活，在他们身上折射着人性的光辉，非常的真实、接地气。而《绿皮车》中的蔡嫂、茶炉工等虚构人物在生活中几乎都有原型，也是您"三个打通"创作理论下的产物。那么，您在小说创作上是怎样处理生活真实和艺术真实之间的关系的？

南翔：这就凭经验了，和做手艺有点相似。其中很重要的一个原理是——短篇小说是做减法的艺术，它不像长篇，不停地堆成一座大山，什么东西都可以放进去，泥沙俱下。短篇小说是要把最没用的东西都去掉，要学会留白。学会了留白，才能写好短篇小说。

写虚构，首先是可信，其次是要出新。光可信还不行，你有些虚构得合情合理，但它没有新意，别人都写过了，不行。所以还是要有些出人意表的东西。在题材上的挖掘也很重要，你的经历，你的感受，包括各行各业的。例如在广州，道里巷间，作坊，多做一些观察。不要吃完饭就走了，我看他怎么收银的，怎么递盘子的，一举一动。观察回来写观察日记，积累生活。积累生活不仅仅是观察，还有写作、阅读。在想象力的训练上则要多写，写点小说，三千字以内的，两千字的，把生活中的东西虚构，带点虚构性。像我今天讲的，都是从非虚构滑向虚构。一定是有原型，有的是取一个主要的原型，有的是拼凑，把几个人拼凑在一块。还有一个就是多读，多读一些虚构的东西，让你的想象力有一个跃升，觉得这样的东西我也能写。

附　录

南翔著述年表

《相思如梦》，长篇小说，春风文艺出版社，1992 年 4 月

《无处归心》，长篇小说，安徽文艺出版社，1993 年 9 月

《南方的爱》，长篇小说，人民文学出版社，2000 年 1 月

《当代文学创作新论》，理论著作，中国戏剧出版社，2002 年 5 月

《大学轶事》，短篇小说集，花城出版社，2001 年 8 月

《前尘·民国遗事》，中篇小说集，花城出版社，2007 年 1 月

《青春的城市：深圳》，长篇报告文学（合著），中国青年出版社，2008 年 9 月

《女人的葵花》，中篇小说集，湖南文艺出版社，2010 年 3 月

《都市文学新景观》，深圳作家作品研究集，执行主编，商务印书馆，2010 年 8 月

《叛逆与飞翔》，散文随笔集，花城出版社，2010 年 9 月

《1975 年秋天的那片枫叶》，短篇小说集，海天出版社，2010 年 9 月

《三十年城事》，散文集（合著），现代出版社，2010 年 12 月

《绿皮车》，短篇小说集，花城出版社，2014 年 3 月

《乘 3 号线往返的女子》，短篇小说（十人合集），花城出版社，2014 年 11 月

《抄家》，中短篇小说集，人民文学出版社，2015 年 10 月

《拒绝平庸》，名家对谈集（主编），花城出版社，2017 年 1 月

《关注灵魂》，名家对谈集（主编），花城出版社，2017 年 1 月

《回望斜阳》，名家对谈集（主编），花城出版社，2017 年 1 月

《手上春秋——中国手艺人》，纪实文学，江西教育出版社，2019 年 3 月

南翔作品发表年表

1981 年

《在一个小站》,《福建文学》, 1981 年第 9 期

1982 年

《"二百五" 小传》,《星火》,1982 年第 6 期

1983 年

《麝香》,《收获》, 1983 年第 2 期

1984 年

《小阿弟和 "假小子"》,《福建文学》, 1984 年第 2 期

《鉴赏家》 (小说),《边疆文学》, 1984 年第 10 期

《人生一瞬》,《星火》, 1984 年第 11 期

1985 年

《柳阴轶事》,《西湖 (文学月刊)》, 1985 年第 7 期

《在浴室下榻》,《青春》, 1985 年第 2 期

《小站人家 (中篇)》,《芙蓉》, 1985 年第 1 期

《意外的结局》,《星火》, 1985 年第 10 期

《但愿你懂得》, 《广州文艺》, 1985 年第 6 期

1986 年

《深巷小屋》,《广州文艺》, 1986 年第 2 期

1987 年

《打狗队长孙大荣》,《星火》, 1987 年第 8 期

1988 年

《无言的江湖》,《百花洲》, 1988 年第 6 期

《女雇工 (小说)》,《广州文艺》, 1988 年第 6 期

《黑耳鸢》,《清明》, 1988 年第 5 期

1989 年

《四个放飞的女人》,《清明》, 1989 年第 4 期;《中篇小说选刊》1989 年第 6 期转载

《橄榄味的旅程》(小说),《广州文艺》, 1989 年第 2 期

《杰作》,《中国作家》, 1989 年第 6 期

1990 年

《旅次掇拾》,《星火》, 1990 年第 3 期

《白的光》,《花城》, 1990 年第 2 期

《困窘与选择——关于文学出路的一种思考》,《文艺理论家》,1990 年第 1 期

《没有终点的轨迹》,《百花洲》, 1990 年第 1 期

《追溯》,《百花洲》, 1990 年第 4 期

《碎砚》,《清明》, 1990 年第 3 期

1991 年

《失落的蟠龙重宝》,《上海文学》, 1991 年第 1 期

《不要问我从哪里来》,《清明》, 1991 年第 3 期;《中篇小说选刊》1991 年第 5 期转载

《亮丽两流星》,《芙蓉》, 1991 年第 3 期

《海南之思》,《中篇小说选刊》, 1991 年第 5 期

《悠远》,《中国作家》, 1991 年第 3 期

《前尘》,《上海文学》, 1991 年第 11 期

《淘洗》,《小说》, 1991 年第 2 期

1992 年

《不要问我到哪里去》,《时代文学》, 1992 年第 4 期

《道是无情 (中篇小说)》,《广州文艺》, 1992 年第 2 期;《中篇小说选刊》1992 年第 3 期转载

《儿子的尴尬》,《青春》, 1992 年第 4 期

《米兰在海南》,《小说月报》, 1992 年第 8 期

《深深的祝福》,《中篇小说选刊》, 1992 年第 3 期

1993 年

《永无旁证》,《当代杂志》, 1993 年第 3 期

《寻找米兰》,《艺术世界》, 1993 年第 5 期

《浸润与流荡》,《鸭绿江》, 1993 年第 10 期

1994 年

《初探越南》，《广州文艺》，1994 年第 9 期

《遗憾的叩问》，《随笔》，1994 年第 4 期

《不流行的是什么》，《散文选刊》，1994 年第 8 期；《深圳青年》，1994 年第 10 期

《性，欲休还说》，《星火》，1994 年第 3 期

《张诸葛和他的名片点子公司》，《春风(小说半月刊)》，1994 年第 3 期

1995 年

《五年后见分晓——彷徨未必不是好事》，《小说家》，1995 年第 1 期

《智慧的亲历》，《读书杂志》，1995 年第 12 期

《耽迷于"东方既白"》，《读书杂志》，1995 年第 2 期

《卑劣的理由（外一篇)》，《随笔》，1995 年第 2 期

《青春问答》，《春风（小说半月刊)》，1995 年第 2 期

《司马攻散文的情调美》，《创作评谭》，1995 年第 1 期

《选择的难度：有关江西文学处境的断想》，《创作评谭》，1995 年第 2 期

1996 年

《文化人的尴尬》，《21 世纪》，1996 年第 1 期

《爱欲之舟何系》，《书屋》，1996 年第 4 期

《女护士贷款戴出手铐》，《深圳青年》，1996 年第 7 期

《老板四题》，《星火》，1996 年第 9–10 期

《因果》，《人民文学》，1996 年第 12 期

1997 年

《激情的陷落》，《文学自由谈》，1997 年第 3 期

《舅舅从台北来》，《广州文艺》，1997 年第 11 期

《因为有约（短篇小说)》，《鸭绿江》，1997 年第 11 期

《奢望什么（创作谈)》，《鸭绿江》，1997 年第 11 期

《红颜》，《清明》，1997 年第 1 期

1998 年

《如鲠在喉两则》，《随笔》，1998 年第 5 期

《葛里高尔新生记》，《鸭绿江》，1998 年第 11 期

《你丢失了什么》，《星火》，1998 年第 4 期

《一次垂钓》，《中国铁路文学》，1998 年第 1 期

《偶然遭遇》，《中国铁路文学》，1998 年第 5 期

1999 年

《市场经济中的文学》，《创作评谭》，1999 年第 2 期

《动机并不浪漫》，《杂文选刊》，1999 年第 4 期

《惹人爱恨也无由》，《长江文艺》，1999 年第 4 期

《抽象，错位，疏离：王璞短篇小说的倾向兼及香港小说的本土性》，《世界华文文
　　学论坛》，1999 年第 4 期

《当下小说意义悬置的审美倾向》，《南昌大学学报（人文社会科学版）》，1999 年第 4 期

2000 年

《简单是一种美好》，《星火（中短篇小说）》，2000 年第 1 期

《论短篇小说的多维旨趣》，《深圳教育学院学报》，2000 年第 1 期

《当下小说的艺术张力》，《南昌大学学报（社会科学版）》，2000 年第 2 期

《群众（外一篇）》，《微型小说选刊》，2000 年第 3 期

《当下小说的情感质素》，《南昌大学学报（社会科学版）》，2000 年第 3 期

《无可言说的风景》，《广州文艺》，2000 年第 5 期

《阴差阳错》，《中国铁路文学》，2000 年第 6 期

2001 年

《硕士点》，《清明》，2001 年第 5 期

《当下小说的幻奇色彩》，《南昌大学学报：人文社会科学版》，2001 年第 2 期；《复印
　　报刊资料（文艺理论）》，2001 年第 11 期转载

《博士点》，《中国作家》，2001 年第 8 期；《小说选刊》2001 年第 9 期转载；
　　《新华文摘》2001 年第 10 期转载；《作家文摘》2001 年第 77-82 期连续转载

《律师事务所轶事》，《啄木鸟》，2001 年第 10 期

《敞放与沉潜——几部长篇小说的精神解构》，《鸭绿江（上半月）》，2001 年第 8 期

《有家的感觉》，《书与人》，2001 年第 2 期

《寻找匿名者》，《上海小说》，2001 年第 5 期

《欢乐与苦涩的年代》，《热风》，2001 年第 8 期

《诗歌，不仅需要激情》，《书与人》，2001 年第 5 期

2002 年

《稚嫩与沧桑——深圳素描》,《山花》, 2002 年第 11 期

《当下小说的叙事策略》,《鸭绿江 (上半月) 》, 2002 年第 11 期

《心灵有负的证明——严歌苓小说的美感结构》,《华文文学》, 2002 年第 2 期

《何必当初》,《太湖》, 2002 年第 5 期

《当下文学的历史影像》,《南京师范大学文学院学报》, 2002 年第 1 期

《今夜无人入睡》,《中国作家》, 2002 年第 10 期

《敞放与沉潜——几部长篇小说的精神解构》,《深圳大学学报 (人文社会科学版) 》,
　　2002 年第 1 期

《激情是发乎内心的热爱》,《作品》, 2002 年第 10 期

《无法高枕无忧的理由》,《随笔》, 2002 年第 5 期

《药不过樟树不灵 (外一篇) 》,《中华散文》, 2002 年第 6 期

《深圳文学的生态观照》,《特区理论与实践》, 2002 年第 5 期

《今夜无人入睡》,《中国作家》, 2002 年第 10 期;《小说月报》2002 年第 12 期转载

2003 年

《当下小说的故事语境》,《南京师范大学文学院学报》, 2003 年第 4 期

《三年树人》,《北京文学 (原创版) 》, 2003 年第 9 期

《博士后》,《中国作家》, 2003 年第 12 期

《凭吊错误》,《作品》, 2003 年第 3 期

《当下小说的叙事策略》,《深圳大学学报 (人文社会科学版) 》, 2003 年第 1 期

《当下小说的故事理性》,《鸭绿江 (上半月) 》, 2003 年第 1 期

《在茅盾故乡》,《中华散文》, 2003 年第 10 期

2005 年

《嗅辨员小梅》,《微型小说选刊》, 2005 年第 20 期

《我的秘书生涯》,《人民文学》, 2005 年第 6 期

《北爱·南爱》,《山花》, 2005 年第 11 期

《东半球 西半球》,《上海小说》, 2005 年第 1 期

《美丽的指甲》,《短篇小说 (选刊版) 》, 2005 年第 1 期

《厕所》,《微型小说选刊》, 2005 年第 24 期

《执着》,《散文》, 2005 年第 10 期

《陷落》,《山花》, 2005 年第 12 期

2006 年

《短篇二题》（《女儿床前的洋娃娃》《柳全保同学，你好》），《中国作家（小说版）》，
　　2006 年第 5 期；其中《女儿床前的洋娃娃》被《中外书摘》2006 年第 8 期转载

《1937 年 12 月的南京》，《北京文学（精彩阅读）》，2006 年第 9 期

《火车头上的倒立》，《山花》，2006 年第 9 期；《中篇小说选刊》，2006 年第 6 期转载

《小说该在哪里驻足》，《山花》，2006 年第 9 期

《心地坚实者，可以行远》，《北京文学》，2006 年第 7 期

2007 年

《七十年风雨后的深刻遗憾》，《书屋》，2007 年第 9 期

《杨五一的老大难》，《太湖》，2007 年第 6 期

《底层需要关注的两面》，《随笔》，2007 年第 2 期

《人质》，《福建文学》，2007 年第 8 期；《小说月报（中篇小说）》2007 年第 4 期转载；
　　《新华文摘》2007 年第 22 期转载

2008 年

《沉默的袁江》，《时代文学》，2008 年第 1 期；《小说月报（中篇小说）》2008 年第 2 期
　　转载

《为"文革"宣传画写前言》，《书屋》，2008 年第 4 期

《我所思兮在远道》，《文艺报》，2008 年第 9 期

2009 年

《女人的葵花》，《北京文学》，2009 年第 5 期

《奥巴马的胜利以及我们的抉择》，《雨花》，2009 年第 7 期

《英伦屐痕》，《厦门文学》，2009 年第 1 期

《伦敦撷拾》，《中国铁路文艺》，2009 年第 2 期

《南翔小小说一束》，《罗湖文艺》，2009 年第 1–2 期

2010 年

《近二十年小说的收获与缺失》，《特区实践与理论》，2010 年第 1 期

《深圳打工文学的境遇与提升》，《特区实践与理论》，2010 年第 6 期

《伯父的遗愿》，《山花（上半月）》，2010 年第 8 期

《世相——南翔短篇小说一束》，《湖南文学》，2010 年第 5X 期

《寒雪梅中尽，春风柳上归》（访谈），《湖南文学》，2010 年第 5X 期

2011 年

《1975 年秋天的那片枫叶》,《时代文学(上半月)》,2011 年第 5 期

2012 年

《哭泣的白鹳》,《中国作家(文学版)》,2012 年第 12 期

《1978 年发现的借条》,《天涯》,2012 年第 4 期

《绿皮车》,《人民文学》,2012 年第 2 期;《新华文摘》2012 年第 9 期转载

《老兵》,《钟山》,2012 年第 1 期

2013 年

《来自伊尼的告白》,《天涯》,2013 年第 4 期

《人在帕米尔》,《山花(上半月)》,2013 年第 11 期

《无法告别的父亲》,《作家》,2013 年第 1 期

《老桂家的鱼》,《上海文学》,2013 年第 8 期;《新华文摘》2013 年第 21 期、《名作欣赏》
    2014 年第 1 期转载

《帕米尔高原的铿锵交响》,《中国作家(纪实版)》,2013 年第 11 期

2014 年

《乘 3 号线往返的少妇》,《山花(上半月)》,2014 年第 10 期

《男人的帕米尔》,《小说月报(原创版)》,2014 年第 3 期

《当代都市生活的浮世绘》,《安徽文学》,2014 年第 8 期

2015 年

《来自保密单位的女生》,《中国作家(文学)》,2015 年第 10 期

《我的一个日本徒儿》,《钟山》,2015 年第 4 期

《甜蜜的盯梢》,《小说月报》,2015 年第 7 期;《财新周刊》2015 年第 18 期转载

《特工》,《作家》,2015 年第 7 期

2016 年

《回乡》,《作品》,2016 年第 7 期;《新华文摘》2016 年第 19 期、《小说月报》2016 年第
    10 期转载

《远去的寄生》,《作家》,2016 年第 4 期;《北京文学(中篇小说月报)》2016 年第 6 期
    转载

《创作谈:春与青溪长》,《北京文学(中篇小说月报)》,2016 年第 6 期

2017 年

《檀香插》，《芙蓉》，2017 年第 2 期；《小说月报》2017 年第 4 期、《小说选刊》第 4 期
转载；荣登 2017 年度中国小说排行榜；《2017 年中国短篇小说精选》（中国作协
创研部主编）收录

《木匠文叔》（非虚构），《随笔》，2017 年第 2 期

《药师黄文鸿》（非虚构），《随笔》，2017 年第 5 期；《2017 中国最佳散文》（王蒙主编）
收录

2018 年

《洛杉矶的蓝花楹》，《江南》，2018 年第 3 期；《北京文学（中篇小说月报）》2018 年第
6 期、《小说月报》2018 年第 7 期转载；《中国中篇小说年度佳作 2018》（山西出版
传媒集团出版，贺绍俊主编）收录

《明亮而又暧昧的紫》，《北京文学（中篇小说月报）》，2018 年第 6 期

《车前草（短篇小说）》，《广州文艺》，2018 年第 7 期

《疑心》，《北京文学》，2018 年第 9 期；《小说选刊》2018 年第 10 期、《小说月报》2018
年第 11 期、《新华文摘》2018 年第 23 期、《中华传奇》2018 年第 35 期转载；《中
国短篇小说年度佳作 2018》（山西出版传媒集团出版，孟繁华主编）收录

《对对子》，《小品文选刊》，2018 年第 11 期

《通往工匠之路有多长》（中篇非虚构），《中国作家（纪实版）》，2018 年第 12 期；
《大国顶梁柱》（国务院国资委主编，作家出版社出版）收录

《制茶师杨胜伟》（非虚构），《随笔》，2018 年第 2 期

《捞纸工周东红》（非虚构），《随笔》，2018 年第 5 期；《2018 年中国最佳散文》（王蒙
主编）收录

2019 年

《手艺人郭海博（非虚构）》，《作品》，2019 年第 1 期；《城市文艺》（香港）第 99 期

《丁力其人其事》，《时代文学》，2019 年第 3 期

《铁路四调》，《中国铁路文艺》，2019 年第 4 期；《2019 中国最佳随笔》（王蒙主编）
收录

《曹铁匠的小尖刀》，《芙蓉》，2019 年第 5 期；《小说月报》2019 年第 10 期转载；
《2019 短篇小说年选》（孟繁华主编，山东文艺出版社）收录

《会挽雕弓如满月》，《湖南文学》，2019 年第 5 期

《徘徊最爱深红色——八宝印泥传人杨锡伟（散文）》，《广州文艺》，2019 年第 5 期

《花随玉指添春色——棉花画传人郭美瑜》，《作家》，2019 年第 5 期

《折得一枝香在手》,《老人世界》, 2019 年第 6 期;《农家书屋》, 2019 年第 7 期

《珊瑚裸尾鼠》,《人民文学》, 2019 年第 9 期;《小说月报》2019 年第 11 期、《新华文摘》
2019 年第 23 期转载;《2019 年中国短篇小说精选》(中国作协创研部主编) 收
录;《中国短篇小说年度佳作 2019》收录

《周东红, 宣纸厂里的大国工匠》,《中外书摘》, 2019 年第 9 期

《一个小篾匠的来路与归途——国家级非遗 "渠县刘氏竹编" 传人刘嘉峰》,《花城》,
2019 年第 A1 期

《吾闻良骥老始成》(非虚构),《城市文艺》(香港) 第 102 期

2020 年

《选边》,《作家》, 2020 年第 3 期

《乌鸦》,《上海文学》, 2020 年第 4 期;《城市文艺》(香港) 第 104 期

《果蝠》,《北京文学》, 2020 年第 8 期;《小说月报》2020 年第 9 期、《中华文学选刊》
2020 年第 9 期、《长江文艺·好小说》2020 年第 10 期、《新华文摘》2020 年第 20 期
全文转载

《更行更远还生 (创作谈)》,《作品》, 2020 年第 8 期

《超越现实之上的想象世界 (访谈)》, 罗海娥、张悦、南翔,《作品》, 2020 年第 8 期

《这是一块神奇的飞地》(非虚构),《中国作家(纪实版)》第 9 期

《打镰刀》(中篇小说),《中国作家》第 8 期,《中国当代小说选本》冬季卷 (王干主编)
转载

《草原上的皮雕传人嘎瓦》,《广州文艺》, 2020 年第 11 期

《父亲后来的日子》(散文),《作品》, 2020 年第 11 期

南翔：历史、人文、生态构筑的
知识分子写作

刘洪霞[①]

南翔对新城市文学做了较为宽泛的界定，他认为，"新城市文学的内涵、外延以及诸学科的交叉，理应是一个五彩缤纷、红杏枝头春意闹的开放系统。"[②] 因此，不同于其他城市文学更关注底层、欲望、小资、城乡对立等等惯常的书写，历史、人文、生态成为他寻找新城市文学的生发点，这三重维度构建了南翔的新城市文学的城邦。张柠认为，"三者之间无疑存在着内在的关联性：'历史'涉及一座城市的精神肌理和整体气质，进而在相当程度上决定了城市的'文化生态'——这种'文化生态'最终与'自然生态'共同建构起了城市内在外在的双重空间。而'人文'则集中体现于对生活在此空间内的个体生命的关怀，以及对一座城市'历史''生态'的总体反思。某种意义上说，'历史''人文''生态'三个关键词如同三角形的三个顶点，而南翔的小说，恰恰坐落在那个与三点等距的图形中心上。"[③] 南翔通过书写历史，打通了过去与现在，历史让城市能找到来时的路，一直走到当下的场域中，迸发出现实的力量，人文传递着知识分子理想的情怀，

[①] 刘洪霞，中国人民大学文学博士，现为深圳市特区文化研究中心副研究员。

[②] 南翔.绿皮车.广州：花城出版社，2014：7.

[③] 张柠.新城市文学的"旧"写法.文艺报，2014–7–18.

关注生态则是对生命的一种巨大的悲悯。作为知识分子的南翔把这三者构筑在一起，成为铜墙铁壁的城邦，捍卫着理想与美好。

一、在没有历史的城市反思历史

90年代末，南翔来到深圳——这座几乎没有历史的城市。南翔在这座几乎没有历史的城市里书写着历史。或者确切地说，他通过书写，把历史接续到当下。让这座几乎没有历史的城市感受到历史的沉重与悲怆。又或者，它仿佛是微光，照亮这座城市的现在与未来。《老兵》《伯父的遗愿》《1975年秋天的那片枫叶》《无法告别的父亲》《抄家》等都是书写"文革"历史的优秀篇章。我们知道，"文革"结束后，文坛上出现了"伤痕文学"的潮流。南翔对"文革"的书写已经完全不是八十年代"伤痕文学"意义上的书写。八十年代的伤痕文学是在近距离的控诉"文革"，始终没有逃离道德批判的局限。然而，在二十一世纪的今天，在一座物质极大丰富的现代化的新城市里为何要回望这段不堪的历史？这里面当然有着特殊的意义。南翔在今天书写"文革"，"反省历史，城市作家的城市背景，责无旁贷且责任更大。因为现代社会，城市角色从来就应该是一个积极的批判者与建设者"，这就是作家南翔的责任与担当。

南翔的"文革"小说写得温和而坚定，没有直面的血泪控诉，在不经意之间叙说着一个个似乎与自己无关的故事，我们在故事中没有看到巨大的血淋淋的伤口，但是我们的心中又有隐隐的痛感、憋闷甚至欣喜，各种复杂的情感，仿佛一切又都在作家的掌控之中，叙述得缓慢，但是从容不迫。

《抄家》充满了黑色幽默的反讽意味，不仅方老师请自己的学生来抄家，而且整个抄家的过程都伴随着来抄家的学生徐春燕弹奏的小提琴曲。以舒伯特的《军队进行曲》开场，又以舒伯特的《军队进行曲》结束，来时犹如"云霄中锵然而下的一条红色飘带"，去时也没有意兴阑珊。其中还穿插了俄罗斯的《黑眼睛》，莫扎特的《第五小提琴协奏曲》的第二乐章，《茉莉花》。如果懂音乐的人会知道，莫扎特的《第五小提琴协奏曲》的第二乐章是柔板，奏鸣曲式，一个感情十分细腻的抒情乐章。这与我们通常在影视文学中看到的剑拔弩张的抄家场景还真的是大相径庭。优雅的小提琴曲与轰轰烈烈的抄家构成了强烈的对比，这应该是文学史上最具有艺术表现手法的关于抄家的描写。难道这是一群还没有懂事的孩子吗？在他们眼里，抄方老师的家与一次学校集体春游似乎没有更大的区别吗？这仿佛是集体的狂欢，同学们的嘉年华。在浩大的时代里，他们也终将躲不过个体的盲从、无知与失控。当他们傲然地展示抄家的累累硕果之时，他们的方老师却永远地失踪了，再也寻他不着。他们是否知道，他们的这种行径是对方老师尊严最严酷的践踏，他们是否知道，在大时代的裹挟之下，一群孩子也被迫参与了这次荒谬的集体狂欢。多少年后，这群已经长大的孩子，内心是何种感受，不得而知。南翔看似在轻松的语调中剖析着"十年浩劫"的一个病理标本，同时要隐忍多大的愤怒与创痛。南翔只有在小说之外，才能够直抒胸臆，"抄家是一个人的清白遭受怀疑之后叠加的一种羞辱，邻居的围观、同事的冷眼以及同学的惊诧，不可能不带来沉重的心灵打击"。"抄家作为'文革'时期一个重要符号，值得深入调查、归集与研究。"① 南翔是"文革"的亲历者，"文革"中对人的尊严的蔑视以及对生命个体的伤害，他所经历的创痛应该始终没有释怀，于是反映在他的作品中，完成他对历史与人性的深度思考。

被历史暴力践踏过的灵魂，是否会终生免疫，再也不会参与集体失控的境况中去？南翔在《老兵》中给予了讨论。《老兵》是希望将历史，"延伸到当下——这些人物现在怎样了？所谓'思想史上的失踪者'，在滔滔者天下皆奔经济的情形下，再以何面目粉墨登场。"在分析作品之前，先宕开一笔。引入学者杨继绳的观点，"没有'文革'对价值规律的践踏，就没有后来的商品经济；没有'文革'对个人利益的全面否定，就没有后来的物质利益原则；没有'文革'对知识的轻视，就没有后来的科学是第一生产力；没有十亿人的过度贫困，就没有后来对富裕的强烈追求，这里可以借用恩格斯所说的一段话：在这种过分的革命活动之后，必然接着到来一个不可避免的反动，这个反动又超出了它继续下去的那个限度。经过多少动荡之后，新的重心终于确立了，并且成为新的出发点"② 。在商业极度发达的城市里，当经济的大潮浩浩荡荡奔涌向前时，人们是否又进入了一次集体的狂欢与失控？而这一次是对物欲和金钱的迷恋与追逐。南翔在《老兵》中给出

① 南翔.抄家.广州：花城出版社，2015：5.
② 杨继绳.中国改革年代的政治斗争.Excellent Culture Press（Hong Kong），2004.

了答案。那个在风起云涌的"文革"中清瘦的常思远，曾经是一名文学青年，颀长而白皙的面容，显得过于纯粹。而在物质主义的今天，却是"两只眼袋，大得有些突兀，那是岁月无情、脂肪超标的结果"。文中仅有的两次肖像描写，作家隐含其中的深意，已经完全在对常思远的白描中暴露无遗。常思远在过去的岁月里与"我"一起办诗刊《原上草》，"我"的心像"原上草"一样丰盛而茂密，"我"沉醉在叶芝诗歌的精神世界里，因此把常思远当作了最知心的朋友。然而就是这位曾经因为办诗刊而获罪的挚友，在新的历史时期已经成为深圳地标性建筑地王大厦里的CEO，不再是当年那个文学青年。"一个是曾经带着铁镣睡觉的战战兢兢的小爬虫，一个是颐指气使动辄挥洒亿万资金的CEO"，"我"只能无奈道，"萧瑟秋风今又是，换了坐骑"。以此可以看出，南翔的"文革"书写，实际上穿越了历史，一直走到今天。而八十年代"伤痕文学"的书写，只延伸到八十年代的当下。这种现实上的考虑，增添了作品的重量与深度。"历史的吊诡就在这里，当年意气风发而蹭蹬的革命者，现如今，恰又陷入了他自己手编叶芝诗歌指陈的牢笼。奴役的循环往复，难道是一种无以摆脱的历史宿命?!"[1]

　　《无法告别的父亲》是一种以书信的形式书写的小说，这种方式曾经在八十年代流行过，在人工智能的今天，我们已经很难看到这种书信，因此小说首先在形式上营造了旧日的氛围。让这个"文革"时期的故事在旧日的氛围中徐徐展开。小说通过女儿对男朋友的诉说，引出了父亲在"文革"时暗恋的一个北京护士。这位护士的美丽心灵打动了父亲。在八十年代的"伤痕文学"中，我们看惯了声泪俱下的控诉，看惯了对人性恶的声讨，却很难看到"文革"时期的会有如此"世人皆醉我独醒"的一颗清澈的心灵。女护士始终在保护着"文革"中受到迫害的"老犯人"，在特派员的监视下还是冒着危险为"老犯人"用药和照料。这一切，父亲都看在眼里，于是父亲深深地爱上了这位心灵美好的姑娘。显然作家的用意是在讴歌在特殊时期的纯洁而美好的精神，这种精神传递到了女儿这一代，让她进入深深地反思，如何对待当今发生的一切。她会给逝去的父亲一个满意的回答。这是一篇极具正能量的作品，它告诫人们，在曾经暗无天日的时代里，尚

---

　　① 赖佛花.南翔小说的"现在时".读书，2013（10）.

且有一颗美丽的心灵，在物质极大丰富的今天，我们又有何种理由，不让这世界变得更加美好。

《伯父的遗愿》是一部令人动容的作品，几处描写让人几欲落泪。伯父在生命的弥留之际，坚持要给在"文革"中含冤死去的下属、经济学者周巍巍修建一个衣冠冢，立一个墓碑，并坚持亲自为他写墓志铭。伯父在强大的药物反应中坚持着，即便幻觉产生，记忆衰退，思维艰涩，他都笔耕不辍，"尽管每天才写一两句，或几个字，他的眼神却因往事的燃烧，闪烁出执着而沉迷的光彩"。然而，与伯父不同的是，伯父的同事，克横叔叔，也就是当年集体投票处死周巍巍的召集人和唱票人，却随着衣冠冢竣工的临近而越发地颓唐下去。身患重病的伯父却在书写墓志铭的过程中越发振奋。事实证明，历史不会就这样轻易地走远，它终究会有往事再提的时刻。最终，伯父还是走了，克横叔叔却在周巍巍的墓前，"颓然跌坐下去，手抠着领口，哇哇地痛哭，完全像个孩子"。这场史无前例的大革命，对于周巍巍来说，他失去了生命，而对于克横叔叔来说，他要用一生的忏悔去偿还。这无疑是"文革"书写的力作，是南翔处理得非常好的人性深处的发掘。

南翔对"文革"的书写不是那么单一，而是如此丰富和多元，在处理问题的复杂性上让我们领略到了这位资深作家的功力。"他能在沉重悲戚的'文革'叙事中，劈开多条自己的小小路径，"[①]方老师为维护最后尊严的不辞而别（《抄家》），老兵的敢于担当（《老兵》），女护士的美丽心灵（《无法告别的父亲》），伯父坚强的内心（《伯父的遗愿》），克横叔叔的内疚与悔恨（《伯父的遗愿》），这些不同的人物形象，作家从不同的角度，不同的侧面描摹他们灵魂深处的人性的挣扎。而这些挣扎，对于今天，仍旧有意义。正如作家所说，"没有对重大历史的深刻记忆与追问，我们走不到所谓现代化。"

二、城市家园意识的写作

随着中国城市化进程的加快，中国当代文学中的城市文学书写的比重

---

① 陈晓明.自如中透出火候的力道.博览群书，2014（6）.

明显在增加。同时，对城市现代性的批判也成为书写的主流。本雅明说，"巴黎人疏离了自己的城市，他们不再有家园感，而是开始意识到大都市的非人的性质。"然而，与许多城市文学的底层书写和城市欲望书写不同的是，南翔以他的知识分子的人文情怀在建构一种家园意识。不仅知识分子的形象出现在他笔下，而且南翔的城市写作超出了对城市的简单批判的层次，出现了深层次家园意识的关怀。他笔下的城市即是他的家园，他努力地发现城市的魅力与诗意。确切地说，当乡村成为已经无法回去的故乡时，他更愿意从积极建构的姿态完成对城市化的思考。例如《绿皮车》《乘3号线往返的女子》《洛杉矶的蓝花楹》《疑心》《博士后》等等都是城市家园意识突出的作品。如同王安忆的《长恨歌》、金宇澄的《繁花》、葛亮的《朱雀》、双雪涛的《平原上的摩西》，他们在书写城市的时候，上海、南京、沈阳是他们心底深处的家园。

南翔有许多城市家园题材的写作，都是在深圳完成的，因此他的作品中始终有深圳这座城市作为背景。《绿皮车》慢悠悠地从历史的景深之处穿越而来，白雾缭绕，与这座"时间就是金钱，效率就是生命"的快节奏的城市构成了极大的反差，同时也构成了极大的美学张力，快与慢的间隙中，恰好是南翔反思城市化进程的最佳角度。南翔不禁追问，"突飞猛进的建设难道非要以牺牲现实与记忆环境做代价？在不断提速的同时，能否让绿皮车为标志的慢生活晚一点，再晚一点退出历史舞台？"《绿皮车》有一种怀旧感，有一种亲切感。"绿皮车"上的众生相，以及茶炉工的小售货车上，"五颜六色的水、陈年的瓜子、看不清生产日期的火腿肠和尼龙袋装着的歪瓜裂枣"，这些场景会勾起多少人亲切的回忆。"如果说今天很多作家站到了时代的正面，去表现荒诞的成功、罪恶的辉煌；还有些作家是绕到了时代的背面，书写那些无望的抵抗、畸变的病体；那么南翔则是站到了宏大时代的狭长影子之中，去记录那些正在日落中成型、又即将为黑夜所吞没的'退场'与'遗忘'，并由此展开幽幽的'缅怀'。"这种怀旧的知识分子情怀更多地是来自于对今天城市化问题的思考。城市建设速度的过快，导致了城市社会问题的出现，许多作家以抨击、批判的方式来面对城市化过快带给人的个体的伤害。而南翔却从怀旧的角度来影射这一问题，带给人们以思考。这是因为他认为应该积极地建构美好的家园，而不是一味地批判。南翔的写作有着知识分子的文雅与细腻，这也是南翔城市书写极其具有自我特色的城市家园意识。

《乘3号线往返的女子》是典型的城市题材，故事发生的场景选择在地铁上。在小说的开篇，作家就宣布，"在深圳的地铁上，有谁会对一个五岁的无座的孩子无动于衷？君不见他背后还立着一个云鬓寒食，双眼殷殷的年轻母亲！她能够记住晚近这几个周末让座的乘客"，作家以一种十分自豪的口气告知了这座城市的文明与友爱。与前些年出现的"天堂向左，深圳向右"，人与人之间的关系是疏离与敌视的关系已经是天壤之别。这仅仅是对城市人与人之间关系的表面上的书写。深层次的书写表现在地铁上相遇的男女主人公接下来情感以及相关的教育发展的问题。因为让座的机缘，男主人公与带着一个男孩的单身女主人开始了一段恋情。这段恋情并没有惊涛骇浪，而是润物细无声。在对孩子的教育与关爱中发展他们的恋情，更加稳重，更加具有家园意识。

《洛杉矶的蓝花楹》是对城市之中的东西文化的差异的书写，通过一个中国的访问学者在洛杉矶与当地的一个货车司机之间的爱情故事，以及牵扯到的年轻一代的教育的问题。《洛杉矶的蓝花楹》不仅仅是怀旧，在这座开放的国际化都市里，他已经将目光从深圳移到了大洋彼岸的洛杉矶，在国际的大背景下，给予人性的温度与关怀。

南翔身为作家，同时又是大学教授，他的知识分子立场的作品中更体现了他的城市家园意识，《博士后》是其中的代表作之一。《大学轶事》中对大学里的博士点、硕士点、本科生、专科生、成人班、校长们给予了深刻刻画，这是他最为熟悉的领域，所以能够信手拈来，游刃有余。虽然在《博士后》中对金附子、鲁一殇、萧志强、鲁斌等人给予了深刻的批评与剖析，这其实更体现了南翔的一种家园意识写作，因为大学就是他安身立命之所，他更希望这里是健康而充满向上的活力的地方。正如周平远的分析，"但我更看重的，是南翔在作品中所传达隐含的对于当下中国高等教育，尤其是作为知识塔尖的博士研究生教育的反思意识、焦虑意识、忧患意识。这种反思、焦虑与忧患是深层的、深度的、深刻的。如果不是长期生活在这个圈子中的个中人、局内人，并毅然挣脱了投鼠忌器家丑不可外扬之窠臼。要写得这么游刃有余，准确到如此鞭辟入里，深刻犀利，是难以想象的"[①]。

---

① 周平远.令人堪忧的博士点.创作评谭，2001 (6) .

南翔在小说《博士后》的结尾中这样写道："冬天来了，这个城市，冬天最是寂寞与单调。屋子里暖得令人窒息，看得见窗外的寒风一缕一缕前赴后继地追打而过。"[1] 从中可以看到作家对这座养育他的城市的款款深情，因为这里就是他的家园，当作家把城市当作家园来书写的时候，这显然是一种书写的自觉，正如鲁迅先生把乡土作为书写对象，因为其中饱含了深情。

三、生态文明的知识分子关怀

南翔作为作家，他的知识分子情怀表现在对生态文明的格外关注上。他认为，"我们常常会为历史问题和现实问题焦虑不安乃至争辩不休，相较历史和现实的维度，生态的维度我觉得应该尽快单独提出来思考。"作为一位知识分子，南翔的对于历史、人文的关注只是其中的两个维度，有一个与城市相关的自然生态文明的维度，也是作家写作的重点，代表作品有《哭泣的白鹳》《来自伊尼的告白》《消失的养蜂人》《男人的帕米尔》《珊瑚裸尾鼠》《乌鸦》《果蝠》等，它们"都以某种方式表达了对生态文明的体认和思考。在生态这一视野中，南翔的小说叙事也呈现出开阔的格局，自然环境构成了他的小说背景，生态文明的某种历史以及人文地理学的知识和趣味融进了他的小说，使小说的人文情怀更为深远。"在南翔的生态文学的代表作中，可以看到他对天空、河流乃至土地诸生态的深切关怀，能够强烈地感受到他对大自然的痛惜与敬畏，也能听到作家强烈的呼声，"如果没有对大自然的敬畏，如果没有对人类只有一个地球的痛惜，我们距离世界末日真的不远了"。

《哭泣的白鹳》中是湖区巡护员鹅头拿着微薄的政府工资，人生二三十年的时间都在奋力守护湖区珍稀野生动物，最后却被追逐经济利益的狩猎者残忍杀害的悲惨故事。小说中对珍稀鸟类的描写异常美好，"白色的天鹅千羽，那是洁白的抖动，洁白的奔腾，洁白的翱翔。第二层全是大雁，麻黄色的翼展，腹部和颈项也是白色。它们的起飞降落更为一致，那么乱糟糟的场景，它们是如何听令的？"这些富有灵性的美好生物被狩猎者捕杀的场景也同样触目惊心，"一只天鹅被钩子穿破了喉咙，利刃居然倒过来，

---

[1] 南翔.博士后.1975年秋天的那片枫叶.深圳：海天出版社，2012：250.

又钩住了它的后颈项。往上一提，还有一只雏儿紧紧趴在它的腹部！这分明是一对天鹅母子。"它们的美好生命与它们的凄惨死去，两者形成了强烈的对比，不禁令人痛惜不已。珍稀生物的凄惨死去，与保护珍稀生物的巡护员鹅头的死叠加在一起，更能展示出人类的贪婪，作家在这则故事中给予了强烈的谴责与挞伐。湖区巡护员鹅头是作家高度赞扬的角色，鹅头不仅对大自然的生命尽心尽力地保护，对待自己经济拮据的同学更是尽力帮助，这是一个内心善良而美好的人，最终却死在同类的手里。残忍而凶暴的狩猎者，不仅杀害珍稀生物，还杀害他们的保护者。作家为表达出离的愤怒和对生命的崇敬，运用了一个曲笔，在小说的结尾，令死者的孙子——狗仔——本来不会说话的孩子，发出声音来，"公公哭了"，连续三声，一声比一声更有力量，与小说的标题是"哭泣的白鹳"完美吻合。作家南翔希望，大自然的生命与人类的生命屈死的灵魂共同的哭声在上空飞翔，能够警醒世人。

南翔对生态文明的知识分子关怀是放眼整个世界的，不仅仅对中国生态文明的建构奋力发声，更是对世界的每一个角落的生态文明都投注关怀的目光。"上千家红木家具店，巨大的红木，源源不断从东南亚、非洲和南美洲运来，几百年甚至上千年的古树不断毁于一旦，运到中国来打制成桌椅床案以及各类规格的地板"。"我一刹那间的感觉就是：我们的森林搞完了，然后扑向全世界"。《来自伊尼的告白》中的故事发生的背景是在遥远的东南非莫桑比克的伊尼扬巴尔，南翔把目光投向这本来应该是世界上的最后一块净土，但是也被追逐经济利益而无视大自然生命的贪婪者破坏了。作品通过伊尼扬巴尔的托佛海滩的最后一条珍稀鱼类蝠鲼的拟人化的告白，控诉了人类的贪婪和对大自然的践踏。

《消失的养蜂人》中的主人公阿强是一个有经验的养蜂专业户，他开发出中华蜜蜂与意大利蜜蜂整合，同采一枝花，同筑一个巢。媒体希望告知天下如此难得的科学养蜂经验，可是阿强不但严词拒绝，而且带着蜜蜂消失得无影无踪。这是因为阿强担心，"其实最可怕的不是意蜂，却是人心，人心倒了，环境也就跟着倒了，蜜蜂也就没办法活了。"这是作家所宣扬的保护环境的理念，直击人心。

《男人的帕米尔》写的是一群深圳人去支援新疆喀什时发生的故事，他们到了帕米尔，世界上距离海洋最远的地方，通过他们的故事，表达了对大自然的热爱与赞美。"诗人喜欢将人生的旅途比作一趟升火待发的列车，说它的每一次靠站与启动，都是一次崭新而丰盈的收获。那么我在一个春夏之交，从东南海滨赶赴遥远的西北偏陬，那一片据说是世界上距离海洋最远的地方，既不为猎取功名，晋级职称，也不为收割情爱，反而带有逃离故土的匆遽与沮丧，浪迹天涯的愤懑与不恭"。在这片神奇的高原上，在大自然的纯净中，每一个人都得到了心灵上的净化。

在南翔的创作生涯中，作家对生态文明的关注是持续的。2020年，当整个世界受到了新冠肺炎疫情的攻击时，南翔第一时间写出了短篇小说《果蝠》，这篇作品被认为是最早关注新冠疫情的自然文学作品之一。当疫情席卷全世界，蝙蝠因为其携带大量病毒而令人闻之色变。小说《果蝠》却以极其专业的视角对果蝠这一生物进行了申辩与保护，实际上是对整个自然生态的保护。当全世界都在为疫情焦虑不堪时，南翔向全世界发声，这是知识分子庄严的发声，这里承担了作家的道义与担当。同时，作品又不失文学性的价值。小说精彩的结尾足以说明作品的艺术价值，当林业局下文要全部消灭果蝠，这群生灵却消逝得无影无踪，仿佛提前知道了消息。如此艺术地处理不仅表明了作家的立场与主张，更使得作品意味深长。人类在神秘的大自然面前，还有太多的盲点。在人类认知的盲区中，人类没有权力对任何一个生命指手画脚。对生态文明的关怀就是对真善美的宣扬，南翔以知识分子的姿态，通过文学的方式来向社会输送正确的生态文明的价值理念，使得生态文学发挥出最大的社会作用，以上生态文学的优秀作品为世人传递着美好与善良。

南翔的知识分子写作，对于历史、人文、生态的关注，实际上是人道主义的思想。虽然在今天知识分子概念的含义显得较为多元，但是南翔的知识分子写作是一种典型的极其具有思想性与艺术性的写作。南翔的作品具有理想主义的悲悯的思想，在艺术上有知识分子的典雅与精致，这些独特的特质，构成了南翔写作的极具个人化的特性。